我们是电脑天才
没什么可以逃脱我们的掌控
翻开这本书的你也是.
RICKY

你是我的万千星辰

盛不世 著

江苏凤凰文艺出版社

图书在版编目（CIP）数据

你是我的万千星辰 / 盛不世著 . -- 南京：江苏凤凰文艺出版社，2024.10. -- ISBN 978-7-5594-8993-7

Ⅰ . I247.5

中国国家版本馆 CIP 数据核字第 20242AG182 号

你是我的万千星辰

盛不世 著

责任编辑	周颖若
出版统筹	曾英姿
选题策划	Rong
特约编辑	苏　婷
装帧设计	苏　茶
出版发行	江苏凤凰文艺出版社
	南京市中央路 165 号，邮编：210009
网　　址	http://www.jswenyi.com
印　　刷	湖南天闻新华印务有限公司
开　　本	880mm×1230mm　1/32
印　　张	9.5
字　　数	301 千字
版　　次	2024 年 10 月第 1 版
印　　次	2024 年 10 月第 1 次印刷
书　　号	ISBN 978-7-5594-8993-7
定　　价	46.80 元

江苏凤凰文艺版图书凡印刷、装订错误，可随时向承印厂调换

目录 CONTENTS

第一章	001
第二章	034
第三章	070
第四章	103
第五章	122
第六章	143

第七章	161
第八章	178
第九章	196
第十章	216
第十一章	244
第十二章	273

第一章

安谧死了。

唐诗愣怔地坐在床边,看着薄夜丢给她的那份离婚协议书,只觉得全身冷得发抖。

一个小时前,他问:"安谧是不是你推下楼的?"

一个小时后,他叫了律师过来起草离婚协议,将协议书劈头盖脸扔在她身上:"唐诗,你这辈子都欠她一条命!"

薄夜和警方目前均认为唐诗很有杀人嫌疑,毕竟……薄夜曾经要娶的是安谧。

唐诗是谁?她是薄夜的妻子,却也只是个笑话。

她看向薄夜,整个人都在哆嗦,不敢相信多年夫妻情谊,薄夜居然不相信自己:"不是我推她下去的,你要我说多少遍!"

薄夜不听,就这么无情地睨着她,像是看一个笑话:"你觉得现在解释有用吗?证据摆在眼前,你要如何狡辩?"

没用,已经晚了!

薄夜认为是她干的,那就是她干的!不管她怎么解释,都比不过一个已经死去的人!

唐诗忽然就笑了,站起来抓着笔就在协议书上签字。

离婚对吗?好!

"薄夜,我唐诗爱了你十年,就当我这十年只是个笑话。从此以后,桥归桥路归路!"

爱给你,心还我!唐诗忍住自己的眼泪,偏偏要笑得比谁都骄傲。

薄夜看着她,冷笑更甚:"你不会以为只是签份离婚协议就完了吧?"

唐诗的脸色惨白："你还想做什么！"

"我要你们整个唐家给安谧陪葬！"男人冷酷无情地宣布，"从明天起，唐家将会被打入炼狱！"

唐诗整个人跌坐回床边，她看着眼前这个面容近乎妖孽的男人，明明眉眼都是她深爱的样子，可是她忽然间就觉得看不清他了。

五年暗恋，五年婚姻，她在他的人生中也曾留下那么长的足迹，可如今为了一个莫须有的罪名，他要将她打入深渊。

"对付我一个还不够吗？"唐诗看向薄夜，"为什么要对唐家出手！我爸妈待你如亲生儿子，我们唐家做了什么对不起你的事情！"

"安谧的死，就是你们唐家做的最对不起我的事情，我无法容忍自己的妻子做出这种事情……"薄夜狠狠道，"用手段强迫我娶你还不够，现在连她的命都要取了！唐诗，我到底没你狠！"

如同一桶冰水当头泼下，唐诗浑身颤抖："在你眼里我是这样的吗？"

"在我眼里？"薄夜像是听见了笑话一般，带着恨意的眼神掠过唐诗的脸，"你也配入我的眼？唐诗，你是不是太看得起你自己了？"

外面开始下起大雨，豆大的雨点打在窗子上发出清脆的声响。

雨声陡然变大，唐诗的心也越来越冷。她用痛到极点的语气喃喃着："薄夜，如果有一天你发现你对不起我……"

薄夜的心突然就酸涩了一下，可是他很快就恢复了那副无情的样子，唯有一双眼睛，带着鲜明的恨意："对不起你？唐诗，这辈子是你对不起我！"

恰逢天边炸开一个惊雷，炸得唐诗的耳朵嗡嗡响。她忽然间失了力气，眼泪汹涌而出。

薄夜拿了协议书摔门离开，房门被关上的那一刻，如同两个世界被彻底隔离。

从此，她的世界分崩离析。

这几天一直在下雨，安谧下葬那天也下着毛毛细雨，很多人都来了。薄夜说什么都要按着唐诗跪在安谧的坟墓前。

细雨中，女人笑得很绝望。

情绪激动的亲属不管不顾上前狠狠踹了唐诗一脚。

薄夜的皮鞋出现在她的视野里，她抬头看他。

多狠啊，这样的男人。到底是自己错了……错就错在爱上了他！

唐诗咬牙说："你别想我对着她下跪！"

"凭你犯下的罪，跪都是轻的！"男人愤怒道。

她笑了："我没有罪！要我说几遍！我为什么要对安谧起杀心？她安谧算什么人？比家世、比学历、比背景，她抵得上我唐诗一根手指吗？"

"你总算露出真面目了……"薄夜无情道："我今天给你准备了一份大礼，不知道你喜不喜欢……"

话音刚落，墓地门口就出现了一排警察。在唐诗都没反应过来的时候，警察就一把冲上前将她按住，干脆利落地给她铐上了手铐。

看到手上的手铐，唐诗忽然开始挣扎："你们放开我，你们凭什么抓我？！我没有杀人！"

"杀人凶手！杀人凶手！"

"呸！还是唐家小姐呢！"

"丧尽天良！真是人心险恶！"

"薄少有这么个老婆真是倒霉！"

记者的镜头齐齐对准她，将她的惊慌失措悉数捕捉在内。舆论好像已经凌驾在法律之上，判了她有罪。

唐诗惨白着一张脸，如同丢了魂一般："谁让你们抓我的？谁？"

"呵？要是真的没罪，现在带走你，一样也能放了你；若是真的有罪，你也别想逃脱法律制裁！"

男人的声音从背后传来，唐诗转过身，见他手里捧着一个骨灰盒。男人穿着一身高定西装，如同帝王一般重新回到唐诗的视野里。

唐诗红了眼眶："薄夜，你就这样认定我犯下罪了吗？"

薄夜笑了笑："我只不过是还安谧一个公道。警方和我一起看了监控录像，现在进入拘留环节。"

"公道？公道？"

唐诗像是听见了什么笑话，忽然大笑起来。所有人都在指责她，又顾忌她现在癫狂的样子，直播镜头将她这般疯魔的模样通通拍了下来。

手上的手铐因为她的挣扎发出声响，唐诗冲着薄夜大喊："薄夜！哪怕是条狗也不会让人这么侮辱！"

"侮辱？"薄夜上前，用手一把扣住唐诗的下巴，"是你自己犯下的罪行，现在这样怎么能叫侮辱呢？"

"我说了我没有！"唐诗惨笑一声，最后的挣扎已经改变不了什么，在他眼里的自己怎么看怎么可笑。

忽然，她伸手一把抢过薄夜手里的骨灰盒，当着所有人的面将它打落。

"薄夜，我告诉你，这辈子我都不屑去做那种事情！你不信我便不信我，但我绝对不会容忍一个死人骑到我的头上来！你早晚会有报应的！"

薄夜如发了疯一般怒吼一声："你怎么敢！你怎么敢！"

"杀了我啊！"唐诗惨笑一声，"你这么信她，甚至不顾我的清白，你还有什么做不出来的？你不就是仗着我爱你吗！你不是要诛我的心吗！来啊，反正我的心已经千疮百孔了，也不介意你再补一刀！"

警察上前用力地拖住唐诗，把她拽向警车。

薄夜死死地盯着唐诗的背影："唐诗，你这辈子拿来赎罪都不够！"

唐诗大笑两声："薄夜，你会后悔的！你这么着急把我变成'杀人犯'，你想要定我的罪，但我没做就是没做，我相信最后调查能还我清白！到了那个时候倘若你才知道，你今天的所作所为对不起我……"

顷刻间雨越下越大，如同老天动容震怒。

唐诗被推入车内，发疯般的笑声却止不住地传出来，刺入现场每个人的耳朵里。

"薄夜，我若不死，我只愿再也不要见到你；我若死，这便是我无上的幸运！"

唐诗笑得咳血，警车的车窗被摇下来的时候，无数镁光灯照过来拍她这副疯癫的样子。可是她不管不顾，视线死死地锁定薄夜。

"我错了。"她忽然间就没了闹下去的力气，她垂下头说，"薄夜，我发现我真的错了……"

薄夜上前，刚想说什么，却见女人抬起头来，双目无神地看向他，整个世界都在她的眼里慢慢被摧毁："薄夜，我做得最错的事情就是爱上你……"

多年的爱恋，一夕之间化为碎片！

他当真是半点信任都没有给予过她，所以才这样残忍无情地将她打入地狱，将她的全部付出变成一个彻头彻尾的笑话！

看她这样被抓起来，有多少人已经在心里给她定罪了？

薄夜，你这辈子，欠我太多！

警车行驶在暴雨中，唐诗的叹息很快就被雨水打散在空气中。

明明该高兴的，替安谧报了仇……可是当这一刻真正到来的时候，薄夜倒退了两步。

背后有风呼啸而过，冰冷的雨水落在肩头，凉进心里。

心为什么像是缺了一块？听着她这样喃喃自语，仿佛针扎一般难受……

十五岁的时候，唐诗和薄夜开玩笑说长大了要嫁给他。二十岁那年，她终于如愿。可那一年，安谧这个名字传入她的耳中，她才知道，原来薄夜心里一直都有其他人。

两家联姻，薄夜不得不娶了唐诗。虽然他们是夫妻，可是新婚夜里，薄夜飞往国外，以此来羞辱这段被捆绑的婚姻，而唐诗坐在房间里，静静地等了一个晚上。

直到天光大亮，她终于明白，有些人，是等不回来的。

这段路她一个人走了五年，才知道撞破南墙头破血流原来那么疼。

薄夜，我可以不管时间、不顾颜面地继续等你，可是你如此待我。五年暗恋换来"杀人犯"的脏水，摔碎至破烂的人生你如何还我，如何还我？

唐诗从噩梦中醒来，手捂着胸口不断地深呼吸。过往种种，如同梦魇，让她脱不开身。

这段回忆总是在她最无防备的时候卷土重来，每一次，唐诗都要重新经历那种痛苦。

"妈妈，你又做噩梦了吗？"

唐惟在她清醒时分乖巧地去温了一杯牛奶，随后递给她："要我给你讲故事吗？"

他聪明懂事得有些过分，让她觉得愧疚和心疼。

唐诗揉了揉唐惟的脸："妈妈给你讲故事吧……你想听什么？"

"我不想听故事，如果妈妈想听，我可以讲给你听。"唐惟对着唐诗说，"舅舅给我讲了一大堆。"

舅舅是指唐诗的亲哥哥，她哥哥一直跟她一起照顾着唐惟，对他视如己出。

"都怪妈妈没时间陪你，还是舅舅好。"唐诗喝完牛奶，将杯子放在床头柜上，"明天周末，我们正好和舅舅一起去游乐园玩怎么样？"

唐惟简直是薄夜的缩小版，只不过薄夜的眸子太冷了。可是唐惟不一样，他的眼睛相当漂亮，且温柔得有些过分。

唐惟小小年纪就懂得太多大人才懂的道理，所以才会让人那么心疼他。

说到去游乐园，唐惟很雀跃。唐诗把他抱在怀里，闭上眼睛深呼吸。

长夜漫漫，黎明难来。

第二天出门的时候，唐惟被唐诗打扮得相当帅气，如同一个风度翩翩的小绅士，这模样让唐诗很得意。

"天底下肯定没有不喜欢我们家唐惟的女孩子！"

"我也这么觉得！"唐惟相当自恋地摸了摸下巴，"都怪我妈妈漂亮，才把我生得这么好。"

"小嘴挺甜啊，走，我们去找舅舅。"

唐诗和哥哥唐奕开了一个独立的设计工作室，这几天正好接了一个大单子，唐奕连睡觉都是在工作室里。唐诗将唐惟抱上车，系好安全带，然后就将车子开上了高架。

唐诗被无罪释放后，唐奕就把她接了回去。两个人一边打听着父母的消息，一边就这么养活着彼此。

曾经的唐诗是天之骄女，惊艳绝伦，年少时一份设计手稿打动了国外最大的蓝血品牌，对方要求她参与设计春季高定，后来她便声名鹊起。

大概遇见薄夜是她人生的劫，她那么骄傲的一个人，却为了他变成一个如此狼狈不堪的笑话。

当年惊天动地的杀人案，唐诗作为嫌疑人被带走，引起了全城轰动，后来唐诗的消息被压了下去，所有人都以为她真的就是那个罪犯，可谁又知道后来案件调查到尾声，唐诗被无罪释放后想要一次次寻回真相自证清白时的徒劳无功。

没人相信，也没人关注后续，似乎一切已成定局。

因为薄夜的引导，她早已成了人们心目中的过街老鼠。

这五年，她始终没有放下过对真相的追踪。

那次被带走害得唐诗失去了一切，可是对于她而言，再大的磨难不过就是一次从头再来罢了。谁都别想踩碎她的脊梁骨！

她换了个艺名，和自己的哥哥一起开了工作室。不能说多富有吧，但是养活一个唐惟还是没什么压力的。

唐诗很庆幸自己不是不学无术的纨绔子弟,她有头脑也有才华,随时随地都可以重来。

开车的时候,唐诗打开了车载电台。唐惟在一旁转换电台,结果一个频道正好在播放关于薄夜的消息——

"据知情人士透露,薄家大少薄夜将于本月底和叶氏集团合作。两家公司都于五年前上市,现在资本雄厚,财力鼎盛……"

消息还没听完,唐惟就直接切了频道。

唐诗愣了一下:"呃……你不喜欢?"

"我不喜欢。"唐惟想都没想地说,"那个薄夜是我爸爸吧?"

孩子太聪明怎么办?打一顿会不会变蠢点?急,在线等。

唐诗干笑道:"你怎么……"

"我怎么知道的吗?"唐惟指了指自己,"妈妈,我看电视的时候见过他的脸,你再看看我的脸。"

事实证明,他们是父子这件事连一个五岁小孩都能看出来!

唐诗看了唐惟一眼:"为了防止薄夜某天把你骗回去,我决定今年过年带你去国外整个容。"

唐惟说:"没用的,薄家大少想认我,肯定会连着DNA一块查了。"

她儿子怎么能这么聪明?当妈的压力很大啊!

唐诗继续尬笑:"哈哈哈——你真聪明。"

过了一会儿,唐惟幽幽地说:"妈妈,你不用担心,我是不会跟他走的。"

唐诗差点一脚踩了刹车,转头去看唐惟的时候,握着方向盘的手都在颤抖:"你怎么突然说这个?"

唐惟很认真地看着唐诗:"我只想跟在妈妈身边,别的人我不要,哪怕是爸爸我也不要。"

唐诗的眼圈都红了:"臭小子,谁教你的?"

唐惟迅速出卖舅舅:"舅舅教我这么哄你开心的,说还能骗到零食。"

唐诗把喇叭摁得叭叭响,把她的感动还回来!

二十分钟后,三个人在游乐园门口集合。

唐奕牵着唐惟去买票,留唐诗一个人立在原地,笑着看他们一大一小两个背影。

此时,一辆黑色的迈巴赫从他们身后开过。

薄夜的视线一顿，忽然吩咐司机道："停一下！"

司机猝不及防踩了刹车，问："薄少，什么事……"

薄夜再回头去看的时候，宽阔的大马路上已经没有了刚刚的人影。

是自己眼花了吗？为什么会突然间觉得那个背影那么像她？

薄夜烦躁地闭上眼睛，深呼吸一口气，道："继续开。"

"是……"司机又发动了车子。

薄夜背靠着椅背，思绪繁杂。

五年了，他为什么还是会想起她的背影？

今天唐惟在游乐园玩得很开心，比起之前他装得老成令人心疼的模样，现在的他更像个孩子。他笑得开怀，仿佛没有任何忧愁和烦恼。

唐诗站在停车场出口，抱着唐惟，等着她哥哥开车出来，她高挑纤细的身影惹得一辆开玛莎拉蒂的车主对着她按了几下喇叭："美女，要一起吗？"

唐诗冲坐在车里的帅哥笑了笑，还没来得及说话，她怀里的唐惟就说："不用了，我妈妈有人接！"

这个臭小子！

江歇刚想说可惜这么漂亮的姑娘已经结婚生子了，结果在看见唐惟的脸时，整个人都蒙了！

他直接把头探出车窗，和唐惟大眼瞪小眼："臭小子，你说什么？"

这孩子怎么长得跟……薄夜很像！

这该不会是薄夜以前的风流债吧！

江歇顿时把目光转向唐诗，这一下，他终于记起她是谁了。

五年前他就听说了一件大事——薄夜大义灭亲，把自己老婆给送进了"监狱"。

他老婆是谁？是那个才华横溢、气质出群的唐诗！

江歇还在发呆，唐奕开着车子上来，见他堵在门口不走，就按了几下喇叭。他这才回过神来，又狠狠地看了唐惟一眼。

他真的没看走眼，太像了，要说这不是薄夜的种，他都不信！

于是江歇偷拍了一张照片，就赶紧开车走了。他透过后视镜看见唐诗上了后面的一辆车，记下车牌号后，立马发送了一条消息给自己的好兄弟。

江歇："老夜老夜！你是不是有儿子在外面流浪啊？"

薄夜："你喝多了吗？"

江歇直接发送了一张照片过去。照片中的唐诗身材高挑，头发被风吹起。她正笑着看着怀中的小孩，眉目依旧精致，一脸岁月静好的模样。

薄夜立马拨打他的电话。

江歇刚接通，就听见薄夜在另一头怒吼："你在哪儿看见的？"

"游乐园啊！"江歇报了一个车牌号，方便之后薄夜顺着车牌号去查，随后又继续道，"他们上了这辆车！我跟你说，那臭小子跟你太像了，不是你儿子我都不信！"

那头的薄夜直接挂断电话，派人去查找那个车牌号。他死死地抓着手机，不知道是因为亢奋还是愤怒。

五年了，他竟然不知道自己和唐诗还有一个孩子！

唐奕把妹妹和小侄子送回家后就打算回工作室，说是要回去赶稿子。

唐诗把冰箱里的盒饭拿出来给他："你别太累了。"

唐奕说："养你是挺累的，我连老婆都还没有着落呢。"

唐诗一把将哥哥推到门外，身后的唐惟坐在沙发上笑："舅舅老光棍！"

唐诗也笑了："今天玩得开不开心啊？"

唐惟点点头："开心！"

"开心就好，知不知道要和……"

"要和舅舅说谢谢。"唐惟睁着大眼睛道，"我明白的，妈妈。"

唐诗觉得自己能生出这样一个聪明的小孩简直就是中了五百万大奖！

她收拾了一下屋子，刚打算睡觉，就听见一阵门铃声。

唐惟跳下沙发，迈着小短腿跑过去："是不是舅舅忘带东西了啊……"

刚打开门，看见对面的那张脸，唐惟的表情一下子就变了。

薄夜也没想到会是唐惟过来开门。薄夜幻想过很多种和唐诗见面的场景，但他就是没想过，会是他的儿子来开门。

唐惟看见薄夜的脸，心顿时一紧。下一秒他反应过来，直接就把门关上了。

薄夜生平第一次主动上门，结果却被人家直接摔门关在了外面！

对方还是个小屁孩！

不过想想儿子的确挺有自己的风范，他又傻傻地欣慰了一番，然后再次敲门。

这时，只听唐惟的声音传来："妈妈，外面没人，可能是邻居的恶作剧！"

薄夜怒了，臭小子从哪里学来的睁眼说瞎话！

他直接一脚踹在门上，吓了唐惟一大跳。唐惟背靠着门，看着唐诗："妈妈……门口有个坏人……"

"怎么了？"唐诗走过去一把抱住唐惟。

这孩子怎么会是这种表情？

"妈妈，别怕，是薄家大少。"

唐诗的心倏地一下冷了！

薄夜怎么会过来？他是怎么知道自己和唐惟的？他上门……是不是想来抢走孩子？

想着想着就连眼眶都红了，唐诗一咬牙："小宝放心，妈妈是绝对不会把你交给坏人的。"

听了这句话，唐惟干脆大大方方地去开门。薄夜正想踹第二脚，就看见门又开了。跟他长得很像的小屁孩站在门口，皱着眉头一脸警觉地看着他："你找我有事吗？"

嚯！这都直接挑明开头了！看来这孩子什么都知道啊！

薄夜也冷笑道："怎么，不请你爸爸进去？"

"我没有爸爸。"唐惟迅速反击，"这五年都是我妈妈照顾我的，我没有爸爸，也不需要爸爸。"

唐诗一听这话，眼睛又红了，多懂事的孩子啊！

薄夜站在门口和唐惟对视："你不需要爸爸？"

"薄大少，我妈妈和我一向都安安稳稳的，没有犯过事。您找我们什么事，麻烦立刻告知，说完了就请回去吧。"

唐惟学着其他人喊他薄大少，这话落入薄夜的耳朵里，怎么听怎么不舒服。

是不是唐诗教他这样阴阳怪气。

薄夜怒了，直接走进来。他看见唐诗站在客厅里，一时间，沉寂五年的情绪一下子涌上心头。

自从看见他，唐诗的眼神就带上了那种来自灵魂深处的害怕和痛苦，让他不由自主地握紧了拳头。

"好久不见。"他如是说。

唐诗没回答，唐惟见拦不住他，干脆跑到自己妈妈身边，拉着她的手说："妈妈不怕，我们去睡觉吧。"

母子二人一起转身，直接无视薄夜。

"站住！"

带着怒意的声音从背后传来，唐诗浑身一抖。

薄夜怒极反笑："这个小孩的事情，你就不打算跟我解释解释？"

"解释什么？"唐诗声音颤抖，"我都躲了五年了，你为什么还是不肯放过我？"

薄夜眯着眼睛，似乎不太满意这种反应："你就算坐牢，那也是你罪有应得，装什么委屈？"

唐诗眼眶一红，转过身去。既然他这样想，那她还有什么可争辩的？

于是唐诗对着薄夜故意道："那你现在过来做什么？像我这种'有前科'的女人，还值得你专门过来？"

"你当然不值得。"薄夜上前一把抓住唐惟的手，"但是他值得！"

唐诗强忍着眼泪，可唐惟竟然出奇冷静。

他就这样看着薄夜，轻声道："薄大少，请放手。"

"请"这个字，如同针一般扎在薄夜的心上。

薄夜说："叫我'爸'。"

"我没有爸爸。"唐惟抬头，竟然笑了，学着薄夜说，"我只有一个'坐了牢'的妈妈。"

那一刻，薄夜不得不承认，他输给了一个孩子。

唐诗一个字都不用说，光是唐惟的一句话，就令他感觉万箭穿心。

薄夜忽然问出一个很愚蠢的问题："你是什么时候生的？"

唐诗笑得眼泪都出来了，破罐子破摔地说："你那时眼里只有安谧，又怎么会关心我有没有怀孕？是啊，没准唐惟都不是你的小孩呢。在你眼里，我可不就是这样的人吗！"

薄夜大怒，放开唐惟，抓住唐诗："五年不见，你还是这么不知好歹！"

唐诗用左手去推薄夜，令他震惊的是，她的左手上竟然有茧子。

唐诗一直都是用右手的，为什么……

像想到什么了，薄夜伸手去抓她的右手。

唐诗尖叫一声，情绪突然就激动起来："你放开我！"

唐惟也红了眼睛："放开我妈妈！"

袖子被捋起，露出一截纤细得轻轻一捏仿佛就会被折断的手腕。这双手曾是唐诗的骄傲，她画设计图纸的时候，她的眼睛在闪闪发光，可是现如今——

手腕上纵横交错的疤痕刺痛了他的眼睛，他的瞳仁狠狠地一缩！

再往上看去，一截断掉的小拇指就暴露在他的视野里。

唐诗的右手上全是伤疤，斑驳的伤痕仿佛在诉说着当年她所受的苦头。

那一刻，男人终是没能克制住，痛声道："怎么回事？！"

唐诗笑得如同五年前那般张狂，如同一个疯子，眼里倒映出薄夜震惊的表情："这不是你亲手送我的礼物吗？！薄夜，我这一生已经吃够了你给我的苦头，求求你高抬贵手放过我吧！"

薄夜倒退几步，无力地松开抓着她的手，不敢相信地抬头看向她。

那支离破碎的眼里没有了爱，只剩下痛恨。那种已经被刻入骨髓的痛恨，在她眼里自焚一般燃烧着。

痛苦就这样猝不及防蔓延。

是……他是想着让她付出代价，可是为什么会变成这样……

是谁毁了她的骄傲！

薄夜就这样看着唐诗，忽然间就有一种剧烈的恐惧漫上心头，他害怕自己再也看不懂她。明明他们有过五年的婚姻，可是为什么他会对她这么陌生呢？

薄夜自然是不懂的，整整五年，唐诗疯过、傻过，还失去理智过，那五年的绝望让她死了无数遍，让她变成一个彻头彻尾的笑话！

之后，唐诗的眼里就只剩下惊天的痛恨。

薄夜像是逃离般地离开了唐诗的家，狠狠地甩上门后，他弓着背用力抓住自己的衣领——他喘不过气，像是要窒息了。

唐诗为什么……会变成这样？那五年里到底发生了什么……

这明明是他乐意看见的，可是为什么……

门内的唐诗滑落在地，靠着唐惟，有种无声的痛苦。过了许久，她压抑地低吼出声。

所有掩盖在风平浪静下的蠢蠢欲动，在这一刻以更猛烈的姿态朝她席卷而来，那段暗无天光的日子似乎又在叫嚣着要将她牵扯进去。

唐诗浑身发抖，被她靠着的唐惟却将背挺得笔直。

"妈妈……要不要喝牛奶？"

唐诗闭上眼，两行热泪落下。

原本以为薄夜不会再来打扰了，可第二天下午，令唐诗猝不及防的事情就发生了。

唐奕打来电话说没接到唐惟，幼儿园园长说看见有人把他给接走了。

根据园长的描述，那个人绝对是薄夜！

唐诗翻身下床，跌跌撞撞地拉开抽屉，将好久没吃的药直接塞进喉咙里。她硬生生地将药片吞下去，随后抹了把脸上的眼泪，重新站起来。

微红的眼里带着鲜明的恨，她伸手抓住自己胸口的衣服，手指不住地哆嗦。

没关系的……不要怕。

薄夜，你抢了我最后的希望，我就会不顾一切跟你拼命！

唐惟是在下午三点的时候被薄夜接走的。

薄夜的母亲岑慧秋一看见他就愣住了。

老妇人喃喃着，眼泪就落了下来："你是……我们薄家的……孙子吗？"

唐惟没说话，岑慧秋眼里的悲伤看着不假，可是他不想搭理。

"你爸妈是谁？"

"我妈妈是谁对你们来说不重要。"唐惟笑了，五岁的小孩多智近妖，"我爸爸是谁对我来说自然也不重要。"

薄夜刚停好车进来，就听见唐惟的这番话，他问："你这话是什么意思？"

唐惟说："字面意思。"

岑慧秋看得出这个孩子怨念很大，尤其是对薄家，她也不敢上前抱他，就这么看着他。

唐惟看着薄夜："我知道你想拿我来威胁我妈妈，可是你这么做只会让我们更恨你。"

终于说出来了，承认吧，他们就是恨他，并且这种恨已经变成一种习惯。

只要薄夜出现，唐诗就会惊慌失措，恨不得想要逃。

所以整整五年,她从海城搬到蓝城,只是为了逃离他!

薄夜不知为什么发了很大的火,摔了好多东西。

岑慧秋在后面悲哀地劝他:"夜儿,别砸了……"

薄夜冷笑一声,径自上楼。唐惟坐在沙发上,面无表情。

父子俩生起气来的时候,倒是一模一样。

岑慧秋叫了用人来收拾,坐在唐惟旁边心疼地说:"吓着你了吧?"

唐惟摇摇头:"没有。"

可是他眼眶微红,明显就是受到了惊吓的样子。

"你……你叫什么名字啊?"岑慧秋对这个小孩子很有好感,就想着问问名字。

唐惟看向她:"我叫唐惟,竖心旁的惟,我妈妈说这个字是代表着仅仅和希望。"

岑慧秋不敢问唐诗的近况,可是唐惟竟然提了起来,她便继续小心翼翼地问:"你妈妈……"

"我妈妈的事情就不劳夫人费心了。"

五岁的小孩连称呼都使用尊称,一副疏离的样子,怕是以后想要亲近也难……

岑慧秋换了一种方式,开口道:"唐惟啊,其实……当年你爸妈……"

"不用和我说,我都知道。"唐惟直接接上她的话,"他们都说是我妈妈犯贱,所以才罪有应得。我也明白,我们就是罪有应得。"

他分明说着将自己打入地狱的话,却连带着岑慧秋的心都跟着痛起来。

这个孩子,是恨上他们了啊……

唐惟不去管自己这样会不会伤了老妇人的心,转头看向窗外。

第二天一早,唐诗收拾好就准备去薄夜的公司。她化了个淡妆,穿上一件薄风衣外套,踩着小高跟鞋就出门了。

这时,唐奕给她打了个电话:"惟惟真的在他手里吗?诗诗,你一个人去没事吗?"

唐诗深呼吸一口气,有风吹来,吹得她头发飞舞。她说:"我没事。哥,有事我会随时给你打电话的,你安心出差吧。"

唐奕又交代了许多才挂断电话。

过了许久,唐诗抬头看向马路,眼中闪过一丝决绝,然后她拦下一辆车，前往薄氏集团。

到了薄氏集团楼下，唐诗付完钱就下了车。这个时候正好是上班时间，公司门口有很多人进出。见到唐诗下车，大家都不约而同地朝她看过去。

轻薄的风衣外套随着动作在晨风中翻飞，阳光将她婀娜的身姿镀上一层金边。

唐诗有着一张昳丽的脸，尤其是一双眼睛，如同淬炼的精钢，又狠又冷。她紧抿着薄唇，疾步走到前台，白皙的脸上带着紧张和冷意。

前台小姐被她的气场震得没有回过神，愣了好久才问道："请问……您……找谁？"

"薄夜。"

她就这样直呼薄总的名字。

前台小姐愣了一下："可是小姐……要见薄总，需要预约……"

身后的人窃窃私语——

"居然是来找薄少的！"

"嘘，小点声，看她走得这么步步生风的，肯定有后台！"

"就是！说不定是薄少的秘密情人呢。"

"薄少的秘密情人？薄少最爱的难道不是安小姐吗？"

听到"安小姐"三个字，心如同被利刃割过，唐诗的脸色更加惨白，却也笑得更加触目惊心。她说："报我的名字，薄夜会直接见我的。"

前台小姐正想问，这位小姐这么有底气，到底是什么人，背后就传来一道声音。

"咦，你怎么在这里？"

唐诗转过头去，正好看见那天开着玛莎拉蒂和自己打招呼的江歇。他眯眼笑着走进来，一双桃花眼潋滟无比，上前打了声招呼："哟，是来找老夜的吧？"

前台小姐一看江少都认识这位女士，便赶紧放她上去。所有人都震惊了，这个女人到底是什么身份，居然连江少也认识？

唐诗走进电梯间，对着江歇道了一声谢："多谢。"

"倒是不用谢我。"江歇笑着摆摆手，"我也是来找他有事的，不过你先去吧。再说了，这里本来也有唐家的股份，你进自己的公司，不算过分。"

"你倒是把我的过去调查得一清二楚。"唐诗的声音里带着嘲讽，不知道是在嘲讽江歇,还是在自嘲,"可惜啊,终究不是我的了。"

江歇看了一眼唐诗,对她说:"五年前他们说你是杀人犯……真的是薄夜把你送进去的吗?"

唐诗没说话,只是淡淡地笑笑。

你瞧瞧,大家都以为她是坐牢去了,连问一下警察都不愿意,没有人在意她的清白。

江歇不再追问,电梯到了二十楼自动打开。两个人一起走出电梯,惹得走廊上的人频频注目。

薄夜正坐在办公室里等着江歇,见他推门进来的时候身后还跟着别人,就开口打趣:"你现在来谈生意都带女人?"

只是在看清江歇身后的人时,他的脸色一下子变了:"你怎么来了?"

"好歹薄氏集团也是有唐家的血汗钱在的,我怎么就不能来?"

唐诗努力忍住身体的颤抖,眼眶微红地看着薄夜。

坐在办公室中央的男人五官深邃,相貌放眼娱乐圈都少有人可比拟。

唐诗以为自己是幸运的,曾经是他的妻子——后来才知道,这是她最悲哀的时候。守着一个永远都不属于你的男人,原来是这么疼。

江歇见情况不对,就主动闪身,干笑道:"呵呵……你们要是有事情还没解决……那什么……我先给你们让步……"

他话还没说完,直接一个闪身出了办公室,并对在外面守着的秘书抛了个媚眼:"小美人,要不要跟我去喝早茶?你们总裁一时半会儿不会有事……"

秘书屁颠屁颠地跟着往外走,压根儿没想过总裁办公室里会发生什么。

办公室实木门隔绝了外面的一切,装修气派的房间里,气氛一时间降至冰点。

唐诗在那里站了好久,才抬头看向薄夜:"很意外我会来是不是?"

薄夜眯着眼睛挑眉:"我以为你不会来。"

"是啊,我也以为我不会来。"唐诗笑了,"我这辈子都想逃得远远的,巴不得不要再遇见你,如今竟然会主动找上门来。薄夜,我到底没有你狠。"

薄夜听着这番话,怒意一下子上涌,嘲笑道:"那只能说明,唐诗,你犯贱。"

唐诗没说话,心头涩然。是啊,可不就是她犯贱吗?

她咬了咬牙,对薄夜道:"我是来要回我儿子的。"

"那也是我的儿子。"

"不,那只是我一个人的儿子!"唐诗猛地拔高音量,"我养了他五年!从你觉得我杀了安谧,到现在!"

那段暗无天光的日子,要不是她时刻提醒自己还有一个可爱的儿子,怕是早晚会扛不过去。

唐惟就是她的命,是她这辈子的逆鳞!

哪怕是薄夜要跟她抢,她也不会让步!

薄夜见唐诗这个样子,笑得更愉悦:"可是你不能改变一个事实,那就是唐惟身上的确流着我的血!"

"是吗……"唐诗笑得泪眼蒙眬,"你居然还想认这个儿子?薄大少,你没事儿吧?你当初不是恨我恨得要死吗?!你当初不是铁了心觉得我犯了罪吗?!怎么,我生下来的儿子你也想要抢走吗?!"

薄夜被这句话激得心狠狠一紧,反问道:"你有本事再说一遍?"

唐诗没说话,只是用眼睛盯着他。昔日她对他有多爱,现在就有多恨。

她说:"薄夜,我也想明白了,其实我到底无辜不无辜一点儿也不重要,重要的是,你从来就没有分一丁点信任给我。"

她说话的时候语气冰冷,就像薄夜是一个无关紧要的陌生人。

唐诗嘴角带笑,无比嘲讽:"你别告诉我,现在发现对我旧情未了。"

薄夜眼中的愤怒出现了一丝裂痕,他站起来。

他精致的脸上仿佛覆上一层寒冰,对着唐诗笑得无比残忍:"是谁教你这样说话的,嗯?

"被无罪释放就觉得自己当真是无辜的,就觉得自己翅膀硬了是吗?"

唐诗只觉浑身冰冷,她说:"薄夜,这可是你亲手教会我的!"

薄夜身子一抖,感觉浑身血液逆流。

唐诗笑出声来:"你放一千个心,只要你把我的儿子还给我,我唐诗这辈子都不会出现在你面前!哪怕是死了,死讯也不会传一个字到你耳朵里!"

薄夜不敢相信地看着她,痛声道:"你说什么?"

她说:"薄夜,你扼杀了我对你的所有爱恋,还想从我身上获得什么呢?我已经没什么可以给你了,唐家也已经被你吃得一干二净。薄夜,算我求你了,你可怜可怜我好不好?"

她的话化为利刃剜过他的心，五年前亲眼见证她被押上警车时的那种刺痛再一次蔓延上来。

薄夜的瞳仁骤然一缩，连声音都哑了："你到底想怎么样？"

"这句话应该是我问你吧。"

唐诗抬起头，眸中的情绪支离破碎。她从未想过，自己逃离了五年，竟然都逃不开薄夜的阴影。

我爱你，因此付出了五年生不如死的代价。薄夜，放过我吧，好不好？

薄夜的喉咙酸涩，看见唐诗脸上的表情时，心里只觉烦躁。他用力扯了扯衣领，强迫自己不去看她的脸，低声道："想要儿子？可以。晚上去一趟KTV，陪我的一个客户喝酒。"

唐诗不敢相信，眼睛都睁大了，愤恨地看向薄夜："你让我去陪酒？"

薄夜对着她冷笑："怎么，不是想要回孩子吗？这点事情都做不到？"

唐诗倒退几步，喃喃着摇头："我终究是没你狠……"

语毕，她倏地又笑了，尽管眼泪还挂在眼角。她对着薄夜笑道："好啊，薄少既然都这么说了，我哪有不从的道理。不就是陪一顿酒嘛，能要回我的儿子，我什么都能做！"

"只是……"唐诗贴近薄夜，用尖细的声音在他耳边发出阵阵笑声，"您可千万别后悔！"

薄夜的心里似乎有什么情绪一闪而过，可他抓不住。看着眼前的唐诗，他整个人都恍惚了几分。

为什么……再见面，会是这样剑拔弩张的局面？

五年了……磨灭了所有的爱，剩下那些走投无路的恨。若是这些恨燃烧起来，该有多触目惊心？

他该恨她的，她影响了他的婚姻，还害死了安谧。可是为什么她也会用同样的眼神来看他呢？唐诗，你凭什么！

薄夜的心钝痛："你这种女人，哪怕亲手送你去别人床上，我也不会眨一下眼睛。"

"可不是吗？"唐诗"咯咯"地笑起来，"你的狠五年前我就体验过了，现在这些对我来说都已经不痛不痒了。"

说完，她用那种疲惫麻木的眼神看向薄夜。

这副残破的身躯到底还能承受多少爱恨情仇？薄夜，反正我这辈子已经不完整了，那我也不介意破罐子摔得更彻底一些。

薄夜幽深的目光里藏了很多她看不懂的情绪，她也不想去看懂。明明肩膀还在颤抖，但她挺直脊背，就这么摔门走了出去。

外面的人纷纷抬头，只见一个美女两眼泛红地从总裁办公室走出来，步伐极快，路过他们的时候留下一阵若有似无的香气，随后细长的身影走远，大家纷纷猜测她是谁——

"背影看着好熟悉啊……"

"是啊，总觉得之前在哪里看到过。"

"话说她这么出来……莫非是总裁的新欢？"

"啧啧——可是看表情好像是刚跟总裁吵完架啊？"

"估计就是那种纠缠不休的十八线小网红，还以为自己能飞上枝头变凤凰呢。"

"别管了别管了，薄少最爱的还是安小姐。"

唐诗飞快地走进电梯，隔绝了背后那些杂七杂八的议论声。电梯降到一楼，门刚打开，她就看见江歇扬着眉搂着薄夜的秘书走进来。

唐诗出于礼貌还是打了招呼："江少好。"

"这么快就走了？"江歇松开那位秘书，冲唐诗笑了笑，"谈得怎么样？"

"江少觉得我是去给薄夜讲故事的吗？"

唐诗的语气淡淡的，似乎风一吹就会散。擦肩而过的时候，江歇从后面抓住她的手腕。

"干什么？"

唐诗转头，只见江歇在那位秘书错愕的目光中从电梯里走了出来。门关上的时候，江歇还冲秘书眯了眯眼，笑得跟朵花似的："小美女，下次再来找你，拜拜。"

刚道别完，江歇扭头就对唐诗说："我改变主意了，原本应该找薄夜的，现在不如直接找你。"

江歇强烈要求和唐诗谈一谈，唐诗只得答应。他带她去了一家餐厅，进去的时候有个男人坐在那里笑："走的时候是一个，现在带回来的又是另一个。江歇，你就不怕肾虚而亡？"

"老傅您眼睛不好我就给您挂个眼科。"江歇嫌弃地翻了个白眼，"这位是谁您认识吗？"

被称为老傅的男人眯起眼睛打量了一下唐诗,拖长了音调说:"看着好像是有点眼熟……"

江歇拽着唐诗在一旁坐下,随后直白地开口道:"老夜的前妻。"

傅暮终差点将咖啡喷出来,忍住以后艰难地咽下去,又看了一眼唐诗:"唐小姐?"

"是我。"

唐诗不卑不亢地应了一声,声音淡漠,但丝毫不缺气势。

"你……没事吧?"

五年前那场突变其实他们这帮好朋友也都没有料到,唐诗就这么被抓了起来,连一点……回旋的余地都没有。后续怎么样,没有任何人能打听到。

五年后再看到唐诗,傅暮终微微眯起了眼睛。

他总觉得唐诗变了,却又没变。

没变的是她那一身清冷矜贵的气质,哪怕被世人戳着脊梁骨骂了五年,她也依旧是那个惊才艳绝的唐家大小姐。只是她的眼神变了,如同枯朽的老人,毫无生机,一片苍凉,像是对这个世界根本不抱一点希望……

傅暮终想想也了然,被伤得那么深,怎么可能还深爱着这个世界呢?

他沉默了一会儿,找了个开场白:"所以……阿歇你带她来是为了……做什么?"

江歇看了唐诗一眼,小心翼翼道:"我……去调查了一下你,那个……Dawn 是你的艺名吗?唐诗?"

"Dawn?!"傅暮终拔高音量喊了一声,"那个荒诞无稽的设计师潼恩?唐诗,是你吗?"

唐诗用一种防备的眼神看着他们,眉头微微皱起来:"抱歉,不是。"

"我……"江歇不敢相信地瞪大眼睛,"怎么会?我明明调查出来是你……"

"大概是你调查错了吧。"唐诗垂下头,露出一截白皙细腻的脖颈,"我不是 Dawn,你们需要找她吗?"

傅暮终抿着嘴唇没说话,许久才缓缓道:"我们公司有个项目想找她设计……"

唐诗淡淡地说:"那我可以把她的联系方式给你们。"

"真的假的?"江歇还是不大敢相信,可是唐诗既然都说了能给联系方式，这就说明她的确不是Dawn。

难道是消息有误？

傅暮终只得接着道："那就麻烦你了，有事可以打名片上的电话。"

说完，他掏出名片递给唐诗。

唐诗欣然收下，随后站起身来："没别的事情了吧？"

"没有了，要我送你吗？"

"不必了。"

唐诗垂下眼帘，手插到风衣的口袋里，迈开细长的腿走向餐厅出口。

"呵……"江歇看着她的背影喃喃，"好高冷啊。"

傅暮终微微眯起眼睛，抿了一口咖啡，意味深长地评价道："安谧不及她。"

"你说什么？安谧？"江歇像是听见什么稀奇的事情一样，对着傅暮终皱了皱眉头，"老夜的那个女人吗？"

傅暮终将烟点燃后叼在嘴里，似笑非笑地说："是啊……"

安谧不及唐诗，这是显而易见的事情。

当年的唐诗才貌双全，无人能比。论家世，论学历，论背景，安谧样样都比不过唐诗。唯一不同的大概就是，安谧有一张清纯无辜的脸吧。

唐诗太骄傲了，她永远都是高高在上的千金小姐，从来不会露出那种澄澈如水的眼神。而安谧不同，她楚楚可怜，会让男人产生占有欲。

这大概也是安谧唯一赢过唐诗的地方……

傅暮终看着唐诗远去的背影，慢慢地眯起了眼睛。

唐惟今天在家特别乖，帮着用人打扫了客厅，还帮忙擦了花瓶。用人们都特别紧张，在一旁"小少爷、小少爷"地喊，生怕没伺候好他。

唐惟说："你们不用喊我小少爷，我都不一定在这个家待着。"

王妈一脸爱惜地说："小少爷说什么呢，这儿就是你的家。"

"不。"唐惟斩钉截铁地说，"这里不是我的家。"

从来都不是。

岑慧秋和几个贵妇朋友从外面回来，看见唐惟穿戴整齐地站在门口，还以为是在等她。结果等她走近，唐惟脸上的表情也淡了下来。

他以为是唐诗来接自己了，原来不是。

妈妈……你什么时候才来带我回家呢？

"惟惟，怎么站在外面呀？"岑慧秋一脸惊喜地上前对唐惟道，"你爸爸还要一点时间才会下班，先进去吧。"

唐惟抿了抿唇没解释，跟着岑慧秋进去。里面的用人又当着岑慧秋的面夸他懂事，说这么小的孩子居然也不闹腾，还会帮忙干家务活，真是太乖了。

可是谁都不知道他不是乖，而是在等，在等唐诗来把他带走。

这种地方，他一刻都住不下去……

薄夜回来的时候，唐惟正在书房里看动画片。

岑慧秋上前嘘寒问暖，薄夜都没说话，只是问了一句："他人呢？"

他指的是唐惟。

岑慧秋道："今天惟惟很乖的，现在正在书房看动画片呢。你就别耍脾气了，都是自己的孩子……"

瞧瞧，这才多久，这么个小屁孩居然就把他家里人的心给笼络了！

乖吗？呵，薄夜冷笑一声，这臭小子对着他的时候可是竖起了全身的刺啊！

他走到二楼书房，推开门，看见唐惟正坐在里面。听见声音，唐惟立马就把屏幕给切换掉了。

薄夜走上前，把手搭在唐惟的肩膀上："在看什么？"

唐惟把底下的窗口弹出来："在看奥特曼……"

呵，果然还是个小孩子，看这种没营养的东西……薄夜皱了皱眉，在看见唐惟那张和自己相似的小脸时，脸上终于卸下些许凛冽，他对着唐惟道："从今天起你就由我来养，有空带你去改个名字，跟我姓。"

唐惟听了，抬起头来淡淡地看着薄夜，道："薄少，您办过手续了吗？养我的话必须和我妈打官司。"

听到唐惟说的这句话，薄夜当时就笑了。

"你这是什么意思？"薄夜死死地盯着他的脸，"你本来就是我儿子，要不要我带你去验个DNA？我养我自己的儿子，需要办什么手续？"

唐惟看着薄夜的脸，父子二人一大一小就像是复制粘贴一样。只是薄夜的五官更深邃精致，而唐惟在气质上偏柔和，像极了唐诗给人的感觉。

他轻声说："薄少，如果我没记错的话，你和我妈妈在五年前就已经离婚了。而我，是在你们离婚后才出生的，所以我的抚养权自然是在妈妈手里。您若是想养我，在抚养权上还得跟我妈妈协商一下。"

薄夜的瞳仁缩了缩,像是不敢相信一般重复了一遍:"你说什么?"

唐惟就这么看着薄夜,似乎对于他的震惊无动于衷。最后,他的声音缓缓低下来,说:"薄少,如果我不是你的儿子……是我妈妈和别人生的,你会这样对我吗?"

薄夜的心一紧,无端的烦躁从心头划过。

如果这个小孩不是自己的儿子,他会这样大费周章地把他带回家吗?可是……一想到唐诗和别的男人生孩子,他就没有办法控制自己的火气……

唐惟看着薄夜这样的表情,忽然就笑了起来。小孩子笑起来声音清脆如玉,却偏偏带着一股嘲讽。

"薄少,你永远都不会懂那五年里我们过的是什么日子,所以我也不可能和你亲近。"

唐惟抬起头看着薄夜,那一瞬间,薄夜竟觉得如万箭穿心。

五岁的小孩,竟有这种能力伤他至此。

他说:"薄少,我是妈妈在这个世界上活下去的唯一动力,没了我,她会死的。"

没了唐惟,唐诗会死。

晚上八点,唐诗收拾好自己,去了薄夜报给她的地点——某家KTV的大门口。

服务员一看见她就上来迎接:"您好小姐……"

唐诗特地给自己弄了头发,重新化了妆喷了香水,一席西装裙搭配小高跟,气质潇洒优雅。她站在那里,披散着头发,纤细的脖颈上戴着一条锁骨项链。这是唐奕的手工作品,全世界仅此一条。

她那气场太矜贵了,就如同某位世家大小姐。她微微低头,眼睛细长,红唇激滟,秀挺的鼻梁勾勒出侧脸精致的弧度。令所有人都觉得面熟,可是大家又想不起她是谁。

谁都不知道她就是当年那位唐家大小姐。

薄夜在停车场停好车,走上来就看见这一幕。

旁边喝多了的人摇头晃脑地边走边说:"看到门口那位美女了没?简直是极品!那气质,那长相,啧啧!"

他旁边的兄弟说:"别想了,这种女人你能碰得到?给人家当当司机还差不多。"

"哈哈，当司机我也乐意！免费给她当！"

薄夜的眉头微微皱起来，再抬起头时，唐诗见了他，眸子里闪过一丝慌乱。

薄夜穿着裁剪创意的白衬衫和干净利落的西装裤，踩着一双巴黎世家的皮鞋，一只手捏着车钥匙，一只手抓着一件外套。他有一张俊朗不羁的脸，左耳两枚黑钻耳钉和他黑如曜石的瞳色相映。他站在门口，高大挺拔的身材引得路人频频回眸。

他就是有这么一种与生俱来的气场，能让所有人都注意到他。

都说薄夜是所有女人心中的梦中情人，所以五年前薄夜娶唐诗时，不少女人都失恋了。

唐诗被诬陷的那一天，不知道有多少人在背后吹口哨祝贺。

薄夜和唐诗站在门口，隔着来来往往的人群对视，一眼万年。似乎穿过这些陌生的脸，他们便能回溯时光来到从前，仿佛他还是她心中的挚爱，她还是他眼里的少女。

时光如梭，白云苍狗。

他们是怎么走到现在这般田地的呢？到底谁是……背后的推手？

唐诗收起了自己各种胡思乱想的念头，抬头看着薄夜一步步走到自己身边。

那张完美的脸和自己的距离一下子拉近时，唐诗悲哀地发现，自己的心里不再有一丝悸动。

她看了一眼薄夜就立马收回目光，听到薄夜在身边淡淡地说："等了多久？"

"不久，十分钟吧。"

唐诗莞尔，优雅得让人找不出漏洞来。可偏偏是她的这副模样，让薄夜觉得很陌生。

以往她总是温柔且大方，眼里带着无数情意。可现在那双眼睛就如同枯朽的深井，当年她的骄傲折翼落在其中，被吞没后化为一片虚无。

薄夜的心在颤抖，却强忍着出声道："上去吧，跟着我。"

语毕，他伸手摁了电梯开关。开门的那一刻，除了他们，竟然没有人敢跟上来和他们一起乘电梯。

五年前，唐诗和薄夜独处的时候还会紧张。如今五年过去，早已时过境迁，物是人非。她心里除了麻木，什么都不剩。

电梯缓缓上升时，薄夜就这么看着唐诗的侧脸。

唐诗自然察觉到了薄夜滚烫的视线。

若是换成五年前，他绝对不会这样看她，甚至巴不得她离他远远的，最好这辈子都不要出现在他面前。

可是现在，他用这种炙热的目光盯着她，就像是狼群的首领盯住了猎物，让她觉得无处可逃。

"叮"的一声响，电梯门开了，唐诗率先走出去。身后的薄夜看着她，沉默了很久，也迈开步子跟上。到了V2包间门口，唐诗终于停下了脚步。

薄夜冲着她笑了笑："怎么不进去？"

唐诗咬了咬牙，伸手推开了包间的大门。

她进去的一瞬间，似乎听见有人吹了一声口哨，酒气夹杂着烟味扑面而来。

唐诗内心虽然不喜，却只是微微皱了皱眉。

随后她就听见沙发上有人喊："这是谁带进来的！"

薄夜在她背后笑道："怎么，福臻，你想要？"

唐诗抬头看去，看见了江歇。他们一帮人窝在沙发上，周围坐满了陪酒的女人，她们一个个都穿着超短裙，露出香肩。

唐诗站在那里，实在是有些格格不入。

福臻倒了一杯酒走上前，对着唐诗道："是老夜带来的吗？小姐姐你好，来喝一杯吗？"

"喂喂，福臻，你可别作死啊。"

江歇在福臻背后提醒他，岂料这位祖宗喝多了，跟没听见似的，搂着唐诗就在一旁坐下,随后冲薄夜笑眯了眼："老夜你简直是我的小棉袄！你怎么知道我喜欢这款的！"

薄夜的眼神晦暗不明，但是没说话。

福臻继续喝酒，还叉了一块西瓜送到唐诗的嘴边。

唐诗皱着眉犹豫许久，还是张嘴吃了，旁边一群人开始尖叫。

"哈哈哈！福臻真不要脸！居然凑上去喂人家吃东西！"

"人家不还是吃下去了吗！福臻，你晚上有戏啊！"

福臻搂着唐诗笑，将头靠在她的肩膀上，对她说："小姐姐，玩游戏吗？"

薄夜在一旁看着，捏着酒杯的手指无意识地收紧。

旁边的江歇小声道："老夜，要不我去和福臻说一下……"

"不必了。"薄夜声音冰冷。

只是一个女人，凭什么……凭什么让他如此在意？

唐诗对着福臻笑了笑："你就是要和薄夜谈生意的人吗？"

"小姐姐，出来玩别谈什么生意嘛。"

福臻把俊脸一拉，转头看向薄夜："老夜，你是不是跟人家说了什么？她一开口就要和我谈生意，好扫兴啊。"

看来就是这个人无疑了。

唐诗端起酒杯。既然薄夜带她来的目的是陪客户，那么她只需要陪好福臻就行，于是她对着所有人笑道："迟到了，我先自罚一杯。待会儿要是玩什么游戏，可别针对我啊。"

福臻一下就笑了，搂着她说："你怎么这么可爱呢。"

唐诗缩在他怀里冲他笑了笑，红唇被酒精染得发亮："是吗？我觉得福公子也很可爱呀。"

福臻这个名字她并不陌生，五年前她好歹也是上流社会的名媛，经常能听见几个圈子里鼎鼎有名的公子哥的名字，福臻就是其中之一。

据说他是隔壁市的，家产庞大，想和他交朋友的人不在少数。

薄夜看着唐诗对着别人笑靥如花的样子，忽然间就升起一股无名之火。

当初喊她来陪酒是想羞辱她一番，没想到现在竟是自己先被惹怒了。

江歇在一边看得小心翼翼："老夜……你没事吧？"

就算是前妻，也没有人会让自己的前妻去陪别的男人喝酒啊，这样当真是一点情谊也不剩了。

可是薄夜死死地咬着牙，用锋利凛冽的眼神盯着唐诗，嘴里却说着："无所谓，随她去。"

没错，只要她能帮他搞定福臻，陪酒又怎么了？

他脑子里思绪纷乱，这时周围又响起一阵欢呼声。

他猛地抬头看去，正好看见福臻和唐诗双唇分离的一幕。下一秒，他的眼中掠过无数腥风血雨！

旁边有人在鼓掌："小姐姐说到做到！佩服佩服！"

"输得起玩得起！就喜欢你这样大胆的！"

"要不要再来一局呀？"

江歇一看薄夜的脸，升腾而起的杀气都快把人吓死了，赶紧冲那边喊道："你们在玩什么！"

"真心话大冒险，说不出来或者做不到就被指定亲一口。"有人笑着回应道，"要不要一起？"

被亲一口？

薄夜蓦地看向唐诗，见她红唇微张，性感妖娆，像极了一只妖精，所有男人的眼睛都时不时往她身上瞟。

怒火就这样毫无抑制地从心底蹿起来，薄夜甚至都没去想自己这是怎么了，那一秒他脑子里是各种疯狂的念头——把唐诗带回家，让她一辈子都不被别的男人碰。

那是他的所有物，不管是谁碰了，都该死！

他愤怒地看向唐诗，却见她正冲着自己笑。

唐诗有一张艳丽无双的脸，五年前他就知道。可那个时候的他对她厌恶又嫌弃，甚至从来不把她放在眼里，只觉得这种妖娆的女人娶回家也就是个花瓶，还特别矫情，根本不如安谧。

是啊……她根本不如安谧。这样一个女人……凭什么！凭什么……

薄夜发现根本没有办法克制自己的愤怒，看见她和福臻亲吻的那一刻，他甚至想动手掐住她的脖子——这个女人，她竟然敢让别的男人亲她！

福臻却像是没看见薄夜的表情似的，依旧抱着唐诗。

唐诗微微抬了抬下巴，露出纤细优美的颈线，还有她锁骨上的锁骨链，画面艳丽无比，却又惹人怜惜。

福臻轻声问："晚上跟我回去吗？"

唐诗故作淡定地将头发撩到耳后去，对着福臻装作不懂的样子："福公子这是在逗我玩吗？"

福臻将脸深埋进她的发间："我哪儿舍得啊？你不如告诉我你叫什么名字？"

名字？

唐诗身子一僵，忽然就愣在那里，不知道该如何反应。

"怎么了？"福臻见她脸色惨白，打趣道，"不会是什么可怕的人吧，小姐姐，你可别吓我啊。"

唐诗赶紧收敛了笑容，摇摇晃晃地站起来，道了一句："我有点头晕，先去上个厕所,回来告诉你。"

福臻吹了一声口哨:"要我陪你去吗?"

"也不在乎这点儿时间吧。"唐诗笑得千娇百媚,"福少在这儿等着我就好了。"

"哎哟!啧啧啧!"

"最难消受美人恩啊!福公子今晚肯定美死了!"

"不愧是美女,说起话来都这么美!"

唐诗走进厕所,在洗手池旁边站稳,伸手撑住自己的脸,狠狠地深呼吸一口气。

刚上来喝得有点急,现在她头昏脑涨,脸上带着醉酒后的红晕,不断地吸气呼气。

福臻问自己的名字……要如何回答呢?

我叫唐诗,就是五年前的唐家大小姐。

她要如何面对包间里的所有人呢?他们又会用什么样的眼神看她?

五年后,唐家大小姐沦落到陪酒的地步,这多可笑啊,她装出来的清高和坚强都将成为一个笑话。

唐诗站在那里,大脑里掠过无数念头,甚至生出丢下他们直接逃跑的想法。可是一想到唐惟,她就忍住了。

薄夜靠近唐诗的时候,她都没反应过来,下一秒她就被直接拉进了女厕所的最后一间。

门被狠狠地甩上后,她跌落在薄夜的怀中。

她抬起头,看到男人的脸上带着惯有的嘲笑,就这么睨着她:"有本事勾引人家,却没本事告诉他你是谁?"

唐诗脸色惨白地笑道:"薄少,这里是女厕所。"

这句话似乎并没有打动他。

他锁上了女厕所隔间的门,将唐诗逼到墙角,伸出手,狠狠地擦过她的红唇。

口红在他的指腹开出一朵红梅,薄夜冷着声音道:"和福臻亲了?"

唐诗低下头去:"游戏规则,不得不服。"

"只是个游戏,你就这样上赶着和他亲热?"薄夜不让她低头,狠狠地抬起她的下巴,"唐诗,五年不见,你还真是变本加厉了!"

唐诗笑了,笑得荒唐,笑得眼泪汹涌而出:"你凭什么这么指责我!

薄夜,把我带来这里的人不正是你自己吗!你让我去陪酒,你瞧,我去了呀!"

薄夜似乎是气急了,抓着唐诗,将她按在女厕所的墙壁上。

他呼吸急促,一双眼睛里掠过无数腥风血雨——他在动怒。

"你把我叫来喝酒,难道就没想过我会被人刁难吗?"唐诗笑得眯起了眼睛,"你不是想看我被人羞辱的样子吗?怎么,没看见,你是不是特别不爽啊?"

薄夜逼近她,唐诗剧烈挣扎,此时门口正好有人进来。

薄夜低笑:"叫啊,叫啊,让外面的人都看见你这个样子好了!"

浑蛋!

唐诗恶狠狠地看着薄夜:"为什么要这么对我?"

薄夜没说话,低头狠狠地吻住她。五年前当她还是他妻子的时候,他和她的某些事就像是例行公事。虽然他不喜欢这个女人,但是她有着相当好的身段,所以他并不觉得她无趣。

可是他没想过她会怀孕,还会生下自己的孩子。

记忆恍惚回旋,他忽然就想到了一个问题。

五年前,安谧死去的时候,唐诗是不是就已经怀孕了?

薄夜的身子狠狠地颤抖了一下,这个孩子能活下来……真的,很不容易。

唐诗用力推开他,外面的人已经离开,没有人发现女厕所的最后一个隔间里有两个人。

她对着薄夜哽咽道:"为什么要这么对我?"

薄夜,你五年前伤我至此,还不够吗!

我已经付出了那么惨烈的代价,为什么还不能从你的手下逃脱?

薄夜没说话,只是瞳孔缩了缩。看见唐诗这般痛苦的样子,他似乎也察觉到了她的难过。

她将自己的衣物整理好。

薄夜觉得自己肯定是疯了,也肯定是醉了,为什么五年后唐诗回来,他会对她重新有了念想?

唐诗捂着脸走出厕所,他似乎听见了她离去时带着抽泣的鼻音。随后,他才脸色不好看地走出来。

他刚走出来,就瞧见一群女人迎面走进来。

"这里是女厕所吧?"

喝多了的女人们回头去看标志,又看了一眼薄夜:"好帅的男人啊,可是,为什么会在女厕所呢?"

"别说了别说了,没准是那种变态呢……"

"啧啧——看不出来啊,长得白白净净的,居然喜欢偷偷去女厕所……"

一群女人多看了薄夜几眼,奈何人家气场神秘莫测,她们说话没敢太大声。

唐诗回去的时候,福臻似乎已经在包间里等了她很久。见她走进来,他笑着将她搂入怀中,动作熟练得如同旧情人一般。

姗姗来迟的薄夜看见这一幕后,不动声色地眯起眼睛。

到底是怎么了?看见唐诗被别的男人碰的一瞬间……他竟然无法控制自己的情绪。

将心头的悸动都压了下去,薄夜坐下的时候已神色如常。那边福臻已经笑得靠在了唐诗的肩头,美人在怀,春风满面。

福臻凑近了问唐诗的名字,在她的耳边低笑:"你和老夜的关系看起来不一般?"

唐诗身子一抖,这是怎么被他看出来的?只是她没有承认,几乎是瞬间就换上了笑脸:"怎么可能呢,福公子为什么会这么想?"

福臻搂着她说:"因为我看见你走出去后,老夜也跟出去了……"

这观察力!看来大家都不是傻子,她是跟着薄夜来的,多多少少会有人猜测她和薄夜的关系,然后她和薄夜又一前一后去上厕所……

难怪会引起福臻的怀疑了。

唐诗没多说什么,只是垂下眼帘,许久才道:"福公子真的想知道我是谁吗?"

福臻见她这副深沉的表情,不由得一愣:"嗯……你这是怎么了?"

五年前,所有男人的梦中情人是她。她有一双美得惊人的眼睛,还有一身矜贵骄傲的气质。

五年后,这颗明珠滚落尘世间,成为所有男人心头的一根刺。

唐诗凑到他耳边,用一种如同情人般亲昵的语调说:"福公子……我叫唐诗。"

福臻的脸色一下子变了,似乎是有些不敢相信,清俊的脸上写满错愕,他瞪大眼睛,死死地盯着唐诗。

她笑着趴在他的肩头:"是不是觉得很不敢相信?没错,我就是唐诗……薄夜的前妻。"

得知真相的那一刻,震惊将他吞没了。

福臻连搂着她的手都开始颤抖:"你……是不是在跟我开玩笑?"

"有什么可开玩笑的呢?"唐诗从他身边离开,自顾自地给自己倒了一杯酒,笑得十分娇艳,"不认识我,难道还不认识我这张脸?福公子,五年前我在圈子里的时候,可是经常听见你的名字啊。"

福臻的呼吸都开始加速。换了别人,他绝对不会有半点兴趣,谁会要这样一个"劣迹斑斑"的女人呢?

可眼前的人是唐诗,是五年前震惊了上流圈子的名媛!

福臻望着她,嘴里莫名干渴,连他自己都不知道到底是为什么。

"老夜……为什么要让你过来陪酒?"

如果她说的话是真的,那她就是薄夜的前妻。为什么薄夜会把自己的前妻喊过来……做这种事情呢?

唐诗冲他笑了笑,随后又眨了眨眼:"我们早已经离婚了,所以你不用把我当薄夜的谁谁谁。"

是啊,她从来都不是薄夜的谁,不管是五年前还是现在,薄夜心里永远没有她的位置。

只是他们聊到一半,薄夜突然走上前去,在众人的惊呼之下,直接将唐诗扛到了自己肩上。

唐诗被他突如其来的动作吓得浑身一抖,随后用力地捶他的背:"你做什么?放我下来!"

薄夜冷笑道:"放你下来?继续看你和别人眉来眼去?"

所有人都被薄夜这个动作震惊了。

福臻坐在沙发上,看着薄夜就这么把唐诗扛起来,结结巴巴道:"大……大兄弟……有……有话好好说!"

"福公子,她是我的。"

福臻抓着酒杯号叫:"老夜你不是人!自己给我带来的姑娘,居然又要独占!"

唐诗羞红了脸,他这样的行为无疑是在羞辱她。她强忍住声音里的

031

颤抖:"薄夜,你放开我!"

"我要是拒绝呢?"

"你喝多了!"

"对,我就是喝多了!"

薄夜不顾所有人看好戏一般的眼神,直接扛着唐诗往外走。

唐诗只觉头昏脑涨:"放开我!浑蛋!人渣!去死吧!"

"骂得好,语言天赋还挺高,常青藤大学出来的,果然词汇量挺丰富啊。"

"自己要我陪酒,现在又反悔!"唐诗高喊一声,"有本事让别人带我走啊!垃圾!渣男!你成功让我变成了大家眼中的'杀人犯',你还想要我怎样!"

所有人的脸色都变了。

唐诗那句"杀人犯"如针扎进所有人的耳朵里,大家都停下动作看着他们。那一瞬间,所有人终于记起她是谁了。

才貌双全的唐家大小姐,唐诗!

唐诗忽然自顾自地低笑一声,随后眼泪就落下来,模糊了她的视野。她原本不想哭的,可是根本就止不住。

命运就是这么可怕,在你以为彻底逃开的时候,给你狠狠一击,然后告诉你,你根本就逃不出这片阴影。

薄夜将唐诗放下来后抱在怀里,再将她按在墙上。他在众人的注视下捏住她的下巴:"委屈,嗯?"

唐诗声音拔尖,像是带着恨极了的决绝:"委屈?我有什么好委屈的!是我罪有应得,我活该!"

薄夜就是听不得唐诗这样的语气。他想掐住她的脖子,却不知为何,手竟然……收不紧。

为什么,他做不到了?

背后有人发出尖叫:"薄少……别……别动手!"

福臻被这场惊变吓到,在后面大喊一声:"老夜!你冷静一点!"

江歇开始打电话叫人:"薄夜喝多了……快带人过来。"

因为情绪激动加上喝了酒,唐诗呼吸有些跟不上节奏,所有的过往在她脑海里盘旋,眼前的景色变作一片闪烁的走马灯,耳边嘈杂纷纷,好像那日被记者围住时一样。

心跳加快，思绪混乱，过往重重如同天罚降下，唐诗最终双眼一闭，在他手里晕了过去。

他……他只是气急了，他没想过要她的命……唐诗，你是怎么了？！

唐诗听见耳边有人在尖叫，而这一切都渐渐……渐渐离她远去。

第二章

寂静的病房里,唐诗睁开了眼睛,入目一片晦涩的光,随后视线才渐渐变得正常。

有人推门进来,她才猛地回过神。

薄夜站在门口,脸上的表情晦暗不明。在看见唐诗的那一瞬间,他的眼睛里闪过无数情绪,但最后都熄灭在漆黑的瞳仁中。

唐诗就这么麻木地看着他,一言不发。

唐诗曾经幻想过很多种旧情人见面的方式,这个世界实在是太小了,痛彻心扉爱过的人终究会在某一天见面,可是唐诗真的没想过薄夜会这样对她。

他以一种极端残忍决绝的方式,将她再一次送入绝望的深渊。

薄夜看着沉默的唐诗,察觉到她并不想和自己说话,只得站在门口清了清嗓子道:"你醒了。"

唐诗冷漠地看了他一眼,没说话。

薄夜走上前去,看到她痛恨的眼神,心竟莫名地感觉刺痛。

"怎么,跟我斗气?"他笑了,脸上挂着令人胆寒的笑意,"唐诗,留你这条命到如今,你应该感到庆幸。"

唐诗像是听见了什么笑话一般,清脆地笑出声:"是啊,我还要谢谢你手下留情,留下我这条命!"

"你很委屈?"薄夜也冷笑,比唐诗的笑更讽刺。

"委屈什么?"唐诗眯起眼睛,脸上还挂着虚弱的病态。那双眼睛却锐利得如同淬了毒的刀刃,亮得惊人。

在那双眼睛的注视下,薄夜竟有一种无法呼吸的错觉。

唐诗冲他笑得娇艳："薄夜，我可不是要好好谢谢你吗？！我上辈子肯定是造了天大的孽，这辈子才会被你毁得一干二净！"

薄夜反驳："你还想为自己狡辩什么？安谧的死……"

"若是安谧的死与我无关呢？"唐诗笑得癫狂，像是这个世界上再没有什么可以让她留恋的，"薄夜，我就问你一句话，倘若安谧的死与我无关，那你欠我的，这辈子还得清吗？！"

薄夜的瞳仁狠狠地紧缩，他倒退两步，不敢相信地看着唐诗："你说什么？"

唐诗的声音忽然低下去，就像是刚才的反击已经用尽了自己的全部力气。

她说："薄夜，我不恨你了。因为我觉得，你已经这么可怜了，我恨不恨你都已经无所谓了。"

她抬头的时候，昔日对他饱含爱意的眸子里空洞麻木得一点情谊都没有留下。

薄夜怒极反笑，动怒的时候一张脸更是俊美逼人。

五年前她也曾飞蛾扑火，不顾一切地扑向他，到头来却是毁灭了自己，什么都没得到。哪怕是同情，他都吝啬给予。

唐诗摇了摇头，像是自嘲，故意这么说："我不后悔，我也不恨你，没有你，我也一样活着。"

"随便你去查，随便你去翻旧账！薄夜，我告诉你——"

她一双眼睛犀利而凛冽，薄夜在恍惚间仿佛又看到了当年惊才艳绝、骄傲无比的唐家大小姐。哪怕是家族沦陷，她也依旧有着一身难以磨灭的清高和自负。

唐诗的嘴唇一张一合，对着薄夜道："我告诉你，五年前我在所有人面前打翻了安谧的骨灰，我一点也不后悔。因为她，我家破人亡；因为她，我背负罪名；因为她，一个已死的人，我受尽折磨和屈辱！幸亏她死了，我打碎她的骨灰盒一点都不过分！我告诉你，她若是活着，我也要将她挫骨扬灰！"

"你敢！"薄夜暴怒，连声音都在颤抖，"唐诗！你敢！你居然还敢说出这种话！"

"对！我就是敢！一个死掉的人，竟让我背负了一段这么不公平的人生。薄夜，你但凡站在我的立场想过一丁点，就不会让我变成现在这样！

我告诉你,我对她做的事情从不后悔,我只怕你到时候知道了事情的真相,发现安谧的死与我无关,会恨死你自己!"

薄夜被唐诗这番话震得心一紧,只是当年安谧被推下去的时候他在场,他怎么可能看错,就是唐诗动的手!

"少在这里装什么清白了,若是要说,五年前你就该说了!"

"你给我机会说了吗?"唐诗终于笑出眼泪来,"啊,是吧,你从来都不相信我说的。我当了你五年的妻子,你从来都没对我施舍过一个眼神,哪怕是一个!薄夜,你不爱我,又为什么娶我?你对得起我,对得起安谧吗?"

"娶你?两家联姻,我们的婚姻何来感情?"薄夜终于没有忍住,大喊一声,"而且当初可是你爬上了我的床!"

"是吗?你是这么看我的吗?你当真忘得一干二净了!"唐诗笑了,笑得浑身颤抖,笑得声音都有些破碎,"有句话真是没说错……百无一用是情深,不屑一顾是相思!"

薄夜,就当我曾经为你的付出全是笑话,若是重来,我一定不会选择遇见你!

她后悔了,后悔得一塌糊涂。薄夜薄夜,我只求有朝一日你悔不当初!

"我不怕你这样对我,我只怕你有朝一日自己会后悔。"唐诗说完这句话,便指着病房的门,冲薄夜高喊一声,"滚出去!"

她不恨了,说无所谓了,可眼中的恨那么明显,因为实在是太恨了,所以原谅与不原谅都没什么两样。她对他的恨早已深入骨髓,从五年前他让她给安谧下跪那一刻开始,她就亲手扼杀了所有对他的爱和期待。

穷途末路,你送我的一场毁灭,造就了深渊里的我无尽的痛苦与挣扎。薄夜,我不要救赎,我只愿将你诅咒,愿你今生今世再也求不得爱人!

唐诗放声大笑,外面有护士听见声音冲进来,看见唐诗这样,上前将她用力按住。

唐诗浑身一个哆嗦,将护士掀翻在地。

护士尖叫一声,顿时从走廊外面跑来一群人,甚至还有人高喊着——

"镇静剂,镇静剂!"

"V02病房有病人情况异常!"

"快!医护人员和保安通通上来!"

"别碰!滚!都滚!"一旦有人上前,唐诗就拿东西砸过去,杯子、花瓶、凳子，所有的东西都成了她的工具。

她边哭边砸："滚出去！都滚出去！"

薄夜高喊一声："唐诗！你疯了！"

这句话就像是一把利剑刺入唐诗的身体，穿透她的肺腑，剧痛从胸口蔓延至身体的各个角落、每一根毛发，一寸一寸，将她的呼吸吞没。

女人在疯狂中红了眼睛，忽然就冲着薄夜跪下，狠狠地磕了个响头。

"薄夜，放过我吧，我求求你……求求你放过我吧！

"我被折磨了五年，早已经人不人鬼不鬼了。你看看我，你睁眼看看我现在的样子啊！"

有一股难以名状的酸痛感忽然从心尖开始蔓延，薄夜全身颤抖，愣怔地注视着眼前这个女人。

他俊美的脸上带着来自灵魂深处的剧痛，痛得他的眉头死死地皱在一起："唐诗，你……你怎么了？"

他忽然间就想到了唐诗右手上斑驳交错的疤痕，一个人，该是有多绝望，才会对自己最珍贵的右手下手？

唐诗是设计师，比谁都看重这双手，这是她一身的傲骨和清高。

可是这样的她选择毁了自己最重要的右手，这到底是经历了多大的滔天巨浪？

所有人都震惊了，为什么唐诗会变成这样？这样脆弱，这样敏感，这样疯狂……

这五年……是谁将她毁成这副模样？

薄夜忽然间不敢去问答案，他害怕是自己……怕自己就是将她变成怪物的罪魁祸首。

不会的，唐诗……唐诗那么爱自己，怎么可能……

专业的医护人员冲进来，一前一后按住了唐诗。

保安站在一旁维持秩序，有人把受伤的小护士扶起来，病房里一时间无比嘈杂，还有人探头想往里看。

薄夜被人群挤到一旁，震惊地看着唐诗被人按在病床上，装有镇静剂的针对准她的手臂狠狠地扎入。随后她瞳孔涣散，合上眼皮，再次陷入了昏迷。

第二天，薄夜来了医院。

唐诗的主治医师已经换了一批,看见他后喊了一声"薄少",然后便把一些报告资料递上来,叹了口气道:"薄少,您夫人的情况不是很好……"

不知道为什么,薄夜没有去说明他们两个人的真实关系,反而由着医生继续说下去:"她有严重的抑郁症,曾经肯定遭遇过巨大的刺激。薄少,您……和夫人先前发生过什么事情吗?"

薄夜看着手里的报告单,他的手指竟被单薄的纸张硌得疼。

他的鼻子酸涩,像是堵着一团棉花,过了许久他才道:"没……没有啊。"

"这样啊,唉。"主治医生摘下眼镜擦了擦镜片,"我们查了一下,她已经有治疗记录了,只是每次吃药的时间并不固定,都是有反应了才吃药克制。这样是无法根治的,而且她自己也并不配合治疗……薄少,这可能得花多点时间。您知道夫人最喜欢什么吗?"

医生的最后一句话让薄夜愣住了。

唐诗……最喜欢什么?

他竟无从得知。

薄夜觉得自己没法再和医生沟通下去,随便说了几句话就走了。

临走时,医生的话还在他的脑海里盘旋——

"夫人应该是经历过一些不大好的事情,薄少,如果有什么情况,我希望您别瞒着我们。您只有告诉我们,我们才好制定治疗方案……夫人的这种情况实在算不上好,你知道吗?她手上的刀疤不是一天两天造成的,而是新伤旧伤交错覆盖的。最近一道……是在两个星期前。"

两个星期前,日子如此近!

伪装在骄傲清高表象下的唐诗,早已不是五年前的那个大小姐。她的灵魂早已支离破碎,剩下的,也仅仅是一些执念而已。

薄夜不敢再去多想,走回唐诗的病房门口,辗转反侧,第一次生出逃避的念头。

他竟然……不敢去面对一个女人。而那个女人是自己的前妻——是五年前被自己亲手交给警察的。

唐诗害死了安谧,如今过着这样的日子,薄夜觉得他应该高兴才对。

可是看见她的时候,他分明又高兴不起来,总觉得自己才像是那个刽子手,将她害到这般田地。

薄夜在门口站了很久,脸色苍白,终究没有进去。他转身走向走廊过道的另一端,拿出手机,拨打了一个电话号码。

"是我。"

男人的另一只手插在兜里,身材高大挺拔。哪怕是在医院里,也惹得无数小护士偷看,纷纷猜测他的身份。

"替我去查一查……唐诗消失的五年里发生了什么。"

像是下定决心一般,薄夜终于说出了那句话。

他不想去怀疑,却不得不去验证一件事:"当年的事情……是不是,真的有人在暗中推动。"

唐惟是在当天下午被薄夜从幼儿园里接出来的,坐上车的一瞬间,唐惟叹了口气,说:"薄少,您别关着我了。我又不会跑,顶多是回到妈妈身边去。你要是真的有心,一个月来看我一次,我就很感激您了。"

薄夜气得想开车撞花坛,听听这臭小子说的什么浑蛋话!眼里还有他这个老爹吗!

要不是验过DNA,结果证实了两个人的父子关系,他觉得这孩子应该是自己捡来的。

薄夜忍住想狂踩油门的冲动,开着车子上了高架后驶向医院,随后道:"臭小子,你这是和爸爸说话该有的态度吗?"

唐惟叹了口气,不知道是在替自己叹气,还是在替薄夜叹气。

"薄少……"

"叫我爸爸!"

"薄少……您先听我说……"

"叫爸爸!"

"爸……爸爸……"唐惟结结巴巴地念着这个称呼,还有些不适应,脸都憋红了,"您……别强迫我喊……"

"多叫叫就习惯了。"

从这臭小子口中听见"爸爸"两个字,薄夜心里总算舒畅不少。

他说:"我就是你爹,你喊我爸爸有什么不对?"

唐惟说:"可从我出生到现在,你从来没有关心过我。"

薄夜深呼吸一口气,强忍着不舒服说:"你妈妈把你藏得太好了,我也是最近才知道你的存在。"

"那我妈妈怀孕的时候呢？"唐惟迅速反问道，"你不会连我妈妈怀孕的消息……都不知道吧。"

薄夜抓着方向盘，手有点颤抖。

五岁小孩的问题竟让他回答不上来。

他若是知道……若是知道唐诗怀孕了，说不定……当时就不会那样对她了……

薄夜眼里闪过无数种情绪，但眼睛一眨，他还是那个冷酷无情的薄家大少，雷厉风行，手段果敢，似乎这辈子从来没有什么事情可以让他后悔一般。

唐惟很乖地坐在后排车座上，看着窗外不断闪过的风景，忽然问："这不是之前的路……"

薄夜在心里暗暗夸奖这小子聪明，才几天就记住了来回的路。

他清清嗓子开口道："去医院的路。"

"医院？"唐惟年纪小小但是心思亮堂，小心翼翼地问，"是不是我妈妈出什么事了？"

这小王八蛋怎么这么聪明，当爹的压力很大啊！

不过薄夜转念一想，都是因为他基因好，能生出这么聪明的儿子也是他的本事，他又美滋滋地觉得自己儿子是个天才，真牛。

到医院后，薄夜蹲下来理了理唐惟的衣服。

也只有在这种时候，唐惟才觉得薄夜是他的父亲，可是薄夜做这一切无非是为了面子。

薄夜靠近他的时候，唐惟还是忍不住多看了几眼。毕竟只是五岁的小孩子，面对自己的亲生父亲时，心里还是开心的。

虽然父亲很令他失望，但如果父亲以后表现好，他或许可以帮着父亲追母亲。

薄夜说："你妈妈有抑郁症，你知道吗？"

这些沉重的话题原本他不想在唐惟面前提起的，只是想到这个孩子年纪小小却心思成熟，他也就打开天窗说亮话："她的状态不是很好，我希望你能……安慰安慰她。"

"是你刺激到了我妈妈吗？"

唐惟抬头，一副毫不意外的样子。

看来他是知道自己妈妈有抑郁症的，这么小的年纪，居然就能接受这样残忍的事情……

"不……我没想过刺激……"

薄夜在面对唐惟的时候总觉得很无力，唐惟仿佛有一双看穿一切的眼睛，澄澈又纯粹，总让他觉得自己这样肮脏的成年人不配和他正面对视。

"我知道了……"唐惟像是叹了口气，"如你所说，妈妈的抑郁症的确很严重。平时没关系，一旦遇到和你有关的一切就会这样。"

薄夜的心就这样突然被刺了一下，自己对唐诗来说已经成了洪水猛兽吗？她竟然这样害怕接触到和他有关的一切。

唐惟将肩膀上的小书包取下来，递给薄夜："爸爸，麻烦你帮我拿一下，我上去看看我妈妈。"

听到他喊爸爸的时候，薄夜收到了那么一丁点安慰。或许只要慢慢来，唐惟会接受自己……

薄夜从来没想过，自己对一个小孩会这么宽容和有耐心。

薄夜带着他来到唐诗的病房门口，随后一大一小两个人对视，两张极其相似的脸互相看了看，一起点了点头。

这个时候，父子俩的行动目的是高度一致的。

唐惟推门进去，就见到了躺在病床上休息的唐诗。

"妈妈……"他试探性地喊了一声。

唐诗转过头来，苍白的脸上尽显病态，但在看见唐惟的一瞬间，她眼中露出亮得惊人的光。

"惟惟！"唐诗的眼眶都红了，"你怎么来了？"

唐惟的声音也有点哽咽："妈妈，你又不开心了吗？"

不开心，指的是抑郁症复发。

唐诗笑得很勉强："抱歉……是不是妈妈又吓着你了？"

"没有……"唐惟走上前，脱掉鞋子爬上了病床，缩进唐诗的怀里。

妈妈很瘦，却依旧用并不温暖的手抱住他。

"妈妈下次不会了……惟惟，你回来就好……回来就好……"

"妈妈，是爸爸接我过来的，你们俩吵架了吗？"

"不……"唐诗颤抖着按住唐惟的手，用近乎徒劳无功的声音道，"不……他不是你爸爸……不是……"

如同快哭出来一般，唐诗一遍遍地自我洗脑，却依旧无法否认那个事实。

薄夜无法想象唐诗这几年是如何过来的，看着她趴在唐惟肩头哭的样子，心里忽然就冒出一些怪异的刺痛感。

唐惟拿餐巾纸擦干唐诗的眼泪，对她道："妈妈，我们回家好不好？你不要不开心了。"

唐诗颤抖着手抱住唐惟："有你就好，有你，妈妈就能活下去……"

唐惟抬头看了一眼脆弱的唐诗，又抬头看在门外站着的薄夜，叹了一口气："妈妈，我之前和你说了，其实今天是爸爸接我来的。

"我知道你讨厌他，但他也确实……是我的爸爸。从血缘关系上来说。"

唐惟抬起头来，直视唐诗的眼睛。小男生有一双澄澈漂亮的眼，仿佛有一股安抚人心的力量。

他的声音很稚嫩，却带着不容置疑的坚定："我虽然不喜欢他，但我还是觉得有爸爸的感觉很可靠。只是，如果妈妈不想回到爸爸身边，我也不会多插手，你的选择就是我的选择。"

唐诗的眼泪再一次流出来，听见儿子如此安慰自己，她说："惟惟，妈妈不怕了，我们回去和舅舅一起好好生活好不好？"

就当你和薄夜从来没有遇见过，就当你从来都没有他这个爸爸。

看来唐诗的选择已经做好了。

唐惟微微一笑："好啊，不过你现在这个样子如果被舅舅看见了，舅舅估计会担心呢！"

说得也是，唐奕最重视的就是唐诗唐惟母子俩，如今唐惟脸色不是很好，要是出了院回去，唐奕肯定也要追问个一二。

为了不让唐奕多问，唐诗得赶紧调整自己的状态。

"妈妈，我最近一直在看奥特曼。"

唐惟的眼珠子滴溜溜地转了转，在唐诗面前，他仿佛是个普通的稚嫩孩童，说着孩子该说的话，看着孩子该看的动画片，丝毫没有在薄家和薄夜剑拔弩张的模样。

他对着唐诗轻声说："你等我一下。"

唐诗愣了一下，但还是听他的："嗯。"

闻言，唐惟从病房里走出去。

看见了在门口的薄夜，他卸下在唐诗面前伪装的乖巧，甚至还当着薄夜的面叹了口气说："你怎么等在门口？"

这话，薄夜也想问自己。

他为什么会守在门口？

他手里还拎着唐惟的包，喉结上下滚动："下了班，闲着也是闲着。"

唐惟眼里的光闪了闪。

人类啊，真是太复杂了，好和坏似乎都混在了一起。自己所谓的爸爸倘若真的那么在乎自己的妈妈，当年又为何要做出那般残忍的行为？

他无法接受，也无法替妈妈原谅。

于是他只是说："你把我的书包给我。"

薄夜递了过去，看见唐惟伸着小手在里面翻找什么，最后翻出一个iPad来。

薄夜有些吃惊："你那么小就用数码产品吗？"

唐惟一僵，总不能说他老早就把这些东西玩得很熟练了吧？

他勾起嘴角笑道："舅舅送我的，我平时也就看看奥特曼。"

薄夜没起疑，随后看着唐惟进去。小孩子将病房门一关，再次隔离了他和他们。

唐惟进去后将iPad熟练地打开，对唐诗说："妈妈，给你看奥特曼，我最喜欢的是雷欧奥特曼。他不像别的奥特曼有炫酷的技巧，他赤手空拳又堂堂正正地战斗，是狮子座的战士。"

看着唐惟说起这些时眼里都在发光的样子，唐诗顿时觉得世界又美好了，脸上终于露出了笑容："你很喜欢看这个吗？"

"嗯，正义总会打败邪恶。"唐惟胖乎乎的小手握成拳头，像是在用自己的方式给唐诗加油打气，"奥特曼总会打败企图伤害人类的怪兽，保护地球。我以后也要做奥特曼，去守护想守护的人。妈妈，你要相信，这个世界上有光！"

唐诗的光曾在五年前被人无情地掐灭了。

而现在，唐惟亲手替她点燃了火炬，告诉她，世界上会有光，正义总会打败邪恶。

唐诗摸了摸唐惟的头："谢谢惟惟，妈妈知道你的心意了。"

说罢她就把唐惟抱上病床，母子二人一起看iPad。唐惟又给她喂了药，她能感觉到困意缓缓席卷而来。

唐惟把唐诗哄睡之后，从病房里出来，小大人一般看了薄夜一眼，后者正有些焦急地看着他。

"情况怎么样？"

"还行吧……她现在没有之前那么激动了。"

有时候,命运就是这么爱和你开玩笑。薄夜恨之入骨的女人,竟然给他生下这样一个……聪明老成的儿子。

只是孩子这样早熟,到底是幸还是不幸呢?

"嘿,爸爸,等妈妈的病好了之后,我有一个条件。"唐惟踮了踮脚,对着薄夜道,"你得送我们团聚。"

"团聚?"薄夜的眉头一下子皱起来,"送你们回那个所谓的家?怎么,你们还想流浪在外?"

他可不喜欢自己的儿子在外面漂泊!

唐惟的眼神明显暗了:"爸爸,如果没有我,你还会关心我妈妈的死活吗?"

一句话再次戳中了薄夜,让他愣在原地,他一时之间竟然回答不出来。

"你瞧,你们不相爱,哪怕住在一起,也是不幸的。"唐惟深呼吸一口气,随后看向薄夜,"所以,我跟着我妈妈生活就很好了,你可以随时来看我,这一点我可以和我妈沟通。我保证我们不会去你家里闹,我们母子俩在外面挺好的。"

这意思就是不想回家了。

薄夜看着唐惟的脸,忽然就觉得胸口钝痛。

五岁的孩子怎么会有这么通透的心思呢……成熟得让人心疼。

可是对于唐惟,薄夜是不可能放手的。开玩笑,自己的儿子,哪有在外面吃苦的道理?

唐诗在医院休养,薄夜每天都会带着唐惟过来看她。她很快就从阴郁中走了出来,尽管看见薄夜的时候眼里还带着鲜明的恨。

薄夜心想,恨吧,清醒的恨总好过不清醒的疯魔。

唐诗出院的时候,唐惟跟在她身边,两人手牵着手。

女人的身材本就纤细高挑,这几日养病又瘦了,在人来人往的医院大厅里穿梭,显得瘦弱无比,仿佛下一秒就会倒地。

不过好在有唐惟的陪伴,她的气色好了很多,连眼睛都跟着亮了些许。

薄夜忍住上前帮忙的冲动,心想,这么一个女人到底有什么值得自己一而再再而三地关注?他又自欺欺人地在心里说,她是他最厌恶的人才对。

看唐惟跟着她蹦蹦跳跳地走了，薄夜竟然不自觉地跟到了门口。他看见唐奕来接他们。

唐奕拉着唐惟的手，那么亲密，看起来好像他们才是一家人。

薄夜冷哼一声，没说话，随着保镖回到自己的车内。

唐诗察觉到一直跟随自己的目光消失了，这才叹了口气。

唐奕刚出差回来，语气里满是担忧："没事了吧？"

唐诗说："没关系……"

唐奕微微皱起眉头："诗诗，我们是亲人，有什么事情你不该瞒着我。"

唐诗的身体微微颤抖，显然心有余悸。但她脸上还是挂着笑："哥，我怎么会刻意瞒着你呢。我们现在斗不过薄夜，但我是不会屈服的。当年的真相，我也不会放弃寻找的！"

唐惟通过奥特曼来告诉她要相信世界上有光，唐惟就是她的光。

唐惟见自己的妈妈终于有了干劲，心里特别高兴："妈妈，药咱们还得吃，日子也得过，你可不许再这么瘦了，我和舅舅都会担心的。"

唐诗低下头，泪眼蒙眬中看见唐惟冲着她微笑，一张脸和薄夜无比相似。

明明有着薄夜的血统，可他义无反顾地站在自己这边。

她还有什么可害怕的？她可要好好给他做榜样。于是她说："好，妈妈听你们的。"

回去后，唐惟和唐诗坐在一起看电视。

唐奕从她房间的抽屉里找出药片，一看还有一大罐，就知道她这半年时间都没认真吃药。

"你不能感觉难受了才随便吃一粒，这不是感冒药，一粒见效。何况感冒药都不一定这么灵呢。"唐奕坐在她身边，语重心长地道，"感冒药兴许还要吃个四五天才好呢，你这样怎么行……"

听听，哥哥又开始"老妈子"说教了！

唐诗跟哥哥撒娇："哥，你看我现在就好好的嘛，我平时……也是好的。"

"那你要是又遇见薄夜了呢？"

唐奕这样直白地问她，让唐诗心惊。

遇到薄夜，她会慌，会乱，会束手无策。这个男人伤她太深，她早已陷入那一片阴影里，病入膏肓。

但是一味地害怕又能改变什么呢？

唐诗深呼吸一口气，像是下定决心，认真地看着唐奕："哥，有些药物是治愈不了我的。我只能靠自己。"

恐惧薄夜和痛恨薄夜这两点已经深入她的内心，所以不管是什么时候，一旦沾染上和薄夜有关的事情，她就会失去理智。

药物永远都救不了她。要么她死了，要么薄夜死了，方可停止这一切。

她只有让自己更强大，才能不被这个男人刺伤。

唐诗抬起头来，眼里的光亮得惊人。她说："哥……我再也不想活在薄夜的阴影里了，我需要新的人生、新的开始。哪怕我病了，我也会努力去战胜恐惧……"

唐奕死死地抓着她的手："都怪我太没用了，没有保护好你……"

"不，哥，不是你的错，我才是原罪。"唐诗惨笑一声，"如果我当年没有错信他的话，唐家就不会变成现在这样。"

到头来，她一场痴心错付竟酿成这么大的灾难。她是罪人，罪无可恕。

"不许你们这么说！"唐惟不知什么时候双手叉腰跳到了二人中间，"呵呵！一个接一个背锅来了！那照你们这么说，父债子偿，我是不是要亲自向你们谢罪！"

唐惟就是个小人精，说这话的时候故意学着电视剧里的口吻："哎哟！我可是那个大渣男、那个唐家罪人的亲生儿子呢！"

唐奕"扑哧"一声笑了，看来自己没有白养唐惟，这小家伙胳膊肘并没有往外拐，他笑道："你就这么说你爸爸啊？"

"对呀！"唐惟白嫩的脸上没有一丝欺骗，"难道我说错了吗？"

唐奕也学着唐惟的口气故意说："那可是你亲爸爸哦，你就不怕以后别人说你没良心啊，这么对自己的亲生父亲。"

"谁对谁错我分得清！"唐惟立刻吹胡子瞪眼，"就算是亲爸爸我也一样照说不误！"

唐奕笑着将手放在唐惟的脑袋上："好小子，没有白养你。"

说罢，唐奕扭头看向唐诗："上一辈的错误和小孩子无关，就算你是薄夜的儿子，我和你妈妈也不会把情绪牵扯到你头上的。"

唐奕这话正是唐诗想说的，唐惟是无辜的，就算顶着一张和薄夜相似的脸，唐诗对他也恨不起来。

好神奇，明明是薄夜的孩子，也知道回到薄夜身边条件更好，活得也更舒服，他却无条件地选择了她。

薄夜，他和你那么像，却又和你一点都不像。

第二天早上，唐诗送唐惟去幼儿园。

他进去的时候一脸得意："今天是我妈妈来送我！"

"哇，唐惟，你真的没骗人。"

"你妈妈好漂亮哦。"

"漂亮阿姨，你也能当我的妈妈吗？"

"这是我的妈妈！"唐惟气鼓鼓地赶走一群围在唐诗身边的同学，"都不许抢！"

"哼，小气！漂亮阿姨，我真的想当你的女儿。"

"那是唐惟的妈妈啊，真好看，好羡慕。"

唐诗笑着弯下腰来，挨个摸了摸这群小朋友的头："是啊，我是唐惟的妈妈。我们家唐惟是不是在学校里有点任性啊，希望大家以后能多多照顾他哦。"

"漂亮阿姨都这么说了，我们一定和唐惟做好朋友！"

"唐惟本来就是我们的好朋友！"

"对呀对呀，唐惟还是副班长呢！老师可喜欢他啦！"

看来唐惟在幼儿园里的人际关系不差，唐诗总算放了心。她难得送自己的儿子上幼儿园，平时都是唐奕负责送，他要是出差了，唐惟就会很乖地去上学。有时候，她都觉得自己的小孩懂事得有些过分。

唐惟依依不舍地松开唐诗的手，轻声道："妈妈，晚上也要记得来接我哦。"

这句话让唐诗的鼻子一酸，不过她努力笑了笑："放心，妈妈不会再让你被坏人带走啦。"

唐惟也冲唐诗笑了笑："我会永远和妈妈在一起的！"

"妈妈再见！"

唐惟朝她挥了挥手，唐诗也就安心地离开了幼儿园。

不远处，一辆黑色迈巴赫里，男人戴着墨镜，勾起嘴角，气场强大。

盯着唐诗走远，薄夜不自觉地眯起了眼睛。

今天唐诗还是有任务要完成的，国外有个珠宝设计公司找他们工作室合作一款限量版的戒指，她要回去帮自己哥哥的忙，在约定日期之前把草图给画出来。

上车之后,唐诗就飞速开往工作室,殊不知身后有一辆迈巴赫也缓缓启动。

男人微微拉下一点墨镜,吹了声口哨。

后排还有个英俊的男人,是傅暮终,他看着薄夜这种类似变态尾随的举动,笑了笑:"你这是尾随前妻?"

"你会不会说话?"薄夜笑着骂了一句,"再说把你从车上扔下去。"

"我可是你的合作商,你居然对我这么残忍。"

傅暮终勾唇一笑:"你最近对她很感兴趣?"

薄夜修长的手指搭在方向盘上,居然没有否认:"为什么这么说?"

"你都这样跟踪人家了,就像某些明星的狂热粉丝。"

傅暮终意味深长地说:"终于对自己的前妻有了想法?"

"想法倒是没有……"薄夜拉长声音,"就是出了一些事情,最近因为小孩我们俩闹得很僵。"

傅暮终补刀:"你们俩从结婚开始就没有不僵的时候。"

薄夜又被气笑,他说:"傅老三,你再说一句话,我真的把你丢马路上了。"

"你这是跟踪到了人家的工作室啊……"傅暮终似笑非笑地说,"需要帮忙的话,我可以帮你。"

"什么意思?"薄夜笑着从后视镜里看他,男人有一双妖孽的桃花眼,不笑的时候冷艳性感,笑的时候桃花激滟,偏偏气质凛冽不容亵渎。

傅暮终看着薄夜笑的样子,也勾了勾唇:"你不是已经明白了吗?"

"她大概不会接受。"

看见唐诗进了工作室后,薄夜就把车子停在马路边,掏出一包烟来,递给后排的傅暮终一支,随后道:"需要有个理由,可以名正言顺地……让她接受。"

"这简单。"傅暮终意味深长地说,"由我出马不就行了吗?"

薄夜睨了他一眼:"你这个人我不放心。"

傅暮终乐了:"我有什么好不放心的,我对你前妻可是……"

"可是什么?"薄夜狠狠地瞪他一眼,"要是你敢对唐诗做什么,你就等死吧。"

"哎哟喂。"傅暮终像是听见了什么笑话一样,"你这是,离了婚也不肯撒手啊。万一人家喜欢我呢，那我也挡不住啊。"

薄夜咬牙切齿，不知道为什么，占有欲瞬间就上来了："离了婚别人也休想碰她，你想得美！"

傅暮终笑着把烟点燃，没说话，随后两个人自顾自地抽完烟，将烟蒂丢到车内垃圾桶里。

傅暮终理了理衣领道："那我就下车了。"

薄夜对他说："你自己注意点。"

傅暮终眯了眯眼："我有数。"

傅暮终走进唐诗工作室的时候，唐奕和唐诗都愣住了。

彼时的唐诗正伏在办公桌前赶稿子，戴着一副平光眼镜，发丝垂落下来。她偏着半边脸的模样很是美好温柔。

唐奕一眼就认出了傅暮终，上前道了一声："傅三少，您今天过来……"

"我是来找你们的。"

傅暮终淡淡地说，气场沉稳，冲一脸惊讶的唐诗笑了笑："唐小姐，又见面了。"

"傅三少好。"唐诗收拾了图纸，给他倒了一杯咖啡，"工作室简陋，您随便坐吧。"

"不，装修得挺好。"

傅暮终喝了一口咖啡，一下子就品出这是水滴咖啡。用滤纸一滴一滴过滤咖啡，这一般都是有闲情逸致的人才会干的事情。

他打量了一下工作室的四周，装修得相当有个人特色，而且空间结构也相当漂亮。

唐诗先前伏着的桌子就是一个大半圆，转半个圈就是三个电脑屏幕，不远处堆着一沓稿子。

傅暮终坐在一个圆形沙发上，冲着唐诗笑了笑："唐小姐，上次撒谎了是不是？"

唐诗一愣，却还装不懂的样子："傅三少，您今日来到底是为了什么事情？"

"我们需要你的帮助，Dawn。"

傅暮终将杯子轻轻放回茶几上，随后收起手，看了一眼还没搞明白的唐奕:"上次你否认了Dawn是你的艺名,你的心情我能理解。但是唐小姐,我们这次的新品设计……希望你能参与。所以我今天冒昧上门,就是希望你能给我们一个合作机会。"

他这一番话说得不卑不亢,唐诗抿了抿唇,旁边的唐奕终于回过神来:"你们要找我妹妹参与设计?"

傅暮终点点头:"我们公司将推出来年早春的新品婚纱。"

唐诗下意识地蜷起手指,只听唐奕道:"感谢傅三少的厚爱,也抱歉让你白跑一趟了。我妹妹,早已不设计婚纱了。"

傅暮终表情一变,大概没想到会是这样的结果,下意识地开口问:"为什么?"

唐诗抬起头来,一双眼睛如同黑洞,将她的情绪全部吞没。随后她说:"我已经对爱情不抱期待了,所以婚纱……我设计不出来。"

那种穿上会让人觉得幸福的婚纱,那种见证爱情开花结果的婚纱,在她心中早已成了碎片,残破不堪,再不提及。

一场失败且惨烈的婚姻摧毁了她感受幸福的能力。

傅暮终的表情十分震惊,嘴唇张了张,似乎想要说什么,但最终还是咽下了。

沉默好久后,他淡淡地说:"我明白了……不过唐小姐,我希望你还是好好考虑一下。就算曾经受过伤,也应该……让伤口照照阳光。你的能力永远是你自己的,不可能被别人毁掉。我相信你。"

唐诗身子一震,不敢相信地抬头看向傅暮终。

男人眉目淡漠,说完就起身,冲他们微点点头:"那我就先走了,如果你改变主意,可以随时打电话给我,我们公司的设计团队非常诚挚地等待你的加入。还有,谢谢你的咖啡,很好喝。"

男人往咖啡杯底下压了一张他的名片,然后推门出去。

唐诗心头悸动,久久没有回过神来。

傅暮终回到薄夜的车上,薄夜转过头来问他:"怎么样?"

傅暮终摇摇头:"没答应。"

"我也猜到了……"薄夜自顾自地喃喃了一句,把头转回去发动车子。

开上高架桥后,傅暮终终于开口提问:"为什么你自己本人不去帮她,要绕着弯从我这里去帮她呢?"

薄夜抓着方向盘的手指紧了紧："我去？她估计死都不会接受跟我合作。"

他对自己的认知还挺清晰的。

"那倒也是。"傅暮终不知死活地笑了笑，"比起你，她更欢迎我。"

薄夜气得狠狠地拍了一下喇叭："你想死是不是？"

"哎哎，你这是过河拆桥啊。我找你前妻合作赚钱，你现在却要我死。"傅暮终"啧啧"摇头，随后又问，"不过话又说回来，你既然这么在意她，为什么五年前要那样对她？"

是啊，她是自己最恨的女人，为什么自己还要费那么大劲帮她呢？

薄夜死死地盯着前方，许久才说了一句："因为我认为她害死了安谧。"

"当年是否有隐情呢？"

"但可以确定的是，她当时显然怀孕了，而你并不知道。"

傅暮终坐在后排，看着窗外的风景不断掠过，察觉到车子的速度在加快。他说："戳到痛处了？"

薄夜磨了磨牙："老子对你一定是太仁慈了，回头就告诉你家老爷子你在外面乱玩。"

傅暮终总算也破防了："薄夜你也太不要脸了吧！就这么对待兄弟的！"

"谁把你当兄弟了，你现在就给我从车上滚下去！"

薄夜先把傅暮终送回家才回来，这时，正好有人给他打来电话。他一看，是个陌生号码。

心里还在奇怪这个号码到底是谁的，他顺手接通，只听对面有个声音脆生生地喊："爸爸，是我。"

哎哟，是他儿子！

一听到这个声音，薄夜连语调都放软了："惟惟，你找我有事吗？"

唐惟在那边像个小大人似的道："爸爸，今天你是不是去找妈妈了？"

这臭小子怎么那么聪明？

薄夜一边走回房间一边问："为什么这么说？"

"妈妈跟我说，有人认出了她是Dawn，并且想找她谈生意。"

唐惟在那边老成地叹了口气，说："爸爸，我知道是你派的人对不对？"

薄夜觉得能生出这么一个绝顶聪明的儿子，绝对是自己中奖了。

薄夜想也没想便直说："是的，我想帮你妈妈。"

"为什么是现在想帮呢？"唐惟的声音似乎是穿透手机贴在他耳边说的，"爸爸，如果你是对这五年的事情感到抱歉的话，我和妈妈接受你的好意。但是，如果只是同情，我们不需要。"

薄夜的心一寒，问："这是你妈妈教你的？"

唉……爸爸为什么老是这么自私地下判断呢？

唐惟摇摇头说："这是我自己的意思，妈妈不知道我给你打电话了。事实上，你的电话号码也是我上次从车上抓的一张名片上记下来的。"

这小王八蛋的智商，都快赶上他老子了！

薄夜忍了忍，深呼吸一口气，道："惟惟，五年前的事情，你不是当事人，没有经历过，所以我的心情你不会理解。现在既然是我帮你们，为什么不接受呢？我只是想让你的生活条件变得更好一些。"

"我不需要多好的生活条件。"唐惟垂下眼帘，"爸爸，我不理解你对我妈妈做的一切事情，你也不会理解我们的心情。如果你真的对我妈妈无意的话，就不要再来打扰我们了。感谢你的一片心意。"

说完，小孩就挂断了电话。

薄夜看着手机屏幕发呆，一时间竟回不过神来。

他有一种越来越抓不住唐诗的错觉。

第二天，唐诗拜托唐奕送唐惟去上学，随后便一个人坐在工作室里发呆。

她喝了几口咖啡，觉得苦涩又令人安心，然后放下杯子，兀自叹了口气。

唐奕送小孩回来后，看见她这副惆怅的模样，上前摸了摸她的头。柔软的发丝自他的指缝间穿插而过，他道："在想什么呢？"

唐诗抬起头来看着哥哥，轻声道："我在想，我们要不要接了傅三少那个合作。"

傅暮终的话显然对她产生了不小的影响，她意识到自己不能总是停留在过去。

唐奕动作一顿，低下头来看她，喃喃道："诗诗，如果你不愿意，不用勉强自己……"

唐诗摇了摇头，对着唐奕道："不……我是觉得傅三少的话没有说错，有些伤疤,的确该见见阳光了。"

唐奕察觉到了唐诗的转变,用坚定的语气说:"那么我支持你,惟惟肯定也支持你。"

唐诗笑了:"西装需要个模特,你要不要过来帮我呀?"

"哎哟,瞧唐小姐这话,我简直求之不得好吗!"当哥的帅气一笑,"这种任务请务必交给我来做!"

当天下午,唐诗就给傅暮终打了电话。

约好详谈的时间和地点后,她对唐奕道:"你等一下接唐惟放学,我要去见见傅暮终。"

"决定了吗?"唐奕站在她的背后问她。

唐诗没有回头,径自推开了工作室的大门。

傅暮终接完唐诗的电话后就给薄夜打了电话:"你前妻改变主意了。"

彼时的薄夜正在签字,不屑地冷笑一声:"哦。"

傅暮终乐了:"这会儿装什么高冷?"

薄夜没说话,听他在对面淡淡地报了一个地址,随后呼了口气站起来:"那我等一下过来。"

"做好被泼热水的准备吧。"对面的傅暮终吹了一声口哨,"薄少,您是不是对您的前妻上心了?"

薄夜的心一紧,条件反射性地嘲笑道:"这种无意义的问题就不要再问了,问多了显得愚蠢。"

傅暮终没说话。

薄夜站起来,叫秘书把文件拿下去,随后起身理了理衣服,打了个电话给前台。

"晚上八点,帮我在 hof 订一个位子。两个人的,对,靠窗的会好点。"

随后男人闭上眼睛又缓缓睁开,像是在深呼吸。那一瞬间,他的眼里掠过无数凛冽的暗芒。

唐诗是在晚上七点四十分到的 hof 门口,唐奕正好把唐惟接回家,顺路送她来这里。

唐惟在后排降下车窗看她:"妈妈,你要早点回来哦。"

唐诗摸了摸他的脸:"妈妈谈完事情就回来了,你今天先和舅舅回去吧。"

小孩子很乖地冲她挥了挥手:"妈妈再见!"

目送车子远去后,唐诗深深地吸了一口气,随后转身走进hof。

门口的人看见她进来,上前恭敬地询问道:"请问是唐小姐吗?"

唐诗有些惊讶,为什么自己一走进去就专门有人接待,服务员单独给她领了路。

这家店的装修相当好,欧式风格,连走廊都是金碧辉煌的。服务员在一扇门前停下,转身又对她客气地说:"唐小姐请进。"

唐诗也赶紧说了一声"谢谢",然后推门进去。

可是在看见里面坐着的人的一瞬间,她就愣住了。

男人坐在装修华贵的包间里,如同欧洲贵族一般,气场十足,眉目如画。

在看见薄夜的一瞬间,唐诗呼吸一滞。紧接着,她不可思议地问了一句:"怎么是你?"

"傅老三是帮我联系你的。"薄夜淡淡地说,"有什么事情坐下来谈谈吧。"

"不用了,我和你没什么好说的。"唐诗直接一脸冷漠地转身。

背后传来薄夜的冷笑:"唐诗,你现在已经怕我怕到这种地步了吗?这还是当年那个天才设计师吗?"

唐诗的脚步猛地一顿。他这是在侮辱她的尊严,逼着她留下来!

唐诗狠狠地咬了咬牙,转身看向薄夜,眼里带着鲜明的恨。她重新在他的对面坐下。

服务员很贴心地帮他们关上门。

唐诗盯了薄夜许久,才缓缓说:"你到底想干什么?"

薄夜点燃一支烟,吐出一串烟圈,眯眼看向唐诗。这似乎是他们五年后第一次如此冷静地相见。

他观察着她,她似乎和五年前没多大区别,又似乎已经彻底变了。

唐诗早就不是当年那个一往情深的唐诗,他也不是当年那个薄夜了。

薄夜的心仿佛被刺痛了一下,随后开口道:"我们来做个交易。"

唐诗下意识地攥紧了拳头,对着薄夜道:"你想做什么?"

"我给你们介绍生意,帮你们工作室铺路。相对的,唐惟由我来养。你可以自由地来看他,但以后他的生活由我们薄家来负责!"

唐诗想都没想就直接拒绝："薄少，没必要！我和我哥还养得起他！"

"是吗？"薄夜笑得眼睛都眯了起来，模样像是极狠，一点旧情都不留，"你非得跟我硬碰硬吗？"

"薄夜，你不要欺人太甚！"唐诗红了眼，愤怒地喊出口，看着薄夜的时候，眼里满满的都是控诉。

薄夜最不喜欢看她露出这样的眼神，五年前她爱他不顾一切，五年后竟将他当成洪水猛兽！

"欺人太甚？"薄夜冷笑一声："你偷偷生下我的儿子，让他过这样的日子，你觉得对得起他？"

"我们衣食无忧，唐惟过得不辛苦！"

"衣食无忧？你确定？"薄夜像是听见了什么笑话似的。

"你拿儿子来要挟我？"唐诗被他逼得心头溢血，"那也是你的儿子，你拿他来要挟我？薄夜，你这个人到底有没有良心！"

薄夜淡淡地"嗤"了一声："唐诗，你未免也太看得起你自己了。我从没想过要挟你，我只不过是要回我自己的儿子，所以才用这种平和的方式。我若要强行带走他，你确定你拦得下？"

唐诗不敢相信地看着他，全身都在颤抖，似乎完全没有想到薄夜竟然真的会这么做……

唐诗对着薄夜喃喃："薄夜，你根本没有心！你有没有想过，他也是我的儿子？"

对上唐诗微红的眼睛，薄夜的身子一颤，一种异样的感觉划过心头。

自从唐诗回来，这样的感觉就出现得越来越频繁。

薄夜眯了眯眼睛，这很不好……对他而言，有一种防线被人隐隐攻破的感觉。

被唐诗攻破？

薄夜冷笑一声，继续狠下心来："你跟我讲道理？唐诗，你不觉得很可笑吗？我们薄家的孩子，从来都不是你可以做决定的。"

唐诗凄惨地笑了笑："是啊，可是我们养了他五年，你根本就没有付出过！"

薄夜听了，倏地就笑了。原来是为了这个！

他神色自若地勾了勾唇："五百万，怎么样？就当是你养了唐惟的报酬。想要钱，你直接开口就是。唐诗，你在我这儿装什么清高呢？"

那语气,十足地看不起她,似乎就是把她当成了那种卖儿子养自己的女人。

唐诗没说话,只是用那双眼睛直勾勾地盯着他。

许久,她竟然笑了:"既然你这么迫不及待地想补偿我,我就当你对我问心有愧好了。五百万,明天就打到我的账户里。送上门来的钱,哪有不要的道理?"

她站起来,笑意倏地冷下来,一双眼睛亮得逼人,如同刀刃上的寒光。

她张了张嘴,红唇诱惑至极:"不过五百万委实少了点,我以为薄少这种人,会为了儿子一掷千金呢,还做好了准备收个几亿,竟然才五百万……"

她"啧啧"地摇了摇头。

薄夜果不其然变了脸色,也跟着站起来:"唐诗……你这种女人……"

"我这种女人,薄少您可千万别对我上心!"

唐诗眯眼冷笑一声,感觉心头刺痛,可是这种痛对她来说早已不算什么了。五年前,更深更狠的痛她都咬牙坚持下来了。

薄夜,既然在你眼里我就是这种女人,那我便如了你的愿。从今天起,我们之间只有旧仇,没有旧情!

"钱记得早点打过来,我好好考虑一下要不要把唐惟交给你。不然,我会觉得你养不起我这个宝贝儿子……"她笑得风情万种,离开前见到薄夜动怒的脸,竟然笑意更甚。

薄夜,你还是如同五年前那般,依旧优越,那颗心也和五年前一般硬得没有丝毫分别。

"你可真残忍啊……薄夜。"

唐诗临走前丢下这么一句令薄夜愣在原地的呢喃,就转身离开了。

唐诗当天回去后就给傅暮终发了一条消息,跟他说很抱歉合作可能没有办法进行了,并且隐晦地提及他以后不要再借着薄夜的名号来找自己。

第二天,傅暮终看到短信无奈地笑了笑,拨通了薄夜的电话:"你前妻叫我不要多管闲事了,怎么办?"

薄夜抓着手机冷笑,怎么办?能怎么办?唐诗既然想和他硬碰硬,那就来看看她这份骨气能坚持到什么时候好了!

挂断电话，薄夜就找人吩咐下去。

随后有人敲门进来，一脸恭敬地说："薄少，钱我们已经打到唐小姐的账户上了……"

"通告发下去了吗？"薄夜眯着眼睛，"谁敢找唐诗他们合作，那就是找死！"

"通告发下去了……"助理还是五年前的助理，虽然薄夜现在给唐诗打了钱，但他还是不忍……毕竟他是看着他们在一起又分开的，现在他们好不容易遇上了，还要斗个你死我活。

于是他斟酌了一下措辞，道："薄少……这样对夫人……"

"夫人？"薄夜冷笑一声，"注意你的措辞，唐诗不是我的夫人。"

助理默默地站在那里，垂着头，却并不卑微。

薄夜的眼神开始变得晦涩不明："林辞，你做了我几年的助理？"

"五年。"林辞不卑不亢地回答。他能成为薄夜的助理，被薄夜信任和赏识，全是因为唐诗的推荐。若没有唐诗……他根本不会有今天。

"我明白你对唐诗的感激之情，但是林辞，你现在是我的助理，而她……只是我的前妻。"薄夜挑了挑眉，压迫感就在这无形中泄露了出来，"有些心思，不该动的，你就收回去。"

"我明白了。"

林辞再次低下头，手指死死地攥住身上的衣服。

他要多久才能看见唐诗和薄夜的美好结局呢……可能这辈子都无缘了。

唐小姐是多么好的一个人啊……

林辞退出去，薄夜看着他把门关上，心中依然郁结。

他见不得林辞露出那种心疼唐诗的眼神，哪怕他知道林辞压根儿就不敢对唐诗有什么念头，可那种眼神还是让他心一紧。

林辞的办事能力很强，业务水平可以说是一流水准。林辞也是当初唐诗顶着众人的压力推给他的。现如今，林辞果然成为薄夜的得力助手、左膀右臂。他不得不承认，唐诗当年的确算是为他做了一件好事。

他知道，这几年来，林辞明里暗里提起唐诗几次，大概是替她抱不平。

只是……这样一个女人，凭什么能够让他的手下都围着她团团转？凭什么？就凭当年的知遇之恩吗？

薄夜的手无意识地攥成拳，他走到落地窗边，从上往下鸟瞰整座城市，心头顿生荒凉的失落感。

五年了,这座城市一成不变,却又瞬息万变。

薄夜不得不承认,这五年,他过得相当乏味枯燥且寂寞。

唐诗半夜又做噩梦了。

她从噩梦中惊醒,唐惟很贴心地给她拿了药。

尽管小孩子看不懂药瓶上那串生疏的字眼,却也懂得这是能够让自己妈妈好起来的良药。

唐诗颤抖着手从他手里接过药丸,唐惟又很贴心地下床替她倒了一杯水。

就着温水把药吞下后,唐诗摸了摸唐惟的脑袋。

小家伙似乎很开心自己的老妈能这么依靠自己,所以也贴着她:"妈妈,不要怕,我和舅舅都在。"

唐诗放在他头顶的手就这么一抖,她努力挤出一丝笑容来:"惟惟,妈妈也不会离开你。"

唐惟抬起头来,他有一双澄澈的眼睛,让唐诗忽然就想到了当年与薄夜的初见。校园里那个桀骜的风云校草,穿着一身并不合身的校服,却给人玩味不羁的感觉。看见她后,他吹了一声口哨。

那是她和薄夜的第一次见面,少年有着一张俊美的脸,一双笑起来就如同钻石般闪烁的眸子。那个时候他的眼里没有那么多深沉的思绪,没有那些城府和防备,也仿佛一汪澄澈透明的潭水,带着年轻人才会有的张扬。

唐诗看着唐惟的眼睛,就这么失了神。

唐惟轻声问:"妈妈,是不是爸爸又……又和你发生什么事情了?"

小孩子早熟且心思敏感,唐诗低下头去看唐惟小心翼翼的表情,总觉得不忍。

自己终归不是一个好母亲,让唐惟在这么小的年纪就承受了那么多。这对他来说,又何尝不是一种残忍呢?

她张了张嘴,还是决定说实话:"你爸爸想把你接回家住。"

唐惟听见这个答案似乎并不意外,冲着唐诗眉眼弯弯地笑了笑:"我想,妈妈一定拒绝了对不对?"

唐诗故作轻松地勾了勾嘴角,事实上,她实在是笑不出来。

"是啊……你爸爸还给了我们好大一笔钱呢。"

下午钱就到账了，五百万，一分不少。

那个时候唐诗看到收款短信，愣怔地盯着手机屏幕上的字眼，眼泪就一滴一滴落下来。

死去的爱情，毁掉的人生，以及她的宝贝儿子——薄夜用五百万来补偿——或者说侮辱她。

"妈妈，别难受，有钱是件好事啊。"唐惟还在想方设法安慰她，"有了钱，我们就可以和舅舅去旅游了！"

唐诗连声应下，没有告诉唐惟自己真实的想法。

薄夜大概不会放手，接下来很有可能会是在行业内放下狠话。这五百万，只是一个侮辱她的开端罢了。

她搂紧了唐惟，不知道是在安慰他，还是在安慰自己。

深夜里，女人抱着儿子喃喃道："惟惟，妈妈不会把你交给任何人……"

哪怕有人逼她到绝路，她也不会把自己的儿子交到别人手里。

如果有谁想抢走唐惟，那就先要了她的命再说！

"我相信你，妈妈。"唐惟抬头看唐诗的脸，"不管我们在哪儿，只要我们的心始终连在一起就够了。"

他也不想自己的母亲夹在中间难做人，难道他的父亲一定要这样苦苦相逼吗？

"惟惟，请你不要自卑。"唐诗以为唐惟是害怕自己把他交出去，"你是我的宝贝，哪怕你身上流有薄夜的血，妈妈也不会放弃你，你相信我。薄夜的作恶多端，和你无关。"

黑暗中，唐惟睁着一双目光澄澈的眼睛，似乎没听懂，又似乎听得清清楚楚。

第二天天一亮，唐诗就醒了，她要去工作室。谁知道她刚走进去，唐奕就眉头紧锁地朝她看过来。

"发生什么事情了？"唐诗抿了抿薄唇，自己老哥这个样子倒是少见……

"合作被终止了。"唐奕盯着她的脸，"不只是原来的一笔，下个月的生意……被人突然切断了。"

唐诗心神一震，回过神来后失声喊道："怎么回事？"

"很简单,我们得罪人了。"唐奕一字一字用尽力气。

一个念头在唐诗脑海中形成。

是薄夜,真的是薄夜……

他是在用自己的方式告诉他们,这几年一直都是自己在放纵他们。

"我去找他!"

唐奕气得浑身颤抖:"他到底想怎么样?五年前害得我们家破人亡,五年后还要苦苦相逼!"

唐诗坐在沙发上,感觉一时之间像是被人抽光了力气。

许久,她抬起头来,眼里满是败落的情绪:"他想要唐惟。"

唐奕的身子颤抖了一下。

"他想通过这种方式,逼着我把唐惟送去他身边。"唐诗无意识地攥紧了手,"可是……"

她不想屈服,更不想把自己的儿子送到那个人渣手里!

"没关系,我们再找找,或许会有人对我们伸出援手的。"唐奕走到唐诗身边鼓励她,"唐诗,你可是 Dawn 啊。"

唐诗点点头,走到电脑前:"来,我们再找找,一些独立的私人工作室可能会接我们的单子。"

唐奕看着她绷得笔直的背影,在心里深深地叹了口气。

自己这个妹妹太坚强了,永远都是一副天塌下来也要撑着的样子……很多时候,他都觉得自己很无力。

无力保护唐诗,无力保护唐惟。

这样的局面……究竟要到什么时候才会有所改变?

这天,薄夜坐在总裁办公室里,林辞正把整理好的报告传上来,对着他恭敬地道:"据我们了解,已经有三家公司取消了和唐小姐他们的合作……"

薄夜坐在那里,似乎无动于衷,却又假装不经意般问:"唐诗是什么反应?"

林辞沉默好久,还是说了出来:"我们观察了一下,合约被终止后,唐小姐他们似乎也没有为自己讨个说法的打算。终止合约算是对方违约,可是他们好像也并没有想去为自己的利益做争辩……"

唐诗这样无作为的举动明显惹怒了薄夜,他不敢相信地瞪大了眼睛,重复问了一遍:"怎么可能呢?"

生意被抢走,合作被停止,换了任何一家工作室都是灭顶之灾。可是他们为什么这么冷静?

唐诗到底是存了要和他斗个你死我活的念头!

薄夜心里这么想着,脸上的表情更是阴寒,对着林辞缓缓道:"她喜欢和我硬碰硬,那就如她所愿,我倒要看看她能坚持到什么时候!"

唐诗得知自己所有的设计作品在网络被下架,是在两天后。

唐奕气得浑身都在颤抖:"我要去找他理论!"

薄夜这已经不单单是针对他们了,是连一条活路都不给他们留!

唐诗红了眼眶:"哥,你别冲动,这样不是正好让薄夜看了笑话吗?!"

"他怎么能这样对你!"唐奕将桌子上所有的东西重重地扫落到地,"你为他怀胎十月生下儿子,他怎么能这样对你!"

唐诗的嘴唇也在颤抖:"不……哥,我们肯定还有希望……"

不能放弃抵抗,不能……把唐惟交到他手中!

第二天,薄夜照常上班。他刚坐到办公椅上,林辞就从门口进来,眉头皱得紧紧的:"薄少……有人说要见您。"

"是谁?"

"是个……小孩。"

此时此刻,唐惟正站在办公室门口,和外面那个秘书大战三百回合。

"我说了我要进去找我爸爸!"

女秘书一脸不屑的样子:"假冒薄总的女人我见多了,现在连假冒薄总儿子的都出来了。小屁孩,谁教你的,你妈妈是不是想套牢薄总啊?"

"我妈妈才不稀罕什么薄总!"唐惟有些愤怒,脸涨得通红,"可我真的是薄夜的儿子!"

"长得倒是像,但凭这个就敢上来冒充,小小年纪心思很深啊……"

女秘书直接将他赶了出去:"我不会动手揍小孩,可是你这种熊孩子,就是欠打。"

"你说谁是熊孩子?"

背后传来一道冰冷的声音,让女秘书浑身一抖。她转过头去,就看见薄夜站在那里,脸上带着冰冷的寒气。特助林辞站在一旁,也用一种冷漠的眼神看着她。

女秘书脸上的冷汗越来越多:"薄总……这个小孩子骗人,说是你儿子,我……"

"他是我儿子,怎么了?"薄夜冷笑道,"看来我的秘书很有本事了,改天是不是还要踩到我的头上?"

"薄总!我不敢!"女秘书吓得浑身颤抖,脸色煞白,"我一开始不知道……薄总,您大人有大量……"

"别再让我说第二遍,现在,去结算你的工资吧。"

薄夜冷笑一声,随后再没看那个秘书一眼,径自上前将被关在门外的唐惟接进来,随后在他面前蹲下,一改刚才凛冽的态度,冲他笑了笑:"听说你找我?"

"是的,我找你。"唐惟抿了抿唇,淡淡地说,"和我妈妈的事情有关。"

和唐诗有关?

薄夜看了一眼四周,干脆把唐惟抱起来。他将唐惟放在办公桌上,微微挑了挑眉,冲唐惟眯眼笑了笑:"找你老爹我有什么事?"

唐惟抬头直视他,开门见山:"是不是您下的命令把我妈妈逼成这样的?"

薄夜直接愣住,他怎么也想不到自己儿子上门会是这样一种问罪的态度。

感觉胸口有什么涌上来,连带着他的声音都不由自主地压低:"你是来问我的罪吗?"

"不是问罪。"唐惟低声道,"只是来替我妈妈讨回公道。"

"公道?"薄夜讽刺地笑了笑,"我这么做也是为了我的公道,怎么了?"

"爸爸,你这种做法我不是很认同。"唐惟有些激动,"我妈妈和舅舅很努力地在生活,您为什么要这样逼迫他们呢?如果只是为了我,那就请您停止这种无聊的行为!"

天哪,多可笑,他的亲生儿子在指责他无聊!

"是唐诗教你这么说的吗?嗯?"薄夜冷笑着问他,"是不是她特意让你来找我的?"

薄夜几乎已经认定了是唐诗教小孩子这么做的。这样一个女人,真的有资格当一个合格的母亲吗?

唐惟死死地盯了薄夜许久,而后忽然笑了,那笑里似乎透着了然。一个五岁的小孩,竟然能露出这样的笑。

许久后,他说:"薄少,您不是想要我吗?我跟您回薄家,您别再打压我妈妈了。"

薄夜一愣。

唐惟又恢复了那种疏离的称呼,不再称呼他为爸爸,而是用了简短的两个字——薄少。

"别犹豫了,我跟你回去就是。作为交换,你再也不要去打扰我妈妈的生活!"

从小孩口中说出的话字字诛心,如同钢针利刃扎进薄夜的胸口。

薄夜不得不承认,唐诗无法让他疼痛,可是小小一个唐惟,足够将他伤得鲜血淋漓。

他眼中的失望是那么明显,仿佛是薄夜这位父亲失职了。

薄夜抿了抿唇,淡淡地出声:"你确定吗?"

小男生抬起头来看他,那双漆黑的瞳仁里如同装了宇宙,绚丽却又寂寞。

他说:"对,从今天起。"

唐惟跟着薄夜下班后,自觉地爬上了他们家的车,随后坐在车里,看着公司离他们越来越远。

薄夜问了一句:"和你妈妈打过招呼了吗?"

唐惟转过头来,神色淡漠地说:"没有。"

薄夜"啧"了一声:"好歹也和你妈妈说一声,不然她会以为是我拐了你。"

"不想让我妈妈知道是我主动交换的。"唐惟低下头去,"你去和妈妈说,别让她伤心了。"

一个小孩子能有这样玲珑剔透的心思,实在是罕见。

薄夜多看了唐惟两眼,随后叹了口气,给唐诗打了个电话。

薄夜的号码唐诗并不陌生,五年前这串数字她熟记于心,哪怕是濒死时分都没有忘记。

这样一串数字如今再一次出现在她手机屏幕上,她的心开始疯狂跳动,她犹豫着到底要不要接。

她最终还是强忍着恐惧按下接听键，那一刻，薄夜冰冷的声音透过手机传来，就如同死神在她耳边宣告着一个冷酷无情的事实："唐惟我带走了，从今天起，他就住在薄家。"

听见这句话后，唐诗愤怒地嘶吼起来："薄夜，谁允许你带走他的！"

薄夜抓着手机冷笑："我为什么不能带走我自己的儿子？"

"那也是我的儿子！"唐诗的眼眶通红，"他是我的……命啊……"

"让我听听我儿子的声音！"唐诗近乎声嘶力竭，"让唐惟跟我说话！"

薄夜受不了她这种说话的腔调，总觉得她每说一个字，心里就会难受一分，于是将手机递到唐惟的手上。

小男孩乖巧地喊了一声："妈妈。"

"惟惟……"唐诗有些惊慌失措，"是薄夜带走你的吗？"

唐惟心里也很难过，但强忍着难过安慰她："妈妈，你可以过来看我的，我们就像没有分开一样。"

唐诗明白了唐惟的心思，为自己孩子的选择流下了眼泪："是妈妈做得不好，是妈妈能力不够，才会让你这样……"

"妈妈，别难过。"对面的唐惟也隐隐有些哽咽，"你可以来薄家看我的，薄少没有禁止你出入……"

"我明白,等你到了薄家，妈妈马上就上门去找你。"她不能忍受分离，只能接受这样的局面。

唐诗迅速说完并挂断电话，随后起身。

唐奕看着她瘦削的背影，问了一句："你去哪儿？"

唐诗忍着眼中的泪水道："去薄家。"

薄夜……到底要我怎么做，你才肯放过我，放过我的孩子……

我不想，再也不想被你这样牵制了。

唐惟是在二十分钟后抵达薄家的，岑慧秋再一次看见他，心疼地喊了一声："惟惟。"

唐惟乖巧地走到岑慧秋面前："老夫人晚上好。"

他始终倔强而又固执地不肯改口，似乎不想让最后一点坚持也消失不见。

薄夜再次整理出一个房间，把唐惟领到房间门口，说："从今天起，你就住在这里。"

唐惟淡淡地应了一声，随后听到楼下用人的声音："大少爷，有女人上门找你们……"

那些用人还堵在门口不让唐诗进来，唐诗越过堵住她的用人，冲里面的薄夜喊了一声："薄夜，你有本事冲我来！为什么要拿孩子要挟！"

"你也配让我要挟？"站在二楼的薄夜终于缓缓走下来，脸上照例挂着嘲讽，对着唐诗眯眼笑了笑，像是完全没把她放在心上，"唐诗，你未免也太看得起自己了。"

一帮用人全散了，就留唐诗和薄夜在门口对峙。

几天前，薄夜破门而入；几天后，换了唐诗主动上门。

岑慧秋看见她的那一刻，脸上有无数复杂而深沉的情绪闪过，不忍、痛恨，以及同情。

唐诗觉得，自己这五年的隐忍，都比不过五年后遇见薄夜这段日子来得铭心刻骨。

"你是不是……铁了心要和我抢儿子？"唐诗红了眼眶，声音凄凉，"我们打官司吧！这五年来你没有对孩子付出过一分真心，我不信你的律师可以让你成为胜者！"

"打官司？"薄夜像是听见什么笑话一样，"江歇就是最厉害的律师，你跟我说打官司，唐诗，你会不会太天真了一点？"

唐诗心一紧，薄夜这样无情的样子真的让她痛彻心扉。有些事情，总是要痛好几次才能够看清楚现实。

薄夜的冷血、残忍，她五年前明明就已经亲身体会过了，为什么五年后还是这样一败涂地？

只是这次……为了唐惟，她绝不退缩！

"那么就法庭上见吧！"唐诗忍着泪水狠狠地笑了，"薄夜，在儿子的事情上我是不会退让半步的，哪怕是死……"

听她提及"死"这个字眼，薄夜的瞳仁不由自主地缩了缩，回过神来的他冲着唐诗冷笑。

唐诗含着泪水冲楼上喊了一声："惟惟！"

唐惟听见声音，打开门跑下来，一头扑到唐诗怀里。小男孩在她的怀中呜咽："妈妈……"

"妈妈过几天就带你回家，你先在这边好好待着……"唐诗摸了摸唐惟的头，心柔软下来，却又剧痛。

薄夜最见不得这样的场面，一派深情，把他弄得跟罪大恶极似的。

唐诗走了，岑慧秋小心翼翼地说让人送她，可是她拒绝了，就这么转身离开。

薄夜看着她远去，脸上的神色晦暗不明。

第二天是薄夜送唐惟去上幼儿园的，好多小朋友拉着唐惟叽叽喳喳地问。

"这是你爸爸吗？看起来好厉害啊。"

"好帅啊……惟惟的爸妈真好看，羡慕。"

"叔叔，请问你可不可以也当我的爸爸？"

薄夜罕见地露出那种颇有耐心的微笑，一一回答了小朋友的问题，随后对唐惟说："晚上乖乖等我来接你。"

唐惟点点头，看着他离开。

也不知是谁叹了口气，被微风送至耳边，薄夜抬头看了一眼天空。快到冬天了，是越来越冷了……

彼时的唐诗只披着一件薄薄的风衣走在马路上，她正在寻找律师，可是已经被三个律师拒之门外。他们一听是和薄夜打官司，就都拒绝接这个案子。

唐诗并不想这么快就放弃，只能再倔强地寻找。或许会有一个人帮她……她不能在这里就认输。

直到傍晚，她再次被一家律师事务所拒之门外，她才知道，有些结局，可能从一开始就已经注定了。

对方是薄夜的话，她就只有输这一个的下场。

唐诗坐在马路边，眼眶有些红。她掏出手机，想给薄夜打个电话。她不是想和薄夜说话，而是想再听听唐惟的声音。

可是拿出手机后，她又万分不忍地将手机收了回去。

她吸了吸鼻子，再一次站起来，没关系……今天没有人接这个案子，明天也许有！

傅暮终开车路过商场，正好看见站在马路边的唐诗。他意外地挑了挑眉，挑了个地方停好车下来，一步步走到唐诗身边。

直到身边有一道阴影投下，唐诗才反应过来。看见是傅暮终，她自觉地和他拉开一点距离，才淡淡地说："傅三少。"

"这么怕我？"傅暮终笑出声，"别啊，我上回真的只是想帮帮你和薄夜……"

她和薄夜？呵，还需要人帮吗？

她和薄夜之间从来都只有你死我活。

"你那五年过得不好吧？"傅暮终想找个话题，岂料唐诗一脸淡漠，摆明了不想听他多说，男人只得道了个歉，"好好好，上回抱歉，是我骗了你，说我们公司找你合作，其实是帮着薄夜找你……我给你道歉了，你原谅我行不行？"

唐诗这才微微一笑："行了，傅三少找我还有事吗？"

傅暮终眯了眯眼，上前主动拉近与她的距离："我看你垂头丧气地站在这里，是遇到什么事了吗？"

唐诗没说话，许久才将耳边掉落的发丝挽到耳后，声音清冷地说："找律师。"

"律师？"傅暮终被她这个说法给弄蒙了，"什么事要找律师？"

"关于孩子的事情，我要和薄夜打官司。"唐诗咬了咬牙，"他单方面将孩子带回了薄家，可那也是我的孩子！"

傅暮终倒是没想到薄夜和唐诗之间会发生这种事情，思索了一会儿，说："挺难办的。"

唐诗虽然做了很多心理准备，可是当她听见傅暮终的这句话时，心还是紧了一下："但我作为孩子的母亲，我是有利的一方……"

"不管你有利没利，和薄夜打官司……"傅暮终摇了摇头，"别想着赢了。"

唐诗眼中的光暗下去，许久后才轻声道："这样吗？可是……我不想放弃我的儿子……"

傅暮终有些不忍，只得叹了口气："你往好的方面想，孩子跟着薄夜，薄夜不会亏待他。薄家条件更好，孩子也不会吃苦头……你年纪还轻，不要耗在薄夜身上，也会有新的开始……"

他不知道为什么会劝着唐诗尽早看开，摆脱薄夜。

可唐诗终究还是红了眼眶："对我来说，孩子待在我身边才是最好的。没了孩子，哪怕我有再多钱又有什么用呢？"

傅暮终用深沉的目光看着唐诗："我不是说你必须抛弃孩子，唐诗。你可以回薄家看他，也可以陪他玩耍，但是……你得从孩子带给你的枷锁中逃离出来。我这话什么意思，你懂吗？"

唐诗的脸上露出错愕的表情，傅暮终盯着她的神情变化，倏地一笑："这才是当年那个骄傲的唐家大小姐啊。"

"唐家大小姐"五个字如针扎在唐诗的心上，身体深处蔓延起细碎的痛。她看着傅暮终的脸，许久才喃喃道："谢谢你，傅三少，每次都跟我说一些令我豁然开朗的话。"

上次也是他说，有些伤口，需要见见阳光。

为表谢意，唐诗主动提出请他吃饭，傅暮终欣然答应："我能挑一家贵点的吗？"

唐诗眨了眨眼睛："请你吃一顿饭，不在话下。"

傅暮终笑了笑，随手指了一家商场里的自助日料招牌。

两个人一起走进商场，听见身边人在窃窃私语。

"看见没有，那个男的好帅啊……"

"两个人都好眼熟，估计是富二代，不知道在哪儿看见过。"

唐诗一身薄风衣，在这个季节的确显得有些单薄，看着让人觉得她清冷极了。她踩着小高跟，迈着疾速的步伐，足以看出她曾经有着颇为强势的习惯。

服务员一见二人的气场都愣住了，过了许久才问："请问有预约吗？"

唐诗摇摇头："没有，随便找个两人位就好了。"

服务员心想：你们一看就是大佬，哪敢随便给你们找位子啊。

服务员直接领着他们进了包间，坐下后又是放餐具又是倒水的，随后将菜单呈上来。

傅暮终翻着菜单，笑出声："我很喜欢吃日料。"

唐诗在调芥末和酱油，也跟着轻声笑道："没有人不喜欢。我记得，五年前我的记录是吃了二十二份甜虾……"

傅暮终翻着菜单的手一顿，眼睛都瞪大了："二十二份？"

唐诗笑得更开心："每份六只。"

她胃口有这么大？！

到点菜的时候，唐诗直接要了十份三文鱼刺身和十份甜虾，东西送上来的时候，她眼睛都在发光。

果然美食有治愈人心的力量啊!

傅暮终哭笑不得地看着唐诗吃东西,随便找了个话题:"你上次吃那么多,是和谁一起?"

唐诗的动作一僵,过了许久才淡淡地说:"和……薄夜。"

五年前的回忆涌入脑海的时候,唐诗的身体有些微颤抖。

她曾经和那个男人,有那么多令她觉得甜蜜的回忆。可是她到头来发现,那终究只是她一个人自作多情。

第三章

而彼时，薄夜也在这个商场最高层的高级日料餐厅。他的对面坐着一个笑容温婉的女子，她一边吃，一边时不时抬起头来看他一眼。

薄夜"啧"了一声，皱起眉头："吃东西，没让你看我。"

"因为夜哥哥比较帅嘛。"

对面的女人一脸娇羞地笑了笑，害得薄夜全身上下鸡皮疙瘩都起来了："你能正常点吗？别喊'夜哥哥'这种称呼。"

"你不开心？"苏菲菲嘟了嘟嘴，"跟我出来一次有那么麻烦吗？要不是我爷爷约你，你是不是都不肯出来？"

薄夜的动作一顿，抬起头来看对方："事实上，如果不是你爷爷约我，我甚至都不会理你。"

苏菲菲颇为委屈地说："你怎么能这样对我……我那么喜欢你……"

薄夜用一种慵懒淡漠的眼神看着她，示意她继续说下去。

苏菲菲喃喃道："我那么喜欢你，你能不能给我一点回应？"

薄夜的脑海里无端出现了五年前唐诗的身影——在外骄傲矜贵，在家中却对他温柔又有耐心，每次眼中都带着期盼，期盼得到他的回应。

想到这里，薄夜的手指紧了紧，随后道："苏小姐，你想要什么样的回应？"

"跟我在一起好不好？"苏菲菲直接说出口，"我们苏家可以帮你的忙，对你绝对没有坏处。"

薄夜冷笑道："你觉得我要靠一个女人？"

"不……不是！"苏菲菲有些慌乱，"我……我听说唐诗最近出现了，我怕她再来纠缠你，所以我帮你当挡箭牌也行，你跟我在一起好不好？"

薄夜勾唇微笑。

男人的脸可以称得上完美，只可惜一双眼睛如同深不见底的水潭，没有人知道他在想什么。

许久后，他道："我拒绝。"

"为什么！"苏菲菲见自己告白被拒，大小姐脾气上来了，"你是不是嫌我不够优秀？但五年前的唐诗，怎么比得上五年后的我！薄夜……"

"我吃饱了，先去结账了。如果你后续还要加菜，尽管记在我的名下就是了。"薄夜起身，"没什么事我就先走了，以后不要借你爷爷的名义约我，老人家在我心里还是有点地位的。"

苏菲菲脸色惨白，似乎不敢相信自己这样的天之骄女竟被薄夜拒绝了……她原以为这次出来吃饭就可以拿下他的。

于是她一甩筷子，直接站起来跟了上去："我……我送你回家！"

"不必了。"薄夜淡漠地睨她一眼，"我有手有脚会开车。"

苏菲菲和他一起搭乘电梯，随后到了停车场，不管不顾直接钻进了薄夜的车里："那……那我就陪你一路！"

薄夜坐在驾驶座上，看了一眼后排的苏菲菲，叹了一口气："我不会送你回家的，所以打消用这个炒作的念头吧。"

这都被看出来了？！

苏菲菲咬牙切齿："那我就跟着你，先到你家，我再打车回去！"

"随你的便。"男人耸耸肩，似乎都不想和她有一丁点的纠缠。

这样冷漠无情的态度让苏菲菲顿生挫败感，什么男人会拒绝她？只有薄夜！

车子发动开出停车场时，唐诗和傅暮终正好在马路边散着步，两拨人就这么擦肩而过。

苏菲菲坐在车子里喃喃了一声："那个人……好像唐诗啊。"

薄夜猛地一脚踩下刹车，回过头去问她："你说什么？"

苏菲菲又摇摇头，应该不会在这里遇见她吧，哪有这么巧？

于是她说："刚才我看见马路边有个和唐诗长得很像的女人……和傅三少站在一起。"

唐诗和傅暮终？

薄夜的心沉下来，但是没说什么，继续开车。他果真如刚才自己所说，都懒得送苏菲菲回家，直接到了自己家。谁知这个苏菲菲竟然厚着脸皮跟了上来，大有要在他家做客的架势。

薄夜忍无可忍，打算直接赶她走，岂料苏菲菲叫了一声，指着沙发上那个小身影道："这……这是你的小孩？"

唐惟回头，正对上苏菲菲的视线。

苏菲菲尖叫一声："和你长得好像！"

薄夜一个头两个大，站在门口不让她进去："你可以回去跟你爷爷报告了。"

"我不嘛！"

苏菲菲堵在那里，还开始喊人："岑阿姨在不在？岑阿姨！我是菲菲，今天来看你啦！"

薄夜脑门上的青筋都开始跳了，这个女人怎么这么不安分！当年唐诗可没她这么烦人！

岑慧秋在二楼剪花，苏菲菲扯着嗓子喊了半天没喊下来，倒是唐惟从沙发上跳下来，走到她面前问了一句："你是谁？"

"我是你爸爸的新女友。"

"少在小孩子面前乱说！"薄夜终于怒了，"苏菲菲，你能不能稍微矜持一点！"

苏菲菲不甘道："你的意思是我不矜持？"

薄夜冷笑："你觉得呢？"

五年前的唐诗都能甩她一大截！

唐惟很乖巧地看了一眼苏菲菲，对薄夜道："薄少，您的口味下降了啊。"

薄夜一脸无奈："她真的不是……"

"好吧，那我就勉为其难相信你。"

唐惟甜甜一笑，转身对着苏菲菲道："这位姐姐，您堵在我们家门口是要做什么呀？强闯民宅吗？"

薄夜当时就笑了！听听他儿子这遣词用语！

苏菲菲被唐惟一句话堵得说不上来，好久才道："我……是你爸爸邀请进来的。"

薄夜双手抱胸，唐惟也端着架子睨她。

苏菲菲就算再固执，面子也挂不住，对薄夜喊了一声："我是不会放弃的!你早晚会后悔!"

她说完,就捂着脸转身离开了别墅。

唐惟一脸稀奇,对薄夜说:"这要是换成我妈妈,肯定不会这么没教养。"

听见唐惟这么说,薄夜不由自主地发出一声冷笑。

五年前,唐诗是海城第一名媛,惊才艳绝,灼灼其华,自然是心高气傲,矜贵无比,怎么可能做得出上赶着倒贴这种事情。

可能她唯一一次犯贱就是为了薄夜,而薄夜却丝毫没有珍惜。

如今五年后,故人归来,却早已物是人非。薄夜心想,如果他们之间没有那五年,现在会不会就不是这样剑拔弩张的样子?

可是,世上并没有后悔路可以走。

薄夜心想,给安谧一个清白和真相,也算是告慰她吧。至于唐诗,也已经付出了应有的代价。

唐惟盯了一阵苏菲菲离开的背影,忽然转过身来,轻声对薄夜说:"薄少,这五年里,你有别的女人吗?"

小孩子这口气跟逼问似的,薄夜皱了皱眉,没回答。

唐惟沉默下来,盯着薄夜那张精致的侧脸,将所有的念头都压在了心底。

如果有朝一日,自己的妈妈和薄少重新在一起……很可能就是重蹈覆辙。

起码他现在并不认同自己这个父亲,哪怕他对外完美无缺,不管是家世财力还是背景,都是一等一的优越。可是一个对自己妈妈无心的男人,真的值得妈妈再一次飞蛾扑火吗?

不,不值得。

唐惟的目光暗下去,看了一眼窗外。夜色渐深,人心凉薄。

唐诗在三日之后找上门来。她看着有些疲惫,明显这三天过得并不好,可是她依旧将自己打扮得体。她踩着长靴,套着一件夹克,显得年轻了几分。她上门的时候,用人们都愣住了。

这不是前几日闹到家门口的那个疯女人吗?怎么收拾一下就变得光彩照人了?

薄夜正好在家陪唐惟做家庭作业,唐诗走到门口喊了一声,小孩子丢下蜡笔就扑到她怀里，一脸欣喜。

唐诗和薄夜面对面站着，无声对峙。

薄夜笑了："唐诗，你怎么永远都没有长进？"

"是啊，我永远都没长进。"唐诗搂着唐惟，却仍在颤抖，"你到底想要我怎么样？为什么你还要这样纠缠不休！"

"纠缠不休？"薄夜反问她，"现在是你找上门来，怎么却成了我纠缠不休？唐诗，你本来确实不该出现在我的视线里，可是你带着儿子出现，令我不得不怀疑你的用意……"

"薄夜你到底是不是人！"唐诗声嘶力竭地吼出声来，"唐惟是我的儿子，也是你的儿子！是个人都不会怀疑自己的亲生儿子！你这么说话，就不怕惟惟难过吗！"

薄夜身子一僵，反应过来后看向唐诗怀中的小男孩。

唐惟抬起头的那一刻，眼里装满了失望。他轻声问："薄少，您觉得我妈妈是在利用我吸引你的注意吗？"

薄夜被唐惟问得说不出话来，过了许久才缓缓道："唐惟，大人之间的有些事情，你根本不懂。"

"是啊,我是不懂。"唐惟安抚了浑身颤抖的唐诗，走上前和薄夜对视，"在您的眼里，我妈妈到底是个什么样的人？薄少，如果要引起注意，我妈妈五年前生下我的时候，就可以拿我和你做交易。可是她带着我四处躲，躲了你那么久……你还不明白吗？"

明白什么？明白唐诗其实是那样痛恨他，所以巴不得离他远远的？

薄夜不想承认这个事实，只能扭曲歪解唐诗的用意。

唐诗走上前理了理唐惟的头发，轻声道："惟惟，妈妈没事。"

她明明都快哭出来了，却还强撑着说自己没事。

而薄夜还是一副高深莫测的样子，笑得极为狠厉。唐诗五年前就该明白，这个男人没有心。

若是能早些明白这个道理，她一定不会爱上这样凉薄冷血的男人。哪怕他再完美，她都不敢沦陷。

有些道理明白得太晚，付出的代价太过惨烈，从而在之后的人生里，有关薄夜的一切，唐诗都避如蛇蝎。

她冲着薄夜笑了笑，似乎是毫不在意，将唐惟轻轻一推，直接推到薄夜的怀中。

男人有些错愕，抬起头来看她。

而这个时候，唐诗眼里的恨意似乎到达了一个顶峰，带着不死不休的滔天巨浪，话语却偏偏无所谓到极点："好啊，如你所愿。我消失在你眼前，如何？"

薄夜的心猛地漏跳一拍，想说什么，唐诗却转身就走。

曾经他给她最多的就是背影，如今她以同样的东西偿还。

唐惟看着唐诗离开，嘴唇颤抖了好久才轻声喊了一句："妈妈……"

唐诗身子一抖，却没有回头。

女人以决绝的姿态离开薄夜的视野。

那一刻，他觉得胸口泛起刺痛。

这不正是他想要的结果吗？他现在如愿以偿得到了自己的儿子，也摆脱了她的纠缠，这样难道……不好吗？

唐诗果真如同薄夜所说，在那之后的整整一个星期都没有上门找过他一次。

薄夜去工作室门口看过好几次，那里一直都关着门。他找人联系唐诗他们，也没有找到。

直到一个星期后，在酒吧，他看见了唐诗。看着她笑着坐在别的男人的腿上时，他怒从心起，走到她的面前，一把将她拽起来。

彼时唐诗正喝得半醉，被薄夜一下子拉进怀里，撞到了鼻子。刺痛感让她的意识回笼，她看了一眼面前的男人。

面容俊美，气场强大，再仔细一看，呵，这不是薄夜那个人渣吗！

唐诗笑得风情万种："好巧。"

薄夜咬牙切齿："你这一个星期干什么去了？"

唐诗无所谓地耸耸肩："我的生活和你没关系，你问这些我没有义务回答你。"

薄夜见她这副妖娆的样子就气不打一处来，对着她冷声道："这个人是谁？"

"我也不认识。"唐诗轻飘飘地说了一句，眼睛倒是依旧清亮，"怎么，薄少，您可别告诉我您现在在吃醋。"

薄夜攥紧了手指："看来你学不乖。"

唐诗清醒了几分，对那个陌生男子说："容我去解决一点私事。"

男子很大方地让她离开了。

而后唐诗被薄夜拽着，穿过层层人群，来到酒吧的安全通道里。

男人狠狠地甩开她。唐诗差点没站稳，扶着墙才没让自己摔倒。抬起头时，她眼里带了些怒意。

薄夜，我都已经这样远离你了，为什么你还是要来纠缠？

薄夜看着唐诗这副痛苦的样子，只觉得相当受用，甚至愉快地笑了两声："唐诗，你真的挺犯贱的。"

"是啊，我犯贱。"唐诗眼里闪着泪花，冲他笑了笑，"我最贱就是爱上了你！"

薄夜还来不及回答，女人就已经拉开了安全通道的门。门外被隔绝的音乐一下子涌进来，伴随着五光十色的舞池灯。在那一片斑驳中，他似乎看见唐诗的脸上有泪滑落，可是他死死忍住没有追上去。

薄夜站在过道里，时不时有光打过去，照亮他晦暗的半边脸。他五官精致，眼神却冷如寒潭，令人胆战心惊。

后来他回去的时候，有个女人大胆地贴了上来。

薄夜竟然没有抗拒，想起唐诗刚才的样子，他就恨，赌气一般也咬着牙搂着女人的腰就要回家。

一旁的江歇看了，"啧啧"摇头："你终于要找女人了？"

薄夜冷笑道："怎么，轮得到你管？"

江歇浑身鸡皮疙瘩都起来了，狠狠地喝下一杯酒才压下去。

江歇朝傅暮终看去："傅老三，我觉得还是你疼我，嘤嘤嘤。"

傅暮终也被江歇这副做作矫情的样子恶心得半边身子都麻了："你这样太恶心了，滚远点。"

江歇怒了，一个个的，你们以为小爷就看得上你们吗？！

周围的小姑娘倒是都在娇笑："傅三少、薄少，你们几个人太好玩了。"

"哈哈——江哥您来我这里，我喜欢你！"

薄夜搂着女人站起来，旁边喝酒的江歇和傅暮终对视一眼，心想，这下看来是要来真的了。

五年了，老夜还没带女人回过家呢。

薄夜走出去五分钟后，这个卡座提前散了场。

薄夜开着跑车带着女人回家，身后有一辆车悄然跟上。

江歇说："咱们俩这么跟踪他是不是不太好啊？"

傅暮终说："是的。不过反正开车的人是你，怎么也算不到我头上来。"

两个人在车子里骂骂咧咧，而薄夜已经将车开到了薄家宅子门口。

那个女人还从来没被薄夜这种身份的男人带走过，激动得声音都在颤抖："薄少……你……你真的……"

"你叫什么？"薄夜皱了皱眉。

"我叫程依依！"程依依立刻自报家门，"我真的没想过，薄少也会有需要我的一天！"

"程依依，从现在开始，闭嘴，看见什么都不要多话。"

程依依被薄夜这种语气吓得一下子死死地闭上嘴巴，可心情还是激动的。

天哪，眼前这个男人是薄夜！

她到底是中了什么大奖，才会有这种运气！

薄夜带着程依依进门，这才意识到家里并没有多出来的鞋子，只好拿了一双男式拖鞋给她。程依依没有在意，轻声说了一句"谢谢薄少"。

薄夜没理她，目光掠过鞋柜，却情不自禁想到从前唐诗在的时候，家里的东西都会准备得齐全。后来她出了事，家里关于她的东西全被他放到另一处房子里了。

薄夜中止了思绪，说："上楼，洗澡。"

程依依哪敢不从，今天能被薄夜带走，已经足够她炫耀好久了！

程依依上楼洗完澡，刚走出来，房间里的灯一下子就关了，黑暗吞没了一切。

男人似乎并不想看见她的脸，一分怜悯都没有施舍给她，就如同她只是一个玩具。

程依依甚至在想，如果这个人不是薄夜，在漆黑的夜里，她也分辨不出来……

为什么？为什么要关灯呢？

饶是这样，程依依心里也依旧是甜的。她骗自己，不可能的，她都已经被带回家了。

她竟然生出一个不该有的念头，或许自己可以替代五年前的唐诗……

后来，所有的事情都结束了，整整半小时后灯才再次打开。程依依看见薄夜衣冠楚楚地走进来，像是什么都没发生过一样，那神情冷漠得自己仿佛只是个路人。

她内心一片苦涩，随即又高兴起来。不管怎么样，和薄夜发生关系已是事实，或许以后她的人生都会有起色……

第二天天光大亮，程依依睡醒后发现她和薄夜虽然盖着同一条被子，但两个人隔了很远的距离。

薄夜再没碰过她，似乎对她多一个动作都是多余的。

薄夜醒来后，只是盯着她的脸，吐出一个字——"滚"。

程依依有些委屈，喃喃道："薄少，是我哪里让你不满意吗？"

薄夜只是冷笑，那个笑让程依依内心发慌，她赶紧穿上衣服下床。她一拉开门，就见一个小男孩站在门口，那张脸竟和薄夜有七八分相似！

程依依被这个小男生惊得倒退两步，薄夜才终于出声："愣着做什么，还不滚？"

程依依回头，声音颤抖："薄少，这个小孩……"

"我记得警告过你不要多嘴。"薄夜眉目狠厉，冷声说，"需要我手动让你闭嘴？"

"不！薄少，我明白了！"程依依颤抖着走下楼梯，从薄夜家离开。她心里有个疯狂的念头，不得不好好冷静一下……

程依依走后，唐惟看了一眼房里的薄夜，语气平淡地问："她是您昨晚带回来的吗？"

薄夜沉默不语。

唐惟倒是笑了，可惜那笑看着就十分刺眼："也是，薄少您有您的自由，我不会多说什么。只是，这个人还不如当初那个上门的阿姨呢。"

"唐惟，你是不是觉得因为你是我儿子，所以我不会拿你怎么样？"

头一次被薄夜用这种冰冷的语气质问，唐惟小小的身子竟然一抖，随后才颤抖着声音道："我明白了，薄少。"

这个语气比之前更加疏离。

薄夜心烦意乱地"啧"了一声，唐惟很自觉地从房门口离开，没再烦他。

只是小男孩一走，薄夜的表情就彻底垮了下来，随后拨了个电话："林辞？是我，查一查唐诗昨天晚上干吗去了。"

而另一边，唐诗回了工作室，打扫了一下并不多的灰尘，重新坐回电脑前。

虽然薄夜给了五百万,但她还真不是一个就此堕落放纵的女人。只不过是她昨天心情不好被约去喝酒,而朋友恰好给她介绍了一个小帅哥而已。

她刚打开电脑,门口就出现了一个女人。她看过去,发现来者竟是苏菲菲。

苏菲菲这个名字,唐诗并不陌生。当年她是唐家千金的时候,和同样是名门世家的苏家也有交流,那个时候她就见过苏菲菲一面。骄傲任性的小公主被家里养得太好了,五年后也依旧自负。

苏菲菲看了一眼坐在沙发办公椅上的唐诗。

五年不见,唐诗倒是比以前更瘦了。记得她和薄夜结婚那会儿,苏菲菲躲起来难过了好久,最后还是在婚宴上敬了他们一杯酒。如今已成往事,她便再次出击——只要唐诗不再是她的绊脚石。

苏菲菲上前,自信地笑了笑:"还需要我做自我介绍吗?"

唐诗也微微一笑:"不用了,苏家大小姐苏菲菲,我可是眼熟得很。"

"是我的荣幸。"苏菲菲直接在唐诗对面坐下,开门见山道,"我也不多说什么,我今天就是想和你做一笔交易。"

"交易?"唐诗秀眉一挑,面上有些疑惑。

苏菲菲扬了扬下巴,依旧是那副骄傲的样子:"对,我也听说了你回来后一直纠缠薄夜,所以我来和你做笔交易,让你死了这条心。"

"我纠缠薄夜?"唐诗轻笑两声,也懒得去纠正她,只是淡漠地睨她一眼,"继续说。"

唐诗这淡漠的态度让苏菲菲有些错愕,只是不待片刻,她回过神来,清了清嗓子:"我查到最近你因为惹怒了薄夜,所以受到了和被封杀一样的待遇。这样,我用我们苏家的名义帮你摆脱这个困境,而作为交换,你永远不能再去烦薄夜了,如何?"

看来这个苏菲菲以为她很好欺负呢。

唐诗轻笑道:"你哪儿来的自信?"

苏菲菲倒是没想到唐诗会反问,一时之间竟不知该说什么来反驳。

她愣了好久才回过神来:"你……你这是什么态度?没有我们家帮你,你想从薄夜的手里逃脱?不可能。"

"那我也不必听从你的意见。"唐诗双手抱在胸前,冷笑道,"不用你帮忙,我从来都是一个人,没有依靠任何人!"

苏菲菲被唐诗这番话说得心一紧,下一秒就看到她在冷笑。

她冷笑的样子也是极美的,这样一个女人,当年有着令全海城男人心动的魅力,后来嫁给薄夜,如同巨星陨落,淡去光芒。

她说:"我觉得你挺可笑的,既然想追薄夜,那就去啊,与我何干?还是说你其实打从心底里就害怕我、畏惧我,觉得自己不如我,才会想出这个主意,自以为是地觉得这样就可以掌控我?"

苏菲菲被唐诗逼问得失控,喃喃道:"你胡说!我有什么比不上你的?你别不识好歹,到时候工作室被薄夜封杀了,你都不知道上哪里去哭!"

"不管去哪里哭,"唐诗笑了笑,"我都不会在你们面前掉一滴眼泪。"

苏菲菲咬牙切齿,一张漂亮的小脸因为气愤而涨得通红:"唐诗,你现在装什么清高!薄夜不要你的时候,你都不知道自己有多惨!"

"是啊。"唐诗竟然接了她的话说下去,自嘲地一笑,"苏菲菲,你可别走我的老路。"

曾经的唐诗也不顾一切地追求薄夜,甚至主动提出要嫁给他,用全部身家作为交换,到头来却是竹篮打水一场空。

"你……你少在这里假惺惺!"苏菲菲气得声音都在颤抖,"好,既然你这么有能耐,我倒要看看你能坚持到什么时候!"

唐诗没说话,垂着眼帘。

苏菲菲忽然又笑了:"啊,对了,我上回去薄夜家里,见他儿子了。"

一提到"儿子"这两个字,唐诗猛地抬头,眼里的锋芒如同擦着刀刃闪过去的寒光。她失声叫道:"你见到他了?!"

苏菲菲总算看见一点唐诗失控的模样,得意地勾了勾嘴角:"对呀,他儿子看起来都有五六岁了。你真可怜,爱了他那么久,结果人家小孩都这么大了。"

看来苏菲菲并不知道唐惟是唐诗所生,只知道薄夜有个私生子。

不过哪怕是私生子,只要是薄夜的儿子,也没人敢看不起他。

唐诗死死地攥紧手指,维持着自己的理智,努力使自己的神色看起来不那么慌乱——可是这一切终究是徒劳无功的,唐诗可以铁石心肠,也可以刀枪不入,唯独在面对和唐惟有关的事情时会失控。

那是她唯一的逆鳞……

唐诗死死地盯着苏菲菲,看到女人脸上嚣张的笑容时,只觉得是那般刺眼。

自己的儿子在薄家到底过得好不好？

唐诗强忍着声音里的颤抖："你说完了吗？说完就请你走吧。我没有多余的时间招待你这种闲人。"

苏菲菲一听又想发作，只是唐诗这副模样很好地取悦了她。她勾了勾嘴角，像是一位得胜者一般走出了工作室。

背后唐诗的目光冰冷悠长——那一瞬间，她眼里的痛恨竟然像极了薄夜的凶狠。

今天也是毫无进展的一天，所有的合作方案如石沉大海，发出去的邀请也没有任何回应。唐诗靠在椅背上，就这么沉默地将自己缩成一团。唐奕出差去了，可这次的项目估计也谈不下来。

要怎么办呢……就此结束吗？不……

她抬起自己的右手，上面斑驳交错的刀疤映入眼帘。这些伤口随时随地都在刺痛她，哪怕已经愈合，留下的旧伤也永远都在隐隐作痛。

过去的黑暗无时无刻不在提醒着她，曾经的她有多疯魔。

当初的爱有多鲜明，现在的恨就有多剧烈。唐诗的右手已经提不起重物，哪怕连握紧拳头都有点吃力。饶是如此，她还是死死地攥紧拳头，哪怕颤抖着，也依旧用尽力气。

眼泪混着痛苦在这个时候一并从身体里汹涌而出，唐诗发出如困兽般的呜咽。

惟惟，怎么办？我要如何救你，又要如何救我自己？

她曾看见过一句话："我这辈子最遗憾的事，就是推我入地狱的人，也曾带我上天堂。"

可唐诗想，薄夜也不曾带她上过天堂，就直接将她打入了地狱。她所有痛苦的根源，都是他给的，他根本没给过她一丝一毫的温存。

是她太天真了，迟迟不肯看开。直到现在，她还苟延残喘地活在薄夜的阴影里。

苏菲菲扬长而去，并没有关门。即将入冬，寒风呼啸着刮进来。

桌子上单薄的草稿被风吹得哗哗作响，唐诗脸上带着病态的苍白。她慢慢地看向门外，直到夜幕渐深。她明白自己没有力气去关上那扇门，就如同她不敢去面对薄夜一般。

夜风很冷，夹杂着不知是谁的叹息，吹过这座纸醉金迷的城市的每个角落。它见证了无数人情冷暖,却始终来无影去无踪,除了时间和温度,什么也没带走。

苏菲菲回到苏家后,又想起和唐诗正面对峙的样子。对方云淡风轻的样子让她一阵火大,于是她喊了三五好友晚上去喝酒玩耍一通。岂料就是这次过去,她和程依依撞了个正着。

彼时程依依正靠在薄夜怀中。

薄夜依旧是一张高冷脸,可他能让女人碰就已经是天大的破例了。

苏菲菲上前一把抓着程依依,让她起来,不由分说一个耳光就甩在她脸上。

虽然背地里也有人说过程依依名声不好,可是被人当众打脸还是头一回。她气得全身都在颤抖,尖叫一声:"你做什么!你疯了吗?!"

程依依满脸委屈地看着薄夜,泪眼婆娑,好不惹人怜惜。可薄夜只是淡淡地看她一眼。

酒吧闹事很常见,所有人都见怪不怪。两个女孩喝了酒争风吃醋也正常,要换了男的早就掀了卡座大打出手了。

于是所有人都明哲保身不去看她们,防止惹祸上身。

苏菲菲像是不敢相信一般,盯着程依依,又扭头冲薄夜道:"夜哥哥,你怎么会让这种肮脏的女人碰你?!"

薄夜抬头对着苏菲菲冷笑:"不然呢?难道让你碰吗?"

苏菲菲后退几步,眼眶也跟着红了。世家大小姐心高气傲,何曾受过这样的侮辱?

"你当年的妻子是谁?是唐诗!是全部女人加起来都比不过的唐诗!你现在居然沦落到找这里的女人?!"

程依依捂着自己的脸,眼泪不断地往下流。唐诗?唐诗!她绝对不会忍下今天的屈辱!唐诗又有多干净?哪怕再干净,她也要唐诗脏了,身败名裂!

正好唐诗从卫生间出来,福臻眼睛一亮,直接大喊一声:"唐诗!"

那一瞬间,所有人都抬头去看站在卫生间门口的女子。

唐诗穿着一身西装裙,脖子上挂着一条细细的锁骨链,头发全部披散在一侧,没有遮掩的下颌线以及脖颈便展现所有人眼里。她化着精致的妆,红唇微张,眼神清冷。

薄夜只觉得自己的喉结滚动了一下。

福臻一脸惊艳，不由自主地吹了一声口哨，抓着酒吧经理喊道："刚才！刚才那个妞看见了吗？！把她带到我们卡座来！"

唐诗倒是不知道自己刚才被那么多人注视了，才回到卡座，就有服务员恭敬地走到她面前。

"小姐，我们家老板请您去他的卡座喝一杯。"

哪儿……哪儿冒出来一个老板？！

姜戚小声问她："你是不是……惹到谁了？"

唐诗摇摇头："你见过一个离异带娃的女人有烂桃花的吗？"

姜戚笑得风情万种："有啊，薄夜不就是吗？！"

唐诗被她气笑："再提他，我掐死你！"

"哎哎！不敢不敢！"姜戚举起双手，"这样吧，你先去，有事给我发消息，我来解救你。没准这老板还是个金龟婿呢。"

唐诗看着姜戚美艳的脸，"啧啧"摇头："到底套路没你深。"

"那不是废话。"姜戚推了推她，"走吧，别让人家久等了。我看好你哦！"

唐诗被服务员带到卡座，一看见卡座上坐着的两个男人，她脸一拉，就想往回走。结果福臻直接站起来，一把抓住了她的手腕。

好细……这是福臻的第一个念头。

几日不见，他总觉得唐诗又……漂亮了。

唐诗皮笑肉不笑地被福臻拉到了卡座坐下，抬头就看见薄夜同样皮笑肉不笑的脸。

男人的目光讳莫如深，意味深长地打量着她。

唐诗倒是径自拿起一杯酒，对着福臻和薄夜的杯子碰了碰，笑容完美无缺："既然是请我来喝一杯，那么我喝完这杯就走了，你们随意。"

语毕，她直接将杯中的酒仰头喝下，又冲他们笑了笑，红唇被酒染得水灵灵的。

福臻下意识地咽了口口水，开口挽留她："不在我们这里多玩一会儿？"

"福大少……"唐诗转过头来看着福臻，那双眼睛在五彩斑斓的灯光的投射下竟然沾染上些许鬼魅的色彩，她说，"我和薄夜毕竟是离了婚的，这样坐在一起，尴尬。"

薄夜怒极反笑："唐诗，你什么时候这么要脸了？"

言下之意是她以前不要脸？

唐诗理了理头发，云淡风轻道："是啊，毕竟不要脸地纠缠过你。但如今我发现了自己的愚蠢，及时止损不好吗？"

她话虽然这么说，心却疼得厉害，连肩膀都在微微颤抖。很明显，她在强撑。

薄夜，遇见你，为什么我还会那么疼？明明一遍遍地告诉自己不要再想了，为什么……我总是输？

唐诗自嘲一笑，没了先前的气势，却再次被人叫住。这一次叫她的是苏菲菲。

她走上前来，目光深沉地看着唐诗的脸，忽然轻笑一声，转头看了薄夜身边的程依依一眼。

苏菲菲没说话，只是用那种眼神看了唐诗许久，随后一言不发地转头离开。看方向，她大抵是要离开酒吧了。

唐诗没说话，看着苏菲菲离开。

薄夜没有挽留她，竟然开口挽留起唐诗来："坐下来。"

唐诗盯了他许久，薄夜了然地冷笑："怎么，怕我吃了你？"

唐诗倏地一下握紧拳头。坐下就坐下，既然她逃不过，那为什么不正面面对？

此刻酒吧的灯光正好打下来，她看清了薄夜的那双眼睛，冰冷、凉薄，带着让她心惊的寒意。

唐诗对着薄夜和福臻勾唇："不过我不能待太久，别的卡座还有人在等我。"

福臻笑眯眯地问了一句："哦？是男的女的？"

唐诗没说是女的，只是和福臻摇骰子。对面薄夜的视线一直在她身上，似乎带着探究，探究她到底藏了什么心思。

唐诗自嘲地一笑。薄夜，我以前天天往你眼前凑，你连一个眼神都不肯施舍给我，如今却一副对我饶有兴味的样子。这算什么，是犯贱吗？

她笑得嘲讽，福臻却看得呆愣。美人在前，他不自觉地伸手摸了一把唐诗的脸。

被占了便宜，唐诗一愣，抬头看向福臻，随即反应过来。她带着抵触，虚伪地轻笑道："福大少，兄弟的前妻……你也有想法？"

福臻的眼神晦暗，声音低哑，俊朗的脸上带着唐诗看不懂的深沉："你应该庆幸你是老夜的前妻……否则你现在绝对不可能这么安全地坐在我身边。"

唐诗心神一颤，随即反应过来，"咯咯"地轻笑两声："福大少的厚爱我唐诗可担当不起。我现在是这么卑微的一个人，也不配入你的眼……"

福臻一愣，轻声道："可是你当年……"

"是啊。"唐诗似乎陷入了回忆。

她当年是多矜贵的一个人啊……

唐诗冲福臻眨了眨眼睛："俗世繁华一场，终是浮云。我曾经拥有过那么多，到头来不还是什么都没剩下。都说时间会证明一切，可不会饶过任何一个人的，也是时间。"

福臻就这么直勾勾地盯着唐诗，那眼神让一旁的薄夜看得有些烦躁。福臻不是知道唐诗是他的前妻吗？怎么还用这种火热的眼神盯着她？

他随即让服务员把唐诗的酒杯倒满，随后冲着唐诗遥遥举杯。

只是微微抬手那一个动作，便令唐诗落入过往的万劫不复中。

当年也是在这样疯狂迷乱的酒吧，她无心玩耍，坐在沙发上，高贵优雅，气质清冷。所有男人都在看她却不敢上前搭讪，唯有薄夜，隔着数人，冲她挑眉微笑，遥遥举杯。

从回忆里抽身，如潮水般涌来的情绪令唐诗猝不及防红了眼。如同昨日重现一般，薄夜冲她微笑举杯，那一刻，她心跳加速。

她强忍着颤抖，也举杯回应，随后喝下酒。在酒精的刺激下，她终于找回几分理智。

福臻看见唐诗这副模样，微微有些错愕："你和老夜之间……"

"我们之间已经什么都不剩下。"快速打断福臻的话，唐诗摇晃着身子想要站起来，谁知这一下更是让酒意一下子涌入大脑。她的身子倾斜，薄夜瞳仁一缩，眼看着她即将倒下去。

出乎意料的触感传来，唐诗发现有人接住了自己。姜威在她耳边说："我就知道你会被困住！"

唐诗错愕地抬头，发现姜威身边还站着一个男人，男人冲薄夜抬了抬下巴："薄少，真巧啊。"

"叶总……"薄夜很快回过神来，对着他高深莫测地笑了笑，"没想到今天能遇到你。"

"我是帮戚戚过来找个朋友的。"叶惊棠看向唐诗,"不知道你们叙完旧了吗?"

薄夜和福臻皆一惊,叶惊棠和姜戚?看来唐诗这个朋友的靠山不小……

众人心思各异,唐诗却无暇顾及。她站稳了,微微低下头去,心说姜戚怎么找了叶惊棠来带她回去,简直是要吓死人!

只是叶惊棠的出现的确算是解救了她,唐诗赶紧笑了笑,对着薄夜和福臻道:"那我就先回自己的卡座了,福大少若是想找我,下次再一块玩吧。"

语毕,她直接绕过叶惊棠走了回去。开玩笑,叶惊棠连姜戚见了都怕,她绝对得躲着点儿。

叶惊棠踱着步子慢悠悠地回来,姜戚偷偷说:"我怕自己带不走你,所以才派了叶总去,如何?"

唐诗捂着胸口:"吓死我了,下次可千万别这样!"

姜戚乐了,拉着她坐下,递给她一杯橙汁:"压压惊,压压惊。"

叶惊棠坐在对面冷笑:"没我的份?"

姜戚狗腿地凑过去,给叶惊棠倒酒:"大哥,喝酒。"

语毕,她又给叶惊棠点了香烟。

叶惊棠冲唐诗笑道:"初次见面,唐小姐。"

"叶总您好。"唐诗有些尴尬,"您的大名无人不知无人不晓……"

"哦,是吗?"叶惊棠笑着将姜戚搂到自己身边,"那我再给你介绍一下,这是我的人,姜戚。"

姜戚皮笑肉不笑:"不是你的专属秘书吗?"

"叫专属秘书总归有点太暧昧了。"叶惊棠笑着对姜戚眨眨眼睛,可是那眼里没有丝毫笑意,他贴近她说,"敢让老子帮你办事,姜戚,你狗胆在发育啊。"

唐诗看着眼前这对搭配奇怪的男女,用眼神示意自己的好友:你没事吧?什么时候和叶惊棠在一块的?

姜戚做了个口型:别提啦,这真是我顶头上司!

唐诗轻笑几声:"我说戚戚怎么会独自一人来酒吧玩呢,原来是叶总要过来。"

叶惊棠笑着拧了姜戚一把:"你又在外面借着我的名头玩?"

姜戚面不改色地睁眼说瞎话："哪能呢,打着叶总名号吃喝这种事情我根本就干不出来。"

唐诗看着姜戚和叶惊棠的互动,也不好说话,就在一旁默默吃着水果。远处的薄夜一直看着他们,眼神锋利得如同出了鞘的刀刃。唐诗感觉背上的目光如针扎一般,不自觉地握紧了手指。

薄夜和福臻各自收回视线,倒是薄夜先冷笑道："福臻,你可别玩火。"

福臻有些不满,盯着薄夜说："你不是已经和她离婚了吗?"

"你看上谁我都无所谓,可这个人是我前妻。"薄夜冷声道,"福臻,有些人你动不得。"

"怎么,你对前妻还旧情未了?"福臻笑出声,"当初可是你把她推给我的,现在又后悔了?没门!小爷就想追她,你可以对我放狠话,也能跟我公平竞争,但你要是敢阻拦我……兄弟可就做不成了。"

"你不介意她跟过我?"薄夜拔高了音量。

福臻摊了摊手:"她不介意我以前有过那么多女人,我都能喘口气。"

薄夜心中的怒意更甚,福臻这是来真的!

一旁的程侬侬一时半会儿被人遗忘了,脸色有些差,咬了咬嘴唇,又将身子贴了上去:"薄少……"

"闭嘴。"薄夜没好气地一把将她从自己身上扒下来,"够了,明天我叫林辞给你开张支票,以后就当不认识。"

程侬侬心一紧:"不要啊薄少……是不是我哪里做得不够好?"

福臻看着程侬侬这副惊慌失措的样子,眼里满是嘲讽。

"美女姐姐,您哪儿都不如唐诗,所以还不如自己回家多练练。"

福臻嘲讽起人来一点也不比薄夜差:"老夜,你当初是不是脑子被门挤了?苏菲菲还真没骂错,这样的你都要?"

又是唐诗……又是唐诗!

程侬侬被福臻嘲讽得眼眶通红,咬着牙,死死地攥紧手指,心中对唐诗的恨已然到达一个顶峰。

唐诗!为什么所有男人都觉得你高不可攀!

这边程侬侬想着如何扳倒唐诗,那边福臻倒是对她的表情不屑一顾。

薄夜被福臻激得怒极反笑:"你不是还看上了一个离婚的吗?"

福臻的酒意上来:"薄夜,你是不是想打架!是不是我看上了你前妻你就不爽!"

薄夜没说话。

福臻继续激怒他:"哼,到时候小爷追到了唐诗,就让你后悔万分,来一出覆水难收破镜难圆!"

薄夜一听,就笑了:"尽管试试!"

男人冰冷的语气让福臻感觉到了压力,但他毫不服输地翻了个白眼,从鼻子里冷哼出声:"喊!嘴硬!"

姜威这个人酒喝多了胆子就特别大,胆子一大就连自己的顶头上司都不管了,笑得妖艳至极,竟然叫来了两个小帅哥,看得唐诗目瞪口呆。

那边卡座的福臻抻长脖子,看见唐诗她们的卡座上凭空多出来两个男人,直接乐了,看好戏似的对薄夜说:"老夜,你前妻可真厉害,叫了两个男人。"

薄夜气白了一张俊脸,但是为了保持冷静,还是没站起来和福臻一样抻着头看。

薄夜坐在卡座上咬牙切齿:"哪两个?长得怎么样?"

福臻笑得更开心了:"哎,挺帅的,虽然跟我比差了点儿……"

而另一边,唐诗正被热情的小帅哥逼得缩到角落里。

小帅哥说:"姐姐长得可真好看,请问是哪家大小姐呀?"

一句话直接戳中了唐诗的痛处,大小姐?她算哪门子大小姐?

姜威赶紧转移话题:"喂喂——你这样见异思迁可不好,她和我谁更漂亮?"

另一个小帅哥圆滑地哄她:"你艳丽,这位姐姐高贵。"

姜威笑道:"哟,小嘴儿可真甜!"

叶惊棠咳了两声:"姜秘书,你稍微注意一下行为举止。"

姜威喝多了,眼里含着醉意看向叶惊棠,一张脸美艳娇俏:"叶总,您这是也想让我给您叫个人吗?"

叶惊棠那张帅脸登时直接拉下来。

姜威哆嗦了一下,垂头丧气地对唐诗道:"诗诗,你先走吧,我和叶总……私聊一会儿。"

唐诗自然明白姜威的意思。她早就巴不得离开,于是一下子站起来,匆匆打了声招呼就走。

她刚走到酒吧门口，迎面就撞上一个人。

那个人染着浅金色的头发，皮肤偏白，一双眼睛蓝绿蓝绿的，像个混血儿。

那个人嘴角勾着吊儿郎当的笑，见唐诗撞上他，干脆直接搂住她。他痞痞的笑容还带着一股子邪气，漂亮的眼睛一眯，就像是有钻石闪光。

他说："哟，这是送上门了？"

唐诗冷漠地瞥他一眼，没说话。

他又说："可惜哥哥今天来是抓人的，就先不逗你了，下次再见喝两杯。"

唐诗没说话，直接走了。

背后有人小声说："七哥，这妞儿看着可真美。"

"是吧。"被叫七哥的男人手摸着下巴，穿一身潮牌卫衣，两条腿笔直，脚上踩着一双名牌鞋，玩世不恭道，"唉……该要个微信号的。"

想到一半他又猛地想起正事还没干，赶紧骂道："还愣着干什么？把我妹妹那个小王八羔子从里面抓出来！"

唐诗踩着夜风披着月光回家，推开门的时候，没有那个瘦小的身影揉着惺忪的睡眼出来迎接，一时半会儿还真的有点寂寞。

唐奕经常出差，一般有事就会直接睡在工作室里，很少回家。

这个家大部分时间都是他们母子俩住，现在连唐惟也不在了，屋子里寂静得让人发疯。

唐诗垂下眼帘，只觉得所有的情绪都被放大了无数倍，胸腔中的心脏每一次剧烈跳动都牵扯出刺痛感。她洗了个澡，那种令她发慌的失措感才渐渐退去。

唐诗懒得吹头发，直接躺到床上，缩成一团，看着窗外沉沉的夜色。关了灯以后，黑暗吞没了一切，她听见自己孤独的呼吸声，像是从很远很远的地平线传过来的一样。

一个人……真的会压抑到疯掉。

唐诗有一种全世界只剩下她一个人的绝望感。

她最终还是在疲惫和痛苦的折磨中沉沉睡去。

黎明难来，而这一次，她又是孤身一人与这命运作战。

然而矫情的下场就是——唐诗感冒了。

早上起来的时候她还只是有点头晕,下午就开始发烧加鼻塞。一到工作室她就打了两个响亮的喷嚏,看了一眼依旧没有任何人回复的邮箱,她站起来决定去看医生。

她可没那么爱作死,感冒了还自己憋着,等着不可能的某某来心疼。

有病就看医生吃药,自己不爱自己,没人会爱你。

她到医院的时候,的确是烧得挺厉害。长得挺帅的医生拿着温度计"啧啧"道:"三十九度八。"

唐诗刚想说这医生看着眼熟,然而还没等她开口,她就直接晕了过去。

再睁眼时,看到薄夜坐在她身边,唐诗吓了一跳,张嘴想说话才发觉自己喉咙发炎了,一发出点声音就疼。

可她还是忍着疼说:"你怎么来了?"

薄夜在看手机上的股票,听见唐诗的声音,淡淡地开口道:"你的医生告诉我的。"

哦……她记起来了,怪不得觉得这个医生有点眼熟呢,原来是江歇的弟弟。

她还是唐家大小姐的时候,他们在某个晚会见过一面。时光飞逝,他们现在竟然是以这种方式再见……真是有点可笑了。

颇有名气的人都是一个圈子里的,当时的唐诗也不例外。只是现在……大抵他们都已经忘了她吧。

薄夜说:"他也认出你了,所以给我打了个电话。"

这个弟弟心挺宽的,竟然找她的前夫来帮忙。

但唐诗不是那么善恶不分的人,直接说了一句"谢谢",把薄夜剩下的话全堵在喉咙里。她眯眼冲他笑了笑,疲惫万分,眼神中却透着鲜明的抗拒。

薄夜把视线挪到唐诗无意识攥紧的拳头上,发现她的手在微微颤抖。

薄夜勾了勾嘴角,出声嘲讽她:"唐诗,我发现你做人真的挺失败的。发烧到这种地步,竟然连一个陪你看病的人都没有。"

唐诗感觉胸口被刺了一下,苍白着脸冲他笑笑:"我的事情不需要薄少多关心。您现在要是没什么事,可以去忙了。"

言下之意就是在赶他走。

薄夜怒极反笑:"唐诗,你别不识好歹。"

他薄夜是什么人,主动关心一个生病的女人,那可是开天辟地头一回,可她居然赶他走?

唐诗冲薄夜讽刺地笑笑:"我就得了个感冒,还不至于死了。您不是大忙人吗?我和你之间已经没别的关系了,如果你是来看我笑话的,看完了就走吧。"

薄夜的满腔怒火无处发泄,看笑话?他好心过来照顾她,帮她缴费办手续,到她嘴里却成了看笑话?

于是他忍着怒意,猛地站起来:"我就是来看看你一个人过得有多可怜!这里也没什么值得我久待的。"

说完他直接往门口走。

坐在病床上的唐诗攥紧了身下的床单,倏地自嘲一笑。

薄夜,你可别说你心疼我了,之前伤我的时候压根儿就没考虑过我,现在又忙前忙后来关心我,多可笑啊!

薄夜走后,唐诗发了一条短信给姜戚,可对方没回。唐诗想了想,昨天晚上叶惊棠的样子一看就不好招惹,于是也没强迫她过来陪自己。乖乖等了两个小时,药水挂完,她下了病床就去办出院手续,出去的时候又遇上了那个医生。

那厮身边还跟着昨天夜里唐诗在酒吧门口撞到的男人。

浅金色头发的男人转过头来看她一眼,吹了声口哨,冲她眨了眨眼:"哟,这位……等会儿……我还不知道你叫什么。"

江歇的弟弟鄙夷地翻了个白眼:"她是我的病人,过来看病的时候发烧都快四十度了。"

金发男回应是:"牛!"

江歇的弟弟看见唐诗按着手上的创可贴,就上前说:"还要再过来挂两天水,晚上记得按时吃药。"

唐诗淡淡地说了一句"谢谢"。

他又说:"不必了。不过五年没见,你怎么孤身一人?"

不知道为什么,唐诗鼻子一酸:"我身边还能有什么人呢?"

于是两个人都不说话了。倒是金发男走上前来,拍了拍唐诗的肩膀:"你和阿江是旧识?"

唐诗点点头,打算离开。

金发男喊她:"哎……还没告诉我你叫什么呢。"

不知从什么时候起,唐诗觉得自报家门都成了一种耻辱。

曾经的唐家大小姐唐诗和现在的唐诗，早就已经不是一个人了。

只是一出门，她就愣住了。

迎着傍晚的凉风，薄家的用人慢慢地走到唐诗身边，恭敬地对着她低下头道："唐小姐，薄少请您过去一趟。"

这都多久了，薄夜还在等她？

唐诗双手抓紧，针眼处又开始冒血。她强忍着，镇定地说："不用了，我和薄夜不熟。"

"薄少把您生病的事情和小少爷说了，现在小少爷就在车里，想见见您。"

一听是有关唐惟的事情，唐诗忍住了心里的痛恨，努力维持着声音的平静，对那位用人说："不用了，我就在这里。你叫惟惟下车过来看我就行。我，不上他的车。"

她还是那么警觉，想努力让自己不沾上一点和薄夜有关的东西。

用人只能如实转告她的话。

薄夜听完就气得直接笑出声来，随后冲唐惟道："你妈喊你下车。"

唐惟像是得了特赦一样跳下车，然后跌跌撞撞地走到唐诗面前。

"妈妈！"小男生带着颤抖的声音传入她的耳朵。

唐诗也红了眼眶："这几天想妈妈吗？"

"很想很想！"

为了迁就唐惟，唐诗蹲下来，揉了揉他柔软的黑发，吸着鼻子道："妈妈最近有点感冒，不过你不用担心。"

"真是的！"唐惟像个小大人一样摇头晃脑，"没有我在身边，你就不好好照顾自己！"

唐诗被唐惟的语气逗笑，反应过来后鼻子又一酸，喃喃道："是啊……你不在，妈妈都不能好好睡觉。"

"那我努力回来。"唐惟用一双澄澈的眼睛看着唐诗，眼里的光让唐诗的心都在颤抖，他说，"妈妈，不要放弃希望。我一直都在想你，你也要好好努力，有朝一日把我接回去啊！"

他们分别有一阵子了，可唐惟还在挂念她，她感觉自己的身体又充满了力量："好，妈妈答应你。薄夜对你好吗？"

唐惟故意说："特别好，一日三餐都很高级！"

唐诗的脸色一变，听见小男生继续说："可我还是想回到你身边，虽然你每天炒出来的饭菜没有豪华大餐好吃。"

这次唐诗没忍住,眼泪大颗大颗地滚落。她抱着唐惟哭:"惟惟……是妈妈对不起你……是妈妈没能力保护你……"

为什么,为什么你是薄夜的孩子呢?为什么你不是我一个人的小孩呢?这样我们母子二人的世界就不会再有人来打扰。

现实终究是残酷的,她躲得再远,都会被牵扯回来。薄夜要和她抢小孩,她根本无力反抗。

唐惟见自己的妈妈哭了,也有点委屈:"妈妈,不要哭,薄少起码没虐待我。或许等我长大一点,我可以和他交涉,我们也不是完全没有余地。"

瞧瞧,她这个才五岁大的儿子,已经这么拼命地想要从薄夜的身边回到她的身边。

得子如此,何其幸运。

她笑着摸了摸唐惟的脸:"就知道你嘴甜。和妈妈拉钩,等妈妈渡过难关,就接你回我们自己的家。"

唐惟笑着伸出手指:"拉钩上吊,一百年,不许骗!"

唐诗站起来,拍了拍唐惟的肩膀,对他说:"好了,回去吧。"

"我还想多和你待一会儿呢……"唐惟撇撇嘴,"这么迫不及待想赶我回去,哼,肯定是嫌弃我是拖油瓶!"

"谁教你的?"唐诗一会儿被他说哭,一会儿又被他逗笑,"妈妈是怕你站在冷风里也会着凉。"

唐惟的手一指唐诗身后:"我还以为你跟这个叔叔要发展新关系,就想把我往外推呢!"

唐诗表情一僵,回过头去,看到那个金发碧眼的男子站在风中。夕阳给他眼睛镀上一层破碎的橙红,衬得他一双眼睛潋滟而又朦胧。他的身形高大挺拔,双手插兜立在那里,一脸痞气,跟个模特似的。

他走上前,像是看见了什么稀奇的宝贝似的,招呼都不打一个就直接蹲下来:"哦,这是你儿子?"

唐惟一脸警觉:"你想干什么?刚刚就一直盯着我妈妈的背影看……"

"臭小子!"男人直接伸手捏了一把唐惟的脸,"你妈妈背影好看我才看的。你这么保护你妈妈,你爸爸不吃醋?"

"我没有爸爸！"一提起这个唐惟就更激动了，小小的他上前把唐诗挡住，生怕这个举止轻浮的男人也像刚才那样直接占唐诗的便宜，"你不许对我妈妈做什么！"

"没有爸爸？"混血美男笑出声，"小子，老子来做你的便宜老爹怎么样！"

唐惟吓得全身都在颤抖，抓住唐诗的手："妈……妈妈，这个人是个变态！"

唐诗也牵着唐惟后退几步，对这个碰巧见过面却又无比陌生的男人抱有防备。看他全身上下的穿戴，他应该也是富二代圈子里的，只是……她怎么没见过？

转念一想，她都离开那个圈子多久了，没见过也算正常，于是又自嘲地笑笑。

此时恰逢那个帅医生从里面走出来，看到男人和唐诗站在一块，愣了一下，出声问道："你还没走？"

他又看向唐惟，"啧啧"几声："薄夜的儿子吧？长得可真像。"

旁边的男人听到"薄夜"这个名字，笑了笑，转过头来："你是薄夜的现任？"

难道他认错人了？

还没等唐诗说话，他就道："不对啊，薄夜目前单身……"

"我是薄夜的前妻。"唐诗也不想忍了，干脆冷漠地出声，随后转身要走。这时，正好看见从车子里下来的薄夜。

男人终于肯定："那我就没认错……果然是你，唐诗。"

前有薄夜，后有江歌的弟弟，身边全是故人，唐诗感觉一个头两个大。

唐诗牵着唐惟路过薄夜，很自动地松开了手。她冲着薄夜笑，却在风中红了眼睛。

她直接转身走开，带起一阵清风，她的每一次转身，都让他觉得她在离他更远……

男子笑着问自己的好友："他们俩离婚了？"

江歌的弟弟翻了个白眼："我喊您大爷了行不行？人家五年前就离婚了。"

"那她这五年干吗去了？"

对方过了许久才答："可能是坐牢。不过我圈子里和她交流不多，具体情况不清楚。"

混血美男愣了一下，反应过来后笑了笑："那不是跟我一样吗？"

他的笑里带着令人分辨不出的深意，让他的朋友皱起眉头："算了，你别玩心大发把主意打到唐诗头上。虽然我和她不熟，但是我一个外人看着都有点不忍心，而且我也不信唐诗会是这样的人。"

他说："其实……前前后后……有不少人为她打抱不平。"

若是唐诗走得再慢一步，听到这句话，怕是会当场落下眼泪来。

唐诗那样的女人，有一双如此桀骜不驯的眼睛，又怎么可能做出杀人这种事情？

其实富二代的圈子并没有俗世众人想的那么肮脏不堪。他们当中也有讲义气的，更因为良好的出身和教育，在某些方面拥有着比普通人更多的耐心和教养。

对于唐诗，他们始终保持着同情和尊敬，哪怕大家是薄夜的好朋友，也想着帮这个孤苦无依的女人一把。

"薄夜的女人……能让薄夜这么关注，说明她相当不简单。"混血美男盯着唐诗早已远去的背影说，"喂，阿江……帮我查一下唐诗现在的工作。"

他得到的回复是："不好意思，我不是总裁。我只是个医生。"

混血美男翻了个白眼："得了，我自己去查。"

唐诗开车回家花了一个小时，其实路程本来只要二十分钟。她在路上又绕了一段，花了整整一个小时才回到家中。

家里太安静了，她有点不想回去。

这回她总算明白为什么一到晚上总有人喜欢到酒吧去喝酒，或是追求那种疯狂的感官刺激了。

因为真的很寂寞，整个房间里只有她一个人，不管说什么、做什么，都不会有回应。

唐诗觉得自己的抑郁症又加重了，薄夜的出现让她几乎病入膏肓。

她手贴着自己的额头，躺在沙发上。工作丝毫没有进展，儿子也没要回来，她觉得自己的人生实在是失败。现在大病一场，发着烧，她也不知道该做什么。

这个时候，有一个电话打了进来。

她看了一眼，是陌生的电话号码，百无聊赖地按了接通，传出来的声音却并不陌生。

是苏菲菲。

苏菲菲在电话另一端冷静又直白地说："来酒吧，我有一单生意要介绍给你。"

说完，她给唐诗报了一个地址。

唐诗的脑门上弹出问号，这个千金大小姐又在玩什么把戏？

其实她觉得苏菲菲能被家族保护得这么好也是十分不容易，毕竟在她的印象里，苏家也发生过一件大事。

不过那件事不知怎么就平息了下去，具体情况如何她也不太了解。

唐诗想到这里，嘲讽地笑了笑，就听见对面的苏菲菲继续说："我知道你把我当对手，事实上你还是我的情敌。但是，比起程依依那种货色，我更喜欢和你打交道。"

唐诗还没说话，对方已挂断电话。沉默了二十分钟后，她起身，洗澡化妆，随后挑好衣服，喷上香水，直接打车出门。

一个小时后，苏菲菲在冷风中打了个喷嚏，正好看到唐诗迎面走来。

冷风中的女人披着一条披肩，皮裙下是两条细长的腿，她踩着一双黑色皮靴，一头黑发被吹风机和卷发棒临时做出了微卷的造型，披在一侧，露出另一纤细优美的脖颈线。

唐诗的美毋庸置疑，可是如今年岁增长，经年累月沉淀下来的，不只是她令人驻足的容颜，还有她那一身清冷的气质。

她身上有一种病态的美，很像濒死时回光返照的人，一双眼睛深沉又充满渴望，像是皲裂的土地，死气沉沉却又带着刺骨的寒意。

到底是薄夜将她毁成了这副模样。

苏菲菲看她脸色不好，皱了皱眉："感冒了？"

唐诗没说话。

苏菲菲冷笑道："可别指望我帮你。我只是现在看明白了，薄夜那种人，根本不值得我们这样付出而已。"

"所以你需要找个同盟来依靠一下？"唐诗不急不缓地说了一句，"不过我拒绝做你的朋友，也不需要你来讨好我。"

苏菲菲错愕地盯了唐诗许久，不敢相信般拔高了音量："唐诗你这个人怎么这么不知好歹！"

唐诗轻笑:"你现在才发现?"

苏菲菲咬牙切齿:"你别得意得太早!今天是有人叫我约你……"

约她?说实话,今天苏菲菲主动来找她,就已经让她十分惊讶了,而苏菲菲背后竟然还有人?

这个时候,有人从她身后抱住她,带着笑的声音从头顶传来。那人漫不经心地抓了一把她的头发,放在指间把玩。

唐诗转身就看到了那双蓝绿色的眼睛,心一紧,立刻从男人怀中挣脱出来,和他拉远了距离。

混血男子"啧"了一声,对着苏菲菲道:"你没跟人家说我是谁吗?"

苏菲菲白眼都快翻到天上去了:"哥啊,你一出现就光顾着人家,我和她还没说呢……"

哥?!苏菲菲叫他"哥"?!

唐诗疑惑地看了一眼面前的男人,这张脸虽然精致,但是毕竟……陌生得很。

苏菲菲说:"你也不用惊讶,我哥一直住在国外,所以你不认识他很正常。"

唐诗忍着心中的震惊道:"你的意思是,今天是你哥找我?"

"对啊。"苏菲菲甩了一下头发,"我哥在国外有个设计品牌,找你联名合作推出限定款。"

唐诗心里一喜,反应过来又觉得天下没有免费的午餐,警惕地问了一句:"你们有什么条件吗?"

"条件……还真有一个。"

男人笑得眯了眼,那双眼里却丝毫没有笑意,冷得像是深潭。

他分明对唐诗这样热情,眼里却如同死水,这样虚伪的男人……实在是……

"来我们公司上班吧,如果你需要,工作室可以挂在我们公司的名下。我们给你独立的权利,但是也需要抽一部分分成,等于签约。"

唐诗震惊地看着眼前的男子:"你为什么……这么做?"

这么做对他有什么好处?

男人轻声笑了笑:"第一,你的水平相当出挑,所以你过来上班,我多了一员大将,并不亏;第二……"

他上前贴近唐诗的耳朵:"你是薄夜的前妻,而且很合我的胃口。

跟我站在一起,我可以帮你气死薄夜,这笔买卖不亏吧?"

唐诗冷笑:"是啊,怎么算都不亏。"

"如果可以的话,就进去坐下慢慢谈。"

男人微微眯起眼睛,像一头凶狠的狼,令唐诗攥紧了拳头。

他说:"我想我有一整晚的时间和你好好谈谈。"

苏菲菲说:"哥,人我叫到了。能不能先回去?"

"赶紧滚。"男人过河拆桥,一秒钟变脸,"兔崽子,再被我抓到你进酒吧,老子打断你的狗腿!"

苏菲菲跳出老远:"要不是这个人是唐诗,我才懒得帮你呢!"

男子转过身来一秒钟切换表情,对着唐诗优雅地说:"哦,对了,自我介绍一下。我叫苏祁,坐了五年牢,不知道你会不会怕我。"

不知道为什么,唐诗突然被感动了一下,她微红着眼眶,总算是消除了对男人的防备,伸出手来说:"我叫唐诗。"

唐诗在酒吧和苏祁聊到凌晨两点,到后来她笑着和苏祁说:"一开始我以为你是变态。"

苏祁手摸着下巴:"的确挺像变态的。"

唐诗说:"我儿子还小,说话有时候比较冲动,在这里跟您道个歉。"

苏祁笑着晃了晃酒杯:"不用道歉,我一上去就对你们亲切也挺不自然的。"

唐诗愣了一下,收敛了笑容,道:"干脆直说吧,苏大少,您需要我做什么?"

"如果我说是冲着你的作品来的,你信不信?"

苏祁卖了个关子:"好吧,你不信,我知道。我暂时性对你有兴趣,因为你……嗯,长得漂亮身材又好。"

唐诗一脸错愕:"你这是什么意思?"

苏祁冲她眨了眨眼睛:"我从小待在国外,表达方式可能比较热情。不过你知道,国外的人一般冲动过去得也比较快。我想和你发展一点实质性的关系,之后你如果要走我也不会挽留,毕竟这样会给大家造成麻烦。当然,以你的能力,你留在我们公司自然会更好……"

唐诗听明白了,咧着嘴笑了笑:"你这是在约我?"

"哦!"苏祁打了个响指,"总算知道这个词了。对的,没错,就是约你。"

唐诗摆正态度，用冷清的眼神看着他："尘世间能直白地表达热情和冲动的人不少，但像苏大少如此直白地约人的，我倒是头一回见。"

苏祁的笑容暧昧："没人说这样不对。事实上，成年人的世界不需要什么长情，'深爱'这种东西是个累赘，只会拖累彼此。我只想快感消费。"

唐诗的笑容慢慢凝固，许久才低声说了一句："或许你说得没错，深情根本就是一种自作自受。"

瞧瞧，她对薄夜的一往情深换来了什么？

——刻骨铭心的痛与恨。

唐诗自嘲地笑了笑，冲着苏祁道："苏少，我纵使吃尽了情爱里受的苦，也不想放纵自己堕落在欲望中。这和沦陷在深爱里没什么两样。所以，我可能会令你失望。"

苏祁饶有兴味地勾起嘴角："这是最新的欲擒故纵方式吗？"

唐诗说："我并不想捕捉你。"

苏祁说："哦，好吧，那在我的认知里，你这就是直接拒绝我了。"

唐诗点头，喝下一杯酒，画面美好得令人沉迷。

苏祁觉得唐诗远比她手中的那杯酒要醉人。

他笑了笑，声音也有些冷："唐小姐拒绝了我，下次可能就没这种机会了。不过生意还是给你做吧，毕竟菲菲说你比那种女人要有骨气太多。尽管是情敌，她还是喜欢光明正大，懒得和你玩虚的。"

这让唐诗最后一点耐心消失殆尽，她嘲讽地笑了笑："是不是需要我对你三拜九叩地道一声'谢谢'？"

见唐诗这样，苏祁也就收敛了笑意，冷冷地说了一句："唐小姐可不要敬酒不吃吃罚酒。"

"什么是敬酒？什么又是罚酒？"

"我不需要你用这种方式来帮我，送我的，我都不要。"唐诗冷笑，直接站起来，"苏祁先生的厚爱我担当不起，如果要约，出门左拐有一家皇家花园，那里面的妹妹肯定包你满意。"

苏祁被唐诗的嘲讽刺得心里烦躁。她这是什么语气，觉得他是渣男吗？

唐诗冷笑着离开了卡座。

苏祁盯着她的背影，缓缓地露出野兽一般的表情。

唐诗回家后就倒头睡了，第二天姜威打了一个电话过来，直接叫她去叶氏集团。

姜戚扬着大红唇："我知道你最近求助无门，所以求了叶总半天，你过来做我们的市场策划如何？"

唐诗盯着她脖子上隐隐的吻痕，脑补了一下姜戚是怎么求叶惊棠的，然后别扭地开口："我可能对于市场这一块并不了解，我只是做设计……"

"哎呀！做设计需要脑子，做市场也一样要包装宣传，还不是设计套路？"姜戚拽着她往人事部走，"我跟你说，谁都不敢动薄夜，但是在这里，我可以保你。"

她笑着眨了眨眼睛："薄夜和叶惊棠还有合作关系呢。"

唐诗被姜戚直接拉着去人事部登记，登记完后这位叶氏最高级别的行政秘书直接带着她兜了一圈，让她深刻领略了一下头上有人罩着到底是什么感觉。

逛完她推开总裁办公室的门，说："叶……"

里面空无一人，大概叶惊棠今天有事出去了。

姜戚耸耸肩："算了，就先这样吧。我和你说，千万，千万不能回到薄夜身边去。工作室的事情另想办法，眼下先把空窗期解决了。你可以一边做这份工作，一边再去网上看看有没有人帮你。"

唐诗有些感激地看了姜戚一眼，姜戚全身都起了鸡皮疙瘩："算了大美人，你别用这种眼神看我。我没权没势，不然你以身相许也不赖。"

姜戚走后，身边就有不少同事对这个新来的美女投以热切的关注："你认识姜秘书？"

"你和姜秘书什么关系啊？"

"哼，有什么好问的，不就是靠关系来的空降兵吗？"一个女人一边补妆一边翻了个白眼，"得意什么，能力不行照样被辞退。"

唐诗没说话，这种冷嘲热讽她早已经习惯了。

周围的人看她一脸淡漠的样子，也以为她这是毫不在意，就更加肆无忌惮了。

有些时候，你越是不去管那些流言蜚语，他们就越是要当着你的面说，巴不得撕开你冷静的脸，看着你被嘲讽得体无完肤。

"看她的脸就知道是什么货色咯！"

"肯定和姜戚一样，一个勾引总裁，一个不知道要勾引谁。"

"哈哈，不会也要勾引总裁吧？那这下可就好玩了，到时候狗咬狗，肯定很精彩。"

唐诗攥紧了拳头,打开电脑。姜威给她发了几份文件,告诉她在职的日常任务以及公司的流程。她努力屏退外界的杂音,认认真真地看。她起码要对得起姜威的出手相助。

下午,叶惊棠回来了,身后照例跟着姜威。她经过的时候,往唐诗的桌子上放了一颗糖,随后问了一句:"没被欺负吧?"

唐诗仰起头,眼神清冷,似乎毫不在意:"没关系,我没放在心上。"

"你能坚持下来就好,等你的工作室有了起色,就可以不用看这帮人的脸色了。"姜威有些心疼她,"我能帮你的只有这么多……"

"不用,你已经帮了我很大的忙了。"唐诗冲姜威笑笑,"别在意,你去忙自己的吧。"

姜威点点头,迅速跟上叶惊棠的步伐。她一走,人们看唐诗的眼神都跟着奇怪起来。

他们明明不屑又鄙夷,却因为她身后的靠山不得不给她几分面子。唐诗在心中冷笑,所谓职场,也不过如此。

傍晚下班的时候,姜威等在楼下,却看见薄夜到了他们公司门口。

姜威立刻就给唐诗发消息,让她先别下来。谁知……电梯门一开,两个人就这样碰上了。

在这里看见唐诗,薄夜露出意料之外的错愕,不由得拔高了音量:"你在这里干什么?"

那语气带着浓浓的试探,似乎唐诗干的又是什么见不得人的事情。

唐诗自动退让,从电梯里出来,直视着薄夜的眼睛说:"这不关您的事情,薄少。"

薄夜原本是要坐电梯的,一听她这么说,直接走上前来,一把抓住她的手腕:"怎么?走投无路了,就千方百计想要勾引叶惊棠?"

唐诗被他的嘲讽刺红了眼睛,手指死死地攥紧:"不是所有人都像你想的那么不堪,薄少,我再怎么样,也不屑靠一个男人来上位!请您松手!"

她字字铿锵有力,薄夜心一紧,就这么放开了手。

谁知他手一放开,唐诗连看都不看他一眼,直接就走,那姿态决绝得就像薄夜只是个路人。

他眯起眼睛。

叶惊棠正好从另一部电梯下来，看见薄夜，打了声招呼。
　　他们俩原本就有生意要谈，薄夜过来并不稀奇。
　　薄夜主动问了一句："唐诗在这里？"
　　叶惊棠想了想，姜戚好像是请求他帮忙塞一个人进公司，于是他点头："是的。"
　　薄夜咬了咬牙："她来你们公司干什么？"
　　叶惊棠有些失笑："上班啊。"

第四章

上班？

薄夜在心里冷笑，倒是小看了唐诗的本事，她竟然能够找到叶惊棠帮忙……

薄夜看着唐诗和姜戚远去的背影，攥紧了手指。

当天晚上，唐诗回到家中，就立刻打开邮箱看看有没有人愿意和他们工作室合作。

可是很遗憾，薄夜的威慑力实在是太大了，除了叶惊棠，没人敢对她施以援手。

她坐下刚给自己泡了杯牛奶，家里的门铃就响了。她打开门，就看到了薄夜。

她心一紧，想要关上门，可男人已经伸了一只手进来，狠狠地握住了她的手腕。

唐诗颤抖了一下，条件反射性地想甩开他："你放开我！"

薄夜欺身而上，唐诗猝不及防，被他禁锢在怀中根本无法反抗。

她红着眼睛，死死地攥着拳头："你别碰我，我嫌脏！"

嫌脏？她居然嫌他脏？

薄夜冷笑一声："你自己左一个傅暮终右一个叶惊棠，连福臻都惦记着你，你觉得你又能比我干净吗？"

傅暮终？她完全当他是朋友。至于叶惊棠，他们之间也清清白白！

"薄夜，你少泼我脏水！我只能说心脏的人看什么都脏！我和你刚刚提到的男人毫无瓜葛，你凭什么来指控我！再者，你要是为了今天在叶氏集团看见我而找上门来的话，这又算什么，算你吃醋吗？！"

薄夜声音冰冷："你是不是不想要回你的儿子了？"

唐诗的瞳仁狠狠地一缩："你拿唐惟要挟我？"

"他以后可能不会姓唐……"薄夜冷笑一声，"跟我姓，从此和你这个母亲脱离关系！"

"你休想！"唐诗拼命挣扎起来，"放开我！唐惟是我的孩子，你用我的小孩来威胁我，你根本不是人！"

在他的眼里，唐诗看见了能毁灭一切的暴怒，看见了渺小的自己……

是谁，在她耳边一遍遍地诅咒："你的报应，远远还不够！"

不够……为什么不够……薄夜，你到底要抢走我多少希望……

后来唐诗无法承受薄夜的凶狠，在崩溃边缘咬住自己的舌头。

或许这样就能解脱了……

薄夜不敢相信地大叫一声："你想咬舌自尽？唐诗？你敢？！"

唐诗再次醒来是在傍晚，她一睁眼就看见了自己的儿子，他旁边坐着一个之前在酒吧见过的女人。唐诗记起来了，她是程依依。

这是哪里？

唐惟看出了她的疑惑："妈妈……这里是薄家，薄少昨天大半夜把你带回来了。"

薄家？那为何程依依也在这里？

程依依嚣张地笑了笑："啊……当然是薄少叫我过来的啦！唉，真是的，薄少一点都不疼爱人家，明明说了要低调，还要我来他家……"

唐惟放在身侧的手死死地攥紧，小小的身躯颤抖着。他隔了好久才抬起头来，伸手抚摸唐诗的脸："妈妈，疼吗？"

唐诗摇了摇头，她看见了唐惟眼里的泪水。

自己的亲生父亲当着母亲的面让另一个女人来家里，换了任何一个小孩子都接受不了吧。

唐诗惨笑一声，这时薄夜从门口走进来。

他身后还跟着私人医生，是上次在医院里认出她的那个男人。男人走上前来，叹了口气："还好你当时已经没什么力气，所以咬下去没造成严重的伤。要是真用力了，你可就危险了。"

唐诗的眼里划过一丝落魄。可是那个时候，她是真的存了去死的念头。

薄夜就这么看着她苍白的脸,一言不发。但他眼中的情绪很复杂,像是内疚,又像是挣扎。

唐诗想笑,内疚什么?内疚你造成的伤害吗?薄夜,人心都是肉长的,痛着痛着就死了……

而此时,一旁的程依依忽然出声:"薄少,既然她已经醒了,我们就让她走嘛,不要再管她了。"

唐诗的视线倏地转移到程依依身上。她虽然一言不发,可眼神足够锋利,眼中的冰冷让程依依生生打了一个寒战。

程依依后退几步,靠到薄夜怀里,薄夜却不动声色地和她拉开距离。

程依依像是看不到一样,又缠上去,抓住薄夜的手臂,随后扭头对唐诗道:"你好了记得自己收拾行李走啊,薄家不养闲人。"

这话说得就像她程依依是薄家的女主人一样。

薄夜原本是厌恶这个女人的,那天晚上也不是他碰的她。只是一想到唐诗,他就无法控制内心的怒意,竟然像是斗气一般,又把这个女人叫了回来。

真是晦气……

薄夜走出门后就直接甩开了程依依,冰冷的目光中不带半点怜惜:"你知道我叫你过来是干什么的,老老实实守着自己的本分,再敢多一句嘴,立马走人。"

程依依惊恐万分地盯着薄夜,有些不甘心,又有些委屈。自己到底是哪里比不上那个假清高的女人?

可是她没敢在薄夜面前说,只是把仇记在了唐诗的头上。

薄夜走后,房间里就剩下唐诗唐惟母子俩和那个医生。

医生叹了口气,对唐诗道:"你们还是有误会。"

"误会太深了,已经无所谓要不要解开了。"唐诗淡淡地说,眼中的光支离破碎,"回不去了。"

"希望你们都能看开。"

当年唐诗和薄夜的事情……许多人都觉得惋惜。金童玉女,天生一对,怎么就……怎么就变成了互相伤害呢?

唐诗颇讽刺地笑了笑:"凭什么看开?我唐诗爱恨分明,向来敢作敢当。我若要恨,就要恨他一辈子,一辈子不原谅,一辈子都不给他机会!"

"老夜可能是表达自己感情的方式有点别扭。那个程依依他也没碰,或许是对你还有感情……"

"有感情？"唐诗笑得眼眶都红了，"有感情就能一生一世吗？我会变成现在这副样子，可不是拜他亲手所赐？现在他要是来跟我说对我有感情，那可不是自己打自己的脸？！"

薄夜沉默地站在门口，听见唐诗字字诛心的话语，深邃的五官覆上一层寒冰，将他整个人都笼罩在森冷可怕的气场之中。

这个医生是薄夜的朋友，自然是替薄夜说话的。可是薄夜，你轻轻松松一句挂念我，就可以把我这五年来受的苦都当不存在吗！

唐诗失去了争辩的力气，她觉得已经无所谓。

她和薄夜之间，只剩下一个儿子。

等她要到了儿子的抚养权，就彻底离开，再也不回头。

唐惟让妈妈再休息一会儿，唐惟了走出来。程依依见了他，面目一下子恶毒了起来。

刚开始她还以为这个孩子是薄夜的私生子，可是她怎么也没想到……他竟然是薄夜和唐诗的孩子！

这个孩子，她绝对不能留！

想到这里，趁着众人不在客厅，程依依对着唐惟小心翼翼地说："你好，你叫什么名字呀？"

唐惟看都不看她一眼，直接走到沙发旁，独自下围棋。

程依依深吸一口气，又走上去，说："你好，我是你爸爸的……新女朋友，你不跟阿姨介绍一下自己吗？"

唐惟直接抬起头来看她："新女朋友？也就薄少不在您才敢这么说吧。阿姨，我跟您不熟。"

言下之意，我没必要跟你说我是谁。

程依依的笑容凝固在脸上，随后她恶狠狠地盯着唐惟："你就不怕我去跟你爸爸告状？"

"那你去告啊。"唐惟无动于衷，"反正我挺无所谓的，他不要我，那正好。"

程依依没想到这个小孩软硬不吃，倒是被震住了，一时半会儿不知道该怎么办。她也拿不准薄夜的态度，薄夜到底是喜欢这个小孩，还是不喜欢呢？

若是喜欢，怎么他一到家就不闻不问地进书房做自己的事？

可若是不喜欢，他又为什么还要带这小孩回家呢？

程依依咬了咬牙，干脆起身去厨房拆了一包奶茶粉，用滚烫的热水泡开，端出来给唐惟喝。

她一边走近一边说："阿姨给你泡了杯奶茶，你要不要喝？"

唐惟想都没想直接拒绝："不用了。"

然而程依依像是一不小心摔了一跤，下一秒，奶茶就泼在了自己和唐惟的手臂上！

"啊！"

被奶茶烫到，唐惟发出一声尖叫，程依依也大叫一声。

楼上的薄夜打开门下来，怒目而视："怎么回事？"

程依依的手背和唐惟的手臂上都起了水泡，她泪眼蒙眬地说："我只是想给孩子泡一杯奶茶……可是……可是……"

她没说下去，像是说不出口了。

唐惟被吓傻了，手臂上的剧痛让他站在原地哆嗦，一句话都说不出口。

薄夜大步走下来，冲着唐惟怒吼道："唐惟，你是不是觉得在这个家里可以无法无天！"

唐惟全身颤抖，看着眼前愤怒的男人，眼中的茫然是那么明显。

楼上休息室里的唐诗听见动静，直接拔了针管冲下来，一把推开薄夜，不由分说，一巴掌甩在了程依依的脸上！

"啊！"程依依发出一声尖叫，"你居然敢打我！"

唐诗死死地将唐惟护在怀里，一双眼睛通红。她盯着程依依，一字一句地说："你对我有意见，没关系。可是你对我的儿子下手，你还是不是人！"

"唐诗！"薄夜吼道，"向程依依道歉！"

"道歉？"因为愤怒，唐诗身子颤抖，"你没看到他受伤了吗？薄夜，他也是你的儿子啊！"

"怎么，以为这样就可以躲过一劫了吗？现在来谈亲情？"薄夜冷笑着。

唐惟抬头看向自己的父亲，眼中的失望是那么明显，令薄夜心一紧。

小男孩一句话都不说，也不打算替自己解释，像是在赌气。

薄夜问："你承认错误吗？"

"承认什么？"唐诗用自己的身体挡住薄夜的视线，"薄夜，你就算是恨我，也不能连带着孩子一并算进去！他才五岁，他能做出什么事！"

"他才五岁就对我有那种眼神！"薄夜怒吼一声，"你知道老子每天回到家看见他那双眼睛有多烦躁吗！他才五岁就懂得如何阴阳怪气，如何阳奉阴违！唐诗，到底是你教出来的好儿子，他还有什么不会的？！"

唐惟的身子狠狠一震，随后看向薄夜。

薄夜笑得极为狠厉："看见没，就是这种眼神。狼崽子一样，他就是头白眼狼！"

唐诗回头，轻轻地摸了摸唐惟的脸，低声安慰他："惟惟别怕，妈妈在。"

唐惟这才缓缓闭上眼睛，眼泪顺着脸颊流下来。

唐诗心疼地看向唐惟手臂上被烫出的一大串水泡，要是不及时处理，就会留疤。于是她站起来，不管不顾地问薄夜："刚才那个医生呢？"

"那是我的私人医生，你也配使唤？"

薄夜指着唐惟："先让他道歉！"

"道歉？"

唐诗含着眼泪倒退两步，连连说了两声"好"。

她笑红了眼睛："薄夜，你要道歉是吗？好！我来道！唐惟年纪小，我作为他的母亲，向您道歉！这位小姐，不好意思伤了您，请您大人有大量，千万不要跟我们计较！"

小男孩被唐诗抱起来，头靠在她的肩膀上。上楼梯的那一刻，他用比之前还要凶狠百倍的眼神猛地看向薄夜和程依依。

那一瞬间，他竟像极了暴怒中的薄夜，到底是父子俩，他们恨一个人的时候，连表情都是一模一样的。

薄夜看着唐诗上楼的身影，没说话，许久才压低声音对着程依依道："滚。"

"薄少……"程依依指着自己手上被烫的地方，委屈巴巴地流眼泪，"薄少我……我疼……"

"让你滚听不懂吗？"薄夜表情冷漠，面上没有一丝动容，顷刻间叫来用人架起了程依依。

程依依疯狂地挣扎："你们要干什么！放开我！薄少，薄少！"

别墅的大门在她面前关上，隔绝了一切希望。

薄夜到底还是叫来了先前那个医生给唐惟处理伤口。

抹完药膏之后,唐惟才开口说了第一句话,他说:"妈妈,我疼……"

唐诗的眼泪一下子就流出来,她心疼地抱住自己的孩子:"是妈妈的错,是妈妈不够强大……"

唐惟也哭,红着一双眼睛:"不是我的错,是那个阿姨自己要给我奶茶,我碰都没碰她,杯子就打翻了……"

"妈妈知道,我们家惟惟不是那种人。"唐诗松开他,替他擦去眼泪,"妈妈不会让你继续这样待在薄家的,太危险了。"

唐惟点点头:"我会等妈妈接我回家。妈妈,你这几天能不能在薄家陪我?"

小孩子被人设计烫伤了,心里终究还是有了阴影,一时之间欠缺安全感。而薄夜又不是那个可以给他安全感的人。

唐诗左思右想,还是重重地点了点头:"好,妈妈去和他商量一下。"

唐诗走出门,却见薄夜就站在门口,一脸沉默。

唐诗笑得凛冽:"都听到了吗?"

薄夜沉默不语。

唐诗说:"是你错怪了他,可是你从来都不肯承认错误。"

五年前是这样,五年后也是这样。

薄夜,你终究是太自负了。

薄夜这才出声道:"他为什么不向我解释?"

"解释?"唐诗大笑两声:"薄夜,他的解释你会听吗?你都这样不信任他,说他是头白眼狼了,你还想听他解释什么?你是他的亲生父亲,你却在自己儿子面前说出这种话!"

薄夜的脸一白,瞳仁紧缩几分。

"我真的很想把惟惟带回家,在你家,他过成这样,我不能接受。薄夜,你能不能放手?"

唐诗极力站稳,为了儿子,她必须直面薄夜,不能退缩。

薄夜咬牙切齿:"休想!我薄夜的儿子,不可能让出去!"

"可是你让他过这种日子,你的良心不会痛吗!"唐诗走上前,一把抓住薄夜胸口的衣服,"薄夜,你扪心自问,我唐诗到底是哪里招惹了你!连我的儿子都要被你的情人设计陷害!你想做什么冲着我来!你怎么能对自己的亲生儿子下手!"

薄夜被唐诗这番掏心掏肺的话逼得一个字都说不出来，他一把抓住唐诗的手腕，让她松开自己的衣服，过了许久才慢慢道："冲你来？唐诗，我对付你，就像捏死一只蚂蚁那么简单。"

"那你来啊。"

盯着眼前这张面孔，薄夜忽然觉得很陌生。从前的唐诗会对他露出这样的眼神吗？

不可能……从前的她，明明爱他爱到忘我……

唐诗察觉到薄夜的愣怔，不知是从哪里来的力气，她狠狠地推开了他，随后想都没想，抬起手就给了他狠狠一巴掌！

薄夜惊呆了！

他被一个女人打了脸？还是自己曾经亲手抛弃的女人！

唐诗大笑两声："薄夜，少在这里跟我讲什么大道理！我一巴掌都算轻的！"

薄夜暴怒，举起的手却始终没有落下。

女人却笑得张狂，像是不顾一切："动手打我啊！薄夜！你有这个本事，就干脆把我弄死啊！我死了倒好，就再也不用背负你带来的痛苦了！"

薄夜的身子狠狠地颤抖，忽然就松开了她。

那句话无意识地戳中了他内心最疼的地方，五年前安谧死了……五年后，唐诗也没有了活下去的念头。

这一切到底是谁在作祟？是谁？！

薄夜一拳挥到唐诗的脸颊边，带着疾风狠狠地砸向墙壁！

唐诗的睫毛颤抖了一下，自始至终都没开口求过一句饶。

许久，薄夜声音喑哑地开口："你走吧，从此以后，别出现在我面前！"

唐诗含着眼泪笑了几声："只要你把儿子还我，我巴不得离你远远的！"

薄夜凶狠的眼神落在唐诗的脸上，像是要把她看穿。可惜唐诗太过坚强，比起五年前要坚强一千倍一万倍……是什么使得她跨过暗无天日的时光，从黑暗中走来，成就了现在一副铁石心肠的模样？

唐诗声音淡漠："惟惟还在房间里，我不想让他看见我和你这副样子。"

她说话时带着一股子韧劲，像是什么都动摇不了她一般。曾经是她凝视着薄夜离去的背影，而现在，都是薄夜目视她离开。

唐诗走到薄家别墅大门口的时候，脚步顿了顿，停下来转过身，看着薄夜喃喃道："我已经在你身上浪费这么多年了，薄夜。"

这句话让薄夜的身体颤抖了一下，他微微抬起头来，眼中似乎有什么情绪划过去，却又迅速化为一片虚无。

唐诗打开门，踏入秋季的冷空气中。

她脸上还挂着生病后的虚弱，睫毛颤抖了一下，似乎因为感受到了凉意。可是她一声不吭。

五年，磨掉了她太多热血和冲动。

她早已不是五年前的那个唐诗了。

可唐诗怎么也没有想到，自己很快便以另外一种方式回到了大众的视野中。

第二天，她放平心态去上班，路过办公室时听到不少人在窃窃私语——

"是她吧？"

"看起来就是了……"

"应该没错，啧啧，人不可貌相啊。"

"姜戚带过来的朋友，都是一丘之貉，肯定也不是什么好货色。"

唐诗挺直脊背，坐到自己的位子上，放好包打开电脑，姜戚的头像一直在跳，她立刻点开来看。

姜戚："天哪，你知道发生什么事情了吗？"

唐诗有些疑惑，打过去"怎么了"三个字。

姜戚很快发了张图片过来，那是娱乐头条版块的截图。上面是唐诗的侧脸，还有苏祁的背影。

这张照片偷拍得恰到好处，看起来唐诗和苏祁交谈甚欢、关系亲密，在外人看来相当暧昧。

唐诗错愕地瞪大眼睛，有些没回过神来。

姜戚又发来消息："今天整个办公室都在谈论这是不是你！"

"是我。"

唐诗叹了口气，干脆承认了。她没有想到，只是和他见了一面就被有心人偷拍了，还造谣成这样。

唐诗捏了捏自己的眉心，只觉得事情十分棘手。她现在是公司的一员，出了这种事情，肯定会影响到公司的形象。

果不其然，她刚坐下没多久，就有好事的女职员走上前，一脸不屑地说:"哟,听说某人勾搭上了苏家大少呢!"

"真是不得了!"旁边立刻就有帮腔的,"听说苏家大少刚回国不久,这么快就搭上了,可真是小看了她呢。"

"嘘,没准人家只是好朋友呢,哈哈。"

"好朋友?哈哈,人家苏家大少的好朋友都是什么千金名媛吧,她算哪门子千金?也就是想飞上枝头变凤凰的野鸡!"

唐诗没说话,只是用冷漠的眼神看了一眼那个说闲话最起劲的女人。

那个女人被她冷冷一瞥居然有些心虚,却又不甘认输:"怎……怎么了!眼神凶了不起啊?"

唐诗冷笑,干脆做自己的事情,一副没被打扰的模样。周围的人感觉像是一拳打在了棉花上。

不就是个假清高的吗!还指不定在几个富家大少面前怎么讨好呢!所有人都嗤之以鼻。

另一栋大楼里,总裁办公室里坐着的男人,在看见报纸上"苏家大少深夜约会神秘女郎"这个标题后,直接撕了报纸,通过内线叫了一声:"林辞!"

很快林辞就推门进来:"薄少,有事您吩咐。"

薄夜俊美的脸上写满了暴怒:"去给我查查,那天晚上唐诗到底是去干什么的!"

林辞很快就把大致的消息查出来,以邮件形式传到了薄夜的信箱里。

薄夜点开,看见"苏祁"这两个字时,身体狠狠地抖了一下。

竟然是苏祁!

薄夜攥紧手指。看样子是有人想向他挑衅……

与此同时,唐诗接到了一通陌生来电。这几天的陌生来电实在是太多了,让她有点分身乏术。她叹了口气,按下接听,对方嚣张跋扈的声音一下就传过来。

唐诗当时就反应过来这个人是谁。

——程依依。

只听她用一种得意的语气道:"怎么样,我送你的一份大礼,你还喜欢吧?"

唐诗的声音一下子冷下去:"是你偷拍的我和苏家大少?"

"哟哟,苏家大少。"程依依特意用做作的声音叫了一遍,"真是厉害呀,一边勾搭着薄少,一边又和苏家大少不清不楚的。唐诗,我到底是小看了你。"

唐诗冷笑:"你特意打电话给我做什么?"

程依依放声大笑,一副毫不畏惧的样子:"等着你来求我呀,求我不要再把别的照片放上媒体,我这里可是还有别的爆炸性消息呢!唐诗,你的名声在五年前就已经毁了,五年后再传出这样的事情,你猜猜大家会怎么看你?"

那头的程依依像是突然间来了火气:"被薄少针对的感觉怎么样啊?哈哈哈!得亏薄少看不上你,谁看上你这种女人谁倒霉!唐诗,你装什么假清高,我哪里比不上你!我的心可比你的干净!"

一大串的攻击性词语传到唐诗耳朵里,她的脸上染上些许惨白。可她还是死死地抓着电话,并没有露出任何慌张的表情。她明白,这个时候慌张,就等于是在取悦程依依。

程依依骂完又继续道:"呀?你怎么不说话?不会被我骂得不会说话了吧,哈哈哈!唐诗!你真是好可怜!"

唐诗竟然笑出声来。

那头的程依依听见她无所谓的笑声,越发愤怒:"你笑什么笑?你也配跟我比?你……"

"笑你可怜啊。"

唐诗"啧啧"了两声,眼中的光亮得惊人。幸亏程依依看不见她的神情,否则一定会被她吓到。不过唐诗的口气已经是无比冷漠了,竟让程依依生生打了个寒战。

"你用这种方式到底是想引起我的注意呢,还是引起薄夜的注意?"唐诗迅速反击,甚至没给程依依说话的时间,"无所谓,我一点儿都不在乎。你手里还有底牌?那你赶紧去发呀,怎么藏着不发?不会是怕被薄夜查到吧?程依依,你尽管像个跳梁小丑一样得意去吧,我告诉你,哪怕现在唐家没了,我走出去,所有男人都还是得恭敬地叫我一声'唐小姐'!这就是你跟我之间的差距!"

说完她挂断电话,直接站起来,不顾众人的眼神,顺手从手边拿起原先打印出来的辞职信。她在叶氏的工作机会,都是姜戚给她求来的,可现如今她被卷入绯闻之中,不能再给帮她的人惹麻烦了。

113

唐诗走进总裁办公室，将辞职信放在叶惊棠的桌子上，旁边的姜戚看到，一脸震惊："诗诗你……"

"叶总，我很感激您的收留，但是我不能做白眼狼。我继续在您的公司待下去只会带来不好的影响，所以我直接向您提交辞职信，感谢您和姜戚的帮忙。"

说完唐诗径自走出去。

叶惊棠倒是一脸赏识："你这个朋友是个有骨气的。"

姜戚红了眼眶："是啊，她是多矜贵的一个人啊。"

唐诗自然是有骨气、有傲气的，为人磊落，向来都爱憎分明……

姜戚擦了擦眼角的泪，替自己的好友感到不值。薄夜……你将唐诗逼成这样，有朝一日真的不会后悔吗？

唐诗很快就回到了自己家中，推门进去却发现唐奕正坐在客厅里。见她白天回来，唐奕就知道是在公司出了事，于是上前问："诗诗你……"

"我没事。"唐诗淡漠地垂下头来，"他们就是想让我屈服罢了。"

唐奕心疼地看着唐诗。他这次去出差果然也没有得到对方的帮助，现在他们完全陷入了被动的境地，而这一切的罪魁祸首就是薄夜。

唐诗收拾了一些东西，随后对唐奕道："我从叶氏辞职了，不能再让姜戚和叶总难做人。反正白天也是空闲的，我去看看惟惟。"

唐奕一听，眉头立刻就皱紧了："那不是……要去薄家吗？"

唐诗的睫毛颤抖了一下。她也是恐惧的，可是为了自己的儿子，她必须咬牙撑下去。

整理了些唐惟爱吃的零食和喜欢看的书籍，唐诗便拎着袋子出了门。

唐奕从后面追上去，接过她手里的袋子："走，我送你。"

"哥。"唐诗有些无奈地看了唐奕一眼，"好，你送我去，但是别闹事。"

唐奕气得咬牙切齿："我会忍住不揍那个浑蛋的！"

"有你们在就好了。"唐诗努力扯出一个笑来，"能熬过去的。"

说完，她举起钱包挥了挥："我这儿还有钱呢！大不了不干了，把钱往理财产品里一放，我们出国旅游去！"

唐奕又好气又好笑，她倒是先安慰起自己来了。

唐奕顺着唐诗的话往下说："那我想一想，我想先去塞班岛，好好地晒个日光浴，再去学潜水和开飞机……"

"你规划得很好嘛。"唐诗眨了眨眼,故意说,"薄少打了五百万呢,是得想着怎么花。"

唐奕送唐诗到薄家,门口的门卫和用人都已经知道了她是谁,自动给她让路。唐诗很有气度地说了一声"谢谢",惹得身后一帮刁难过她的用人纷纷红了脸,低下头去。

在客厅看漫画的唐惟听见门口传来声音,回头看到是唐诗,笑着朝她扑过去:"妈妈!你又来啦!"

唐诗理了理自己的头发:"你怎么一个人在家?"

身后的唐奕也探出头来:"惟惟,你怎么不欢迎舅舅啊?"

唐惟很激动:"我也很想舅舅!"

唐奕摸摸他的头:"今天薄夜不在家?"

"他白天上班去了……"唐惟刚想说什么,楼上就有声音传来。

先前去外地旅游的岑慧秋走了下来。

一看到唐诗和唐奕,她的脸色就变了,许久才轻轻喊了一声:"诗诗啊……"

唐诗的身子一抖,对薄夜的母亲岑慧秋淡淡地说:"夫人这一声'诗诗'我可担当不起。"

唐惟也一下子偎依在唐诗身边,用一种警惕的眼神看着岑慧秋。

那眼神让岑慧秋的心一下子收紧,看来这个小孙子对薄家有着诸多怨言……

岑慧秋脸上露出无奈的笑容,那笑实在是复杂,甚至让唐诗分不清楚她是在恨自己,还是在内疚。

她说:"大人的恩怨……和小孩子没有关系。诗诗,我也不求你能和我儿子有什么结果,只是……惟惟他确实是夜儿的儿子,你能不能教教他……让他稍微放下一点疏离?"

听听,这个母亲口口声声为了薄夜,真是太令人感动了。

那么她呢?为什么所有人都来要求她,却从来不看看自己到底做错了什么?!

唐诗红了眼眶,抬头冲她尖锐地嘲笑:"不好意思夫人,大人的恩怨的确和小孩子没关系。可惟惟是我被薄夜当作杀人犯以后生下来的,那个时候我已经和薄夜恩断义绝。"

岑慧秋叫用人接过唐诗手里的东西。她没有反抗,把零食袋递给用人,

115

对唐惟说:"妈妈给你带了你爱看的皮皮鲁故事,还有你喜欢吃的零食。"

"哇!"唐惟很激动,甚至都没去管岑慧秋脸上复杂的神色,"我太开心了!妈妈,你能不能多来陪陪我?"

唐诗按在他头顶的手有些颤抖:"妈妈工作忙……不过只要有空肯定会来看你。"

唐奕冲外甥笑了笑:"没关系,到时候舅舅会带你出去玩的。"

"哼,不要舅舅。"唐惟噘着小嘴,"我就要妈妈。"

岑慧秋看着他们一家人笑闹,感觉自己就像个外人。

自己这个孙子……到底是没办法养熟了。

想到这里,岑慧秋终是再度开口:"诗诗,其实……你要是有空……在这里住一段时间也行……"

这是她最大的让步,为了能让唐惟尽快融入薄家,不如让唐诗先过来照顾他一段时间。

可是唐诗听到后,只是淡淡地笑出声,那声音细听似乎还透着不屑:"住?抱歉了夫人,若不是因为有惟惟在,我在这里多待一秒钟都觉得恶心。"

如此直接的话语让岑慧秋白了脸:"诗诗,你这是在怨妈……"

"别提什么妈!"唐诗尖锐地出声,"夫人,我和薄夜五年前就已经离了婚,恩断义绝,不要再用亲情和过去的旧情来绑架我。我唐诗担当不起!"

她眼中的恨意让岑慧秋甚至不敢再说出什么话来。唐诗松开唐惟,看样子是要走了。岑慧秋从后面追上去,她虽然保养得当但到底上了年纪,唐诗放慢了脚步。

岑慧秋知道唐诗这是在照顾自己,追上她后问了一句:"诗诗,你和夜儿,还有可能吗?"

"夫人,别再逼我了。"唐诗没回头。

她回来后不肯再叫一声妈,从前,她这个儿媳可是岑慧秋的骄傲……

唐诗抬头,身边的唐奕握住她的手,替她回复岑慧秋:"夫人,您的厚爱我们唐家兄妹实在是承受不起,就别做无用功了。"

岑慧秋听见这番话愣了一下,回过神来一脸哀伤地问:"诗诗,你哥哥的意思也是你的意思吗?"

唐诗没回头："夫人，我哥哥的话足以表明我的意思。"

他们走出门去，迎面遇上薄夜和一个女人一起回来，四个人都愣住了。

见他身边的女人又换了一个，唐诗在心里冷笑。

也不知道那个程依依是哪儿来的自信，以为自己会是个例外，可以长期陪在薄夜身边。

薄夜看见表情清冷的唐诗，微微皱起了眉头："你怎么在这里？"

这语气里是十足怀疑。唐诗自嘲地笑了笑，他大抵是在怪她这样一声不吭地出现，脏了他的视野吧？

唐诗自动给他们让路："我过来看看惟惟。"

薄夜没说话，倒是身边的女人说话了："薄少，这位是谁呀？是你们家用人吗？"

唐奕一下子握紧拳头。这种侮辱实在是明显，可唐诗置若罔闻，不知道是觉得无所谓，还是已经……受够了。

唐诗云淡风轻地笑了笑，当没听见一般无视女人。

只是她这副淡漠的样子使得薄夜身边的女人像是受到了挑衅一般，女人直接开口叫住唐诗："等一下，这位阿姨。"

薄夜出声喝止："江慧玉！"

江慧玉听见薄夜叫她的名字，回过头噘了噘嘴，撒娇道："薄少，这位清洁工无视人家，人家心里不舒服嘛！"

这意思是在暗示薄夜替她讨回公道？

唐诗从头到尾没出声，只是眼神实在淡漠，那气场竟然让江慧玉有些心虚。江慧玉又冲她道："不就是一个用人吗？装什么装啊！"

"适可而止一点！"唐奕不能再让自己的妹妹受一丁点委屈，大声喝止她："你做人有没有一点素质？开口闭口'清洁工''用人'，我妹妹说过一个字来侮辱你吗！"

江慧玉翻了个白眼："原来是妹妹啊，这么着急，不知道的还以为你们兄妹俩……"

她话音还没落下去，唐诗的一巴掌就重重地甩到了她的脸上。

薄夜震惊了，怒吼一声："唐诗！你做什么！"

唐奕直接挡在唐诗面前，江慧玉像个泼妇一般大喊大叫："你敢打我的脸？你知道我是谁吗！你竟然敢打我！"

唐诗站在唐奕身后，眼神冷得像冰："你侮辱我，没关系，我眼界高，不把你当回事。但是你连着我哥一并侮辱，抱歉，我这个人就是护短！"

江慧玉口不择言："被人抛弃了还敢来跟我横！你知不知道我是谁！你算什么！"

薄夜也对唐诗道："唐诗，道歉！"

又是道歉，又是让她道歉！

唐诗笑了："薄夜，你可真可怜啊……"

从唐诗嘴里听见"可怜"这两个字，对薄夜来说无疑是巨大的侮辱。他上前，却不料唐诗后退两步，一脸不想和他多纠缠的模样。

她上上下下打量了江慧玉一番，轻笑出声："连安谧都不如的女人，怎么配跟我比？"

说完她就拽着唐奕的手腕往前走去，直接撞上薄夜的肩膀，那架势竟让薄夜后退两步。他不敢相信地看着眼前的女人，心底有怒意升起。

看来自己的确是对唐诗太仁慈了，竟然让她敢在他面前如此放肆！

江慧玉委屈巴巴地偎依在他怀中，像是受尽了委屈，丝毫看不出先前侮辱唐诗的嚣张跋扈。

她说："薄少，你可要替我做主啊。"

薄夜没说话，搂着她回家，就看到了站在家门口的岑慧秋。显然，他的母亲目睹了刚才的闹剧。

岑慧秋看了一眼江慧玉。豪门贵妇带着气场和魄力，那威严的一眼竟然让江慧玉有些心虚。岑慧秋只是看了她一眼，像是警告，又像是探究，随后没说话就直接上楼了。

薄夜安慰了江慧玉一下，就跟着自己的母亲上楼到了书房，随后问："妈，你是不是对慧玉有什么意见？"

岑慧秋转过头来看他："薄家的儿媳妇当真是什么人都可以做的吗？"

十年前薄家儿媳是最惊才艳绝的大小姐唐诗，十年后一个网红竟然都能自由出入薄家！

薄夜皱起眉头："妈，您不能这么说……"

"夜儿，妈挺后悔的。"岑慧秋终是没有忍住，重重地叹了口气，"后悔把唐诗这么好的儿媳妇赶走，让你变成如今这副模样！"

唐诗越走越远，和薄夜也越来越不可能了。

岑慧秋红了眼眶："夜儿，你若是去查五年前的事，妈只怕你会后悔！"

薄夜像是受了极大的刺激，死死地按住岑慧秋的肩膀，痛声道："妈，你这话是什么意思？！"

岑慧秋没再说话，只是深吸一口气，拂开了薄夜的手，对着他道："妈累了，再也不想看见你带不三不四的女人回来。夜儿，也希望你自己能想明白。"

薄夜震惊地看着岑慧秋从书房走出去，而后陷入沉默之中。

深夜，他叫了人送江慧玉回去。这个时候，林辞正好发来一封邮件，于是他和林辞开启了视频通话。

那头的林辞一脸严肃地说："薄少，我们去查的时候，发现明显有人在阻止我们调查。"

薄夜眉头紧锁："是谁？"

"具体 IP 地址查不出来，是一个在国外的序列号。"林辞摇了摇头，"要是查起来，估计要费不少力气。"

薄夜捏了捏眉心："那你说说查到了些什么。"

"查到了唐诗抑郁症最严重的时候想过割腕自杀。"林辞的声音一下子低下去，"薄少，唐诗被释放后，也一直都受着其他人的偏见和欺负，不管搬去哪儿都会被指指点点……"

得知真相的薄夜暴怒地摔了手边的烟灰缸，这才发现自己的手指原来在颤抖。他用力攥紧手指，一字一字地问："都有哪些人？"

"涉及的人员比较多，所以我们逐一排查有点麻烦。"林辞也难以控制自己的怒气，"不过我一定会将所有人都找出来的。"

薄夜深呼吸一口气，许久才喃喃道："林辞……是不是他们以为我那个时候恨极了唐诗，所以他们怎么做都无所谓？"

林辞将手攥成拳头，声音里竟然带有几分抱怨："薄少，您的心思，林辞不敢乱猜测！"

听听，他的好助理在责怪他！

薄夜闭上眼睛，又缓缓睁开。

男人的俊脸上覆着一层寒意："所以是因为背负着世人对她的偏见，唐诗才会变得抑郁，对吗？"

林辞没说话，眼神却证明了一切——是的。

薄夜整个身体都在颤抖，难以相信这五年唐诗是怎样咬牙撑过来的，唐奕又是如何用尽所有力气去保护自己的妹妹……

所以唐诗才会在听见江慧玉侮辱唐奕的时候控制不住扇了她一巴掌，

因为那是用命在保护她的哥哥——这个世界上唯一会保护她的男人……

薄夜双手抱头,声嘶力竭地低吼一声,心脏因为剧痛不停地收缩。

为什么会这样?唐诗!为什么会这样?!

看见自己的顶头上司如此痛苦的样子,林辞的心里竟然升起一股难以名状的舒畅感。

可是伴随着这种感觉而来的还有对唐诗浓浓的心疼,这段黑暗的过去是将她折磨成如今这样的原因。他一个大男人在知道这些事情的时候都觉得胆战心惊,更何况是当时的唐诗!

她那个时候承受的痛苦,又该有多触目惊心?

那时的唐诗一定是恨着薄夜的,每痛一分,就恨薄夜一分。到了后来,她对薄夜所有的爱就都成了恨。

薄夜的肩膀颤抖着,再次抬起头时,竟然红了眼眶,连带着声音都是沙哑的。他冲着林辞道:"不管花多大的代价,都要把国外那个IP地址给查出来!"

他觉得自己身处冰窖,浑身上下彻骨地冷,像是一盆冷水当头泼下,紧接着全身血液都被冻住,连心都刺痛了。

为什么会变成这样?是谁假借他的名义,下了这么狠的手?

可薄夜明白,不管对方是谁,罪魁祸首自始至终都只有一个——那就是他。

薄夜闭上眼睛,眼眶微红,手指紧紧地攥在一起,内心被巨大的痛苦煎熬着。

他完全没想过自己的行为会让唐诗身处地狱,可这也……的的确确是他一手造成的悲剧。

他到底该怎么办?

薄夜开始恐慌,恐慌唐诗眼里那如火一般燃烧的足够烧完她全身的痛恨。

他到底要如何开口解释:当年不是我安排人对你死咬着不放……

唐诗疲惫地回到家,唐奕坐到沙发上,手捂着脸,唐诗走过去安慰他:"哥……"

唐奕红着眼眶,将下巴抵在唐诗的额头上:"我觉得自己是个废物,连自己的妹妹都保护不了……眼睁睁看着你被人侮辱。"

"我不在意啊。"唐诗也红了眼，却使劲扯出一抹笑来，"哥，没事的。那些都已经伤害不到我了。"

比这疼千倍万倍的伤痛她都熬过来了，这些冷言冷语又算什么？薄夜又算什么？

"我明天去找一个人，或许他可以帮到我……"唐诗不知怎么想到了一个人，这个人总是会给她指出一条新的道路来，或许……可以试试。

唐诗拍了拍唐奕的肩膀："我们可不能这么轻易就被打败了，哥，我没事的。"

唐奕抱住她，抱得很用力很用力："诗诗，哥在这个世界上只剩你一个亲人了，爸妈音信全无，哥只有你了。"

唐诗抬头，无声地落泪。是啊，他们的父母又在哪里呢……

第五章

第二天,上午九点,唐诗前往一家咖啡馆。看到位子上坐着的男人时,唐诗冲他微微一笑。

傅暮终也笑了笑。说实话,唐诗联系他的时候,他是相当惊讶的,他完全没想过她会来找自己。

只因为唐诗的那一句"傅三少,你送我的两句话,我深藏于心"。傅暮终便欣然答应。

她垂下眼帘:"不好意思,让您久等了。"

"哪儿的话。"傅暮终双手交叉,坐姿端正,很细心地和服务员嘱咐咖啡不要太烫,随后又看向唐诗,"你最近是遇到什么新的问题了吗?"

"其实很惭愧,竟然有求于您。"唐诗双手交缠在一起,显得很紧张,"薄夜全方面打压我们工作室,所以我实在是没办法了。傅三少,您今日若能帮忙,我日后一定加倍还您恩情;若是您不能帮忙,我也不会怪您,再另寻出路好了。"

多么傲气的一个女人。

傅暮终眯了眯眼:"我可以帮你,可是……Dawn,我是商人。"

更深层次的含义就是——唐诗,你有什么值得我去帮忙的吗?

唐诗脸色一白,收紧手指,这副如临大敌的样子让傅暮终笑出声来,他说:"好了好了,我逗你的。就当你欠我一个人情,我回去就把你的简历和设计发给我们的合作商看看,或许可以帮得上你。"

唐诗的眼睛一亮:"真的吗?"

"你说呢?"

男人的表情中有些许唐诗看不懂的深意,然而她没去多想,只是微红着眼睛向他道了谢，随后轻声道："实在是感谢您，傅三少……"

"不必这么生疏地叫我。"傅暮终饶有兴味地看着她，"既然我们已经私底下见面这么多次了，不如就当交个朋友，如何，唐诗？"

唐诗笑了笑，抽出压在桌板下面的单子："那这次的咖啡我请你喝。"

"恭敬不如从命。"男人倒也没推脱，笑着看她去付钱。

他们的位子正好靠着外面的玻璃，阳光投射进来，暖暖的，令人十分惬意。

苏祁带妹妹逛完街回来，正好透过玻璃看见了坐在窗边的傅暮终。

苏菲菲说："哥，快看，是傅暮终！"

苏祁翻了个白眼："能帅得过我吗？"

苏菲菲说："你别太自恋，咱圈子里没有丑的。"

苏祁装模作样要去打妹妹，结果手伸到一半，看见唐诗在傅暮终对面坐下了。

苏祁吹胡子瞪眼，问妹妹："这是怎么回事？！"

苏菲菲也没看懂，喃喃道："兴许两人在交往呢？"

"什么交往？"苏祁把手里的购物袋往苏菲菲手里一放，"自个儿拿！"

"干什么！"苏菲菲戳了戳玻璃，拽着哥哥继续往停车场走，"不就是看上的女人和别人好上了吗！赶明儿你翻着倍请人家喝咖啡不是一样？！"

苏祁打了个响指："有道理！"

然而令唐诗想不到的是，她这次和傅暮终一起出现，再一次被人偷拍了。

很快，新闻头条就换成了——她换男伴如换衣服，上一回是苏家大少，这一次成了傅三少。

所有人都在猜测这个女人到底是什么背景，唯有唐诗回去后看了一眼报纸就烦躁地把它丢到一旁。

她拿手机给傅暮终发了一条短信。

"抱歉，傅三少，我不知道事情会变成这样，给您造成困扰了。"

傅暮终那边很快回复，表示没关系，让唐诗不用担心。

看来他也是上头条上习惯了……唐诗在心里嘀咕。

而另一边，薄氏集团的总裁办公室里，林辞小心翼翼地看着自己老板一脸暴怒的样子。

手边的咖啡已经冰冷,薄夜都没喝一口,就这么一动不动地盯着报纸头条。

林辞生怕他会摔东西。

果不其然,薄夜伸手就摔了烟灰缸。

林辞身手敏捷地把烟灰缸接住,薄夜继续摔,林辞继续接,一边接还一边说:"薄少!您冷静点!"

薄夜俊美的脸上覆着一层寒意:"她到底是有本事!竟然勾搭上了傅暮终!"

林辞将东西通通放回去,一言不发。

薄夜狠狠地拍了一下办公桌:"去查!她和傅暮终见面到底是要干什么!"

傅暮终的合作商很快有了回复,他将消息转发给唐诗,随后又把合作商的联系方式一并给了她。

唐诗对他表达了感谢后,就开始和他的合作商对接。

傅暮终的合作商也是个爽快的,看了唐诗工作室里先前的几幅作品后赞不绝口,就决定找她合作。

很快,几个人便定下了合作的大致方向和流程。

对方约定好了地点签合同,大家顺便一起吃一顿饭。

唐诗欣然前往,傅暮终这个中间人也会出面。

唐奕看得出她兴致勃勃,在背后给她加油:"去吧!用你的美貌征服那些合作商!"

"我是靠才华!"唐诗回头冲哥哥笑笑。

她今天穿了一件飞行员夹克和一条牛仔裤,脚上穿了一双皮鞋,整个人显得年轻又有活力。

她冲唐奕挥挥手:"我出门啦!"

"路上小心。"唐奕坐在沙发上说,"我等你的好消息!"

唐诗在二十分钟后到达了约定的西餐厅,她进去后报上合作商的名字,就有人给她领路,带着她到了一个装修十分有格调的包间门口。

推门进去,看到傅暮终已经坐在里面了,唐诗冲他笑笑:"你每次都到得好早啊。"

"习惯使然。"傅暮终示意唐诗过来坐,于是她大方地走了过去。

两个人的动作熟练且毫无违和感，就像一对老友。

合作商是一个上了年纪的男人，进来一看大家都在，就赶紧伸出手握了一圈。

他笑着对唐诗道："完全没想到业内神秘的 Dawn 居然是一位这么漂亮的小姐。"

唐诗的表情自然且大方："感谢徐总的肯定。"

这次徐总还把自己的儿子给带了过来，那是个年轻男子。一看见唐诗他的目光就没移开过，这让她感觉有些不舒服。

刚说完话，徐总的儿子就过来和唐诗搭讪，那眼里的殷勤十分明显，他还给她倒了橙汁。

唐诗只能周全地冲他笑笑，说了几声"谢谢"。

之后，徐总儿子的手就搭在了唐诗的手背上。徐总见了，明显笑得有点逞强，用眼神示意自己儿子不要这么不成器。可他儿子的视线一直都放在唐诗的脸上。

唐诗的笑容有些僵了，稍稍用力才将手抽出来。可那人明显未察觉，甚至挪了挪椅子，靠她更近了。

傅暮终看到这一幕，伸手直接将唐诗给搂了过去。

被男人搂入怀的那一瞬间，唐诗的心跳快了几拍，随后对着他低声道："多谢。"

傅暮终也轻声回答："不好意思，我没想到会出现这种情况。徐总是个好人……但我不知道他儿子会这样。"

真是把他父亲的脸都给丢光了。

唐诗很感激傅暮终的出手帮忙，因为他，徐总儿子徐晓天明显收敛了很多，连吃菜的时候都安静了。

唐诗和徐总聊到中途，因为儿子不礼貌的举动，徐总又多让了唐诗两分分成，唐诗连连推托说不用。趁着徐晓天去上厕所，徐总又赶忙替自己儿子道了歉。

"不好意思啊唐小姐，您本人我是十分欣赏的，希望不要因为我这个不成器的儿子而阻碍了我们之间的合作……"

"徐总的意思我明白，我也不是那么小气的人。"唐诗微微笑了笑，这个徐总的确是个好人，只不过很有可能就是他的这份善良导致他纵容了自己的儿子，才会出现今天这样的局面。

唐诗理了理自己的头发，对着徐总举起酒杯："我今天身体不适，就不喝酒了，以橙汁代酒敬您一杯。这张单子我绝对是接下了，希望徐总放心。以后要是还有合作，还请您一定要优先考虑我。"

徐总因为自己儿子刚刚的行为太不礼貌，正觉得对唐诗有歉意，听了这话，连连称好。

后来徐总让自己儿子去拿了一份文件过来，正好趁着餐桌上的气氛不错，就让唐诗签合同。

傅暮终拿起合同看了一遍，看到合同上的条款没有对唐诗不利的，觉得可行，于是唐诗就签了字。

然后徐总拉着自己儿子一起给唐诗敬酒。

徐晓天有些不情愿地帮唐诗重新倒了橙汁，再举起酒杯。

随后四个人一起干杯，还拍了合照，算是合作谈成了。

用餐结束后，徐总握了握唐诗的手。轮到徐晓天的时候，他用食指钩了钩唐诗的手心，脸上的笑容自是不用多说。唐诗感觉浑身上下的鸡皮疙瘩都起来了，好在徐总走了，徐晓天也只好三步一回头地上了自己的车。

傅暮终说要去地下车库开车，让唐诗在车库里等一等，于是她就等在原地。

傍晚的凉风吹进地下停车场，唐诗理了理衣服，忽然觉得浑身燥热。

她用手扇了扇风，觉得这股热意不但没下去，反而更加严重，一股脑地涌了上来。

唐诗有些头晕，她渐渐有些站不住，贴着墙靠着，不停地深呼吸。

她这会儿终于反应过来，刚才那顿饭有问题。

可到底是哪里出了问题呢？

为什么其他人没有事，偏偏她会有这种反应？！

脑子里忽然闪过一个念头，唐诗明白过来——是之前的橙汁！

肯定是徐晓天在橙汁里动了手脚，因为别的菜都有可能被别人吃到，唯有橙汁是她一个人喝。

唐诗领悟到这个的时候已经太晚了，药效猝不及防地在身体里炸开，让她一阵眩晕。

这时，男人惊慌地朝她奔来，声音中带着担忧："唐诗，你怎么了？"

是傅暮终……

唐诗一把抓住傅暮终的手臂，整个人直直地跌入他的怀中。

她大口大口地喘着气，花了好大力气才能发出声音："徐……徐晓天给我……"

傅暮终是个多聪明的人啊，一听就明白了，估计是徐晓天趁着给唐诗倒橙汁时动了手脚。

他当即横抱起唐诗，把她放到车子的后座上。

唐诗在一片混乱中听见傅暮终爆了句粗口，他这么优雅的人竟然也会爆粗口……

随后她就听见傅暮终拨了个电话，大概是叫私人医生。

唐诗背靠着后排座椅，微微眯起眼睛叫了一声："傅暮终……"

傅暮终开车的手都在隐隐颤抖："你冷静点，我现在先带你回我家，医生半个小时后会上门，你坚持住。"

唐诗只觉得天旋地转，大脑不受自己控制。

她颤抖着声音问："是不是……徐晓天干的？"

"不出意外就是了。"车子正好开到十字路口，傅暮终握着方向盘打了一个转，"看来徐总还是太仁慈，把自己儿子纵容成了这个样子。"

找徐晓天算账这事得暂缓，眼下得先把唐诗的紧急状况解决了才行。

傅暮终几乎是一路飙车回的别墅，抱着唐诗下车的时候，她的手无意识地圈住了他的脖子。她瘦弱的身子在他的怀中颤抖着，明显是被折磨得厉害。

傅暮终踹开房门把她放在床上，唐诗感觉自己的意识正在逐渐从身体抽离。她用力抓住身下的床单，思绪混乱，话语破碎不堪地叫出一个名字。

"薄夜……"

傅暮终放完水出来正好听见唐诗在叫这个名字，脚步一顿，随后没有丝毫犹豫地来到床边，对着唐诗道了一句歉："得罪了，我现在放你去冷水池里。"

说完他伸手直接脱去她身上的衣服。肌肤直接暴露在冰凉空气中的那一瞬间，唐诗微微眯起了眼。

傅暮终另一只垂在身侧的手倏地握紧，然后他将唐诗抱入浴缸中。冰凉的水直接刺激到她的皮肤，这才让她有片刻的清醒，可是……这只是杯水车薪。

另一边，薄夜和自己的合作商吃完饭，来到地下车库，一进去就看见徐晓天贼头贼脑地在地下车库里转悠。

他下意识地问："那个人是谁？看着有点眼熟。"

"珠宝商徐总的儿子。"薄夜身边的合作商回复道，"徐总人挺不错的，可惜儿子如此不成器。他现在在这边也不知道是想干什么。"

"这样啊。"薄夜淡淡地应了一声。

徐晓天走过来，看见薄夜他们，立马狗腿地问了好。薄夜也只是淡漠地回复，并没有多说什么。

倒是徐晓天先开了口："薄少，您下来时有没有见到一个女人？"

"女人？"

薄夜看着他，明显一头雾水："什么女人？"

徐晓天满脸奸笑地凑上来，对着薄夜道："我给一个我看上的姑娘下了那个……"

薄夜见到他这张脸就觉得恶心，徐晓天是不是没脑子，真以为所有人都和他一样把下身当大脑思考吗？

只是徐晓天没感觉到薄夜的厌恶，又继续对他说："可是我刚撇开我爸，那个姑娘就没影儿了。唉。"

薄夜不想和他有过多纠缠，认识这种人简直就是在降低自己的格调，于是打算和合作商赶紧先走。但是徐晓天一句喃喃自语让他立马停下了脚步。

他说："奇了怪了，唐小姐到底去哪儿了？不会是被傅暮终捡了便宜吧？"

唐小姐？傅暮终？！

耳边似乎有雷轰隆炸响，薄夜猛地回过神来，一双眼睛如同淬过毒的利刃，凛冽无比："你再说一遍刚刚的话！"

"薄……薄少……"徐晓天被薄夜眼里的杀意逼得倒退两步，这才结结巴巴道，"我说唐小姐……不会被……傅暮终捡了便宜吧……您不会……认识唐小姐吧？"

"哪个唐小姐？！"薄夜只觉自己一颗心悬在了喉咙口，徐晓天的这番话让他整个人肾上腺素飙升。

"具……具体哪个我也不知道啊……就是今天跟我爸爸谈生意那个……设计师……艺名好像叫什么……Dawn……"

顷刻间，有无数杀意掠过薄夜的眼中，整张脸如同覆上一层寒冰。

徐晓天被薄夜这种情绪变化吓得回不过神来，愣在原地。

只见薄夜上前一把抓住他的衣领，凶狠的目光死死地攫住他："你敢对她下药？！"

"她……她是什么不得了的人物吗……"徐晓天死到临头还嘴硬，"我看上她那是她的福气！"

薄夜将徐晓天用力顶在墙上，用那种极狠的眼神注视他，许久才倏地放开："你的账我慢点和你算，当务之急是先找到唐诗……"

他浑身带着寒气，扭头就走，将徐晓天和合作商一起抛在原地。

薄夜一边大步走向自己的车子，一边掏出手机："林辞？是我，现在，给我把唐诗的定位调出来！另外报警！立刻，马上！"

傅暮终家的门是被薄夜从外面踹开的。

薄夜没多想，上前一把抓住傅暮终的衣领，将他整个人顶在墙上。

薄夜用犀利的眼睛盯着他，声音冰冷，丝毫不顾昔日的情分："你也想找死是不是？"

"找死？"傅暮终勾唇笑了笑，"有趣。原来和唐诗搭上关系就是找死？"

薄夜张嘴想说什么，又忍住了，随后一把松开傅暮终。两个人都喘着粗气，看得出来都在压抑情绪。

薄夜花了好大的力气，才一字一字地问："她在哪儿？"

"浴室。"傅暮终倒是先薄夜一步冷静下来，"她被徐晓天设计了。"

"我知道。"薄夜大步朝着二楼的浴室走去，"徐晓天的账我自己会找他算清楚。"

他拉开了浴室的门，就看见唐诗靠在浴缸边上。

薄夜低着头调整着自己的呼吸。想到她这副样子被傅暮终看到，薄夜心里就有一股难以遏制的怒火。

他从旁边的架子上取下浴巾，随后直接将她裹住。

唐诗被他抱出来，头靠在他的胸膛，她无意识地轻喃了一声："薄夜……"

这一声虽小，却像是一把重锤用力地在他心上狠狠地敲打了一下。明知唐诗现在神志不清，他却仍旧做出了回应。

他说:"嗯。"

抱着唐诗出来,经过站在浴室外的傅暮终时,薄夜的眼睛微微眯起,手指下意识地紧了紧,却还是对着傅暮终道:"多谢傅三少出手帮忙。"

"呵。"傅暮冷笑,对着薄夜的防备视若无睹,"我不是帮你,我只是为了唐诗。"

"你这么看重我的前妻让我觉得很荣幸。"薄夜的冷笑更甚,脸上带着一股子寒意。

傅暮终深知他的敌对,皱起眉头问了一句:"薄夜,兄弟不想做了是不是?"

"这得看你的意思。"薄夜抱紧了怀中的女人,抬起头时漂亮的眼睛里划过一丝森然,"我警告你,别对不该出手的人出手。"

"你管得真宽。"傅暮终笑了,"你前妻和你已经离了婚,你们没关系了,怎么你还死死地纠缠不放?若是你承认你爱上唐诗了,我倒不介意跟你来一场公平较量。"

"我介意。"薄夜的眼睛倏地一眯,明明是笑着的,语气却阴森可怖,"你不配。"

说完他直接抱着唐诗离开了傅暮终的家。

傅暮终盯着薄夜走出去,过了许久才收回目光,用力冷笑了一声:"无趣。"

傅暮终掏出手机,熟练地拨打了一个号码:"喂,是我。我想查一下五年前唐诗到底经历了什么……还有,他们的父母现在在哪里?"

唐诗被薄夜重重地丢在副驾驶座上,浑身上下只有一件浴袍加一条长浴巾盖着。

薄夜踩下油门,跑车发出轰鸣声。

跑车疾速行驶,十几分钟后就到了薄夜的私人别墅,他将唐诗丢在了卧室的大床上。

唐诗觉得整个人像是经历了一场劫难,天旋地转,视野混乱,药性得不到缓解,她如同一条缺水的鱼,快要溺毙在岸边。

忽然之间,像是有人压了上来。

唐诗浑身无力,连睁开眼睛都是枉然。她费尽力气想去看眼前的人到底是谁,却只看见一个模糊的身影。

熟悉的温度和气息袭来，唐诗在意乱情迷之中叫了一声："薄夜……"

后来她分不清自己的意识，只觉得自己在一片黑暗中不停地下坠、分解、消亡……

第二天唐诗醒来，身边是空的。她猛地想起昨天晚上的事情，登时头皮一紧，看向四周。

这个动静打扰到了房内正在开视频会议的男人，他转过头来，白净俊美的脸上戴着一副眼镜，看起来颇有几分斯文败类的味道。他穿着一件高领毛衣，晨光给他的周身勾勒出一条细腻的金边，让他显得温暖又和煦，乍一看还挺优雅居家的。

唐诗直愣愣地盯着薄夜看了好久，直到他冷笑出声："怎么，傻了？"

唐诗猛地起身，意识到什么，立刻又缩回被子里。她慌张无助的表情映在薄夜眼里，令他脸上的冷笑更甚："找衣服？"

唐诗没说话，肩膀微微颤抖着。

薄夜"啧"了一声，上前去将衣柜拉开，直接翻出一件女式衬衫丢到唐诗身上："五年前你没带走的东西，我嫌碍眼就把它们都挪来这栋别墅了。"

意思就是这些属于她的衣服，不配放在薄家的宅子里。

唐诗忍着薄夜的羞辱穿上衣服，随后又去衣柜里拿了条打底裤。

她的腿很直很细，和那种营养不良的细不一样，是那种匀称而又纤细的腿型。

薄夜盯着唐诗的腿，眸光渐深。

她懊恼地伸手捂住自己的脸，手撑着衣柜旁边的墙壁，站了几秒，像是在调整自己的情绪，过了许久她才轻声对薄夜道："我走了。"

呵，睡过一觉就想走。

薄夜勾唇冷笑，叫住她："等一下。"

唐诗转身，薄夜将她的手机丢向她："手机别忘了，免得到时候有人想联系你联系不上。"

他最后一句话咬牙切齿，像是意有所指。

唐诗把手机塞回兜里，转过身，挺直背道："谁联系我都与您无关。"

"唐诗，你就是这么对待恩人的吗？"薄夜眯眼，盯着女人瘦削的背影说。

唐诗笑了："我可没求着你帮我！"

原本两人难得没有一见面就剑拔弩张，可到头来还是这副模样。

唐诗忍下心中的刺痛，故意把话说得无所谓："反正薄少遇到的这种事应该也不少。你这样刻意叫住我，我会以为你还留恋我。"

果然，这句挑衅让薄夜露出讽刺的笑容："留恋你？唐诗，你未免也太看得起自己了。"

"我从来都把自己看得明明白白的。"唐诗转过身来面对薄夜，明明身体还在颤抖，却笑得绝美，"我在你眼里可不就是这样的吗！"

"既然知道，那就滚！"薄夜隐忍的怒意在这一刻直接爆发，随后眼里露出不屑，"赶紧滚出去，免得玷污了我的这栋别墅！"

唐诗眼眶微红，不知道是在嘲讽谁："我滚了，你可千万别惦记我的好。"

说完她直接摔门而出。

她的背影被隔绝在门外，薄夜暴怒地摔碎了手边的烟灰缸。

不知好歹的女人，为什么……为什么他要从傅暮终家把她带走？！

手机此时恰好响起，薄夜盯着手机上的那串数字，表情忽然间平静下来。

电话接通的那一刻，一道甜软的女声传来："夜哥哥，我回国啦，你来接我吗？"

唐诗拖着疲惫的身躯回到家时，唐奕正在做午饭，一见她回来，他立刻焦急地迎上去："你昨天晚上去哪儿了？我差点报警你知道吗！"

唐诗一看见唐奕，就仿佛有了依靠，泪水大颗大颗地滚落。

唐诗抓着唐奕胸前的衣服哭得声嘶力竭，像是要用尽自己全部的力气。

唐奕在看到唐诗脖子上的吻痕时就明白了，顿时怒意四起："是谁？！是谁占了你便宜？！"

唐诗哭着摇头不肯说，唐奕便死死地按住她的肩膀："是不是薄夜？是不是薄夜？！我去找他拼命！他敢这样对你！他竟然敢……"

唐诗浑身都在颤抖，觉得快喘不过气来。

唐诗断断续续地说："哥……我好难过……我快要窒息了……"

唐奕将她一把抱起放到床上，又手忙脚乱地翻出药来给她吃下。

唐诗无法遏制心里的恐惧，维持着抱住自己的自卫姿势，不停地对唐奕说："哥……救救我……我再也不想和薄夜纠缠……我再也……救救我……"

薄夜……她心里最痛的一道伤疤，光是轻轻触碰就会鲜血淋漓，剧烈疼痛。

唐诗的手指揪在一起，唐奕安抚了她很久，她才慢慢冷静下来，随后她又花了好长时间才将昨天的事情彻底和唐奕解释清楚。

唐奕听在耳朵里，疼在心里。

唐诗整整一天都没有出门，就这么缩在家里。

唐奕心疼她，代替她去和徐总谈了详细的合作情况。

随后唐奕说起了唐诗被设计的事情，徐总大吃一惊，连连对着唐奕道了好几声"对不起"，说有空一定要带着儿子亲自上门谢罪。

原本唐奕是打算和徐总狠狠吵一架的，只是没想到徐总的态度那么好，道歉又那么诚恳。看着他花白的头发，唐奕心中有些不忍。

徐晓天到底是辜负了这么好的父亲。

然而犯错了就要受罚，犯法了，就该得到审判。

当时薄夜让林辞报了警，徐晓天还是被警察带走了，毕竟他滥用药物，谁来都保不了他。

唐诗在家休息的几日，唐奕代替她先开工设计草稿。徐总找他们合作的是最近很出名的盒子包的款式。

盒子包虽然多，但各有各的风格，他们要是想做好，就得做出自己的风格来，才能打开市场。

唐奕心想，或许这也是工作室一次新的挑战，要是成功了，可能以后就能为工作室赚到很多名气。

唐诗在家休息了几天后就去了工作室，下班的时候顺路看了一趟唐惟，正好错开了薄夜回家的时间。

岑慧秋不在，用人说她出去旅游了。她出去了倒也好，不至于尴尬。

另一边，薄夜刚下班，林辞就上来恭敬地说："薄少……有人找您。"

"是谁？"下班了特意过来找他，是有什么用意吗？

薄夜的疑惑并未持续多久，门外就传来一阵高跟鞋敲击地面的声音，随后一道纤细的身影蹿上来，在他站起身的时候狠狠地扑到他怀中："夜哥哥！是我啦！"

薄夜一看到怀中的人，心就柔软下来，刻意不去想脑海里突然浮现的唐诗的身影了："如儿？"

安如一头大波浪卷，脸上化着精致艳丽的妆。

薄夜罕见地露出笑容，随后问："怎么招呼都不打一个就直接过来了？"

安如娇俏地说："当然是想给你一个惊喜啦！夜哥哥真冷漠，人家回国都不过来接一下，所以就只能我过来找你咯！"

那天接到她的电话时唐诗刚走，而他之后就去喝酒了，没有去接安如。

一想到唐诗……薄夜的眼神深了深，没说话，倒是安如察觉到他的出神，捏了捏他的脸："喂，薄夜，你在想什么？！"

也就只有安如敢这么大胆地捏薄夜的脸。

安如是谁？安谧的妹妹，和安谧长得有七八分相像。只是安谧偏静，安如则奔放如火。

薄夜看着眼前和安谧相似的脸，只觉得心中的感觉和以往不一样了。

为什么现在一看见安如，他居然想起了唐诗呢？

他闭了闭眼，做了几个深呼吸，再次睁开眼的时候，就还是那个冷酷无情的薄家大少，像是从来都不曾为任何一个女人停留。

薄夜笑了笑："那么作为补偿，今晚带你去一家很有名的餐厅吃饭如何？"

"哼！"安如搂着他的脖子，"先给我一个迎接吻！再来谈补偿！"

薄夜一愣，安如趁着他不注意，直接搂着他的脖子就吻了上来。

他下意识地倒退两步，导致安如的吻就这么落在他的嘴角。

安如一撇嘴，很委屈地说："夜哥哥，你变了！"

薄夜没说什么，只是拍了拍她的肩："别闹了，快松开。"

几个人来到停车场，林辞冲薄夜一鞠躬，声音冷漠地说："薄少再见。"

薄夜不动声色地挑了挑眉，随后道："辛苦你了。"

林辞也没多说什么，直接转身走了。

薄夜在一旁拉开车门，随后道："上来，我开车带你去。"

"哇！夜哥哥亲自开车带我去吗！"安如惊喜地张大嘴巴，像个小孩一样跳上了副驾驶座，"一直都是你们的司机接送我，我都快烦死了！你终于肯亲自开车送我了！"

薄夜在一旁听安如叽叽喳喳说话，沉默地发动车子。

安如一边看他车子的内饰,一边道:"夜哥哥你开车的姿势好帅啊,我可以拍照吗?"

薄夜微微皱起眉头,随后忍下心中的烦躁道:"不过不要太高调。"

这就是同意了!

安如很得意地掏出手机,然后凑近薄夜,拍了一张合照。照片里薄夜没有看镜头,只自顾自地开车。他侧脸英俊,鼻梁笔挺,乍一看还挺像个高冷的男明星。左下角安如正对着镜头笑得灿烂如花。一张合照,一冷一热,对比明显。

安如在旁边激动地自拍,薄夜偶尔回答一下她提出的问题,始终目不斜视地盯着前方的路。

安如觉得男人这样高贵冷漠的样子实在是很有腔调,又偷偷拍了好几张他开车的照片。

到了餐厅,薄夜报上名字。林辞在五分钟前就已经替他订好了最大的包间。

"啊……"路过窗边的时候,安如愣了一下,喃喃道,"那是不是傅暮终啊?他有女朋友了?坐在他对面的那个女生挺漂亮的啊。"

听见安如的嘀咕,薄夜几乎是下意识地转头去看,就看见唐诗和傅暮终坐在一起。两个人有说有笑,手里还拿着一些资料,看样子是在谈合同。

男人将头转过来,不去看他们,眸中的光一下子冷下去,说出来的话也仿佛带着一股子寒意:"走吧,不用去管。"

"是吗?"安如频频回头看,不知是有意还是无意,"还是过去打个招呼吧!我好久没看见傅暮终了。"

说完还不等薄夜回过神来,安如就直接挽着他的胳膊朝靠窗的那张桌子走去。

傅暮终正在和唐诗谈论设计图稿的原样,就听见远处有人喊了一声:"三少哥哥!"

傅暮终抬头,就看见安如挽着薄夜笑靥如花地走了过来。

唐诗看到来人,表情直接僵在脸上。

薄夜一脸冷漠地被安如拉了过来,看见唐诗的时候,脸上的讥讽是那么明显。

傅暮终倒是显得从容不迫多了,端起手边的咖啡喝了一口,假装不经意地问:"你回国了?"

安如像一个天真的小孩子一样,对着唐诗上上下下看了好几眼:"是啊,这是你的新女朋友吗?"

这话刚问出口,傅暮终和薄夜同时变了脸色。

下一秒,傅暮终勾了勾嘴角:"安如,话别乱说,会吓着人家。"

"是不是嘛!"安如嘟着嘴,"我还没见过你和女孩单独出来吃饭,所以我想要不要提前喊一声'嫂子'嘛。"

"安如!"薄夜出声制止了她,声音带着一股子寒意。

安如打了个寒战:"夜哥哥,你发那么大的火做什么?"

薄夜眯着眼睛看安如:"不该说的话别多说。"

安如一下就红了眼睛,有些可怜巴巴地说:"夜哥哥是在怪我多嘴吗?"

"的确挺多嘴的。"

一直没说话的唐诗忽然抬起头,笑着看向那个女孩。

明明一脸单纯,说出来的话却是字字句句都在误导薄夜,该说她说话的手段高明,还是该说她……比起她的姐姐来,青出于蓝而胜于蓝呢?

安如,你不认识我,可是你这张和她相似的脸啊……我唐诗可是做梦都不会忘记的!

唐诗眼中的恨意竟然让安如有些心惊。

从前只有薄夜发起火来她才会觉得可怕,可是为什么……如今被这个女人注视,竟然有和面对薄夜动怒时一样的感觉?

安如自然是没见过唐诗的,她只知道薄夜离过婚。但是哪怕薄夜结了婚,他心里最爱的也还是她的姐姐。

她一直在国外,是姐姐死了以后才开始走进薄夜的视野,所以对唐诗自然是一无所知。

傅暮终察觉到了唐诗对安如的敌意,只能用笑来化解尴尬:"你们过来吃饭吗?"

鬼使神差地,薄夜居然出声邀请他们:"两个人坐在窗边吃是不是太寂寞了点?不如来包间和我们一起吧。"

"不用了。"唐诗想都没想就直接拒绝。

说完她甚至直接站起身来,作势就要离开,脸上几乎就写着"冷漠"两个字。对于薄夜的一切,她都是抗拒的。

可是她刚迈开步子,就听见薄夜在背后带着笑意问她:"唐诗,你该不会是在怕我吧？"

唐诗用力攥紧手指，回眸的时候，正对上薄夜锋利的视线。

她心一紧，几乎是下意识地回击道："少用这些激将法了，薄夜，我不想跟你共处一室，不是因为怕你。"

唐诗还是走了，离开的时候每一步都踩着风，连一次回头都没有："我是因为，觉得恶心！"

最后四个字落地的一瞬间，带起惊天的恨意。薄夜竟被她这句话逼得整个人的心神都晃了晃。

嫌恶心……唐诗她……她哪儿来的资本嫌他恶心？！

见唐诗走远了，傅暮终才吹了一声口哨，凉凉地说了一句："行吧，把她逼走了，这是你乐意看见的吗？"

薄夜转过头来，冷冷地注视着傅暮终："我警告过你无数遍……"

"是啊，你警告过我无数遍。"傅暮终笑了笑，"只是，你是站在什么立场呢？薄夜？"

薄夜被傅暮终逼问得说不出话来。

"虽然目前我对唐诗只是处于有好感的阶段，但是薄夜……"傅暮终优雅地擦了擦嘴，抬起头来看向薄夜。

男人的眼睛里露出野兽一般的掠夺欲。

傅暮终看着他的眼神，缓缓笑了："你是不是还对她旧情未了？"

"旧情未了"四个字一出，旁边的安如当即就变了脸色。

难怪夜哥哥的态度这么奇怪，原来是刚才那个女人的原因！

安如攥紧手指，看到傅暮终站起来，脸上的表情变了变，娇滴滴地喊了一声："三少哥哥……"

"安如。"傅暮终冲她笑笑，"我知道你在想什么，只是有些人，你动不起。"

这句话的意思并不是傅暮终护着唐诗所以安如动不起，而是唐诗本人，安如就根本不能动。

那个女人有一双清冽如溪泉的眼睛，和眼前这个只会依靠男人的女人完全不同。

那样的唐诗，根本就不屑和安如做比较，所以不管从哪方面来说，安如都不如唐诗。

傅暮终说完话就叫了服务员过来结账，路过薄夜身边的时候，他一把扣住薄夜的手腕。

他说:"有些人需要用心去感受,薄夜,曾经你眼睛里看到的一切……说不定都是假的。"

薄夜的瞳孔骤然紧缩,傅暮终轻声道:"我查到了一些五年前的线索,若是你有兴趣的话,这个周末去tiger酒吧等我。"

两个男人无声地交换了眼神,随后擦肩而过。

薄夜不动声色地收敛了自己的情绪,精致的脸上却悄然覆上一层寒冰。

五年前的……线索?

唐诗疾步离开餐厅,在路边拦下一辆出租车就直接回了家。但是她没想到,坐在家中设计稿子没多久,薄夜就找上了门。

她开门的时候完全没想到薄夜会再一次上门来找她,上一次不愉快的记忆还在脑海里,她几乎立刻就想关门。而这一次,薄夜也没有别的动作,只是站在门口对着她冷笑:"尽管关门,如果你儿子发高烧你也可以无所谓的话。"

唐诗关门的手一僵,反应过来后连薄夜都顾不上了,抓着他的衣服大喊一声:"惟惟出什么事了?!"

唐诗在二十分钟后见到了唐惟,唐惟躺在床上,正面色潮红地喘着气,整个人看起来格外虚弱。

唐诗扑到床边,用手探了探唐惟的额头,随后又赶紧把家里常备的药翻出来,再熟练地下楼去给他倒温水。

薄家的一切,唐诗是那么熟稔。

她端着杯子上楼的时候,唐惟已经醒了,坐在床上轻轻喊了一声:"妈妈……"

一听到唐惟叫她,唐诗的整颗心都软下来,她上前喂他吃了药,随后道:"怎么会发烧呢,妈妈带你去医院好吗?"

"医生等一会儿就到了,没必要特意送去医院。"薄夜站在门口冷冷地出声。

唐惟看到门口的薄夜,忽然缩到被子里,但还轻轻抓着唐诗的手。

这是他想要唐诗安抚的表现,于是唐诗摸了摸他的脸,转身对薄夜说:"对孩子怎么也板着一张脸?你是他的父亲,不知道这样会吓到他吗!"

"吓到他？"薄夜眯眼冷笑了一声，"他认我这个爹吗？你自己问问他！"

"他不认你，你为什么不考虑一下你自身的问题！"唐诗终是没忍住，低吼了一声，"薄夜，不要什么事情都从别人身上找原因！怎么，你觉得你没错是吗！"

薄夜笑起来俊美逼人，可惜了一双好看的眼睛里一片冰寒："我把他接来薄家，好吃好喝地供着，他给我阴阳怪气摆脸色，要不是因为有血缘关系，老子都不想认他这个儿子！"

话说得虽然重了点……可这个唐惟实在是太阳奉阴违了，薄夜一看见他这张脸就会愤怒。

大概是因为自己明明是这个孩子的父亲，可是这个孩子看见自己从来都只有恐惧和疏离。

"是啊，都是我们的错，我就不该把他生下来！"唐诗含着泪水喊到，"您没错，您高高在上！既然您这么讨厌他，那为什么不让我带他走？你们薄家的财产我们母子俩一点都不稀罕，我带他走了，哪怕是死，也不会死在你面前！"

说完，她将水杯端回楼下，然后像什么事都没发生过一般继续守在唐惟的床边。

薄夜看着沉默下来的唐诗，只觉得有些……慌张。

真正要走的人，从来都是无声无息的，放弃了所有挣扎与抵抗，也懒得辩驳与解释，就这么沉默地留下一个背影。

而唐诗现如今似乎就处在这种状态里。

唐诗坐在床边，给唐惟讲故事，连声音都是轻轻的。

这倒是相当岁月静好的画面。

薄夜有时候会想，为什么生下自己儿子的偏偏是唐诗呢？为什么偏偏是这个女人？

男人精致的脸上出现一种怪异的神色，随后他重重地摔上门。

薄夜下楼就给傅暮终打了个电话："是我，你之前说的五年前的线索……不用等周末了，我今晚就去找你。"

唐惟听唐诗读完几个童话故事后就不想再听了。

小男生闭上眼睛把头偏向一旁，唐诗察觉到他的抗拒，出声问："不喜欢吗?"

"不喜欢。"唐惟的回答是那么果断又迅速,"我讨厌这些故事。"

在他清澈的眼睛里,唐诗竟然看见了一种厌恶,一种对美好童话故事的厌恶。

"大人为什么喜欢写这种骗人的故事?妈妈,现实根本不是这样的,编这种故事的意义到底在哪里?"唐惟抬头,一双眼睛亮得出奇,"所有人都在骗人,写故事的人更是个骗子!所以我才讨厌童话,我一点也不喜欢!"

唐惟第一次传达出这么强烈的排斥感,唐诗一时间慌了神,赶紧安慰他:"故事都是假的。"

"写故事的人是骗子。"唐惟固执地重复这句话,"妈妈,我们活着的世界,和他们故事里所说的,根本不是同一个。"

唐诗红了眼眶:"对不起……是妈妈的错,是妈妈不能带你过上童话故事里的生活……"

"我不要妈妈道歉。"唐惟也红了眼眶,小手死死地抓着唐诗的大手,"该道歉的是爸爸,不,他不是我的爸爸,他只是薄家大少!"

小孩子实在是太过早熟,明明才五岁,却多智近妖。

唐惟靠着唐诗:"妈妈,其实我是故意让自己感冒的……我好想你……我想和你一起生活,我不想和薄少在一起……"

那个人明明是自己的父亲,可看向自己的眼神总是那么可怕……

唐惟很害怕薄夜,比起恨来,他更怕薄夜。多可笑啊,他竟然害怕自己的亲生父亲。

"惟惟……"唐诗颤抖着手摸了摸唐惟的脸,"我们快点把病养好,妈妈再也不会逃避了。我会正面面对薄少,把你光明正大地带回自己家。好不好?"

唐惟和唐诗抱在一起,两个人又聊了一会儿天。

直到外面夜色渐深,唐诗竟不知不觉地趴在唐惟的床头睡了过去。

而此时此刻,tiger 酒吧里,薄夜和傅暮终面对面坐着。

两个男人交换了一下他们各自查到的信息,然后傅暮终将一份报告递到薄夜的手里。

"安谧是跌下楼梯死亡的,这一点虽然是真的,但是因为那个角落处于商场摄像头的盲区,所以并没有视频证据可以证明是唐诗推她下去的。"

"可是……"

薄夜还想说什么，就被傅暮终打断了："你想说你亲眼看见了是吗？薄夜，那么我想问问你，你是怎么刚好就看见了唐诗推安谧那一下的呢？"

"有人提醒我……"薄夜总觉得自己漏掉了什么特别重要的细节，"那个时候有人在跟我通话，提到了安谧，所以我特地转头去看，就正好看见……"

"那个人是谁？"

"安如。"

这个名字从薄夜嘴里说出来的时候，傅暮终不动声色地勾起嘴角："安如？"

"不可能，那只是凑巧，安如没有理由害自己的亲姐姐……"

"那么线索只能再一次中断了。"傅暮终用手指敲了敲那沓资料，"我托人去查了查五年前那栋商场的清洁工名单，顺便找出了他们那个时候的排班表和清扫记录，发现事发当时安谧所处的扶梯位置正好被清洁工用洗洁精拖了一遍。这可能会造成什么下场，你知道吗？"

薄夜的瞳孔骤然紧缩！

所以，只要是个人路过那片场地，都有可能滑倒！

可是为什么……那么巧？

"并且……"傅暮终用手指着一排表格，"因为当时商场的扶梯正在维修，所以他们的记录才会特地被记下来。这种大型商场维修扶梯，一般都会专门记录。那个时候其实周围是放了'正在清扫维修'标志的，但是不知道为什么被人挪走了。"

傅暮终说这段话的时候语气迅速并且十分干脆利落："五年了，商场别处的视频也已经没有了，只能说这或许是一场巧合造成的悲剧……安谧恰好经过了正在维修打扫的扶梯，而唐诗……"

薄夜迅速指出傅暮终这个猜想的漏洞："为什么唐诗会出现呢？唐诗如果不找安谧，她又怎么可能会出现在安谧身边，还恰好在伸出那只手的时候被我看见了？！"

傅暮终像是不敢相信一般："你……你看见唐诗动手了？"

薄夜像是在回忆什么，可是回忆早就混乱不清了："是我亲眼看见……唐诗伸出手，而安谧摔倒了，整个人从扶梯上摔下去，滚落到一楼！"

傅暮终的眉头死死地皱在一起："怎么可能？！"

"何况唐诗一直以来都知道我对她的厌恶，她是有动机的，这世界上最恨安谧的人大概就是她了。"薄夜一字一字说出口，"所以我才会第一时间觉得这件事是她干的！"

第六章

"那么你得确认你当时确实是看见了唐诗动手的全过程。"

傅暮终给出了一个假设:"有没有可能是……错位呢?"

被傅暮终这么一说,薄夜的两耳嗡嗡作响,脑子的画面来回切换,好像就快要忘记真正的画面是什么样了。

当初仅凭着唐诗讨厌安谧这一理由就将她推向了风口浪尖,是不是他……太过武断了?

"不,不可能的,如果不是唐诗,还能是谁……安如吗?"薄夜摇着头,"首先排除我,安如又是安谧的妹妹,那么就只剩下……唐诗一人了。"

见到薄夜如此,傅暮终只觉无奈。

时隔五年,再想调查,简直难如登天!

傅暮终和薄夜的交谈结束在夜里十二点,他们在 tiger 门口道别后就分道扬镳了。而这一切,通通被暗中伺机而动的神秘人给记录了下来。

"大小姐……我看到薄少和傅三少出来了。"

"很好……"黑夜中,女人勾了勾唇,轻轻吐出嘴里虚无缥缈的烟,随后妩媚地笑了笑,"看来有人已经坐不稳了……斩草必须除根,唐诗,你可别怪我狠……"

薄夜是在十二点过后推开家门的,他上楼的时候路过唐惟的卧室,想起这臭小子白天对自己露出的那种冷漠眼神,鬼使神差般地推门进去悄悄看了一眼。

可没想到的是,他看到了意料之外的人。

唐诗竟然没走,就这么趴在唐惟的床边睡着了,母子二人一大一小两张睡颜安静又美好。

薄夜就这么静静地站在门口盯着他们看了许久，随后才像是猛地回过神般走回自己的房间，懊恼地用手撑着自己的额头。

薄夜站在浴室里洗澡，脑子里却是刚刚那幅场景。唐诗就这么在薄家过夜了，虽然可能只是个意外……男人不动声色地垂下眼帘，水滴从睫毛滑落。

男人似乎在想些什么，任凭热水从头顶浇灌而下，却不去擦拭。

薄夜洗完澡出来，身上还带着水汽。他拉开柜门，视线在掠过毛毯的一角时停顿了一下。

唐惟的卧室门又被拉开，随后一个高大的黑影渐渐靠近他们，悄悄将一床毛毯披在了床边的唐诗身上。

结束这个动作后，黑影动作迅速地走出房间，像是在逃离案发现场一般。门被关上，最后一丝光线也被隔离在门外。

夜，寂静而漫长。

第二天唐诗醒来的时候，看见自己身上披着一床名贵的毛毯。那是薄夜私人订制的毛毯，尾端绣着他名字的缩写。

B.Y两个字母如同烈焰一般进入她的视野，她像是受了刺激一般将毛毯甩在地上，整个人大口呼吸着。

唐惟被她的这个动作惊到，抬起头来看她："妈妈，你怎么了？"

"我没事……"唐诗将自己慌乱的情绪整理好。薄夜会给自己盖毛毯……怎么可能？

"我昨天夜里居然陪着你睡着了。"唐诗摸了摸唐惟的脸，"烧退了没有？妈妈该走了。"

"别，妈妈！"唐惟拉住唐诗的衣角，又小声说，"你再多陪我一天好不好？"

唐诗看着唐惟渴求的目光，于心不忍，只能叹了口气道："妈妈不在这里过夜，陪你到下午行不行？"

唐惟红着眼眶点点头："我不想妈妈走……我不想一个人待在这么大的房子里。"

唐诗安慰了一下唐惟，就下楼去给他做早饭，动作熟练得像是这些事情发生过无数遍一般。

薄夜早起从楼上走下来,看见厨房里那个身影时都惊呆了,恍惚间似乎又回到了从前。

那时唐诗每天坚持早起给他做早餐,虽然他从来都没有带走过。

再一次看见这个在厨房忙碌的身影,薄夜站在楼梯口,竟然失了神。

唐诗端着太阳蛋和培根从厨房里出来,看见薄夜的时候神情冷漠:"不好意思,用了你家冰箱里的食材。"

她说得那么平淡无波,可是她明明什么都记得。厨房里的每一件物品,都带着记忆的味道……

唐诗的肩膀在颤抖,她告诉自己不要怕,她已经没有什么可失去的了!

薄夜察觉到了唐诗细微的颤抖,一双眼睛盯了她许久,才淡漠地吐出一个音节:"嗯。"

瞧他这副无所畏惧的样子,唐诗觉得自己根本就是自作多情。被回忆刺伤的,从头到尾都只有她一个!

唐诗端着早餐回到唐惟的房间,很迅速地用脚关了门。

薄夜像是什么事情没有发生一般继续往楼下走,在看见灶台边的另外一份煎好的太阳蛋时,他波澜不惊的脸上才终于有了一条裂缝。

半熟的,带着流黄的……太阳蛋。

这曾是他最熟悉的早餐。

无数过去如同浮光掠影一般从他脑海深处的裂缝里钻出,电光石火间,他的心颤抖了一下,一股酸涩的疼痛感就这么猝不及防漫上心头。

一丝错愕从薄夜精致俊美的脸上掠过,他的瞳仁微微紧缩几分,垂在身侧的手指在不经意间收紧。

那些他曾经都不拿正眼去看的生活细节,竟然成了现在他怀念的东西。

唐诗这是……特意给他留的吗?

她不吃半生不熟的煎蛋,只有他……才有吃半生的太阳蛋的习惯。

唐诗看着唐惟大口把煎蛋和培根吃下去才松了一口气,收好了餐具,她对着唐惟道:"你下次不能再故意让自己生病了,知道吗?想我了就让薄夜给我打个电话,我会来看你的。"

"妈妈也就只有煎蛋做得好吃。"唐惟舔舔嘴唇,"你是不是练这个练了好多遍啊!"

唐诗身子一僵,她要怎么说出口,自己曾经为了薄夜那个怪异的五分熟的要求，在厨房里练了无数次，才能恰到好处地把握火候？

她随口编了个借口："这是你舅舅教我的。"

"看来果然还是我舅舅聪明。"唐惟摇头晃脑，"妈妈，你做的菜仅仅达到能吃这个要求，别的嘛……唉，我也不要求太高了。"

"臭小子！"唐诗过去捏了一把唐惟的脸，"吃饱了就开始撒野了是不是？"

话虽这么说着，她却忽然记起一件事来。

她好像习惯性地多煎了一个蛋。

大！事！不！好！

因为熟悉的场景让她回忆起太多细节，所以她做早餐的时候多做了一份煎蛋！而且还是符合薄夜口味的……半！熟！的！蛋！

唐诗一下把脸埋入手掌中，天哪，她要赶紧下去把那个蛋倒了！

唐诗端着唐惟用过的餐具，拉开门就冲向楼下的厨房。可是一到楼下，她就看见薄夜站在餐桌前，正优雅地擦着嘴巴，而那枚煎蛋已经被吃掉了。

唐诗脸色惨白："薄夜，你……"

薄夜没说话，视线落在唐诗苍白的脸上，顺手抓起一旁的西装外套——他要去上班了。

唐诗就这么直愣愣地看着薄夜走出去，甚至没来得及解释一句：那不是我特意做给你的，只是习惯使然。

看着薄夜的身影消失，唐诗荒唐地笑出声，随后有两行清泪从脸上滑落，她慢慢靠着楼梯旁边的墙滑坐下来，再次把脸埋入手掌中。

习惯使然，你听听，多么可怕而又可笑的话啊……

薄夜，你知道吗？曾经我的梦想就是你吃下我亲手做的太阳蛋，可是这个梦想，直到今天才实现。

唐诗是下午三点离开的，尽管唐惟抓着她不让她走，她还是狠下心来离开。

她的内心有一股隐隐的恐惧，那就是，她很有可能败给薄夜。所以……她很有可能就这么失去唐惟。

她必须让唐惟习惯一个人的日子，哪怕这对他来说有些残忍，却也是在教会他成长。

唐诗擦了擦眼睛。不……哪怕只有一丝希望，她也还是想让儿子回到自己身边!

安如今天又去了薄夜的公司找他,还带了一份爱心早餐过去,岂料薄夜说吃过了,把早餐放在了一旁。安如很委屈,一定要薄夜晚上带她回家。

薄夜实在是拗不过她,只能让她乖乖别闹,将她带回了家。

唐惟再一次看见薄夜带女人回来,已经是相当冷静麻木了。

他端着一杯热牛奶,高烧退后的脸上还带着些许病态。他声音稚嫩却平静:"欢迎回家,薄少。"

薄夜又被这种声音刺得心里烦躁,这个小孩怎么天天给他摆脸色,天天和他作对!

薄夜一句话没说,直接给安如拿了一双上次程依依过来时穿过的拖鞋。

安如一脸惊讶地看着唐惟,唐惟倒是一脸的若无其事。

"你……你是夜哥哥的小孩吗?和他好像。"

好假,好假的语气。

唐惟微微皱了皱眉,随后开口道:"我的确是薄少的儿子。"

这个小孩身上,有着一种令成年人都觉得可怕的理智。

安如盯着眼前的小孩子,脑海里有些许念头闪过,最终还是展露笑颜,上去和唐惟握手:"你好,我是安谧的妹妹安如。"

安谧?好熟悉的名字。唐惟也学着她的样子握住她的手:"你好,安如姐姐。"

薄夜一脸诧异地看着唐惟,这臭小子什么时候这么有礼貌了?以前哪次不是冷眼逼人?今天这是换了个芯?

只有唐惟知道,眼前这个安如绝对不简单,所以和她正面发生摩擦没有好处,只会让薄少更加厌恶自己。

反正大人都喜欢演戏,倒不如他陪她一起演。

唐惟笑得甜甜地说:"姐姐是陪薄少回来过夜的吗?"

安如果不其然变了脸色:"不……我和你爸爸的关系不是这样……"

要说起来,薄夜都还没碰过她……

"是吗?那就是薄少带回来的家政?"唐惟笑得毫无心机,"欢迎你啊!安如姐姐,不要有自卑心理,就当是自己家好了。"

安如竟然被一个小孩顶得说不出一句话来。

该死的,这个小孩是怎么回事?这话说得怎么听着像是在嘲讽她呢?还有,明明是薄夜的儿子,为什么不直接喊他爸爸,反而口口声声都是那么疏离的"薄少"?

安如盯着眼前的这个小孩,心一下子沉下去。

唐惟笑眯眯地看着眼前的女人,随后从沙发上跳下来,对着薄夜标准地鞠了个躬,仿佛薄夜不是他的亲人而是外人一般:"那么我先上楼休息了,薄少和安如姐姐晚安。"

唐诗回去以后,将盒子包的设计草图发给了徐总和傅暮终看,两个人都说这样十分有创意。因为唐诗结合了最近的挂饰热,推出了可以私人订制名字首字母缩写的logo挂饰,挂饰可以挂在盒子包外面的垂链上,一看有个人特色。徐总非常满意,连发了两个"好"字,再加上本就因为儿子的事情对唐诗心里有愧,说还要再请唐诗吃一次饭。

傅暮终倒是没有徐总那么激动,他似乎早就知道她的能力,只是淡淡地夸奖了一句,随后就问唐诗有没有空。

唐诗说有空,两个人随后在一家小清吧里坐了一会儿。清吧没有酒吧那么吵,来的都是聊天约会的男女,气氛比较有情调。

傅暮终点了一杯利口酒,唐诗则点了一杯金汤力,两个人谈了一会儿设计方案后,傅暮终下意识地问起了五年前的事。

他这次约唐诗出来,是想从唐诗嘴里得到一些可以推翻五年前推论的证据。

可惜唐诗只说了自己没有想过害安谧,而证据,她也一无所有。

傅暮终只能颇为遗憾地摇摇头。看来要替唐诗洗脱偏见,的确任重而道远。不过这一切唐诗并不知情,她以为傅暮终只是顺口说起,并没有想到他是想替自己洗脱偏见。

而两个人在暗中交谈的这一幕,很快就被跟踪的神秘人偷拍了下来。这几张两人亲密无间的照片很快被那个人发送到别人的手机里。

傅暮终和唐诗喝完酒就在清吧门口分别,随后两个人各自回家。

路上唐诗接了个电话,是自己哥哥打来的。

他说:"小宝贝,你是不是忘记什么啦?"

唐诗以为是自己白天忘了什么工作,赶紧看了一眼时间,指针正好指向十二点。她皱了皱眉,下意识地问:"什么事情?"

"白疼你了!"唐奕在对面喊了一声,"快,祝你老哥生日快乐啊!"

唐诗眼睛一亮,立刻站在大街上笑起来。

"老哥,不好意思啊,我忘了。祝你生日快乐!今天晚上再给你庆祝。"

"好啊,我们把惟惟也接过来一起过吧?"唐奕也笑得很开心,"如果不行的话,就给他送一块蛋糕过去,否则这臭小子又要心理不平衡了。"

"我去接!"唐诗自告奋勇,"你不说我都忘了,这么一算我的生日也快了。"

"要不怎么说你小没良心呢。"唐奕笑着骂了一句,"那你去接时小心点,实在不行就给我打个电话,我就不信我们俩都不能把唐惟从薄家带出来一天。对了,都这么晚了,快回来啊,别在外面和野男人约会,他们比得上你哥哥我吗?"

"比不上,比不上,你是最帅的!"

唐诗挂断电话就立刻打车回家,唐奕的生日让她内心无比雀跃。一年才一次啊,的确要好好帮他过。毕竟哥哥的精力都浪费在了培养唐惟身上,也没考虑自己的未来。

另一边,傅暮终刚回到傅家,客厅的灯一下子就亮了。

"你去哪儿了?"

傅暮终的妈妈郑秋水坐在客厅里。

保养得体的豪门太太就算是到了中年也依旧带着一股子尊贵优雅的气质,看人的时候有一种无形的威严。

傅暮终只好笑笑:"妈,我和朋友出去喝酒了。"

"朋友?"郑秋水冷笑,"和女人?还是一个离过婚、生过小孩的?"

"妈!"傅暮终一下子变了脸色,"你派人跟踪我?"

"呵……若不是有人提醒我,我还不知道你原来跟一个不三不四的女人混在一起呢!"郑秋水脸上的冷笑更甚,"前阵子出去逛街遇见了安如,她无意中跟我提起的,我这才知道有这么回事!"

"安如?那个女人又在搞什么鬼?!"

"注意你的措辞!"郑秋水的语气越发重,"安如好歹安安分分,身家清白!"

"妈,您别多想,那就是我一朋友……"

"呵,一个离过婚还带着一个拖油瓶的女人,我可不觉得她跟你来往只是想交朋友！"郑秋水说什么都不肯信唐诗和傅暮终只是朋友关系，严厉地说，"你和她断了！"

"您能不能讲点道理？再说了，都是我主动联系她出来……"

"好啊！阿终你到底是长大了，妈养你那么久，给你介绍那么多名媛，你现在却主动去约这样一个肮脏的女人？你替我们傅家想过吗！你是想把我们家的脸丢光吗？"郑秋水狠狠地盯着傅暮终，"你给我好好待在家里反省！"

"妈，你别这样！"傅暮终实在是不好和自己的母亲斗气，只能服软，"是我贪玩，但您也别把话说得那么难听，我跟她之间真的没发生别的事情……"

"没有？"郑秋水不知从哪儿掏出了照片，狠狠地甩在傅暮终面前，"那你看看这是什么！"

看见照片上那些不堪入目的画面时，傅暮终的瞳仁狠狠一缩！

"我告诉你，这些照片都是我派人调查出来的！要不是亲眼见到这些照片，我都不敢信，我高高在上的儿子居然会要这样一个令人作呕的女人！"

傅暮终的内心被巨大的震惊占据。

不可能的，这照片上的男主角不是他，更不是薄夜。他妈妈误会了……可是，这个男人是谁呢？！

他相信唐诗不是那种人……但照片上的女主角却偏偏有着一张和她相同的脸！

唐诗……是我看错了你，还是这是一场有预谋的骗局？

傅暮终的脑子里一片混乱，一张俊脸惨白。

郑秋水也在不停地深呼吸，因为每次看见这些照片她都会气血上涌。

花了好大力气冷静下来后，郑秋水觉得不能再让自己的儿子断送在那种女人手里，于是换上严肃的语气："你这几天给我好好待在家里！妈是不会同意你跟这种女人来往的！"

傅暮终的视线死死地定在照片上面，垂在身侧的手指死死地攥紧。

唐诗……你可千万不要辜负了我的一片信任……

唐诗自然不知道傅暮终家出了大事，她回去后好好睡了个觉，又特意给自己放了个假，陪唐奕过生日。

兄妹俩上街买了好多东西，傍晚时分唐诗在路边打车，对唐奕笑了笑："哥，我去薄家接惟惟过来。"

"给你半个小时来回。"唐奕一脸担忧，"半小时后你不回来，我就去薄家找你们！"

"好的嘛。"唐诗将手里的购物袋都递给唐奕，"我回来的路上顺便买个蛋糕回来，你在家做好一桌子菜等我！"

"OK！"唐奕虽然答应了下来，但到底还是不放心唐诗一个人去面对，又补了一句，"记得保护自己，不要和薄夜正面起冲突，不行就打电话叫我！"

"你放心啦！"

唐诗对他笑笑，钻入车内，深呼吸一口气，神色才逐渐变得凝重起来。她报上薄家的地址，司机带着她朝着目的地缓缓开去。

十五分钟后，车子到达薄家老宅的门口。

到了客厅，唐诗才发现薄夜在家。

她垂在身侧的手指逐渐攥紧，半晌才抬起头来正视薄夜："今天是我哥生日。"

"所以呢？"薄夜正坐在沙发上看报纸，看到她，他微微皱起眉头，"你想说什么？"

"我想带惟惟回家一起给我哥过生日。"唐诗强忍着身体的颤抖和害怕，"所以我想今晚……"

"想带他走？"薄夜残忍地笑了笑，"唐诗，是谁给了你我很好说话的错觉，可以让你这样随意带着我的儿子离开薄家？"

唐惟此刻并不在一楼，薄夜大概看出了唐诗的念头，淡漠地说："他现在在书房看书。"

臭小子天天往他的书房跑，也不知道能不能看懂他书房里那堆深奥的东西。

唐诗惨白着一张脸："薄夜，你真的一定要做到这种地步吗？我只是想把儿子带回家和我哥哥一起过个生日！"

"我说了不允许，就是不允许。"薄夜不为所动，"谁知道这是不是你骗人的新招数呢？唐诗，为了把儿子从薄家带走，你怎么什么借口都编得出来？"

唐诗的手指死死地攥在一起，眼眶微红："我没想带他逃跑！"

薄夜的话直接将她打入地狱："唐诗,你觉得从你这样的女人嘴里说出来的话,谁会相信?"

就在这时,唐诗口袋里的手机响起铃声。她颤抖着手掏出手机,却在看见屏幕上的号码时,心猛地一沉。

为什么有一种不好的预感……

接通电话的下一秒,有路人的声音传进她的耳朵里："喂?我们从他手机通讯录里找到的联系人'妹妹',是你吧?你哥哥在卢浦高架这里出了车祸!我们现在把他送去市中医院,你赶紧过来看一看吧!晚了可能连人都看不到了!"

唐诗的手失去力气,手指一松,手机就这么掉在地上,屏幕四分五裂,就如同她的心脏。

哥哥……哥哥出事了!

唐奕一定是猜到了她会被薄夜刁难,所以才赶着过来……

看见唐诗转身冲向门口,薄夜追上去一把抓住她的手腕："喂,你干什么……"

"去市中医院!"唐诗发现自己根本不能站稳,被薄夜这么一拽竟然整个人直直地摔了下去,她连声音都在抖,"去市中医院,我哥出车祸了!"

薄夜脸色一变,立刻横抱起她,也不多说了,直接发动车子往市中医院赶。

可四十分钟后,迎接她的还是冗长而又冰冰冷的手术室走廊。唐诗觉得自己的眼睛正在被泪水模糊,大脑混乱。

医生遗憾的话语还在耳边盘旋,唐诗推开门进去,看着唐奕没有丝毫生机的身体,双膝一软跪在旁边。

她像是被抽空了灵魂一般,麻木地睁着一双眼睛。她如同置身时光的洪流之中,所有有关唐奕的回忆如走马灯一般从脑海里一帧帧地闪过。忽然间镜头放慢,最后定格在唐奕早已失去生命气息的脸上。

薄夜一直以为,一个人若是要崩溃,那一定是浮夸而又戏剧化,又疯又癫,要耗尽一切理智。可是他从未想过一个人崩溃原来也可以这样死寂,就如同她的世界在这一刻被人按下了暂停键。时光以一种汹涌的姿态从她身边经过,而只有她,被滞留在这片痛苦的沼泽中,得不到救赎。

唐诗就这样面无表情地缓缓从唐奕的床边站起来。薄夜想上去扶她,却见她抬头的那一刻,眼里的恨终于被渲染得如同带了血腥味一般尖锐。她说话的声音分明是低哑的,她的姿态分明是软弱的,薄夜却察觉到一股声嘶力竭的绝望。

她说:"你满意了吗?"

唐诗笑了,她竟然笑了。她忽然开始大笑,笑得荒诞无稽,笑得泪流满面。

医护人员用力拉住她,因为逝者而难过到发疯的家属他们经常能看见,所以已经做好了准备。

可是她竟然用力笑出眼泪来,随后又戛然而止,这不禁令人担心她的精神状况。

薄夜盯着唐诗,手指开始颤抖。

唐诗忽然抓起床头的东西砸过去,玻璃碎裂在薄夜的脚边。

男人失声喊道:"你冷静点!"

如何冷静,如何冷静!薄夜,这场悲剧皆因而你起!

唐诗是真的恨红了眼,她语无伦次地说话,无法自控地落泪,她的天塌了,她的世界都塌了。

她已经失去了那么多,如今又失去了唐奕!那个拿命救她、保护她的亲哥哥!

她年少时在爱欧的漫画里看到过一段话——如果每失去一个重要的人,就会让留下来的人剧烈痛苦,那么最后的幸存者就不仅仅是肝肠寸断那么简单了——而是化作复仇的恶鬼!

唐诗笑红了眼眶,指着薄夜笑得花枝乱颤。她如同杜鹃啼血一般念着他的名字:"薄夜啊薄夜,我哥死了!你怎么不笑一下啊!我要是你,我巴不得做梦都要笑出声来!你口口声声说我撒谎,可是你又知不知道,今天真的是我哥的生日,他的生日竟然成了他的忌日!薄夜,你不是要报复我吗?恭喜你,你成功了!"她最后几个字说得肝肠寸断,用尽全部力气,她手指着门,"滚!"

薄夜只觉得无端地恐慌,看着眼前的唐诗,他竟然有一种全身被抽空了力气的感觉。

为什么……会变成这样?

"我说滚啊!我让你滚啊!"

"两位请冷静一下……逝者已矣,节哀……"医护人员见家属生怕她出事，于是出声劝说。

可是"逝者已矣"四个字一下子让唐诗脸色惨白。

"我是杀人犯……"唐诗竟突然怪异地笑了一声，"我原来真的是杀人犯。"

她害死了自己的哥哥。

薄夜倒退几步，看着眼前的唐诗，内心忽然生出一阵恐慌。

医护人员看着唐诗，立刻叫一个小护士去拿镇静剂，又转身问薄夜："死者家属是不是有精神类疾病？"

抑郁症，她有抑郁症。

薄夜很快就把唐诗的情况说明，并且让医院给唐诗安排了一个床位。她需要静养，她现在受了这么大的刺激，一定会崩溃……

"你又想把我变成疯子是不是！"唐诗被医护人员按着，抬起头看着薄夜，分明是在笑，可是脸上满满地写着痛苦，"薄夜，我唐诗这辈子最后悔的事情，就是遇见了你！"

语言化为利刃刺向他的心脏，他觉得身体深处有一股钝痛传来。

唐诗拦在病床前，不让医护人员把她哥哥推走，可是他终究……不再属于这个世界。

有人在她的手背上注入一针镇静剂，随后医护人员担忧的声音在她的耳边响起："家属也需要立即住院静养，这位先生，给您的妻子办理一下住院手续。"

我不是他的妻子！我不是！唐诗想出声解释，却发现大脑逐渐混沌，意识慢慢地在离她远去。

哥哥……她想离开……离开这个一无所有的世界。

唐诗做了一个很长的梦。

梦里她还是唐家千金，惊才艳绝，气质高贵。唐奕是最疼她的哥哥，容貌出众，身份优越，无数名媛趋之若鹜。

她给哥哥过了一个生日，兄妹俩亲密无间，父母安康，一家四口其乐融融。

唐诗在梦里大声地笑，像是要用尽一辈子的力气。

梦醒后她还是唐诗，可是她躺在一张陌生的病床上，睁眼的那一刻，所有的温情飞灰湮灭。

画面最后定格在唐奕的脸上,随后从中间蔓延出细碎的裂缝,如同玻璃逐渐碎裂,一点一点,他的音容笑貌顷刻间分崩离析。

唐诗惶恐地看着四周。这里是医院的高级病房,只有寂静,仿佛连回音都被吞没了。

这让她产生一种这个世界上只剩下自己一个人的巨大的孤独感,她下意识地抱住自己。她左手手背上正在输液的针被牵动,鼓起一个小包,她却像是察觉不到痛一般。

她红了眼眶,却没有眼泪流出来。她大口大口地喘气,觉得快要呼吸不过来了。

身体像是被撕裂一样传来剧烈的痛感,唐诗多么希望自己这一刻是昏迷的,就可以不用承受这些清晰而又冰冷的疼痛了。

薄夜从门口冲进来,打开灯:"你在干什么?你疯了吗!"

唐诗用力扯掉自己手背上的针头,鲜血刹那间从那个细微的小孔处疯狂冒出,很快就从手背滑落,滴在床单上。可惜伤口很小,血流了一会儿也就不流了。唐诗也懒得去擦,她看着眼前的男人。

他的脸庞依旧俊美,只是他瞳仁深处翻滚着来自内心深处的震惊与痛苦。

薄夜看着唐诗,声音竟然在颤抖:"唐诗你……"

"不要叫我的名字!"

她忽然间发了狠,用力推开薄夜,在走廊里狂奔。如同逆着时光,岁月从她身边流淌经过,她就在岁月洪流中拼了命地往回跑。往回跑,跑回有唐奕的地方,跑回最开始的地方。

她一直跑到——医院的停尸房。

唐诗的脚步一顿,整个人摇晃了一下,像是要摔倒,可她硬是没让自己倒下去。在大脑疼起来的下一秒,她扶住墙,咬着牙,死死地咬着牙,用力到从牙龈缝隙里渗出了血丝。

停尸房的门锁着……怎么办,哥哥……我被锁在了你的世界外面。

唐诗看了一眼那个锁孔,直接扯下自己的耳环。血珠飞溅,耳垂处鲜血弥漫。

唐诗疼得整个人狠狠地哆嗦了一下,她深呼吸一口气,颤抖着手将耳环扳直,随后捅进那个锁眼里,冷静……冷静……深呼吸……

里面传来一声轻微的响声,锁被撬开了。唐诗在锁打开的下一秒,眼里爆发出亮得惊人的光!

她用力推开门,朝着唐奕跑去,奋不顾身得如同一个小孩奔向家长的怀抱,就像一条即将缺水的鱼游入海洋。

薄夜和那些医护人员找了整整十五分钟,最后是通过监控探头才寻到了她的踪迹。

这个女人竟然还学会了躲避摄像头行动!她在这个时候的聪明劲竟然令他觉得可怕!

最后人们看见唐诗站在唐奕的床边,她在不停地说话,一边说话一边落泪。

薄夜走上前,才听见她是在道歉,一遍又一遍地道歉。

她说:"对不起……哥哥……对不起……你一定是骗我的对不对?我还要给你过生日……

"对不起……我没把惟惟带回家。"

"对不起,你别跟我开玩笑了好不好?哥哥,我求求你起来……我不能没有你……你怎么能丢下我呢……"

"哥……哥……哥——"

今天是唐奕的生日,他特意在凌晨打电话提醒唐诗晚上要一起过生日。

唐诗抬起头,看着薄夜走过来。她的耳朵还在流血,手背上也是一片血液,连医护人员都不忍心看。

薄夜的身子微微在颤抖,他说:"唐诗,你受伤了,要休息。"

"休息?"唐诗喃喃着重复了一遍,"薄夜,你不是要逼死我吗?"

这句反问让薄夜的心一紧,唐诗轻声笑了笑:"这不是你最乐意看见的吗?今天是我哥的生日,我要在这里陪他过生日,我……"

"你够了,唐诗!"薄夜上前一把抓住唐诗的手腕,她的手腕细得他稍微一用力就会碎掉,"你别这样,唐奕已经走了,你要看开点,唐惟还需要你!"

"少在这里说什么漂亮话!"唐诗用力甩开他,声音尖锐地大叫,"你以为这一切都是谁造成的?!你口口声声说我编造借口,可是事实呢?薄夜!你告诉我,我哪里欺骗你了?!我哥哥是赶过来接我的,他因我而死,你也别想脱离干系!你就是原罪!"

你就是原罪！

这五个字如同利刃刺穿薄夜的肺腑，他只觉全身的神经都绷紧了。他倒退两步，看着唐诗："你冷静……"

"冷静？"唐诗忽然笑了，像是嘶哑的人在低吼，一字一字扎在薄夜的心上，"薄夜……其实哪儿来的我对不起你呢？这辈子你最好都不要原谅我，因为我已经不会原谅你了。"

该怎么办呢？走到穷途末路的她到底还有什么可失去的呢？

没有了！她已经再不会被薄夜威胁了！

因为她的软肋早已经被她和薄夜亲手杀死了！

薄夜看着眼前的唐诗，俊脸上写满了风雨欲来："你少在这里……"

可是唐诗说话了，她的声音很轻，却打断了薄夜接下来的话语。

她说："神是善良的，他原谅每一个人。可是薄夜，我恶毒，我希望你，下，地，狱。"

唐诗出院了。

薄夜以为唐诗暂时冷静下来了，看着她回到病房，看着她悄无声息地躺下。却不料这一切都是她假装的，她假装相安无事、风平浪静的模样。

后来唐诗趁着薄夜去公司，自己办理了出院手续。她收拾了一下，擦拭伤口，整理了妆容，整个人冷静得有些可怕，就像濒死的人回光返照一样。

出院的时候唐诗走得很急，她在回家的路上买了个蛋糕，到家后把家里都收拾了一遍，随后烧了一桌子菜，又把蛋糕放在最中间，插上蜡烛，随后静静地看着蜡烛烧完。

仿佛燃烧的蜡烛就是她的生命一样。

唐诗盯着那支蜡烛，许久才轻声道："哥哥，生日快乐。"

对不起，没能陪你过生日……而你的生命，就永远停留在了今天。

唐诗没哭，坐下来开始吃东西，随后把蛋糕切了，装起来一小块。这是留给唐惟的。他要是知道自己没能赶上舅舅的生日，肯定会吵着闹着要吃蛋糕。

唐诗没办法将蛋糕送去薄家给唐惟，她已经不能再面对薄夜了。

一旦面对他，内心深处无法遏制的痛和恨就会将她变成魔鬼。薄夜，那个毁了她一生的男人，她用尽所有力气都逃不开的梦魇！

唐诗被悲伤和痛苦占据，从最开始的错愕震惊，到后来的声嘶力竭，就像是已经耗尽了全部力气。

原来真正的绝望不是哭天喊地，而是这样死气沉沉啊。

唐诗红了眼眶，吃饱东西后又把桌子收拾好。她努力想笑，可是嘴角太沉重，她最终坐回沙发上，将头深埋入手掌之中。她身子抽搐着，像一只困兽，发出压抑的低吼声。

这个时候，唐诗想起了一个人，或许这个人可以帮她把蛋糕转交给唐惟。唐诗去摸自己的手机，却发现手机已经在薄家门口摔碎了，她……身上没有任何通讯工具。

唐诗沉默许久才决定出门，在楼下一家手机店里随便挑了一部手机，又买了个新号码。她上楼回到家中，找出名片来，拨了号码过去。

许久过后，对方才接通。傅暮终的声音听起来比平时要冷，他问："是谁？"

唐诗脑子里有许多念头划过，最终她还是说出口："傅暮终，是我，我是唐诗。"

傅暮终目光一暗，下意识地问："你怎么换了手机号码？"

"我……"唐诗不知该如何解释，"我手机摔坏了……在薄家门口，我……我有件事想拜托你……"

薄家门口？

都到了这种地步了，唐诗为什么还和薄夜纠缠不清？

不知从何而起的怒气占据了傅暮终的脑海，不是的，他原本不该动怒的，他应该不是这种容易被牵动情绪的人才对……

可下意识从嘴里说出口的话，还是彻底暴露了他的愤怒："唐诗，你是不是要自重一点，为什么又去找薄夜？"

一想到他妈妈给他看的照片，傅暮终的内心就一阵愤怒。

明明不该这样的，明明上次看着唐诗被薄夜带走，他也没有这么生气，为什么今天会这样……是觉得自己受到了欺骗吗……

唐诗听见傅暮终的话，脸色刹那间变得惨白。她像是不敢相信一般轻声呢喃："傅暮终……你不信我？"

傅暮终许久才道："唐诗,你到底有没有骗过我？你是不是在利用我？"

多可笑的问题啊。

唐诗笑红了眼眶："傅暮终，如果我说我没有，你信吗？"

傅暮终没有回答，只有粗重的呼吸传过来。唐诗忽然间明白了，发出一声低笑，像是无所畏惧一般。

"既然如此，那我也无话可说。多谢傅三少的担待，我以后不会再麻烦您了。晚安，傅暮终。"

这通电话就像是最后的诀别一般，唐诗的声音微哑，傅暮终听出了无声的告别。

他的内心忽然被一股巨大的恐慌占据，只觉得有什么东西没有抓稳，就这么离开了自己。

随后，有提示音传来，电话已被挂断。

傅暮终抓着手机愣在原地，竟头一次露出了如孩童般慌张的表情。

傅暮终不知道的是，因为他这次不堪的误会，他将在很长一段日子里辗转反侧难以入眠，在深夜里一遍遍重复奢望，奢望一个他得不到的女人。

唐诗愣怔地看着窗外，只觉得自己的日子已经过得浑浑噩噩，分不清白天黑夜。

唐奕的死对她来说无疑是一个巨大的打击，她躺在床上将自己慢慢蜷成婴儿新生的姿态。她的大脑一片混沌，总觉得自己不是活在现实里，仿佛还在梦中。

她好像还能听见唐奕的声音，甚至好像还能看见他的脸。

可是真相无情地将她拖入冰冷的黑暗之中，她不断清醒，又不断地让自己陷入臆想。

活不下去了……活下去……好难……真的好难……

唐诗不知道自己该如何渡过这个难关，现实已经将她彻底击碎，未来无望，哪还有什么人生可言。

外面不知什么时候下起了大雨，就如同五年前她被薄夜摧毁的那一天。雨声敲打在窗户上，唐诗望着外面的大雨，不顾一切地冲出去。她在雨中狂奔，像是要发泄所有的不甘心和痛恨。

薄夜……你内心可有一点后悔？我的人生，你如何还给我？你要如何还我？！

唐诗揣着手机，发现自己跑到了一条无人的街上。街边的店面都关了，唯有一家咖啡馆亮着淡淡的光。

那光像是照亮了她内心的黑暗一般，她忽然想进去躲躲雨。

她的身影晃动了一下,下一秒,眼前出现一道黑影。

男人撑着伞,看着她被淋湿的模样。她的头发被打湿了,衣服紧贴着她的身体,水珠不断地往下滑落。

苏祁不羁的脸上挂着玩世不恭的笑,蓝绿色的眼睛如同上好的祖母绿宝石,相当漂亮。

他声音轻佻:"怎么每次遇到你,都是在你走投无路的时候?"

第七章

话音刚落,耳边的雨声陡然加大。暴雨倾盆的那一刻,他们头顶的伞也微微震颤。

察觉到雨势加大,他将伞往她身上偏了偏。

苏祁撑着伞许久,半边身子已经被彻底淋湿。他就这样盯着唐诗看了一会儿,才咧嘴笑了笑。他说——

"下雨天你在干什么?自己给自己找不痛快吗?搞得像你死掉会有人惦记一样。"

这点攻击都已经算不上什么了,唐诗也学着他的样子笑了笑:"是啊,根本不会有人在意。"

苏祁"啧"了一声,随后按着她的肩膀往前拽了拽,另一只手直接推开了咖啡馆的门。

那光芒如同在黑夜里烫穿的一个洞,暖黄色的灯光打在唐诗的脸上,她才后知后觉地发现自己已被他领进了咖啡馆。

里面倒是没什么人,想想也是,下雨天也不会有人特意出来喝咖啡。

苏祁收起雨伞,放入一旁的收纳架上,随后将外套脱下挂起来,最后顺手拿起了遥控器——他打开了暖气。

唐诗看着他的动作才猛地醒悟过来:"你是这家店的……"

"老板。"苏祁把后面的两个字补上后,才卷起衬衫的袖口朝着唐诗走过来。他的目光在掠过她胸前时停顿了一下。

唐诗的衣服已经湿透,雨水正顺着她的身体曲线往下滑落。

苏祁不动声色地走进后台,翻出一件男式衬衫来,随后放在面前的柜台上:"你往前直走左拐,有间厕所。"

意思就是她可以去那里换衣服。

唐诗看了一眼那件衬衫，轻声说了一句"谢谢"，随后她拿起衬衫走入厕所。

苏祁盯了她挺得笔直的背影许久才收回目光，意味深长地笑了笑。

唐诗换好衣服出来的时候脸色依旧苍白，苏祁手法熟练地给她做了一杯摩卡，并顺手在上面拉了个花："喏，不收你钱。"

唐诗再次说了一声"谢谢"，喝下一口热咖啡后才稍微缓过来一些。她一冲动就大半夜跑了出来，现在一副狼狈的样子，真是太丢脸了。

"不用谢啊，不过如果你要以身相许，我也不介意。"苏祁冲她嚣张地笑了笑，"真巧，今天店里没人排夜班，所以我才过来看看。你这又是遇到什么事情跑出来了？"

唐诗看着苏祁那张精致的脸，轻声喃喃："这家店是你一个人开的？"堂堂苏家大少有什么想不开的，开这么一家默默无名的咖啡馆？

"闲着无聊啊。"

苏祁从柜台里拿出一盒布丁，随后端到唐诗面前，自己也坐下。窗外风雨交加，店内却气氛温馨。

空调发出"嗡嗡"的声音，暖气逐渐充斥这家咖啡馆。

唐诗一边喝着咖啡一边慢慢平复心情，想起自己之前想要寻死的念头，自嘲地笑了笑。

苏祁坐在她对面，自己舀了一勺布丁吃，随后盯着唐诗还有些苍白的脸道："你看起来像是生病了。"

唐诗顿了顿，嘴唇颤抖着，许久才将一句话说完整："我哥哥……去世了。"

"节哀。"苏祁的动作一僵，放下勺子后伸手揉了揉唐诗湿漉漉的头顶，然后才恢复原来的姿势，"你是因为你哥哥走了太过伤心？"

"不……不是的。"

唐诗的身子回暖，可此刻那些情绪再次席卷而来。她盯着手里的咖啡，忽然对这种陌生的照顾生出想哭的冲动。

窗外雨声不断，如同滔天巨浪要冲破这面墙将她吞没。

唐诗觉得自己整颗心仿佛还在雨中淋着，不停地流血，不停地疼痛。

于是下一秒，她的眼泪便掉落在咖啡里。

唐诗迅速抬头远离杯子，身子微微颤抖："没关系。"

不行……她还不能死……她还……她还有惟惟……

她要是死了,对惟惟来说就太残忍了……

唐诗将眼泪硬生生地憋回去。

苏祁早就停下吃东西的动作,愣怔地看着眼前坚强得让人心疼的女子。

到底是谁将她逼成这副不得不坚强的样子?是薄夜,还是她自己?

苏祁假装没看见唐诗的失态一般淡淡地说:"我也失去过很重要的人。"

"有多重要?"唐诗下意识地反问。

苏祁轻笑出声,像是无所谓一般,可他眼里分明是悲伤的:"重要到失去她的时候,我和你一样一度后悔得想去死。"

唐诗看着苏祁的脸,一时间愣住,随后才轻声道:"不好意思,也让你想起了不好的事情。"

"怎么能说是不好的事情呢?"

苏祁把唐诗喝过的咖啡端起来,用勺子搅了搅,随后说:"对我而言,连失去都已经成了一种美好。"

爱是你送我的,所以我要;痛是你送我的,所以我要;哪怕离开,那也是你送我的,所以我一一收下。

"我倒是没想到苏先生这么深情。"唐诗察觉到气氛低沉,于是开了个玩笑,"和你的外表不搭。"

毕竟苏祁长了一张玩世不恭的脸。

苏祁用一种怪异的眼神盯了唐诗许久,才把咖啡推回到她面前。

他用手托着半边脸:"唐小姐,对你而言,什么是深爱?"

"很可惜,我不懂深爱。"

她爱一个人的能力早已被薄夜摧毁了,早在五年前。

唐诗没再去碰那杯咖啡,她起身,微微不好意思地问苏祁:"苏先生有……多余的长裤吗?"

刚才她出来的时候只穿了一件很宽大的衬衫,足够遮到膝盖,可如果要出门,这样是绝对不行的。

苏祁看着唐诗站起来,才察觉到她现在的穿着。他忽然意味深长地勾了勾嘴角,上前一把将她压住。趁着她没回神,他伸出手摸了摸她的耳垂。

一种奇异的酥麻感这个时候流窜过她的身体,唐诗翻身想要反抗。

苏祁压着她,声音夹杂着凉凉的雨声,一起传进她的耳朵里,不带丝毫感情:"好了,这种时候难道不应该制造一点美好的事情留下回忆吗?毕竟我们都已经互相展示伤口了。"

"你只是为了接近我?"唐诗失声喊道。

苏祁顽劣地笑了笑:"啊,编的故事也让你挺感动的吧?不好意思,可能是我演技太好了。唐小姐意下如何?"

唐诗羞愤地推开他,垂在身侧的手颤抖着。她以为自己和他一样……可是到头来呢?到头来他居然只是在演一场戏!

她自嘲地笑了笑,怪自己放松警惕,就这么和一个陌生男子交心,真是活该。

唐诗后退几步,可自己现在这样又走不了,穿这样一身走入雨中……被雨一淋就跟没穿一样了。

苏祁好心情地看着她这般进退两难的样子,他就知道这个女人只是表面上拒绝而已。再说了,穿成这样去外面肯定会被雨淋湿,这个女人那么喜欢演戏,肯定也要面子,不可能去。

下一秒,男人的瞳仁紧缩成针孔状,像是看见了什么不得了的画面,蓝绿色的眼珠散发出漂亮到惊人的光泽。

"唐诗!"

苏祁大叫一声,伸手就去抓她,可是落了空。

她的大笑声夹杂着磅礴的雨声朝他扑来:"苏祁,你想羞辱我是不是!你以为我不敢跑出去是不是!"

是的,他是这么想的。可是……

"唐诗!"苏祁再次喊唐诗的名字,可是女人没有回头,就这样直接跑入雨中。她身上单薄的衬衫很快就被雨水打湿。

她没有回头!脚步连一个停顿都没有!

该死的,她怎么会做出这种选择呢?明明正常女人都应该选择跟他走才对!

男人在原地愣了几秒,跟着拿起旁边已被空调暖风吹干的大衣,如同一支箭一般冲入大雨中。

他跑几步就追上了唐诗,用力拽住她,声音冷到让人发麻:"你疯了是不是!这样跑出去给人看吗!"

唐诗回眸,顷刻间天地失色,万物无声。唯有她一个人笑着,脸上是泪还是雨早已分辨不清。被雨水浇湿的她近乎赤身,可是她把背挺得笔直,一如从前那个唐家大小姐那般骄傲!

"苏祁,你知道你刚才要挟我的样子像谁吗?"

女人的声音虚无缥缈,似乎雨下得再大一点,这声音就可以被冲散。

苏祁的喉结上下滚动,似乎是不敢相信。下一秒他就拿大衣将她全身都盖住。该死的,他不想让别人看见她的身体!

唐诗倒退几步,竟然拍手鼓了几下掌:"像薄夜啊!你那种骗我、威胁我的恶心劲啊,真的是和薄夜一模一样!"

女人的声音尖锐,刺入苏祁的耳朵里。男人在剧烈的震惊中用力抱住她。随后他将她抱起,而她奋力挣扎:"放开我!"

苏祁没说话,沉默好久后将她直接关入不远处的车里。

两个人都淋了雨,倒像是一对亡命鸳鸯。

"你在发烧你不知道吗!"

她的身体烫得惊人,神色病态,目光却澄澈清明:"那也与你无关!"

"是,是跟老子没关系,老子吃饱了撑的可怜你!"

苏祁骂了一声后锁上车门,直接踩下油门发动车子。

唐诗伸手拍打车窗:"你想带我去哪里?"

"开房!"苏祁的火气上来了,"闭嘴!再烦我直接撞桥上,一起死了算了!"

唐诗被他这股无名火惊得浑身一抖,眼里带着恐惧,看得苏祁一阵火大:"看什么看?没见过脾气这么差的帅哥吗?"

没……没有。

苏祁不顾唐诗的尖叫,将油门直接踩到底,几乎是一路漂移过去的,速度快得如同一道闪电。

唐诗无数次以为他们要撞上前方的车子,却都在下一个瞬间被苏祁闪躲开。

他开车,就像是在寻死。

唐诗的嗓子哑了,到苏家大宅门口的时候整个人都是软的。

苏祁将她从车后座抱出,不顾她的反抗,将她抱进别墅。进入二楼的独立浴室,放好热水后,他就直接将她丢在了浴缸。

"会游泳吗?别把自己淹死了。"

苏祁凉凉地丢下一句话后,就去隔壁收拾自己身上的衣服。换上一身干净的衣服后,他直接来到唐诗所在的浴室,唐诗面色惨白地看着他:

"你到底想做什么？"

"发善心可怜你。"苏祁现在的形象比刚才好了很多，头发倒还是凌乱的，他双手抱在胸前，冲她咧嘴笑了笑，"你该庆幸我现在的脾气好多了，否则你老早被我半路丢下去了。"

唐诗不想听他的话，这人狗嘴里吐不出象牙来。

"哥啊，你楼上丁零哐啷是在干什么……"

苏菲菲手里抱着薯片走到二楼浴室门口，整个人吓了一大跳，后退一步："唐诗？！"

唐诗缩在水中，一脸尴尬，连招呼都没脸打了。

"苏祁你都干了些什么！"苏菲菲先指了指唐诗，又指向自己老哥，"牛啊，你都把人带回家了，你们俩成了？"

"成什么？"苏祁一脚把门踹上，"你去找一套衣服给她穿，再拿点感冒药来。"

苏菲菲翻了个白眼："你自己不会拿吗？"

"你的房间跟狗窝一样，我不想进去。"苏祁把妹妹往门外一推，"拿了再进来！"

十分钟后，苏祁把苏菲菲拿来的一套新衣服递给浴室里的唐诗。

唐诗看了一眼吊牌，价格五个八。

果然是苏菲菲的品位。

她穿好衣服出来后，苏祁又给她冲了一杯奶茶。

苏菲菲也不在房间里玩游戏了，捧着薯片出来看了一眼唐诗："穿你身上还挺像那么回事的。"

"说说怎么回事吧。"苏菲菲大爷似的往沙发上一躺，倒是没了平时在外那副大小姐的样子。只是她的眼神还是倨傲的，目光来来回回在唐诗和苏祁身上打量，"我哥之前说你长得漂亮，想找你结果没约会成功，现在你们俩又约到一起去了？"

这话刺在了唐诗的心上，她的脸白了："没有。"

"吃药了吗？"苏祁问。

唐诗点点头，随后男人意味深长地盯着她："对于一个在雨夜好心把你捡回家的男人，你就没什么要说的吗？"

唐诗简洁明了地吐出两个字："谢谢。"

苏菲菲看着唐诗，夸赞道："了不起，还没有女人敢这样对我哥。"

苏祁烦躁地挠了挠头，随后看向外面，雨已逐渐小了，不知道是想补偿她还是为什么，他居然真的把女人带回了家……

男人不耐烦地说："没什么事就自己打车走吧，不会还想我送你吧？"

他的语气变得不屑而又冷酷，仿佛在咖啡馆的那场邂逅只是一个梦。唐诗也明白，那不过是他陪自己演的一场戏罢了。

她努力挺直脊背，想让自己看上去不那么狼狈，可是她的尊严早已被人踩碎在了这个雨夜。

他编个故事引起她的共鸣，再故意给她换衣服让她进退两难，最后逼得她奔入雨中，让她心软又心碎，碎了又流血，一遍遍地痛。

多么残忍的男人啊……他轻轻松松编造的一个故事，她却信以为真。

唐诗没出声，就这么直接走了。

苏祁盯了她的背影许久才收回目光，冷笑一声："虚伪的女人。"

"哼。"旁边的苏菲菲继续吃薯片，"你不就是想送人家回家吗？"

"你哪只眼睛看出我想了？"苏祁一把夺过苏菲菲手里的薯片，"垃圾食品还吃得那么开心，猪变的吧你！"

三天后，苏菲菲收到了一笔汇款，是那套新衣服的全额，一分不差。

苏菲菲笑着把银行发来的短信给苏祁看了一眼："唐诗把钱打给我了。"

"她给你打钱干什么？"苏祁把头发往后撩起，"她是不是又有新的欲擒故纵的手段了？"

"你看开点吧，人家根本就对你没兴趣。"苏菲菲勾了勾嘴角，开口嘲讽，"人家有薄夜那种前夫，会看得上你？笑话！你怎么跟薄夜比。"

而另一头的唐诗正躺在床上。亲人逝世加上大病一场，她整个人如同被抽空了力气，她脸色苍白地靠着床头，正做着一场噩梦。

梦里的她在不断地跑，身后是薄夜在追。

他俊美的脸此刻却像魔鬼一般森冷，像是要逼死她："唐诗，想要你的孩子，就过来给我赎罪！"

"我不要……我没有！"唐诗在悬崖边挣扎，负隅顽抗，"薄夜，你这个魔鬼，你把我害成这样，你心里可有一点后悔？！"

可薄夜的脸很快就变为苏祁的脸，男人笑着将她推入深渊。

唐诗尖叫一声，听见他冰冷的声音："你这种做作的女人，死了就死了，一点都不可惜！"

唐诗从噩梦中惊醒，再去看窗外，已是一片夜色。

她吃了感冒药，竟然一觉睡到现在。

梦里的情景还让她有些后怕，心脏加速跳动。

她觉得自己又回到了那段被噩梦纠缠的日子，摆脱不开阴影，无法自我救赎。

不同的是，再也没有人在她梦醒时分帮她热牛奶。唐诗的眼眶红了，可是她忍着没让自己的眼泪掉下来。她起身去给自己倒了一杯热水，又从抽屉里翻出药吃下去。她的身影投射在墙上，只有一个孤零零的影子，寂寞得让人发疯。

唐诗端着杯子，只觉得眼泪又要掉下来，但她忍住了。她颤抖着手打开了笔记本，看见徐总发来的邮件，邮件里写着，她的设计被厂家看中了，现在专门开辟了一条流水线用来生产她设计的包包，希望她能尽快把样式和材料的详细信息提供给他们。

这就像是暗无天光的日子里一束微弱的光芒。

她双手握紧，断掉一截的小手指隐隐颤抖。

深夜，这栋楼里的灯熄灭了，唯有唐诗的房间亮着微弱的光。女人的脸上是掩饰不住的病态，那双眼睛却亮得惊人。她盯着屏幕，手边有无数废稿。直到天光乍亮，女人才终于抬起头来，将图纸扫描到电脑里，随后将这份文件以邮件的形式发送给了徐总。

她看着天边的光，轻声呢喃："天亮了啊……"

晨光把她的世界一并照亮了。

哥哥，这款包是我和你一起设计的，我会让整个世界见证我们的努力！

唐诗给自己倒了一杯热水，随后又坐下来继续设计。

她眼神坚毅无比。

哪怕唐家已经不复往昔，哪怕她早已不是当年那个唐家大小姐，可她的骄傲和才华一如既往！

握着笔的手隐隐颤抖着，唐诗一边画，一边红了眼眶，然后她又尽力忍住。坚强，她逼着自己活下去，活下去，终有天亮的那一天！

唐诗的设计很成功，再加上商家的大力宣传，她设计的包还未上市就已经有无数名媛前来定制它的私人款式。

徐总将分成打入她的账户里，随后直接打了个电话过来——

"唐小姐,真的很感谢你这次和我们公司合作,不知道你今晚有没有空出来吃一顿饭?"

徐总说得很客气,也报上了地址。于是唐诗答应了今晚赴约,挂断电话就开始挑衣服。

天气冷了下来,她便挑了一件米色的大衣,里面穿了一件贴身的打底T恤。

按着约定的时间来到约定的地点,她推门进去。徐总和他的一众合作商都在,看见她,他们纷纷举杯:"唐小姐来了!"

"果然是才貌双全啊!"

"谢谢大家。"唐诗也不好推辞,倒了一小杯红酒,敬了大家一圈。

其间徐总又提起唐诗的作品,一边向自己的伙伴推荐她,一边赞不绝口:"哎呀!真的是创造了我们品牌的销售纪录啊。"

"唐小姐,这是我的名片,下次我也希望能和你合作。"

徐总的朋友纷纷递上名片,唐诗的人生就像是开启了新大门一般。

她认真设计作品,徐总便帮她铺路,真心换真心,她这次倒是没信错人。

唐诗连连道了几声谢,大家又笑着举杯喝酒。酒足饭饱后,几位老板提议去唱歌,大家纷纷看向唐诗。

见所有人都把目光放在自己身上,唐诗也不好驳了他们的意,便答应下来。

徐总很快拿手机订了个KTV包间,一群人有说有笑地出去。

有人打趣道:"我们一帮中年大叔陪唐小姐有什么好玩的啊,老苏,把你家儿子叫过来一起玩啊,不然唐小姐一个人多无聊。"

"那臭小子今晚好像要出去玩。唉,唐小姐,你可别嫌我们年纪大了。"

"没有没有。"唐诗礼貌地说,"其实我以前也常陪我爸唱歌。"

到了KTV包间,徐总刚坐下就替唐诗叫了几个小姑娘一块玩,好让她不那么尴尬。

唐诗赶紧笑了笑,拿起倒满酒的酒杯又敬了他们一圈。

过了二十分钟,唐诗觉得无聊,想出去透口气,便说:"我先去上个厕所。"

上完厕所出来,站在外面的洗手池边,她感觉酒意上涌。她刚喘了口气,身后就覆上来一道阴影。

她抬起头,正好从镜中看见站在她身后似笑非笑的苏祁。

男人漫不经心地吹了声口哨:"来上一趟厕所,倒是有新发现。"

唐诗见他这副轻佻的样子,又想起那个雨夜他是如何戏耍自己的,脸一下子冷下来,冲他道:"苏先生请让让。"

苏祁没说话,直接抓住她的手腕,在她还没反应过来的时候,拖着她就往另一个包间走去。

"你干什么!"

唐诗叫了一声,可是服务员都以为是两个人喝多了酒闹矛盾,纷纷躲过去。再加上苏祁看着就身份尊贵,他们更不敢出手阻拦。

唐诗一路挣扎却还是被他拽到了包间里,而后她被重重地一推,差点没站稳。

苏祁将音乐暂停,笑着说了一句:"看谁来了?"

所有人都停下动作看向唐诗。

她一眼就看到了人群里最显眼的薄夜。

这个包间里烟雾缭绕,灯光晦暗,他身边有一群女人围着。他穿着一身高定西装,人模狗样,不知道的还以为是某个大明星。

唐诗想走,却发现出口被苏祁堵住了。

她笑了笑,知道今天这个劫是躲不过去了。

苏祁拽着她,强行把一杯酒塞到她手里:"喂,我带你过来的,好歹也要喝一杯吧?"

薄夜淡淡地睨着她,两个人像是陌生人一般对视一眼,随后各自收回目光。

看到薄夜冰冷的眼神时,唐诗的心一紧,只觉得全身的血液都被冻住了。

她在心里自嘲:薄夜,到底是我自作多情了,竟奢望你能帮我!

她说:"我要是不喝呢?"

苏祁冷笑:"你这是第二次给脸不要脸吗?"

第一次是指上次在酒吧,他开口约,却被她当场拒绝。

唐诗笑得比苏祁更冷:"苏先生这不是已经明白了吗?"

可她的下一句话还没来得及说出口,一个女人就来到她身边,直接打了她一个耳光!

这一个耳光打得唐诗的大脑"嗡"了一声!

"江慧玉！"薄夜怒喝出那个人的名字。

原来是她……之前在薄夜家门口对自己和唐奕纠缠不休的女人。

"苏家大少的面子你也敢驳，唐诗，你到底还是太把自己当回事了，以为没人敢动你吗？"江慧玉道，"唐诗，装什么清高！你以为男人都是没脑子的吗？你当大家不知道你的真实面目吗？哈哈，苏家大少回去都和我们说了，真是厉害啊！"

唐诗没说话，抬起头时，眼神如同杀人刀！

江慧玉被她这个眼神逼得后退几步，咬着牙道："你不甘心？被我撕破了真面目，不甘心吧？"

"不甘心？"唐诗大笑，"江慧玉，到底谁才是离了男人活不下去的狗，我想你心里比我更清楚！"

唐诗摇摇晃晃地站起来，嘴角还带着笑。在众人没回过神来的时候，她一巴掌狠狠地甩到江慧玉脸上。

江慧玉没被当众打过脸，回过神来捂着脸喊了一声："你敢打我？"

当下就有两个小弟上来，将唐诗按在地上。她双腿一软，整个人直直地朝着包间的桌子磕去。碰到桌子的那一刻，剧痛传来，她发出一声隐忍到极点的闷哼。

"江慧玉。"薄夜皱起眉头，"适可而止。"

"薄少您不会是心疼您的前妻吧？"苏祁在一旁语气凉凉地插嘴，"那我们慧玉谁来心疼啊？"

薄夜的视线一下子锋利起来："你知道她是我的前妻？"

包间里所有人都震惊了！大家不敢相信地朝被按在地上的女人看去。这个女人竟然是薄夜的前妻！

"慧玉姐，我觉得呀，就应该好好惩罚一下她，不然她还真以为自己是当年那个唐家大小姐呢！"安如在一旁淡淡地出声。

这个女人每次说话看似无意，实则步步都在将她往死路上逼！

"唐家大小姐？"江慧玉嘲笑几声，"现在可没有唐家了，唐诗，你算哪门子大小姐？隔壁金至尊凤凰里的小姐吧？"

"哈哈哈！"周围的人跟着大笑起哄。

江慧玉一把抓住唐诗，往她嘴里灌酒："喝啊！不是刚刚对苏少欲擒故纵吗！"

"江慧玉！"薄夜再一次喊她的名字，"不要无法无天！"

"还是薄少您心善。不如这样,唐诗,你求求我们薄少,只要薄少开口了,我就放你走,如何?"

江慧玉的一番话直接将唐诗打入地狱,她抬起头,脸色苍白。

薄夜来到唐诗面前,见她的身体微微颤抖,他竟然有点担心她会支撑不住倒下去。

她好像在忍着什么不得了的痛苦……

唐诗的手被江慧玉的人摆到了桌上,那人说:"就是这只手打的江小姐!"

她残缺不全的右手暴露在众人视线中,下一秒,周围的吸气声响起。

唐诗很想笑出声,这点痛又算得了什么?

"你很痛?"

薄夜察觉到唐诗的右手在颤抖,又察觉到她的左手捂着小腹,于是下意识地压低声音问了一句。

"我说痛你会放过我吗?"唐诗像是破罐子破摔一般,无所畏惧地迎上薄夜的目光。

男人沉默无声。

唐诗笑了:"那我就不痛。"

痛着痛着就死了,心死了就再也不会痛了!

"你还笑得出来!"

江慧玉见唐诗一副无所谓的样子,心里有点虚。这个女人的心到底是什么做的?难道她不会觉得羞耻吗!她都这样在大家面前被羞辱了!

可是为什么越是激怒她,就越觉得被侮辱的人其实是自己呢?江慧玉攥紧拳头,看着唐诗放在桌子上的手。小手指断了半截,那残损的样子,让所有人都不禁疑惑,眼前这个女人……到底能忍到哪种地步?

明明是他们在取笑她,却仿佛被嘲讽的是他们自己……

江慧玉咬牙切齿走上前,一脚踩在唐诗的手背上。

"啊!"

"江慧玉!"薄夜的瞳仁狠狠一缩,"把脚拿开!"

"住手!"

与薄夜的叫喊声同时响起的还有门口的一道女声。

姜威进来的时候都惊呆了,自己只是去送一下叶总,为什么回来时会看到这种场面?

看着被人按在地上的唐诗,姜威十分心疼,上前狠狠地推了江慧玉一把,随后不由分说地甩了她一巴掌。

江慧玉第二次被人扇巴掌,捂着脸后退几步,不敢相信地看着姜威。

"你打我?"

"打你就打你,还要挑日子?"

唐诗惨白着一张脸,却冲着她笑:"你怎么来了?"

"我刚才送叶总下去,你呢?"

姜威随后看向众人:"怎么,她唐诗是杀人放火了吗!你们一大群人欺负她一个?你们的良心不会痛吗!"

众人都被姜威说得心一紧,有人回应道:"这样的女人配我们怜悯吗?"

"你说得像唐诗多稀罕你的怜悯一样!"

姜威红了眼睛,转头看向江慧玉:"江慧玉,刚才那一巴掌都算是轻的!自己被人当枪使了还不知道,安如才是薄夜的心头好呢!"

江慧玉脸色惨白,不敢相信地转头去看安如。安如跟她说自己只是薄夜的妹妹,所以她才没对付安如……

安如脸上楚楚可怜的表情快挂不住了,不由得在心里怒骂姜威。

姜威倒是无所畏惧,她有叶总撑腰,哪怕是薄夜也不敢随意动她。

她将自己的好友扶起来,岂料唐诗推开她,自己慢慢起来。

女人就这样站定在所有人的视线里,竟然让大家不由自主地屏住了呼吸。

最后她笑了,她竟只是笑了笑,随后便将他们的所有侮辱当成一个笑话,一个云淡风轻到不行的笑话。她转过身去,一句话都没有说。

唐诗一个人在狭长的走廊里走着,开始是走,后来是疾走,再后来是狂奔,直到她从那栋充斥着各种电子音乐的可怕建筑里冲出去,直到她的身影重新被黑夜吞没。

她像是要用尽全部力气在这无人的黑暗里奔跑。她笑,慌张而又猖狂地笑。

身后有男人跟随她的脚步而来,将她一把拽住。

唐诗没有回头。

可男人的声音死死地扎在她的背上,如钢针般锋利。

她回头,再也没忍住,一个巴掌扇在薄夜脸上。

真是……可笑的男人啊。

打也打了，骂也骂了，唐诗轻笑一声，随后用自己冰冷的手指轻轻地戳了戳薄夜的胸口。

她仿佛明白了他跟出来是想做什么。可是有什么用呢？这点温存根本抵消不了她曾经为他生不如死的日子！

唐诗像是要以语言作为武器击破薄夜的所有防御。

她说："你我之间旧仇尚未算清，是非对错爱恨纠缠太多了，那些我对你的旧情，你以后不用再提一个字了。"

"从此以后，就当这是个笑话，听过便算了吧。"

那一刻，万箭穿心都抵不过薄夜心头的剧痛。

唐诗伸手拦车，钻入出租车里。

车子离开的速度很快，像是有人在催赶一般。看着唐诗坐车远去，薄夜下意识地伸出手来。他曾经能握住她的手腕，可是现在，掌心里只有一片空气。

不是这样的……曾经的唐诗不会对他露出那种眼神，那种淡漠嘲讽的眼神，就像在说他们之间什么都不剩下了。

即将失去什么的感觉尤为强烈，他竟被这种感觉逼得脸色惨白了几分。

他下意识地抬头去看早已空荡荡的马路。

夜风吹过，带着谁的叹息，朝这座不夜城更黑暗的角落而去。

唐诗坐在出租车内，路边的路灯不断掠过，灯光便一阵一阵地从她脸上打过。

她握紧了手指，眼睛亮得惊人，眼底如有火苗一般，将她整个世界点燃。

薄夜再见到唐诗，是在一周后的一个社交晚宴上。

她挽着男人的手臂，一身红裙，红唇性感，衣袍猎猎地进入所有人的视野。

她身边是在世界都声名赫赫的蓝血品牌设计总监克里斯先生。他今年三十岁，面容精致，性格乖张。全场的女人都在想唐诗是如何勾搭上他的。

克里斯冲唐诗笑了笑："他们都在看你。"

"他们？"唐诗置若罔闻，"克里斯先生是在特指谁吗？"

"真聪明。"克里斯压低声音道,"你前夫在看你。"

唐诗抬头,正好看到人群中的薄夜。两个人的目光在空气中碰撞,随后各自平淡无波地移开。

唐诗想,她真的是和薄夜越来越像了。曾经她见到他就想要逃跑,而如今却能做到互不相认。

薄夜,多谢你一而再再而三地伤害我,铸就了我的铁石心肠。

克里斯满意地夸赞:"唐诗,你早该找我了。"

"一直不敢贸然打扰,怕男神对我的印象不好。"唐诗眨了眨眼睛。

"你真会说漂亮话。"克里斯眯起眼睛看着人群中的薄夜,男人的脸的确称得上出类拔萃,远远地看着,就能感觉到他不可小觑的气势。

"是个优秀的男人。"克里斯做出评价。他对同性的肯定并不多,所以足以体现薄夜的优秀。

唐诗开了个玩笑:"可惜了,他不喜欢男人。"

克里斯也跟着揶揄道:"谈过这样的男人,你不亏。"

"是吗?我觉得挺亏的。"

唐诗踩着高跟鞋向前,每一步都仿佛踩在了周围男人的心上,他们不由自主地被她吸引了视线。女人扬着下巴,眼波潋滟,最是柔美却偏偏无情。她一路挽着克里斯,对着媒体镜头优雅自如地打着招呼,姿态从容得就像是经历过无数遭镁光灯的关注。

是啊,她经历过。五年前的那场陷害,薄夜叫来无数记者将她包围。那一刻,她内心惶恐,无辜也无助。

快门声如同穿过回忆而来的旧梦,那些画面再次回到唐诗的脑海里,牵扯得旧伤隐隐作痛。

五年后的她光彩照人地回到大众的视野,镜头下的她笑容得体,丝毫看不出五年前的仓皇失措。

她早在五年前就明白了,哪怕是跪着,在聚光灯下也要微笑!

这一场社交晚宴,她不费吹灰之力地成为众人眼中的焦点。

克里斯带着她经过中央展台,两个人用签字笔签下自己的名字,随后站在媒体镜头面前。

有个拿着话筒的记者问:"克里斯先生,请问您能不能介绍一下身边的这位女士?"

克里斯优雅又富有风度，微微一笑后答："当然，我今晚就是想将她介绍给大家。她的名字叫 Dawn，翻译过来就是黎明、破晓的意思。你们也可以称她为潼恩小姐。"

"潼恩小姐您好，请问您就是网络上那个神秘莫测的 Dawn 吗？"

记者将话筒递到唐诗面前。

唐诗勾唇，露出完美的微笑："是的，网络上的 Dawn 就是我。"

众人皆惊！

一年前，一位名为 Dawn 的设计师横空出世。她创意非凡，设计卓越，有着自己独特的构思和见解，和一些私人品牌出的联名款也都保持着相当高的水准。有人试着在私底下约这位 Dawn 出来，然而 Dawn 每次都会拒绝，所以更多人觉得她神秘莫测。她名下有一家工作室，会定期推出一些他们手工制作的包包，每一个都是限量版，所以每次预售都会被一抢而空。

可以说，Dawn 就是设计界一颗闪闪发光却又神秘的星星。没想到这位 Dawn 现在就站在他们面前，而且还如此优秀美丽！

那个记者最开始知道她是 Dawn 时有些紧张，后来因为她柔和的笑容放松了，于是再次提问："请问你的这个名字有什么意义吗？"

意义？

唐诗眼中似乎掠过无数种情绪，她的目光刹那间和台下的薄夜对上。她恍惚间好像回到了过去。

收拾好自己的情绪后，唐诗笑了几声才开口："之前克里斯先生也说了，Dawn 的意思就是黎明、破晓的意思。我曾经经历过一段暗无天光的日子，那段日子给我的人生造成的影响非常大。所以，我期待黎明。如果可以，我愿意做自己的黎明。我相信，我终将迎来拂晓。所以我现在回来了，重新站在这里，告诉自己，天已经亮了！"

她的这段发言非常诚恳且令人动容，如果说刚才还有人对唐诗能高攀上克里斯先生抱有怀疑的话，那么现在，所有人都已经对她臣服。

女人说话的时候，眼中的光芒令人不能忽视。是啊，她是谁？她也曾站在这样大众瞩目的场合意气风发，只是后来光芒陨落，生活将她折磨得生不如死。如今她又回来了，她又回到了大众的视野里。

她是谁？她叫唐诗。

从开始，到现在，哪怕她一度陷入绝望。但此刻，她终将迎来破晓，谁都别想踩碎她的脊梁！

哥哥，你若有灵，能看见这一刻的我吗？我……重新回到了这个上流圈子，我现在背负着你的信念，即使一个人，也会战斗！

只要她不死，只要信念不死，这人生，不过是一场卷土重来！

第八章

唐诗介绍完自己，在众人还没回过神来时便已走下了舞台。这时大家才恍然回神，像是被震惊了一般，纷纷讨论着 Dawn 这个名字。

她矜贵清高，眼神骄傲。这一夜，Dawn 成了他们所有人心里一个旖旎的梦。

唐诗在人群间穿梭，远处的姜戚挽着叶惊棠也从舞台处走下来。看见她的时候，姜戚对着她笑了笑："你今天很耀眼。"

唐诗这才稍微害羞起来："你也很漂亮。"

姜戚身边的叶惊棠向来保持着高深莫测的腔调。

看见唐诗后，他伸出手，语气尊敬地问好："唐小姐，你好。"

才华横溢的女人，自然受男人敬佩。

唐诗对于叶惊棠之前的几次帮忙心怀感激，立刻和他握手道好，又从旁边经过的服务员手中的托盘里拿起两杯酒准备道谢。杯沿碰撞间，杯中琥珀色的香槟酒在晃动，唐诗轻笑道："感谢您上一次的收留。"

"算不上收留。"叶惊棠搂着姜戚的腰，倒是显得从容大方。

姜戚眨眨眼睛道："要是下次叶总不要我了，我就没地方去了。诗诗，你可要收留我啊！"

唐诗失笑："呸呸呸——你怎么可能被炒。"

"就是，我这么疼你，哪舍得炒掉你？"男人说话时脸上带着惯有的冷笑。

姜戚咬牙切齿，扭头又对唐诗笑得温柔："那我们先去和那边的合作商打声招呼。"

"好。"唐诗微微颔首。

姜戚轻声道:"你身后,有个男人盯你很久了。"

她说完,便立刻挽着叶惊棠走了。

唐诗心中疑惑,正想问是谁,结果回头就撞进薄夜的眼里。

他的气场实在太过强大,站在人群中很是显眼。高级完美的身材,精致俊美的五官,以及一身冷漠的气势,虽然身边和他打招呼的名媛不少,可他都是一脸疏离微笑。

这样的男人,无情又冷酷,你和他谈什么都可以,唯独不能谈爱。

对他而言,爱这种东西就是一种消遣,哪天这场游戏他不想继续了,他可以随时随地抽身离开,不带一点留念。

隔着来来往往的人群,唐诗和薄夜的眼神就这样交汇了。如同当年在别人的生日宴上,青涩稚嫩的她隔着人群看到了同样被邀请的薄夜。这一刻,她心跳加速,依稀如昨日旧梦。

身边人来人往,在岁月的冲刷下,一切已物是人非。唐诗想,大抵是她先动了心,用了情,所以在那一刻,她就已经将赢家的位置拱手相让给薄夜。

男人衣衫尊贵,眉眼冷漠,一步一步朝她走来。唐诗忽然生出一种恍然无措的感觉。

直到他在她面前站定,语气上温柔地唤她,用的是她熟稔的字眼——诗诗。

那一瞬间,回忆的浪潮汹涌而来将她吞没。电光石火间,唐诗的脑海里掠过无数个他们曾一起相处的镜头。五年,他们结为夫妻五年,他是如何做到想丢就丢的?

克里斯察觉到唐诗挽着他手臂的手指在不断收紧,像是即将溺水的人下意识寻求可以抱紧的浮木一般。她将他牢牢抓住,眼睛却死死地盯着眼前的男人。

她的眼神如刀,似乎想要一刀一刀剖开薄夜那张妖孽的脸,割碎他的冠冕堂皇,撕裂他的衣冠楚楚。

她想看看他的心是不是肉做的,午夜梦回想起对她的一切暴行,心到底会不会痛?!

他没想过她会有这样一面,更没想过有朝一日唐诗会竖起全身的刺来面对他。

他上去想抓唐诗的手,却被她不着痕迹地避开。

唐诗将身体微微靠到克里斯身后，随后对他道："既然薄少没什么事情的话，我们就先离开了。"

克里斯察觉到了她轻微的颤抖，说："不好意思薄少，我的女伴身体有些不舒服，我先带她回酒店了。"

薄夜在听见"回酒店"这三个字时心猛地一紧，不敢相信地朝唐诗看去。

她……居然和克里斯住在一起？

然而唐诗没有给他继续发问的时间，直接跟着克里斯走了。两个人穿过人群，往酒店大堂的方向走去。

薄夜盯着唐诗的背影许久，才猛地收回视线，从兜里掏出手机。

"喂，是我，尽快查一查克里斯的背景，最好马上给我资料。"

克里斯带着唐诗回到酒店房间，两张单人床各自铺得平整。唐诗坐在其中一张床上，不停地深呼吸。

克里斯看她这样，叹了口气，拿了水壶去烧水。

克里斯这会没有了人前高贵的气势，烧了热水就过来和她坐在一起，说："Honey，你总得想个办法啊，不能一见他就躲。话说，你当年是怎么和他在一起的？"

"就这样在一起了呗！"被克里斯问起，陈年往事涌入脑海，唐诗自嘲一笑，甩甩脑袋把那些想法抛开，随后道，"这没什么可说的，都已经过去了，亲爱的好奇先生。"

"好吧，我的甜心小宝贝居然开始有事情瞒着我了。"克里斯假装受伤一般叹了口气。

克里斯透过落地窗看着楼下，大家都在四处喝酒谈笑打招呼。上流社会的社交就是这么暧昧，各自寻找猎物，各自攀关系，大家唯有一个目的相同，那就是——往上爬。

"你前夫很优秀。"克里斯再次感叹道。

克里斯看着人群中的薄夜，男人身材修长出挑，面容冷漠俊美，不少名媛纷纷和他碰杯示好。然而薄夜的脸上始终平淡无波。

"亲爱的，他对着女人这样一副冷淡的样子，可是会让人误会的。"

水烧开了，克里斯帮唐诗倒了水，随后又细心地帮她拿药。

唐诗就着水服下药后，语气淡淡地讽刺道："他？怎么可能。他最不缺的就是女人了。"

薄夜是谁,他向来流连花丛,怎么可能会为谁守身?

远处的角落里,薄夜听见自己派去的人发来一条语音:"薄少,我们查到了唐诗和克里斯住的酒店房间号,是这家酒店最贵的套房,在顶楼,房间号是2101……"

"知道了。"薄夜语气淡漠地道,随后又问了一句,"他们两个人进去多久了?"

"据我们观察,已经进去半个多小时了,还没出来。"

半个多小时了……唐诗和克里斯共处一室,还没出来?薄夜的眉头倏地皱起。他敛去心头的烦躁,深呼吸一口气道:"继续给我观察,有消息立刻报告给我。"

当天边最后一抹夕阳逐渐被夜色吞没时,夜幕就这样悄然在这座不夜城的上空降临。

社交晚会进行到中途,气氛走向最热烈的高潮,大家正挽着各自的伴侣进入舞池跳舞。

而此时,薄夜显然是全场女人眼中的焦点。

唐诗和克里斯被主办方邀请去楼下一起小酌一杯,于是两个人再度起身从房间里出来,却正好迎面撞上主办方负责人。

负责人冲着他们笑:"你们来了,正好要去叫你们呢。"

唐诗笑容大方:"劳烦苏先生了。"

"不麻烦,我来给你们介绍一下我儿子。"负责人刚想说什么,一个声音就在背后响起:"爸,不用介绍。"

苏祁正噙着意味深长的笑盯着唐诗和她身边的男人:"我和唐小姐是旧识。"

"哦,是吗?"苏先生没听出他话里的深意,倒是拍了拍唐诗的肩膀:"那就省去我很大一个麻烦了。唐小姐,我本来也是想找你谈谈下次和苏氏集团合作的事情……"

唐诗完全没想到会在这里碰上苏祁,脸上的表情还没来得及整理好,对方直白地道:"爸,你赶紧下去招待客人吧,我和他们聊聊。"

"别胡闹啊!"苏先生看了苏祁一眼,"那我先下去了。"

"感谢苏先生。"临走时唐诗冲负责人笑笑,随后苏先生的背影便

181

消失在视线尽头。

苏祁这会儿才开始冷笑："哟，这会儿勾搭上克里斯了？"

"和你有关？"唐诗也回以嘲讽的微笑，如今她不再是孤身一人，难道还会像上次一样任他欺凌？

苏祁笑得更放肆："翻脸不认人啊，唐小姐可真无情，不知道对待薄夜会不会也像现在这样伶牙俐齿？"

他知道如何能伤她最深，这样的男人，就如同野兽。

唐诗笑得一颗心刺痛："他是我的旧情人，你又算什么东西？"

苏祁脸色一变，上来就要抓她，却被唐诗轻轻松松地躲开。

然后走过苏祁的身边，压低声音，轻声在他耳边投下一句话——

"男人啊，真是无趣。费尽心机想伤害的，竟然是费尽心思想得到的。"

下一秒，苏祁的瞳仁紧缩几分。他回神，扭头去看唐诗，发现她早已回头，连一丝留恋都没有。

唐诗挽着克里斯，踩着高跟鞋一步步走向电梯，露背的大红裙如火一般燃烧绽放在苏祁的视线尽头。

他如狼一般的眼底掠过几分惊喜，从喉间溢出几个低哑的音节。

他说："有意思。"

唐诗和克里斯再次回到会场中央，人们朝着他们走来，纷纷和他们碰杯，暧昧地笑道："你的女伴很美。"

克里斯欣然接受这些赞美，他搂着唐诗的细腰，像是故意炫耀似的。尤其是搂着唐诗路过薄夜的时候，果不其然看见薄夜皱起眉头。

"宝贝，你看他这副样子，太好笑了。"克里斯没忍住，凑到唐诗耳边低声说。

唐诗也回以笑脸："你真坏。"

克里斯轻声道："你注意到他们看你的眼神了吗？就如同看女神一般。我觉得我可能会被他们仇视。"

唐诗像少女一般露出娇俏的笑容。远处的姜戚朝他们挥手，唐诗松开克里斯，说："给你时间约人去。"

"我觉得没什么可约的。"克里斯耸了耸肩。

另一边，唐诗走过来。姜戚此时已经换了一套衣服，是一身西装裙，衬得她干练冷艳，像极了职场御姐。见到好友的另一副模样，唐诗夸张地道:"哇,这胸。"

姜戚挺了挺胸脯:"羡慕吗?姐姐分你一点。"

唐诗戳了戳她的脸:"不必了,晚上慢点走吧,留下来陪我逛逛。"

"哟?"姜戚的眼睛一亮,像是不相信一般说:"你终于想开了?走呀,逛什么逛,姐带你开卡座去!"

两个人约好时间,便分手去会场找各自的男伴。只是唐诗没找到克里斯,倒是正面遇上了薄夜。

彼时的他身边正围绕着一群女人,拿着酒杯像是想和他碰杯,然而薄夜全当没看见一样径自往前走。他的目光掠过不远处的唐诗。

就像两颗小行星在下一秒碰撞,引发磁感线暴乱。薄夜的瞳孔里只有唐诗的身影,铺天盖地。

如同现实与过去重叠,他从回忆里破茧而出,再一次朝唐诗走来。

"唐诗。"

男人喊她的声音干脆利落,像一阵风掠过,清冷且凛冽。

唐诗笑红了眼:"薄少。"

她终于有了面对他的勇气。

薄夜上前,唐诗退后,两个人在无形中对峙。她说:"薄少,再上前,就凑得太近了。"

薄夜在她不远处站定,意味深长地笑道:"再近都有过。"

"可我忘了。"

唐诗不动声色地招架住他的逼近,冷冷地说:"薄少喊我是有事吗?"

如此陌生疏离。

薄夜握着酒杯的手指根根收紧。

许久,他才从喉咙里溢出几个音节:"唐诗,你变了。"

是啊,我变了。我若不变,必死无疑。

唐诗笑得凛冽,如同在刀尖上起舞。她冷冷吐出四个字:"托您的福。"

寥寥四字,如同利刃剜过他的心。

他的眉眼间缓缓聚拢一抹深沉,用一种唐诗读不懂的语气缓缓地说:"你恨我吗?"

唐诗像是听见天大的笑话一般,轻笑出声。

许久,她才摇了摇头,说:"薄夜,你现在才来跟我谈恨不恨,这个问题,你不配。"

薄夜身子一震，唐诗笑得花枝乱颤。五年后重新回来，她的一颦一笑皆风情万种，只可惜那眼里的笑冰冷而又残忍。

她说："薄夜，有一种恨，已经走到了山穷水尽的地步，甚至恨不恨都已经无所谓了。"

"你之于我，烈如砒霜。"

唐诗上前，轻巧地掠过他身侧。男人伸手握住她细长的手腕，却被她一下子抽出。她当着他的面走向身边恰巧经过的另一个男人，淡淡地说："毒已入骨，穷途末路。你问我恨不恨？我当然恨。我从前有多爱你，后来就有多恨你。可是现在……"

她搂住旁边男人的脖子，回头看见薄夜眼底炸裂的惊愕，笑得如同妖精："薄夜，岁月再无可回头，当一个人被剥夺到一无所有的时候，这个世界上就再也没有东西可以困得住她。"

名为恨意的魔鬼将她的理智吃得一干二净，那些残存的温情被薄夜击碎的时候，绝望的人将无所畏惧。

苏祁没料到自己会被人利用。

唐诗松开搂着他脖子的手，低声道："多谢苏少配合。"

随后她迅速抽身离开，消失在两个男人的视线尽头。

薄夜的心脏在剧烈跳动，每一次跳动竟都牵扯出带着刺痛的快感。

五年前那个放肆骄傲的唐家大小姐回来了。

带着对他……千刀万剐鲜血淋漓的恨意。

晚上十点，晚会结束后，唐诗坐在喷泉边。穿高跟鞋有些累，她便坐着休息。

在喷泉灯光的照射下，她精致的侧脸显得十分柔美，倒是没了面对薄夜时的声嘶力竭。

苏祁从人群中走出来，正好看见唐诗，他冷笑一声，走上前去，双手插兜，一双蓝绿色的眼睛在夜晚灯光的映射下显得有些妖冶。

唐诗看见他，脸上没有任何表情，只是冷冷叫了一声："苏少晚上好。"

"晚上好。"苏祁咬牙切齿地喊出这句话。这个女人刚才撞到他怀里只是为了故意演戏给薄夜看，他长这么大还没被一个女人这么熟练地利用过！

唐诗就这样沉默着，直到苏祁一步步走到她跟前，她才抬起头来，问道:"有事?"

苏祁笑了:"利用完就丢了?你觉得我像这么好说话的人吗?"

唐诗轻笑几声:"各取所需,你也不亏。"

好一个"你也不亏"!

苏祁脸上的冷笑更甚:"我倒是小看了你,以前到底是怎么装出一副纯洁无辜的模样的?还是说你这个女人原本就虚伪?"

"那就是了。"唐诗站起来,不想和苏祁待在一起,"你就当我是虚伪吧,反正虚伪也不是什么坏词。比起薄夜的心狠手辣来,你说我虚伪甚至都可以当成夸奖了。"

苏祁笑了笑,眼底染上一丝幽深的危险情绪:"薄夜那种人,你当然玩不过他。"

唐诗的心一紧,苏祁继续出声嘲讽:"不过你这种女人,也的确只能被男人玩玩。"

得不到就诋毁,苏祁,你是这样吗?

唐诗回头,看见这位男人脸上玩世不恭的笑意。她退开几步,远离喷泉池。

克里斯恰好走过,将她搂入怀中:"哟,我的小宝贝怎么在这里和苏少独处呢?"

"独处"这个词让苏祁讥讽出声:"别,我可担待不起唐小姐的厚爱。"

唐诗没说话。

苏祁见唐诗沉默,又觉得无趣了。

这个女人面对薄夜时剑拔弩张的样子还挺有几分味道的,怎么一到他这里就这么无趣!

克里斯看见了唐诗脸上的疲惫,叹了口气:"待会儿去哪里?"

"我和戚戚说了去喝酒,你呢?"

"那我跟你一起去吧。"克里斯轻声说完,就抬头看向苏祁。他姿态大方,站在唐诗身边,乍一看倒是郎才女貌,可不知道为什么,苏祁觉得这个场景特别刺眼。

偏偏克里斯的从容不迫又让他无处下手,譬如此时克里斯就优雅地和他道别,礼数做足全套,让人挑不出一丝毛病来:"那我就先带 Dawn 回去休息了,若是有好玩的地方,一定邀请苏少爷一起来。"

说完他就搂着唐诗从苏祁面前离开,自信且气场强大。

苏祁盯着他们离去的背影好久,才狠狠地甩开了心头的烦躁。

唐诗在房间里脱下礼服,换上休闲的卫衣,热裤底下是一双过膝靴。

唐诗卸妆后,重新化了个妆。

她涂完口红,说:"晚上一起去喝酒,放松放松。"

克里斯扬了扬眉毛:"话说薄少他们都还不知道吧?他们看我的眼神都恨不得要吃了我呢。"

唐诗轻笑出声:"他?他和我有什么关系?毕竟当年我就已经是他的弃子了啊。"

克里斯在一旁鼓劲:"加油,就是要拿出这种魄力来。走吧,你收拾好了吗?"

"走,我的克里斯先生。"

唐诗伸手揽住自己好闺密的肩膀,随后笑容自然地推开套间的房门。

正在暗中跟踪他们的手下很快就给薄夜发消息:"薄少,我看见他们出来了。"

"继续。"薄夜的声音冰冷,"他们相处了多久?"

"据我观察……唐小姐和克里斯先生起码休息了一个小时……"

薄夜收拢手指,将思绪收回,淡漠地走到落地窗边,将夜幕尽收眼底。

而另一边,唐诗和克里斯按着姜威给的酒吧地址赶过去。

两个人到的时候,姜威正等在门口。她半眯着眼,一点都没有下午在会场时的那种气质,看着跟个小流氓似的。

见唐诗走过去,姜威故意拿捏着轻佻的语气,说:"哟,小美女,一个人来喝酒啊?"

克里斯在她身后道:"还有我呢。"

姜威冲他眨眨眼睛:"您也过来一起吗?"

"是啊,好久没来这种地方了。"克里斯笑了笑,"年轻的时候倒是一直往酒吧钻,现在年纪大了,很久没有这种新鲜刺激的感觉了。走啊,你里面有朋友吗?"

姜威揽着唐诗的肩膀,回头看了克里斯一眼:"那必须的,招待唐诗,我肯定到位。"

唐诗刚在卡座坐下,就有一排年轻的小帅哥走过来,这时她才明白姜威所说的招待到位是什么意思了。

唐诗直冒鸡皮疙瘩，倒是克里斯和那群人玩到了一起。

五光十色的灯光下，所有人的脸被照射出不同颜色，嬉笑怒骂，皆如戏子。

唐诗每次都觉得这个酒吧就如同一座人间炼狱，所有人都戴着牛头马面，各路神怪你方唱罢我登场。大家喝酒挥霍，肆意消磨着生命时光，只图一夜欢愉，在这喧嚣得灵魂都不得安宁的场所里，一次次地堕入深渊。

薄夜和苏祁等人被朋友叫来了酒吧，却不期然和唐诗打了个照面。

唐诗察觉到滚烫的视线，抬起头，一瞬间撞上男人的目光。她微微挑了挑眉，像是没有看到一般将眼神收回来，随后将手中的酒杯递到身边的男人嘴边。

薄夜上前，苏祁紧跟其后。两个人一前一后来到唐诗的卡座，惹得她轻笑一声："要坐下喝一杯吗？"

薄夜死死地盯着唐诗，想从她的脸上看出一丝异样。可是没有，唐诗大抵已经醉了，正眯眼笑着看他们，像不怕死一般轻声道："找我可是有事？"

薄夜冷笑："唐诗，我怎么小看了你勾引男人的本事？"

这句话惹得唐诗再次笑了，她笑着靠在身边男人的肩膀上，模样着实迷人："薄夜，我勾引谁，和你有关吗？"

薄夜感觉心被刺痛，上前一把抓住唐诗的手腕。

唐诗收敛了笑容，目光也逐渐凝聚在他脸上。她开口，一字一字道："请放手。"

"唐诗！"薄夜拔高了音量。为什么，为什么他会在看见这一幕时如此烦躁？为什么他会觉得唐诗靠在别人身上的样子该死地刺眼！为什么！

薄夜心中郁结，更用力地攥紧唐诗的手腕，痛意甚至让唐诗清醒了几分。

唐诗站起来，狠狠地说："我说了放开我！"

这整个过程，苏祁都站在他们身后，一言不发。只是他看向唐诗的眼神，幽深而危险。

薄夜像是发了狠一般，将唐诗拖到卡座的一边。

姜威叫了一声后站起来，薄夜回以冰冷的目光。

卡座上的其他人都站了起来，大家以为这是要打架了，纷纷想要躲远点。

姜戚气红了眼睛，指着薄夜："你把唐诗松开！"

薄夜冷笑："你以什么立场来教训我？"

姜戚被他这种说法气笑："你又以什么立场带走她！薄夜，当初可是你自己不要人家的，现在是上赶着倒贴吗！"

薄夜被姜戚这张伶牙俐齿的嘴激得怒极反笑，唐诗想抽出自己的手，岂料薄夜不肯，用力抓着她往外走。唐诗抵不住薄夜这样的蛮力，一张脸涨得通红："大家都在看着！你放手！"

"既然知道大家都在看，不如收敛点。"薄夜直接将她拖入安全通道，随后把门用力一关，隔绝了大家好奇的目光。

唐诗笑了，笑得凛冽："薄夜，你又想侮辱我对吗？"

薄夜身子一抖，低头去看自己怀中的女人。

他本能地不想让她这副喝醉酒的模样被任何人看到，所以才想将她关起来！

这种念头到底是什么时候产生的？对他而言影响又有多大？

她红着眼眶看着薄夜，只说了一个字："滚！"

薄夜脑海中的那根弦彻底断裂，他狠狠地揪起唐诗的衣领，朝着她吻去。

下一秒，唐诗用力撇过脸："你松开我！我嫌恶心！"

薄夜下意识想要控制她，因为这样失控的感觉……竟然令他惊慌。

唐诗狠狠地甩开薄夜的手，一个用力不稳差点往后倒去。薄夜将她拦腰抱住，她奋力挣脱。

她看薄夜的眼神冷得让他心慌，两个人像是在进行一场厮杀。她逃，他追——这时有人推开安全通道的门。

光从门缝倾泻进来的时候，唐诗整个人跌进苏祁的怀里！

苏祁看着一头撞到怀中的女人，意味深长地笑出声："要挨打了，知道来我这里了？"

他也非她良人！

唐诗匆匆逃离，脚步慌乱得仿佛是在进行一场逃生。女人的身影消失在涌动的人群中，薄夜才从里面追出来。

"人呢？"男人对上苏祁蓝绿色的眼睛，焦急地问。

"回去了。"苏祁轻笑一声，"薄夜，你可真光彩啊。"

薄夜的脸一白，整个人如同猛地被人抽空了力气。他站在原地，竟生出一种手足无措的感觉。

苏祁双手抱在胸前，挑着好看的眉问他："如果我没猜错的话，你刚刚在为一个曾经不要的女人动气？"

薄夜无法说出反驳的话来，他震惊于自己的失控，他竟然会做出这种事情！

"薄夜，我以为你不会对这样一个女人动心。"

薄夜迅速否认："动心？对她？她也配？"

一连三个反问句让苏祁的眉毛高高扬起："既然如此，你不必大动干戈。"

他的眼前却不自觉地掠过唐诗含着泪撞进他怀里的画面。他将心头的思绪敛去，道："对于这种女人，我有很多方法，让她——不——得——不——听——话。"

说最后一句话的时候，男人几乎是一个字一个字说的，像是要把唐诗身上所有的骄傲踩碎。

薄夜看着苏祁的脸，心里再次涌起怪异的烦躁感来。

因为薄夜，唐诗再无心情继续待下去，和姜威道了别就一个人走到地下停车场。她其实没开车，就是想来这里透透气。刚刚她压抑得都快疯掉了，差一点就溺死在薄夜的那双眼睛里。

她的手指到现在还在颤抖，对薄夜的恐惧早已深入骨髓，变成一种本能。

空荡荡的停车场里安静无声，她靠着墙壁，抱住自己，发出一声无意义的低吼。

到底要几次……这样的伤痛到底还要重复来袭多少次，她才能走出这片阴影？

薄夜，我要如何练就强硬的心肠，才能抵得住你一而再再而三的伤害？

眼泪无法控制地滚落，唐诗大口大口地喘着气，整颗心就像是痉挛一般抽搐着，牵扯出剧烈的疼痛感。她如同受伤的困兽独自舔舐伤口。唯有自救，别人都不是她的救世主。

苏祁和薄夜道别后，却在停车场里看见了那个瘦弱的身影。

彼时的唐诗收拾好心情正打算叫车，就看见从远处走来一个人。逐渐靠近了，她才看见来人那双蓝绿色的眸子。

苏祁一头浅金色的头发被他随意扎了条小辫子，俊美的五官在白皙肌肤的衬托下更显精致。

他走近，吹了声口哨，双手插在兜里："你怎么会在这里？我以为你会跑去找谁哭诉自己的心酸呢。"

他话里话外的嘲讽让唐诗皱起眉头，她刚想走，却被他叫住。

"喂，唐诗。"

他很少这么连名带姓地叫她，更多时候都是以一种猫逗老鼠的轻佻语气称呼她，而此时的语气里却带着少见的严肃。

唐诗下意识地停下脚步，听见他继续道："你五年前推安谧下去的时候，还记得同时发生了什么吗？"

为什么他突然之间问起这个？

唐诗回眸，冷冷地说："抱歉，我并不是很想和你提起这件事。"

说完她就从停车场走出去，动作迅速得如同身后跟着洪水猛兽一般。

苏祁冷冷地注视着她走远。口袋里的手机振动，是有人给他发了消息。他拿出手机，细长的睫毛微微一颤，显然是发过来的消息出乎他的意料。

弯月高挂，这座城市喘息着进入最后的狂欢。

唐诗从停车场坐电梯回到酒吧。

她有着一张精致的脸，周围不断有人跟她搭讪，但她都置之不理，仿佛一个格格不入的异客。她给克里斯打了一个电话，跟他说了一声自己提前走了，就打车回家。

回家的路上，唐诗皱起眉头。酒吧里的烟酒味让她一度觉得有些反胃，现在坐上了车才终于有所好转，她将车窗降下来。

终于到家了，唐诗干脆利落地付钱下车，大步走回家。

那种反胃的感觉在吹了一路夜风后已经不像先前那么强烈，可还是给她带来了隐隐的不安感。

这种感觉并不陌生。

唐诗回去倒头就睡，第二天爬起来就去了一趟药店。她干脆利落地买了一些东西，然后回到家测试了一下。

一条线是明显的，另外一条线若有似无。

唐诗将自己买来的三支不同牌子的验孕棒通通试了一遍，得到的结果都是这样若有似无的两条杠。

她没有遇到过这种情况，有些慌神，之前怀唐惟是直接验出来的。她有些焦急，只好打了个电话给姜威，问她最近有没有空。

和姜威说了自己的事情后，她表示一定要去一趟医院查清楚，看看到底是不是真的怀孕了。于是姜威干脆请了假，打车来到唐诗家，随后又一起打车去了医院。

江凌看到唐诗，此时她和姜威正在妇科室门口排队，倒是没注意到有人盯着她们。

江凌看着唐诗走进诊室，沉默许久后从口袋里拿出手机，拨了个号码。

薄夜今天没去上班，彼时正躺在床上，心情烦躁地翻来覆去。

这个时候手机响了，他拿起来看了一眼，发现是江歌的弟弟，便直接接通："江凌，找我有事吗？"

江凌一只手拿手机，一只手插在兜里，高大的身影引得无数小护士频频看去："我看见唐诗了。"

薄夜眯了眯眼睛："什么意思？"

"我看见她和一个女人挂了妇科。"江凌压低声音，"所以给你打个电话。"

妇科？

薄夜直接从床上坐起，精致的脸上带着震惊的表情，连声音都不自觉地加重："我现在就过去！"

彼时的唐诗正在姜威的陪伴下坐在医生面前。听她讲述了验孕棒测试的结果后，医生推了推眼镜，老练地说："嗯，那建议你先去做一个尿检，然后抽血。"

她一边打字一边抬起头来问："你上个月月经来潮是几号？"

唐诗思索了一下，报了个日期。

医生算了算："距离上次已经有四十天了。"

唐诗点点头。

医生说完这话看了唐诗一眼，注意到她是由一个小姑娘陪着来的，于是又问："你男朋友呢？"

男……男朋友？

唐诗的脸色有些苍白："没有男朋友……"

"没有男朋友就不要乱来。"医生皱了皱眉，"你看现在搞出事来了还是你吃亏，小姑娘要理智些，别在外面乱玩。"

姜戚只能在一旁安慰唐诗不要放在心上，随后医生刷了一下卡，再把卡给她们："下楼付钱，然后就去做尿检吧，尿检在三楼。"

"好的，谢谢医生。"

姜戚陪着她去做了尿检，随后又抽了血，两个人在等测试结果的空当随意地在医院外面逛。

姜戚假装不经意地问起："是薄夜干的吗？"

唐诗的脸一白，沉默许久后，轻声道："嗯。"

"这个浑蛋。"姜戚骂骂咧咧地踢了一脚旁边的草，然后打嘴，"呸呸呸，不能在孕妇面前骂人。"

唐诗"扑哧"一声笑了："你居然还会收敛。"

"怎么，我看着像是没有素质的人吗？"姜戚扬了扬秀丽的眉毛，"先等单子出来。"

唐诗看她一眼："你好像还有话要说？"

"要是你真怀孕了，打算怎么办？"姜戚假装问得随意。

不过唐诗听见这个问题的时候，内心还是刺痛了一下。

她脸色苍白地笑了笑："打掉啊，还能怎么办？"

姜戚伸手搂着她的脖子："我说实话啊，你可以再生一个。用这个小孩来威胁薄夜，不是挺好的吗？"

"最毒妇人心啊。"唐诗故意笑了笑，"你真狠。"

"我不狠，站不稳。"姜戚冲她眨眨眼睛，"到时候，薄家第二个孙子就在你肚子里，你想怎么搞薄夜那不是分分钟的事情？"

她说这句话的时候语气还特别正常，就像在说今天天气真好一样。

唐诗被她的这个想法逗笑："搞薄夜？怎么搞？"

"搞得他家破人亡！"姜戚像是还不解恨，又狠狠地踹了一脚花坛边的花花草草，"这样才对得起他对你做的一切！"

唐诗摇摇头，轻声道："打掉吧，这个孩子一生下来就要背负太多父母辈的仇恨，这对他来说不公平。"

姜戚摸了摸唐诗的脸："你还真善良，要换了是我，我就不管这个小孩子了，反正那也只是我用来报复薄夜的工具。"

报复薄夜？

这四个字多么触目惊心啊。

"还是打掉吧，我就算是不为孩子着想，也要为自己着想，积点福吧。"唐诗神情淡漠地看着远方，"我不想让我的孩子再承受那么多了，一想到惟惟我就很心疼。"

姜戚陪着唐诗走进医院，一边走一边说："唐惟那个臭小子小小年纪就那么成熟，想想还有点可怕。"

"怪我。"唐诗无力地吐出两个字。

终究是现实将她的儿子变成了如此早熟的样子。

她无力保护他、给他幸福快乐的童年，才会让他变得那么懂事。

两个人回到大厅拿了检测单，再次回到妇科诊室。

医生看了她们一眼，将单子接过来。

"你过来看一下单子，你的确是怀孕了。"

医生看了唐诗一眼，又道："小孩子你要不要？"

唐诗愣了一下，下意识地开口："不要吧。"

"打掉？药流还是人流？之前有过吗？"

这一连串的问话让唐诗有点来不及反应，只能跟着医生的话回答："之前生过一次，是剖宫产……"

"生过一次了？"医生看唐诗的眼神有些奇怪，"那你之前的那个男朋友呢？"

姜戚实在忍不下去了，干脆在旁边插嘴道："死了。"

正开车赶来医院的薄夜忽然打了个喷嚏。

自从姜戚说了一句"死了"后，医生看唐诗的眼神就变得不一样了，连声音都跟着放缓了："那你这一个……确定不要了吗？"

唐诗还是咬牙点点头："嗯，小孩子生下来也是吃苦。"

她一个女人带小孩子还真是不容易，于是医生又说了一大堆平时注意保养的话，最后帮她约定时间："人流吧？建议你做保宫的，虽然比较贵，但是伤害最小。"

"那就做这个吧。"唐诗点点头，"我们等会儿下去付钱就行了吗？"

"是的，我这边先帮你开好单子。等你付完钱，这边还要再签一份协议。"

两个人下去付了钱又上来，约好下个星期动手术的时间，薄夜就来了。

他不知道自己为什么会这么急,甚至是大步跑过来的。

小护士还站在原地:"刚刚看见了一个好帅的男人!"

她一回头,人已经没影了。

唐诗和姜戚签好预约人流手术的单子,薄夜正好走到门口,她们俩一出去就和薄夜撞了个正着。

姜戚在一旁小声嘀咕:"哟,死了的男朋友找上门来了。"

唐诗的脸色也不是很好看。

薄夜不可能无缘无故出现在这里,一定是有人和他说了什么他才会过来。

果不其然,下一秒,他问她:"你怀孕了?"

唐诗脸色一白,倒退几步:"和你有关?"

男人一把将她手里捏着的病历本和资料通通抢过去:"唐诗,你真是本事大了有能耐了,想背着我做手术?"

这么多人在场,唐诗脸上挂不住,压低声音:"你到底想怎么样?大家都在看着,你也要闹吗?"

"我闹?"薄夜眯眼冷笑,五官霎时间更是俊美逼人。

唐诗死死地攥着拳头:"我怀没怀孕、要不要这个孩子和你有什么关系?薄夜,你可别自作多情!"

"是不是自作多情,等小孩生下来不就知道了?"薄夜冲她冷笑道,"唐诗,你还真是心狠,这到底也是一条生命,你就想这么悄无声息地打掉?"

唐诗红了眼眶,旁边的姜戚实在是看不下去了,一把抓住唐诗就要走。

薄夜拦住她们:"从今天起,唐诗,你给我住到薄家直到孩子生下来!别再给我动打胎的念头!"

"你疯了是不是!"姜戚狠狠地推了薄夜一把,"怎么,你还想限制她的人身自由?"

薄夜身后不知什么时候出现了好多人。

唐诗喊了一声:"不许伤害戚戚!"

"既然不想,那你就放聪明点,知道自己应该怎么做。"薄夜冷峻的脸上没别的表情,冷漠地一瞥,就有人上前将她包围起来。

领头的那个人说:"唐小姐,请。"

姜戚冲着薄夜的背影大喊:"薄夜,你这样对唐诗,她迟早有一天会被你逼死的！"

薄夜的身子一僵，没有回头。

姜戚不死心地继续喊："薄夜，你会后悔的！你会后悔的！老天有眼，因果轮回，你早晚会有报应！"

第九章

回到薄家，薄夜压低声音："你最好掂量清楚。"

唐诗面色惨白。

门一打开，唐惟看到门外的唐诗，整个人都惊呆了，随后他的眼泪就流了出来。他冲过去扑到她怀里："妈妈！你怎么才来看我！"

唐诗都快心疼死了，抱着唐惟的手都在颤抖："妈妈这阵子事情有点多……"

薄夜冷笑一声，随后走进去。他冷漠地看着母子相拥的场景，如同自己是个外人："我会叫人收拾好房间，从今天起你就待在薄家，好好休养。"

唐诗抱着唐惟，不让他看出一点异样来。唐惟问："妈妈，你怎么在发抖？"

"没事，妈妈是看见你太开心了……"唐诗摸了摸唐惟的脸，"你这几天乖吗？"

"我可乖啦，都当上大班长了！"唐惟迫不及待地想跟自己的妈妈分享最近的经历，于是拉着唐诗上楼，"妈妈，你是要在这里住下来陪我吗？"

小孩的眼神那么单纯，可唐诗只觉得心如刀割。

母子俩一起待到很晚，唐诗把唐惟哄睡了，打开门，这才发现薄夜就站在房间外面。

薄夜冷着眉目，五官深邃。这张脸，曾一度让她恐惧。她一直都不是他的对手，真是可惜了他那双好看的眼睛。

"你的房间在过道对面。"薄夜冷声道，"唐惟睡了？"

唐诗只是应了一声就往外走。

薄夜的声音再次响起："不要动逃跑的念头，唐诗，这个孩子你生也得生，不生也得生！"

唐诗捂住肚子，那一刻，她竟生出鱼死网破的念头："薄夜，孩子在我的肚子里，你以为你控制得了我吗？"

薄夜有些失控："唐诗，你到底是有多不想生下这个孩子？"

"和你有关的东西，我但凡碰一点，都觉得恶心！"唐诗忍无可忍地低吼一声。

薄夜将唐诗拉进房间，重重地一摔门："我的耐心有限，不要以为怀了孕就可以无法无天！"

"是吗？"唐诗笑得讽刺，"既然这样为什么不让我把孩子打了？薄夜，你心疼了？你该不会是爱上我了吧！"

女人带着讥讽的笑声如针扎在薄夜的耳膜上。

薄夜的冷笑更甚："唐诗，你真是不要脸到了一种境界！"

唐诗因为疼痛而轻微地颤抖着。

他狠狠地甩开手，直接离开。

唐诗蜷在地上，连爬去床上的力气都没有。

她就这么躺在地上抱着自己，面色惨白，豆大的汗珠滑下来，像犯了癔症一般喃喃。

唐诗的眼泪控制不住地流下来，她无助地喊着，对着空气一遍遍地求救："救命……我没有杀人……不是我……救命……"

她再次陷入噩梦之中，将自己抱住，手指用力到关节都泛着青白色。

"救命……"唐诗已退无可退，手捂着自己的胸口深呼吸。她快要窒息了，抑郁症要将她的生命摧毁。她好像出现了幻觉，看见自己的哥哥在对自己微笑。

她两眼空洞："哥……我真的没有杀人……"

薄夜第二天晚上才来看唐诗，可他没想到打开门看到的画面会如此触目惊心。

唐诗躺在地板上，左手握着一块被打碎的床头灯碎片。因为握得太用力，碎片已经嵌入她的手掌心，而右手手腕处则有一道刺目的新疤！

鲜血不知何时已经流了一地……

那一刻,薄夜的灵魂仿佛被人狠狠一捶,心脏剧烈震荡。

他的手指都在颤抖,发现血迹未干,明白事情刚发生没多久,他立刻大喊一声:"唐诗!"

他冲上去,将唐诗从地上抱起,鲜血就这样染了他一身。

他抱起唐诗,红了眼睛,发疯一般从房里冲出来,喊着门口的用人:"快!打120!"

唐惟是听见动静才从屋子里出来的,可是他都没来得及看清楚发生了什么,只看到自己所谓的父亲抱着母亲冲出了屋子。他想跟上去,却被用人给拦住了。

"我妈妈是不是出事了?"

"小少爷别担心,有薄少在呢。"用人只能拉住他,不让他看到那种场景。

小男孩往地上一看,血迹一直蔓延到大门口。

那一刻,他的眼里浮起了鲜明的恨意⋯⋯

唐惟抬头的一瞬间,用人被吓了一跳,那种眼神吓得她脊背生凉。

明明⋯⋯明明只是一个五岁的小孩子,为什么⋯⋯为什么会有这么可怕的眼神?!

大半夜,薄夜浑身是血地抱着唐诗冲进医院,打了一个电话,江凌就从家里赶到了手术室。在看清手术室里的情况后,他的眉头用力皱起。

"你前妻是不是有抑郁症?"手术结束后,江凌对着薄夜这样问道。

薄夜沉默许久才吐出一句:"是的。"

江凌轻声问他:"薄夜,你的心到底有多狠?"

江凌的声音不大,却如同一记重锤击在他的胸口,薄夜的瞳孔收缩了几分。

他罕见地露出些许惊慌,像是在解释什么一般:"我没有⋯⋯我没有⋯⋯"

"别再逼她了,薄夜。"

江凌盯着薄夜的脸,想从他的脸上看出一丝内疚来,可是没有。于是江凌继续道:"如果⋯⋯唐诗五年前没有杀人,那么薄夜,你告诉我,你欠她的,这辈子还得清吗?"

薄夜整个人都震了一下,血液逆流,脊背生寒。

他看着江凌:"你……在为她说话?"

"我是在为事实说话。"

江凌双手插在口袋里,看着薄夜这个样子,叹了口气。

看薄夜可能到现在都还没明白自己的真实感觉,于是江凌拍拍他的肩膀:"薄夜,有句话要告诉你,趁着人还在,去把该算的账算了、该还的债还了吧。"

该算的,该还的……他该找唐诗算什么账,又该还什么债呢?

薄夜陷入恍惚之中,江凌离开后,他就在病房里看着唐诗。女人面色惨白地躺在病床上,像是没有生命气息一般。

整整两夜,薄夜没合眼,他脑子里一团乱,直到唐诗醒来。

她醒来后的第一句话却是:"不要打我!不要打我!我没有杀人,我没有!"

那一刻,看着唐诗如同惊弓之鸟的样子,薄夜只觉心如刀割。

他不知道自己为什么会这样,只是看着她痛苦,自己也会跟着痛苦……

唐诗抱住自己,缩起来,徒劳无功地诉说:"我没有……我没有杀人……"

五年前,到底是谁将她推入旋涡?!

这些年她不停搬家,就是因为遭遇了这些歧视和打骂吗?

薄夜上前轻声安抚她:"唐诗,是我。"

唐诗抬起头来,目光茫然地看着薄夜:"是你。"

那眼神让薄夜整颗心都凉了。

两个人对视,唐诗从薄夜的眼底看到了自己——那么小的一个倒影。

她说:"薄夜,不要再祸害我了。"

薄夜的手在颤抖,他想抱住唐诗,却没有勇气。

唐诗捂着自己的肚子问了一句:"孩子还在吗?"

薄夜眼眶赤红,缓缓闭上眼睛:"怀孕初期身子太虚弱,孩子没保住。"

唐诗笑了,缓缓笑了。她笑得眼泪都流了出来,笑得浑身止不住地抽搐。

她在泪眼蒙眬之时看到薄夜脸上痛苦的神色,越笑越开心。

"薄夜,我就是不想要这个孩子,和你有关的东西我通通不要!这个孩子即使生下来也是吃苦,我倒是笑他走得早,走得好!"

薄夜狠狠地按住唐诗的肩膀："你到底有多反感我？"

"反感？"唐诗瞪大眼睛看着薄夜，"薄夜，你不是想要我赎罪吗！你不是爱安谧爱得要死吗！怎么，我的孩子你也会心疼？"

"你还有脸提安谧！"薄夜下意识地迅速反击，"你有什么资格……"

可是话说到一半他就愣住了，以往可以脱口而出的那些伤人的话，如今他竟如鲠在喉。

为什么……为什么？！

唐诗笑得讽刺："怎么，你又想说我是杀人犯是不是？也好，在你们眼里我手上已经有一条人命了，如今又背上一条我自己的孩子的命！"

唐诗这话，七分伤人，三分伤己。

薄夜的心都跟着痛了，手指倏地收紧："你怎么可以这么狠！"

"不如大家通通不要好过！"唐诗笑得猖狂，笑声一下一下敲打在薄夜的灵魂深处，"不是要报复我吗！来呀！薄夜，你尽管使出你的浑身解数来伤害我啊！"

不要原谅，一辈子都不要原谅，不要和好，不要重蹈覆辙，不要再给他机会，不要让他赎罪，失去就再也不能收回。来日他若是觉悟和后悔了，到头来就是他被自己犯下的罪过吞噬！

她的爱和恨既然已经走到穷途末路，不如就此彻底粉身碎骨！

薄夜只觉得全身的血液都像是冻住了，他看着眼前的女人，忽然觉得很陌生。

薄夜站起来，眼前的唐诗让他不敢面对，他几乎像是逃一般地离开唐诗的病房。

病房门被关上的同时，唐诗也闭上了眼睛。她重重地摔回床上，眼泪顺着脸颊肆意流淌。

薄夜站在房门外，明明只相隔几米，他却觉得他们之间隔了一整个世界。

一整个，让他觉得遥不可及的世界。

住院两天后，唐诗主动要求出院，薄夜劝不住。

江凌也来了，劝道："都说流产一次就相当于坐一次小月子，你这是想落下病根吗？"

唐诗白着一张脸笑道："我这身体，落下病根又怎样呢？"

江凌皱起眉头:"伤害是别人给的,但身体是你自己的。"

唐诗还是执意要求出院。大家没办法再强行留她,于是薄夜就把唐诗接了出去。他原本想的是,就算是出了院,他请人在家照顾唐诗也是一样的。可是他没有想到,唐诗是想回自己家。

薄夜转头看向她,女人神色病态,目光却冷得逼人:"我说了我要自己回去!"

"你现在这个样子能去哪里!"薄夜忍无可忍地低吼,"非要把自己糟蹋完了才甘心吗!"

"和你有关吗!"唐诗坐在后排,"你要儿子,我给你了。你说我怀孕让我留在薄家,现在我肚子里的小孩没有了,你还拿什么东西要挟我!"

薄夜觉得心都被人挖了出来:"唐诗,你觉得我对你好是打算要挟你吗?"

他只是想让她在家里好好养身体!

岂料唐诗听了,却蓦地笑出声来。

"对我好?你没跟我说笑话吧?"她垂在身侧的手指拼命攥紧,像是在铆足了劲反击薄夜,"你不是从来都只心疼你的安谧吗?我不是你眼中的害人精吗?我以为我就是死了你也不会眨一下眼,可你现在跟我说你对我好?你好可笑啊!"

女人的反击让薄夜下意识地踩紧了油门:"唐诗,你别不识好歹!我是看在你为了我流产……"

可他的话才说一半就被唐诗给打断:"放我下车!你现在就停车!"

她察觉到了薄夜在加速,她害怕回到薄家,那种求死无门的感觉实在是太过恐怖!

"停车!"她像是惊弓之鸟一般尖叫起来,"你放我下车!"

薄夜没有听,继续一脚油门踩到底:"唐诗,我告诉你,我薄家不是你想来就来、想走就走的地方!你既然招惹了我,那就做好准备承受代价!"

可回答他的是一道细微的哼声,紧接着薄夜的瞳孔紧缩几秒,就看见唐诗直接将车门打开了!

"唐诗!"那一瞬间,薄夜不受控制地松开方向盘,身子往后去抓她,"你疯了吗!你不要命吗!"

下一秒,女人偏过头来看了薄夜一眼,那一眼带着绝望,随后她毫无顾忌地从车厢里跳了出去!

薄夜狠狠地踩了一脚刹车,车子仍滑出去好几米才停下,足以见得她往外跳时车子的速度有多快。

唐诗摔在路边,随后扶着电线杆站起来。她的膝盖擦破了皮,正流着血,可她像是察觉不到痛一般往路边跑。

薄夜跟在她身后,唐诗知道自己这样躲不过他,只能停下来。

她停下后,转过身朝他大吼:"不要过来!"

那一眼,让薄夜整颗心都凉了。

"唐诗……"薄夜声音颤抖地叫她,"你为什么非要这样?"

"你再过来,我就跑上马路撞死!"

声嘶力竭的声音传到薄夜的耳朵里,他被这句话震得身子狠狠一抖。

他抬头看向唐诗,她眼里带着不顾一切的决绝:"我说到做到!薄夜,你尽管试试!"

她厌恶他,厌恶薄家的一切,甚至超过了畏惧死亡!

薄夜的眼睛都红了:"唐诗,你就这么恨我吗?"

他得到的是唐诗毫不犹豫的一声:"对!"

对!她恨他!恨到宁可去死也不要回到他身边!

那一刻,薄夜不得不承认,他输了。他输给了她眼里触目惊心的恨意。

薄夜哆嗦着冲她伸出手:"唐诗,你抑郁症复发了,先冷静下来好不好?我们回家再说……"

唐诗冲他笑道:"家?我早就没有家了。薄少,让您失望了吗?唐家在五年前就已经家破人亡了。"

她早就不是当年那个唐诗了!

岁月再不可回头!

薄夜暗中拨了个号码,盲打了一串字发给自己的手下,只是不知道他的手下能不能读懂。随后他再次对着唐诗大声道:"回薄家!"

"薄家?"唐诗摇了摇头,"那是你的家,不是我的家。"

"那是……"我们曾经的家。可薄夜说这句话时哽咽了,唐诗的表情已经表明不想再和他纠缠。

她这样浑身是伤地站在路边,他看不下去,曾经的她多么骄傲、多么金贵啊,为何如今会是这个样子?

薄夜想办法拖延时间,等他的人来了,一定有办法可以将她带回去。

他……竟然不想再让她离开自己的视线。

薄夜狠下心来:"你别忘了,你的儿子还在我们家!"

唐诗被薄夜这句话激得整个人恍惚了一下,眼神涣散好久才慢慢聚焦。她看着薄夜,一字一字地说:"薄夜,你到底要用多少手段来强迫我呢?人心都是肉长的,你拿惟惟威胁我的时候,就不会内疚吗?"

薄夜只觉心惊。

唐诗继续说:"是不是,要等到哪天连唐惟也死了,你才会痛呢?"

薄夜的脸色霎时间变了。

唐诗捂着胸口笑,笑自己的荒唐。

薄夜,我身上所承受的痛苦,你根本不能体会,也根本不会去体会。你若是能理解我万分之一的痛苦,也不会把我逼成这样!

唐诗转身想走,这时薄夜用余光瞄到他的人开着车子过来了,于是大喊一声:"不要动!"

唐诗刚想迈开步子跑,男人的声音就随风传到她的耳朵里,像一把刀劈开她的身体!

"别让她跑了!抓住她!"

唐诗一惊,抬头看四周,才发现不知什么时候这边围了不少黑色商务车。

她后退几步,却逃跑无门,只能再次坐进了车里。

薄夜将钥匙丢给司机,自己则坐到了唐诗所在的车副驾驶座上。

二十分钟后,唐诗回到了薄家。而这一次,薄夜将她抱到了床上。

她喘着粗气问:"你到底想怎么样?"

薄夜垂眸,视线不自觉地落在她腿上的伤口处。他打了个指响,就有人端着东西进来。

"你既然反抗不过,那就乖乖服从,这才是聪明人的做法。而你现在只凭着本能和冲动,又怎么能赢得了我呢?"

是啊,比心硬,她终是比不过薄夜。

有些事情只要凭着满腔热血和冲动就能完成,可有些事情,哪怕抱着必死的念头赌上性命,都赢不过眼前的男人。

唐诗只觉腿上一凉,下意识地哆嗦了一下,大腿却被人按住。

薄夜用镊子夹起一块蘸了消毒酒精的棉花在她的伤口处擦拭,最后用纱布和胶带将她的伤口包好。

他在这个时候显现出来的柔情就像是一剂残忍的毒药,灌入唐诗的喉咙,她的眼眶红了:"你现在装什么好人?"

薄夜冷笑着抬头看她:"我从来都不是什么好人,只是这伤看着刺眼而已。"

唐诗被他这样的眼神刺得脸生疼:"薄夜,我到底欠了你什么?"

薄夜没说话。

"我什么都给了你,也什么都没有了,你到底还要我做什么?"

薄夜依旧沉默。

唐诗无声地笑了笑:"放过我吧,薄夜。"

听见唐诗那句"放过我吧",薄夜像是受了刺激一般,起身猛地就压了上去。

他一字一字,用尽力气:"唐诗,在我说结束以前,你——根本没有叫停的资格!"

唐诗无声地笑了,讥讽他的残忍:"薄夜,我的一无所有全是拜你所赐。"

薄夜没说话,直接走出去。

当天晚上,令他们猝不及防的事情就发生了——安如来了。

薄夜大惊,到底是谁叫安如来的,又是谁把唐诗在这里的消息传出去的?

安如看见唐诗的时候,整张脸都是惨白的。

她喃喃着:"没骗我⋯⋯他还真没骗我⋯⋯"

他是谁?薄夜心中有一大团疑惑还没解开,就见安如走上前,扬起手。可是她的手即将落下去的时候,却被唐诗一把抓住了。

唐诗死死地盯着她,眼神锐利,冲她冷笑:"你想打我?!"

安如倒退几步,眼眶都红了。明明一开始想动手打人的是她,现在装委屈的却也是她。她指着唐诗,浑身都在颤抖:"你为什么会在夜哥哥的家里?!"

薄夜家平时连她都进不来,偶尔他心情好了才会让她在客厅坐一会儿,能进薄夜卧室的女人更是少之又少。可是这个唐诗到底哪儿来的本事,可以这样若无其事地躺在薄夜家主卧的床上?!

唐诗看着眼前装出一副惊慌失措模样的安如就觉得可笑,她说:"问他去,问我做什么?"

安如气得脸色煞白,身后的薄夜上前:"安如,你别胡来……"

安如眼含着热泪直接扑到薄夜的怀里:"夜哥哥,为什么你们家会有女人?"

唐诗的眼中毫无波澜。

薄夜被唐诗这种平淡冷漠的眼神刺激了:"她只是暂时住在这里而已。"

唐诗冷笑,安如眼里的凶狠薄夜难道看不出来吗?她看着可是心肝直颤呢!这样一个心狠手辣的女人,难道薄夜是傻子,不知道她的心思吗?

真是可惜了安如那张单纯天真的面孔。

唐诗"啧啧"摇头,若是安如的姐姐安谧知道了,大概也会被自己这个心怀鬼胎的妹妹气得"诈尸"。

薄夜被唐诗那带着轻嘲的眼神激得脸色铁青,将安如带去了别的房间,可安如在看到另一间儿童房里的一切时,她就明白了。

原来薄夜的孩子是唐诗生的。

她一直都在猜测,如今这个猜测终于得到了证实。

安如的手指倏地收紧,眼中闪过一丝杀意。

唐诗的房门再次被人推开,只是这回进来的,是一个小小的身影。

唐惟扑到唐诗怀里:"妈妈,薄少又对你凶了是不是?"

唐诗笑着将唐惟的头发梳理整齐:"妈妈不难过。"

他抓住唐诗的手:"妈妈,你不要怕,我们很快就可以重新在一起了。"

"我也相信。"唐诗也握住唐惟的小手,不知道为什么,总觉得唐惟今天的眼神有点奇怪。

可是唐惟很快就笑起来,打消了唐诗的疑虑:"那我今天就和妈妈在这里睡啦!"

不知道是不是赌气,薄夜竟然留下了安如在家住。

安如刚刚小施计谋试探过,可薄夜不为所动,安如不禁开始怀疑自己的魅力。

安如想了想,觉得一定是因为有唐诗在,所以薄夜才会这样。

要是唐诗不在就好了。

要是唐诗和她那个儿子都不存在就好了!

安如眼里的杀意越来越汹涌,她披了一件睡衣,对着镜子看了一眼自己凌乱的发型,随后打开门出去。

薄夜正好在脱衬衫,见安如穿得如此妖娆,伸手解扣子的动作一顿,随后又继续。在她还没反应过来的时候,他已经大步走进浴室,将门一关。

安如躺在床上,静静地等着薄夜出来。

浴室的水声停了,男人出来了,那张脸依旧是那样精致俊美。安如当初就是爱上了他那双令人着迷的眼睛,可是五年了,那双眼睛里都没起一丝波澜,就好像姐姐死后什么事情都不能再提起他的兴趣。

他看她的时候,从来都只带着一种缅怀,一种对安谧的缅怀。

安如看着在身边睡下的薄夜,喊了一声:"夜哥哥……"

黑暗中,薄夜睁着一双眼睛说:"安如,不要试探我的底线。"

安如的心一下子就凉了,哽咽出声。

可是薄夜没有任何动容,只说:"如果你不习惯在这里睡的话,可以回去。"

安如开始轻微地啜泣。是唐诗,一定是因为有唐诗在,所以薄夜才会这么抗拒她!不然她早已得偿所愿了!

这一夜漫长而难熬。可是另一个房间里,因为有唐惟的陪伴,唐诗难得地睡了一个好觉。

早上,母子俩相拥着在床上醒来,唐诗爱怜地摸了摸唐惟的脸。

惟惟,为了你,要我付出什么都可以。

起床后,母子俩一起做了两份相当可爱又精致的早餐,随后怡然自得地坐在餐桌前。

"我开动啦!"唐惟脆生生地喊了一句。有唐诗在,哪怕是在薄家,他也相当安心。

他想来是接受了许多精英教育,连带着用餐的姿势都相当标准,如同一位小绅士。唐诗看着就红了眼眶,自己的儿子还那么小,却承受了那么多。

安如和薄夜从楼上下来的时候,正好看见唐诗和唐惟一起在厨房里洗碗的画面。唐惟个子矮,就搬了一把椅子放在唐诗旁边,站在椅子上。两个人在洗手池边一起洗碗,时不时笑起来。那副岁月静好的模样让薄夜都有些恍惚。

冰冷的薄家已经很久没有这样的生机了。

而他身边的安如却用凶狠的眼神死死地盯着唐惟。

唐诗和唐惟回头看见薄夜和安如走下来,就像是路过路人一样路过他们,没有任何停顿。

擦肩而过的一瞬间,薄夜的心跳漏了半拍。他下意识地回过头去,却发现唐诗只留给他一个渐行渐远的背影。

他们母子俩,这是连一句交流都不想和他有。

安如觉得这是好事,他们越是和薄夜疏远,她的成功率就越高!

这天下午,唐惟执意要唐诗带他出去玩,唐诗拗不过他。他走到薄夜面前,和许久没有说过话的父亲交流:"薄少,我想和妈妈出去逛商场。"

看着唐诗和唐惟死死攥在一起的手,薄夜承认,他被这个画面刺伤了。

他们是那么紧张彼此,就像是薄夜一开口必定会伤害他们一样。

无数个想法掠过脑海,最后薄夜轻轻吐出口的却只寥寥数字:"嗯,去吧。"

他……他这是同意了?!

太阳打西边出来了啊!

小男孩脸上满是兴奋:"妈妈,我们现在就出发!"

他已经好久……好久没有和自己的妈妈这样出去玩了!

唐惟脸上的雀跃就像是一巴掌打在薄夜的脸上,他从来不会对薄夜露出那种表情,还真是可悲。

薄夜的目光放在母子俩身上,好久才收回来,身边的安如却目光一闪,悄悄拿出手机发了一条消息。

唐惟抓着唐诗的手上了出租车,问:"妈妈,下次我能和舅舅一起玩吗?"

唐诗的眼眶一红,摸着他的脸的手都开始颤抖。

过了许久,她轻声说:"可以啊。"

唐惟的眼睛都在发光:"太好啦,我很想念舅舅呢!"

唐诗把头抬起来,看着出租车的车顶,努力不让眼泪掉下来。她努力微笑,没关系,熬过去就好了,她可以忍受的!

哥哥,你感受到惟惟的思念了吗?你一个人,孤单吗?

母子俩在一家大型商场门前下了车,唐惟颠颠地往前跑,唐诗含笑在身后追。古灵精怪的儿子加上优雅大方的母亲,这一对组合惹得无数人看去。

唐诗帮唐惟在抓娃娃机里抓了两个娃娃，唐惟高兴得大叫，一张小脸红扑扑的。他已经好久没这么开心了。

"妈妈，我想上厕所。"唐惟把两个娃娃抱在怀里，对唐诗道，"我们去上厕所吧。"

"好。"唐诗带着唐惟来到厕所门口，"好了就叫妈妈，妈妈在外面等你。"

"嗯嗯！"

唐惟抱着娃娃进了男厕所。

可是五分钟过去了，唐惟还没有出来。

唐诗有点着急："惟惟，是肚子不舒服吗？"

空荡荡的厕所走廊里只有她的回声。

唐诗这才意识到大事不好，走了进去。然后她发现唐惟原本抱着的两个娃娃掉在地上，每个男厕所隔间里都已经没有了唐惟的身影。

"绑架"两个字跃入唐诗的脑海里，她一下子就慌了神。

正巧有男人进来，看见她一个女人在男厕所，就吹了声口哨："美女，过来，我帮你……"

唐诗抓住他，无助地喊道："你有没有看到我儿子？大概到大腿这么高，五六岁大……"

"哟，这么关心儿子做什么？"男人眼里闪过一丝凶狠，狠狠地把她往前一带，"那个臭小子命大没准还能活着，不如我们现在先来做点别的事情。"

唐诗脑子里的警铃"嗡"的一声被拉响，她刚想出声挣扎，就有一只大手捂住她的嘴巴。

唐诗想都没想，一口就咬了下去！

那个男人被唐诗咬得大叫一声，反手狠狠一巴掌扇到唐诗脸上："老子喜欢你是看得起你！"

"救命啊——"

男人抢走唐诗的手机，狠狠一脚踩碎。

女人脆弱地红了眼："你放开我！"

下一秒，男人抓着她的头撞向墙壁！

剧痛袭来，随后她感觉嘴里是血，鼻子里是血，连呼吸一口气都带着血腥味。她的身子颤抖了一下，顿时就失去了挣扎的力气。

她昏死在那个男人怀里，鼻血一滴一滴地落在瓷砖上。

"还真是个烈性子。"

男人单手将她扛起来，随后打了个电话："大小姐？人我们抓住了，现在带去你那里。那个小孩？小孩我们也带走了。"

男人钻入厕所的最后一个隔间，墙上有一个通风窗口。他将唐诗放上去，外面就伸了一双手来接应。

几个人将昏迷的唐诗通过男厕所的通风窗口运出去，随后男人也利落地从通风口钻了出去。

薄夜在家里等了一天，可是直到天黑，唐诗都没有回来。

他心里隐隐有些不安。

薄夜给唐诗打了一个电话，那头却提示手机关机了。

他心一慌，唐诗不会真的跑了吧？

他没多想，又拨了个号码。

他这次是打给林辞的，对方很快接通："薄少，有事您说。"

"查一查唐诗现在在哪儿。"薄夜的眼神沉下去。

一小时后林辞打来电话，却令薄夜摸不着头脑。

林辞说："薄少，我们查到了唐诗的手机IP地址，是……在一家商场。"

察觉到他的话还没说完，薄夜一眯眼睛，杀气就这么泄露出来："继续说。"

"是……是男厕所。"林辞也很怀疑，可这个结果是不可能出错的，他来来回回查了三遍，"我没开玩笑，薄少，定位的确就是在那里，而且……没有任何走动迹象。"

那也就是说，手机是被人放在了那里，所以林辞才会查出这样一个结果？！

薄夜的脸色一下子变了："地址发我！现在立马去看一下商场的监控录像！"

唐诗，她居然还懂得用手机来制造疑团！

可是……薄夜发现自己的手指隐隐有些颤抖，不知道为什么，他心里总有一种不好的预感……

如果唐诗不是刻意在躲避他的追查，那么她的手机……到底是为什么会出现在商场的男厕所呢？

薄夜有点不敢想下去，立马又拨打了一个号码："喂？苏祁？是我，有件事需要你帮忙。"

苏祁倒是没想到薄夜会要求用他们家的势力来搜查一个女人，并且那个女人还是他最开始不屑一顾的唐诗。

可薄夜的焦急骗不了人。

苏祁原本也没在意，可当他的下属传达过来一个消息后，两个男人的心顿时就被揪紧了。

"苏少，我们看了监控录像，发现唐诗进了男厕所后，有个男人跟着她进去了，两人都没再出来。我们怀疑……唐诗是被人绑架了。"

"被绑架了"几个字落到薄夜和苏祁耳朵里，两个男人都震惊了。

回过神后，薄夜直接抢过苏祁的手机，对着他的手下怒吼："现在就给我查唐诗在哪儿！"

被绑架了？到底有谁要绑架她？

他的手指轻轻颤抖，这种反应落到苏祁的眼里，苏祁微微眯起了眼睛。

唐诗是在冰冷的水泥地上醒过来的。她刚醒，就对上一张狰狞的笑脸，先前在厕所里打她的那个男人正对着她笑。她喘了口气，肺部就像是被火烧一般疼。她嘴角有血丝顺着往下流，模样着实令人心疼。

"哟，醒啦？"

那个染着黄毛的男人笑了笑，上前用鞋尖挑起唐诗的脸。唐诗的手脚都被绑着，无力反抗，只能任由他们凑近。

"大小姐还真是没骗我……"黄毛男子恶狠狠地笑了几声，"虽然是个生过小孩的破鞋，不过身材看着的确不错，勉强还能过得去眼。"

唐诗的眼眶都红了，无助地想要往后缩，但手脚都被束缚住了。

黄毛男子一把捏住她的下巴，粗糙的手指狠狠擦去她脸上的血，然后盯着她笑道："脸也不错，倒是有点味道。"

唐诗浑身颤抖，嘶哑着嗓子喊："别过来！"

可是她喊出来的声音无比小，她已经没有太多力气了。被人带到这个地方，令她无比恐慌，之前那些阴暗回忆再次袭来。她面色惨白，一双眼睛却像是要溢血一般鲜红。

"叫什么叫？到时候有你爽的！"黄毛男人狠狠地将她从地上拖起

来,"你要是反抗,你那个宝贝儿子的命可就说不准了。"

唐诗的身体狠狠一震:"惟惟在哪儿?你们把他怎么了!"

"这么宝贝他?看来那个儿子就是你的命,要是这条命没了,你说你会不会绝望?哈哈哈——哈哈哈!"

男人用力将她丢到一张凌乱的小床上,就像是将她锁在一个求救无门的监狱里。

唐诗无助地流泪:"放开我!你们放开我!"

"我们大小姐可是恨不得你死呢!我说小娘儿们,你到底是做了什么对不起大小姐的事情?"

谁是大小姐?

唐诗尖叫:"我不认识你们所谓的大小姐,别碰我,你别碰我!"

男人恶狠狠地从牙缝里爆出一个名字:"死到临头我不如告诉你,大小姐就是安大小姐。这个人你可认识?"

安大小姐?!

安如!

唐诗恨红了眼睛:"你敢碰我,我现在就死给你看!"

"你嚣张什么!现在的你根本没有威胁我们的资格!"

"安如给了你多少钱,让你这样无法无天?"唐诗只觉喉咙在溢血,"伤害了我的孩子,你们会有报应的!你们绝对会有报应的!"

这时,门口传来一声轻微的敲门声。

"谁啊?"这地方深山野林的,谁会找上门来?

"你好,俺是住你附近的,俺家做了一锅菜,给你送点来。"村民朴实的声音响起。

黄毛男子冷笑一声,喃喃道:"这里的人倒是老实。"

唐诗觉得自己的机会来了,发出几声脆弱的呼救,又被男人狠狠一拳打在肚子上。

门开的那一瞬间,她觉得希望就在自己眼前,可是她再也发不出任何声音来呼救。

唐诗觉得自己的意识在渐渐远去,她好像在朦胧之中看见开门的那个黄毛男子瞬间倒地,随后有一道身影朝着自己奔过来。

她逐渐支撑不住自己的意识,在昏死过去的前一秒,她好像……好像看到了一双……漆黑如墨的眼睛。

唐诗觉得自己坠入了深渊，周遭一片黑暗，寂静无声。她的身体在不停地往下坠、往下坠，直至脱力。

"唐诗，你醒来好不好？我们现在去医院……你别睡……"

薄夜跟着上了救护车，握住她血迹斑斑的手，身体像是痉挛一般颤抖着。

他无助地说："你睁开眼好不好？你别吓我……唐诗，你这次别玩真的……"

苏祁坐在一旁，表情虽然冷漠，脸色却是惨白的。

他也想上前去看看那个女人到底怎么样了，伤得有多深。可是他……竟然失去了勇气。

他害怕，害怕这个世界上从此再没有她。他是厌恶她的，可是为什么会在看见这一幕的时候，心像针扎一般剧烈疼痛呢？

唐诗被送入诊疗室，两个男人站在外面的走廊里，都从对方眼里看到了不安和恐慌。

薄夜像是终于失去了力气一般，整个人靠着墙滑下来，瘫坐在椅子上。

他喃喃着："是谁……是谁……"

苏祁突然转身就走。

薄夜叫住他："你去哪儿？"

苏祁平静的表情终于有了裂痕，他猛地攥紧了手指："你在这里等她的结果，我……去看看她的儿子。"

苏祁走进电梯里，按了往下的按钮，随后来到儿童病房，看见了安安静静睡在里面的唐惟。

察觉到有人进来，唐惟睁开眼睛。他伤得不重，身上只有一些擦伤，看来那些人还不怎么敢对小孩出手。

小男生看着眼前的男人，轻声喊了一声："叔叔好。"

苏祁的心就这么颤抖了一下，嗓音嘶哑："你好。"

唐惟问："我妈妈呢？"

苏祁在旁边坐下，努力保持声线的平稳："你妈妈很好，别担心。"

唐惟笑了，五岁孩童多智近妖："我都被他们带走了，我妈妈一定不好。"

那一刻，苏祁不得不承认，他竟然输给了一个孩子。

"你不要多想，你妈妈现在有人陪着。"

苏祁想让他安心，却不料唐惟的眸光一下子暗下去："是薄少陪着吗？"

苏祁的心一凉，随后道："是的。"

其实他也不知道自己为什么想逃，只是看见薄夜那么紧张地等在诊疗室外面，他就想逃走。

苏祁自嘲地笑了笑，伸手摸了摸唐惟的脸："大人的事情，让大人去解决吧。"

明明只是一个五岁的孩子，可是看着他的眼神竟像是一个成年人才有的。

他轻声说："我妈妈不会想见到薄少的，叔叔，你可以代替我陪陪我妈妈吗？"

这句话让苏祁的心一紧，他下意识地反问："为什么这么说？"

唐惟的表情不变："我妈妈醒来一定会恨死薄少，为了防止他又刺激到我妈妈，叔叔，我想请你帮个忙。"

苏祁盯着唐惟的眼睛，轻轻地应了一声："好，等她醒了，我帮你去看她。"

唐惟甜甜地笑起来，这一刻才像一个天真懵懂的孩童："谢谢叔叔。"

苏祁在心里叹了口气，看着眼前的唐惟，不知道为什么觉得有些心酸。大抵，他是在心疼这个孩子吧。

唐诗醒来的时候，窗外刺目的阳光让她有些不适应地眨了眨眼。

她感觉自己睡了很久，才从黑暗中脱身，再一次回到这个世界。

思绪过了好久才逐渐回笼，她看了一眼周围，看起来是一间高级病房。病房里现在只有她一个人，而她的手上正插着一根针。

正在这时，门被人推开，苏祁走了进来。

苏祁双手插在兜里，在看见唐诗的时候眼睛微微眯起来，轻声道："醒了？"

唐诗凝眸，警觉地盯着他："惟惟呢？"

"他挺好的，托我过来看看你。"苏祁在一旁坐下，看见唐诗身上的瘀青，目光沉下去，又想到了之前推门进去看见她浑身是血地躺在床上的场景。

"我要见他。"唐诗双手攥在一起，身子隐隐颤抖，"我要见惟惟。"

"等你身体养好了再见。"苏祁只字不提薄夜,"不用紧张,我就是过来看看你。好歹我也算是你半个救命恩人,你别用这种眼神看着我。"

唐诗没说话。

苏祁总觉得唐诗这次醒过来整个人都不一样了,可是他又说不出到底是哪里不一样了,只觉得她眼里多了许多他看不懂的东西。

曾经的唐诗是坚强的,哪怕被逼上绝路,眼睛都是亮的。

可如今她再次醒过来,像是被抽筋扒骨,一双眼睛麻木沧桑。

姜戚得知唐诗出事后也很快赶过来看她,却在病房门口看见了正在徘徊的薄夜。

男人看着房间里的苏祁和唐诗,却没有推门进去。

姜戚踩着高跟鞋,一边冷笑一边推门:"怎么,你也会怕?"

薄夜察觉到了姜戚的针对,没说话。

姜戚把门推开,薄夜和她就一起进入唐诗的视线里。

女人抬起头来,那一眼里带着惊天的恨意。

薄夜连步子都还没迈进来,她就怒吼了一声:"滚!"

薄夜脸色惨白地站在门口。

唐诗抓起床头柜上的玻璃器具朝薄夜砸过去:"滚出去!带着你所有的东西滚出去!"

一旁的苏祁在喊:"唐诗你冷静点!"

"我怎么冷静!"唐诗感觉喉间有腥甜上涌,"就是因为他,惟惟才遭受了这一切!"

就是因为他强行把唐惟带在身边,所以安如才会对他们狠下杀心!

薄夜忍受不住唐诗这样的眼神,下意识地反驳:"你自己没有看好儿子,却把责任怪在我头上?"

唐诗笑了:"薄夜,这一切还不是你的安如搞出来的?你有什么资格指责我?!"

"不可能!"薄夜想都没想就否认,"安如心思单纯,不可能做这种事情!"

"她单纯?"唐诗像是听见了什么笑话一样,"薄夜,你真是世界上最可怜的人,什么都看不清,什么都不知道!"

"你少在这里乱泼脏水!"

薄夜上前,却被姜戚直接拦住:"她让你滚你听不见吗?"

"怎么，姜威，你是真以为自己飞上枝头变凤凰了吗？"

薄夜推开姜威，姜威怒骂："薄夜，你把唐诗害成这样，还想要她怎么样！死在你的面前吗！"

薄夜觉得整颗心都凉了，所有人都以为他想要逼死唐诗，他要如何开口解释他真的没有这样想呢？

既然如此，他也懒得开口解释了。他走上前，唐诗浑身颤抖："滚出我的视线！"

苏祁看不下去了，站起来想要拉住两个冲动的人。

岂料薄夜开口就是威胁："唐诗，你也配让我滚？你这条命都是我救出来的，你是白眼狼吗！"

"你救我？若不是你非得让我们母子俩待在薄家，安如会做出这种事情吗！"

姜威冲到病床边，把唐诗护在怀里："如果诗诗说的是真的，那么薄夜，你也没资格说无辜！"

唐诗抱住自己："滚出去，薄夜，你滚出去！"

"你要是还想要回你的儿子，就给我听话一点。"薄夜的眉头死死地皱在一起，越发口不择言，"少说一点安如的坏话，不如自己反省反省！"

男人暴怒地摔门而出。

唐诗的双手攥在一起，用尽了全部力气，直到指甲划破了她的手掌心。

她低吼："薄夜，我要你死！我要你死！"

第十章

薄夜整整一个星期没去看唐诗。

他再次踏入病房时,唐诗的脸仍旧苍白,眼里写满了触目惊心的恨。

唐诗说:"我要带儿子走。"

这不是乞求,而是干脆利落的陈述。

薄夜的眉毛一挑。他也不知道自己为什么如此执着于唐惟,大概是因为,如果连唐惟也走了,那么唐诗就会彻底离开他的世界。

可是这一次,唐诗眼里的情绪让他觉得有些害怕。她像是舍弃了所有的软肋铠甲,不顾一切地要从他身边逃离。

薄夜的声音沉下来:"你没资格带唐惟走。"

唐诗没说话,许久才道:"薄夜,要养唐惟,就把安如交出来!我是不会让我的儿子和一个有杀人动机的女人一起相处的!"

"杀人动机"这四个字让薄夜心里一阵烦躁:"你到底要闹成怎样才肯罢休?唐诗,这次你们母子俩被绑架是个意外,你能不能不要随便污蔑无辜的人?"

唐诗的胸口像是破了一个洞,冷风呼呼地往里吹。她盯着薄夜的脸,想从男人这张精致的脸上看出一丝一毫的内疚和愧意,可是薄夜无动于衷。

她笑了:"薄夜,你不信我,我无所谓!但是我绝对不会把自己的儿子再放回那么危险的地方!唐惟必须跟着我!就是因为你,他才会被人绑架!"

"你闹够了没有!"薄夜忍无可忍地低吼了一句,"唐诗,不要无限倍放大你的委屈!"

唐诗被薄夜这一声吼得浑身一震,她回过神来,低声笑道:"我委屈?

我不委屈，我这条性命握在别人手里，我有资格委屈吗？"

她在讽刺他，不顾一切地讽刺他。

薄夜上前，看到她发红的眼眶，那些伤人的话不知道为什么突然就卡住了，再也说不出来。

唐诗说："薄夜，总有一天我会彻底离开你的世界。"

她想逃，疯狂地想逃。

薄夜摔门出去的时候，手都在颤抖。

唐诗的表情总是让他觉得，他们之间已经穷途末路了。

等到某天，连唐惟都不能再拿捏住她的时候……薄夜的心在颤抖，等那天到来，他又该如何？

第二天下了很大的雨，像是老天大哭了一场，整个城市都被浇透了，雨水打在人的脸上生疼。

唐诗是在这天选择离开的。她收拾了行李要出院，带着一身的伤，在前台办理出院手续。

恰逢这个时候薄夜过来看她，他一眼就看到了人群中瘦弱得显眼的她。经历一场绑架后，唐诗瘦得令人心疼。

看到她手边的行李袋，薄夜心一紧，大步上前抓住她的手腕："你又想闹什么？！"

岂料女人只是抬头看了他一眼，那一眼，冷漠得如同不认识他。

她抽出自己的手，冲薄夜咧嘴笑了笑："薄夜，我终于摆脱你的纠缠了。"

薄夜心里大惊，还想说点什么，唐诗早已抽身而去。他追上去，拦住她的去路："你到底想怎样？！"

唐诗轻笑："我之前就说得很明白了，你让安如去自首。"

"安如不可能做那种事情！"薄夜到现在还认为唐诗是在胡闹，"你现在一个人回去很危险，在医院里好好养伤不好吗？"

"很危险？"唐诗用力甩开他，当着医院来来往往的人，狠狠扇了薄夜一巴掌，"你有什么资格来对我说这种话？我是因为谁才变成现在这样的！薄夜，你可别跟我说你无辜！"

薄夜被人当众打脸，一下子怒气上涌，刚想开口，唐诗却抢先他一步说出来："闭嘴吧！薄夜，我唐诗早已经不欠你什么了！你好好守着你的安如过日子去吧,从今天起不要再来招惹我!你一边搂着安如,一边还不肯放过我,薄夜,你的良心被狗吃了吗?!我告诉你,我还真不在意,你犯不着这样一遍遍来恶心我!"

医院的人来来往往,察觉到前台的纷争,频频对他们侧目。

"看见那边的两个人了吗?好像是女方在骂男方?"

"为什么要骂啊,她男朋友长得还挺帅的。"

"我刚听到一点内容,据说是男方脚踏两条船。"

"啧啧——人不可貌相,居然是个渣男,难怪女方这么痛彻心扉……"

"是啊,你看看那姑娘多瘦啊,唉,找个好男人疼疼她吧……"

"这渣男真不要脸,居然还敢来医院找这姑娘,我猜姑娘肯定是被渣男气得住院的。"

"嘘,走吧走吧,真是'多少美女爱傻子,多少傻子不珍惜'啊。"

路人的议论传到他的耳朵里,薄夜气得浑身都在发抖,他什么时候遭受过这样的侮辱?!于是他更加觉得眼前的女人不可理喻:"唐诗,你比起五年前来还真是有过之而无不及!"

"是啊,当年你还诬陷我是杀人犯呢!"唐诗笑得眼睛都红了,"松手!"

"你不要你的儿子了吗!"薄夜怒吼。

"我不要了!"

这四个字出来的时候,薄夜被震得整个人都恍惚了一下。

刺痛开始在身体里蔓延,他像是不敢相信,手指都跟着颤抖,隔了好久才回神问了一句:"你再说一遍?"

唐诗笑得极狠,向前走去:"我说我不要了。薄夜,你不是喜欢拿唐惟威胁我吗?我不要儿子了!怎么,是不是如你所愿了?我要是你,做梦都要笑出声来!你爱让他叫谁'妈',就让他叫谁'妈'!我不要了,唐惟送你。你——滚!"

最后一个"滚"字,她说得声嘶力竭。

她不要了,她亲口说出来了!

薄夜,从今往后,你再也没有什么可以威胁我的了!

直到她整个人消失在视野里,薄夜才像是猛地有了意识。他面色惨白,好几秒后,竟不受控制地倒退几步。

她不要了……她连唐惟都不管了,她是有多想离开他,连她最宝贝的儿子都不要了!

所有人都看见了，住院部前台那个长相俊美的男人如同被人抽空了灵魂，呆呆地站着，就像是化为了一座雕像。

他的心脏像是破了个洞，鲜血汩汩而出。他不知道自己这是怎么了，唐诗不要儿子了，将唐惟丢给他了，他明明应该开心才对啊。

可是他的心疼得厉害，像是疼到快死一样。他狠狠地深呼吸几口气。

身后有人赶过来，是林辞，他手里正拿着资料："薄少，我来晚了，刚刚看见唐小姐出院……"

薄夜茫然地回神，盯着林辞的脸，喃喃道："结束了。"

林辞的脚步一顿："薄少这是什么意思？"

一切都结束了。

唐诗已经直接将唐惟拱手让给他了。是啊，他不就是想要这个儿子吗？如今她亲手选择了舍弃，他为什么还会这么痛苦？

——因为他手里已经没有任何可以留得住唐诗的东西了。

薄夜忽然像被人抽空了力气，大口大口地喘着粗气，胸口的刺痛让他不由抓紧了自己胸前的衣服，仿佛这样就能得到缓解一般。

薄夜红了眼睛，花了好大的力气才强忍下心里所有的念头，艰难地吐出几个字："接唐惟回薄家住。"

"那唐小姐呢？"林辞在一旁问。

"她……已经不要唐惟了。"

这天雨下得很大，唐诗回家的时候被雨淋了一身，可她就像是察觉不到冷一般，到了家就脱衣服洗热水澡。

她站在浴室里，被热水打湿。她大哭了一场，已经分不清脸上是清水还是泪水。

到了后来，她无力地蹲下来，热水喷洒在她的背部，顺着瘦削的背脊往下滑。水声哗哗，热气弥漫。

她有一种自己已经死去的错觉。

滚烫的热水也温暖不了她彻底凉透的心，胸口实在是闷，她狠狠地拍打着自己的胸口，可是根本没用。

她蹲在浴室里干呕，可是她并没吃东西，呕出来的是胃酸。胃部烧灼的疼痛让她拉回几分意识，她颤抖着手，扶着墙站起来。她将头发通通往后撩去，露出一张苍白的脸。

这天夜里暴雨倾盆，久久不息，闪电撕裂了夜幕，一瞬炸亮了窗子外面的景色，随后又迅速没入黑暗。

——像极了唐诗五年前被抓上警车的那一天。

唐诗这天夜里做了一个很长很长的梦，她起床时，天光大亮，已接近中午。

她给自己弄了个发型，随后又给克里斯和姜威都发了消息。她觉得这是自己人生的新开始，将最痛的都舍弃了以后，她终于再也没有软肋了。

不知道薄夜是不是满意这样的情况，毕竟一切都如他所愿不是吗？

克里斯很快给了她回复，约她一起出去吃饭。

唐诗化好妆，换了个心情就出了门。她跟克里斯约在了环贸见面，半小时后，两个人在商场的大门口遇到了。

克里斯穿着一身西装，乍一看还挺像那么回事的。

唐诗看见他就笑了："你穿得像是出来约会一样。"

克里斯上前搂住她的脖子："你可不就是我的小冤家嘛！每次遇到好事不会想到我，也就遇到坏事第一反应是来找我。"

唐诗笑着喊了几句"我错了"，就挽住他的手臂。

两个人走进环贸，像一对好闺密，在这个专柜挑挑，在那个专柜逛逛，一圈下来手里多了两个购物袋。

"你摆脱了薄夜那个渣男，是不是应该请我吃顿饭庆祝一下？"克里斯笑了笑，"可以把姜威一起叫过来。"

"我叫姜威了，可是不知道为什么她没给我回复。"唐诗又掏出手机看了看，喃喃了一句"奇怪"，随后道，"走吧，我们自己先去吃，等她回我再让她打车过来吧。"

"可以。"克里斯挑了一家网红西餐厅，拉着唐诗往里走去。

店员们都以为他和唐诗是一对小情侣，还在背后谈论着"好幸福啊""真甜蜜"之类的话。

两个人在包间坐下，克里斯用脚钩了一把小凳子过来，随后两条大长腿就这么往凳子上一放，一点也没有面对媒体时那种高贵冷艳的姿态，就像个暴发户似的，就差叼支烟在嘴里了。

他眉眼轻挑："小妞儿，替我点菜。"

"猪变的吧你。"唐诗笑着骂了一句，"我刚进来的时候还听见有人夸你长得帅。"

他一下子就将尾巴翘上了天，哼哼了两声："我们混血的长得都帅。那个叫苏祁的不也挺帅的嘛。"

"提他做什么？"唐诗撇撇嘴，"我都已经和他们撇清关系了。"

"哟，是吗？"克里斯眨眨眼，"既然这样，我就去报复一下薄夜，帮你出气。"

"你想报复就自己去，可别说什么替我出气。"唐诗翻了个白眼。

克里斯从兜里摸出一支烟点燃，大爷似的叼在嘴里，翻着菜单，从牙缝里挤出一句话："有我这样的好人你就应该庆幸了，你看看你失恋、分手，我都陪着你逛街。"

失恋、分手？唐诗一听就笑了！

"我不爱薄夜了，五年前就已经不爱了。"

"是吗？"克里斯眯着眼睛，想从她脸上看出一些不自然的情绪，可是唐诗那句话说得无比顺畅，压根儿没有一丝尴尬。

啧！女人心，海底针！

克里斯收起他的两条腿，手撑着下巴："你那个小姐妹怎么这么慢？把餐厅地址发给她。"

"估计她是在忙吧。"

姜戚是叶惊棠的私人秘书，叶惊棠一个电话，不管什么时候她都必须到，所以肯定她和一般人的工作时间不一样。虽然今天是周末，但是她可能还在陪着叶惊棠办事。

"大周末的，我就不信叶惊棠能压榨她到这种地步，难道他自己不要休息的吗？"克里斯用手指敲了敲桌面，"你给她打个电话吧，好歹也知会一声。"

唐诗心想也可以，就顺手拨了号码打给姜戚。可是电话一接通，对面就传来一声轻微的闷哼。

那声音让唐诗心里隐隐不安，她问了一句："戚戚，你在哪儿？过来吃饭吗？"

对面没有人说话，只是传来一声男人的冷笑，随后电话就直接被挂断了。

"嘟嘟嘟"的提示音响起，唐诗还没回过神。姜戚很少有这样的情况，她从来都是大方开朗的。

因为自己曾遭遇过不好的事情,所以唐诗下一秒就开始担心自己的好友会不会出事,于是菜也不点了,直接抓起手机就站起来。

"走,去她家找她!"唐诗慌了神,"我怕咸咸出什么事情……"

克里斯也赞同唐诗的想法,于是两个人走出西餐厅,拎着袋子大步朝大门走去。他们在路边拦了一辆车,唐诗报了一个高档小区的名字,随后出租车司机就一脚踩下油门。

"姜咸住的地方挺不错呀。"克里斯听见姜咸家地址后感慨了一句,"是她自己的房子吗?还是……叶惊棠给她安排的住所?"

"她自己家。"唐诗含糊地说了一句,"但我不清楚叶惊棠今天会不会在她家。"

叶惊棠这个人平时看着就高冷,喜怒无常。姜咸当他的私人秘书,唐诗最开始也担心过。

到了姜咸家,唐诗却发现她家里有另一个男人。

——是余萧,姜咸的前未婚夫。

唐诗他们翻阳台进去的时候,余萧正把姜咸压在沙发上。姜咸被捂住了嘴,在奋力挣扎。

可是男人和女人的力量终究是有差别的,姜咸想说话,却发不出声音来,只能用愤恨的眼神注视着余萧。

正是这个时候,唐诗和克里斯从阳台翻了进来。客厅里拉了窗帘,四处一片昏暗,让人看不清里面到底发生了什么事。

心急如焚的唐诗透过缝隙看见他们两个人,惊得浑身的汗毛都竖起了,想都没想就抓起阳台上的花盆,狠狠地朝着玻璃砸过去!

这巨大的声响直接吓住了里面的两个人,唐诗在玻璃窗上砸开一个洞,随后克里斯用力踹向这个洞,整块玻璃直接裂成碎片。他冲进去,一把拉开了姜咸身上的男人。

唐诗脱下自己的外套罩在姜咸身上,回过神来对着余萧怒吼:"你疯了吗!没看见她不愿意吗!"

余萧这张脸她并不陌生,她听说过余萧,也见过余萧,只是没想到这样一个衣冠楚楚的男人会干出这么禽兽不如的事情!

唐诗的这番问话让余萧直接笑了:"我们两个人的事情,你一个外人懂什么?"

姜咸失去了平时鲜活的样子,在唐诗怀里颤抖着,脸上全是泪,她死死地抓住唐诗的手臂:"你来了……还好你来了……"

唐诗看着姜戚那么骄傲的一个人被摧残成这样,整颗心都在痛。为什么,她的日子不好过,连带着她的朋友也要受这样的委屈!

老天爷啊,你为什么总让无辜的人受伤害呢!

"姜戚是我最要好的朋友,她的事情我绝对不会置身事外,何况你刚才是在强迫她,凭什么还觉得自己有道理!"唐诗一双眼睛血红,将姜戚护在怀里。她曾经无依无靠的时候,是姜戚靠近她,给她安慰,如今姜戚受了委屈,她怎么能不管!

余萧看着唐诗这副保护她的姿态就想笑,男人笑起来的时候特别漂亮,不过可惜了这张精致的脸:"姜戚,你还真是本事大,居然能爬到现在的位置,果然会笼络人心!"

"你住嘴!"余萧这么侮辱一个女人,旁边的克里斯都看不下去了,直接拉开了客厅大门,"滚出去!"

余萧像是没听见一般上前,唐诗便护着姜戚退后。

男人死死地盯着躲在唐诗身后的姜戚:"姜戚,我这儿从来不是你能撒野的地方,不要以为你背靠着叶惊棠就可以无法无天,你还没那个资格跟余家对抗!"

说完,男人拍拍身上并不存在的灰尘,冷笑着瞥了一眼姜戚,随后直接摔门而去。

房间里只剩下他们三个人。

见余萧走了,姜戚终于低声呜咽起来。她抓着唐诗的衣服,整个人不停地哆嗦。

她说:"诗诗,幸好你来了……"

唐诗叹了口气,克里斯帮忙去倒了杯热水过来,随后蹲在地上看着姜戚:"可怜的女孩儿,别哭了。"

姜戚说不哭就不哭了,将剩下的眼泪憋了回去。嘴唇明明还在颤抖,她却强撑着不再让自己掉眼泪。

唐诗摸了摸她的脸:"他没做别的事情吧?"

"没有。"姜戚将身上的衣服还给唐诗,"谢谢你。"

"我们之间还说什么谢谢呢。"唐诗笑了笑,"去换身衣服,我和薄夜划清关系了,今天我请客,出去吃饭。"

知道唐诗是在哄她开心,姜戚也没有驳唐诗的面子,跟着笑了笑:

"好，等我重新整理一下自己。"

唐诗和克里斯在客厅等姜戚，十分钟后她走出来，还是叶惊棠身边那个冷艳果断的秘书，好像刚才的脆弱都是错觉一般。

唐诗觉得姜戚和她或许是一类人，所以她们才能成为好朋友。

姜戚叫了小区保安帮忙重新装玻璃，给了钱后就和唐诗、克里斯一起出门。她说："真不好意思，让你看到这样的场景。"

"你要是有不开心的事情就跟我说。"唐诗看着好友的脸色，还是有些担心她的状态，"余萧到底为什么要这么做？"

姜戚的眼睛微红，笑了笑："我活该。"

唐诗没有再追问下去，他们找了一家自助餐厅坐下，抬手招来了服务员。

可令唐诗没想到的是，她会在这里遇上两个熟悉的男人。

苏祁和傅暮终正好在他们对面一桌，两个男人刚坐下，一抬头，正和唐诗的目光对上。

唐诗倒是没想到在这里都能碰上他们，脸色当即收敛了一下，随后假装没看见一般把视线收回去，继续和姜戚点菜。

姜戚冲唐诗眨眨眼睛："你的烂桃花又来了。"

唐诗叹了口气："小祖宗，算我求你了，别说了。我一点都不想见他们。"

这句话传到苏祁和傅暮终两个人的耳朵里，两个男人的脸色均一变。

傅暮终被他妈妈关在家里好久，这几天才放出来。他不知道唐诗经历了什么，心里还对那些照片耿耿于怀。看见唐诗这种态度，他的内心越发不甘。

他觉得自己以前是被骗了，以为唐诗是个好姑娘。

克里斯手托着下巴，和两个小姑娘凑在一起，乍一看就像是她们的大哥哥。

苏祁的目光落在克里斯脸上好久，身边的傅暮终轻声问："那个男人是谁？"

苏祁冷着声音道："Mr.Chris。"

听到这个名字，傅暮终微微一惊，是那个大名鼎鼎的设计师克里斯？克里斯为什么会和她们混在一起？

唐诗不是没有察觉到对面两个人探究的目光，只是她已经受够了在他们的那种目光下生活，仿佛她离了他们就会死一样。

她早就受够了！这个世上，谁离了谁会死？

三个人点了菜，就聚在一起聊天。

姜威说叶惊棠最近投资了一个游戏，是个手游，目前还在内测，然后把自己的手机拿出来："叶总给我也发了一份，你们要不要玩？"

"哟？是个恋爱养成游戏啊。"克里斯在一旁点评道，"真是稀奇，叶惊棠居然会投资这种游戏，和他的画风完全不符合嘛。"

姜威笑了笑："能赚钱就行。现在的年轻人就喜欢玩这种恋爱养成游戏，里面有几个男神可以攻略，有大明星、霸道总裁、温柔医生，还有大学教授。"

"不得了……"唐诗倒是已经过了这种对虚拟偶像着迷的年纪，但是永远有人年轻，这种游戏上市说不定会取得很大的成功。

"听你这么说我都想去玩了。"旁边的克里斯兴致勃勃，"帮我问问叶惊棠，能不能也发我一份？"

唐诗轻笑几声："这种游戏到了后期一定是要充值的。"

"聪明！"姜威打了个指响，"你现在闲着是不是？不如过来帮我们一块做设计指导啊，女主角可以换装，还要定期出新品，你闲着就过来一起设计吧。"

这倒是一个好想法，唐诗欣然应下："我有空就去你们工作室看看。"

姜威哥俩好似的拍拍唐诗的肩膀："小姑娘，来我们工作室啊，我们这儿有个设计师贼帅！"

这时服务员把他们点的自助日料刺身端了过来，三个人很快就开动了，气氛十分融洽，和对面那桌的氛围截然不同。

苏祁看着唐诗在别人面前有说有笑的，不知道为什么，胸口就像压着一块石头。他觉得自己病了，自从唐诗出院后，他竟然不自觉地去打听她的消息。得知她和克里斯有来往后，他心里涌起一股名为嫉妒的感觉。

上一次在晚会上，她也是挽着克里斯的手，两个人如同一对金童玉女从他面前经过，刺痛了他的眼睛。

傅暮终起身去拿了一些糕点回来，而后又频频看了唐诗几眼，颇为不爽地说："我下次也带姑娘出来。"

不然和苏家大少单独出来吃日料自助，多……傻啊。

"你带呀。"苏祁将注意力转移到傅暮终的话上面，乐了，"听说你前阵子被你妈关了禁闭,是怎么回事啊?"

他无意间提起的这个话题却让傅暮终脸色一变:"别提了,没什么好说的。"

苏祁又笑了,他一笑起来,那双蓝绿色的眼睛就特别漂亮,路过的女服务员看了他好几眼。

"怎么,不会是因为女人吧?"

傅暮终的目光沉了沉,想说什么却没有开口。最后他叹了口气:"算了不说了,反正我已经被放出来了。"

可是傅暮终不知道,他已经在唐诗的人生里迟到了好久好久,久到后来他用尽一切办法……都已经追不上她的地步。

这顿饭吃得很尽兴。克里斯扒着一只阿根廷红虾,虾有一层浓浓的奶油芝士。这已经是他吃的第五只了,反正是自助,怎么都要吃回本。

姜威在解决了第十份海胆后皱起眉头:"海胆一份太小了,吃了跟没吃一样。"

唐诗看她几眼:"照你这个速度是绝对不够吃的。"

姜威从她面前舀了一勺鱼籽塞进嘴里,嚼了嚼后一口咽下去:"啊!我最喜欢吃自助日料啦!"

正巧这个时候,她的手机屏亮了起来。

唐诗看了一眼,有人来电,来电人备注着一个姓——叶。

估计就是叶惊棠了。

姜威接起电话,不知道对方说了什么,她挂断电话后就垂头丧气地对唐诗道:"看来我得先走了。"

"一起吧。"唐诗知道姜威工作性质特殊,也没怪她,"我们吃饱了。"

"没事啦,我先走好了,你和克里斯慢慢吃。"姜威拿了衣服,看了一眼对面的苏祁和傅暮终,"一会儿我走了,他们要是敢找你麻烦,就打电话给我,知道吗?"

唐诗失笑:"你要是我男朋友该多好。"

"那我就勉为其难答应你。"姜威扬了扬红唇,"唐诗是我的小老婆,谁敢对她出手,老娘就打谁!"

"少贫,你不是着急吗,快去吧。"唐诗推了姜威一把,"下周再来吃一次,路上小心。"

姜威踩着高跟鞋脚步生风地走了,她走了以后少了很多乐趣,克里斯和唐诗也没吃多久就站了起来。他们刚想去结账,却被告知不久前已经有人替他们付过了。

唐诗一转头就看见手里捏着卡从前台离开的苏祁。

她眉头一皱,原本想装没看见,苏祁却掉转方向,大步朝她走来。那气场实在是强大,唐诗不禁退后几步,站到了克里斯身边。

"吃完了?"男人盯着她,意味不明地吐出一句话。

唐诗迅速回答了一声"嗯",抓着克里斯的手臂就要走。

苏祁在她身后笑:"唐诗,我不是什么洪水猛兽,也不是薄夜,你有多怕我?"

唐诗收紧了手指,回头看苏祁:"苏先生和我也不熟。怎么,难道打完招呼还要去你家喝杯茶?"

她倒是变得伶牙俐齿很多。

苏祁不知道,唐诗已经将一切都舍弃了。当一个人被逼到再也没什么可失去的时候,她就什么都不怕了。

傅暮终发现他们在纠缠,走了过来。唐诗与他多日不见,觉得他也变了好多。

曾经她也试着和傅暮终交心,她的真诚却换来他的怀疑。

或许现在傅暮终就是把她看成了那种利用他的背景才和他交好的女人。

可是唐诗已经不在乎傅暮终如何看她了。当初她也心痛过,为什么自己身边的朋友一个个地离开自己。可是后来她看明白了,真正的朋友是分不开的,而那些要走的人,只是自己生命里的过客罢了。

唐诗看着傅暮终的眼神不再像往日一般真诚,只是淡淡地喊了一声"傅三少好"就打算离开。

傅暮终和苏祁同时出声叫住她。

唐诗再次停顿,却没回头,只是问了一句:"还有事吗?"

"唐诗。"傅暮终大抵是没想到唐诗会对他如此冷漠,他也丝毫不知道唐诗这段日子遭遇了什么,又经历了多少生不如死的痛苦,他冷漠又讥讽地说了一句,"你变了。"

唐诗笑着回眸,令天地都失了颜色。

她看着傅暮终,第一次觉得,或许这才是他的真正面目。男人在追逐猎物的时候,总是会给自己蒙上一层神秘面纱。可是当他们发现那些东西可能穷极一生也得不到的时候,就会露出原本冷血麻木的样子。

唐诗笑自己以前的愚蠢,她曾那么相信这个男人。

她说:"傅暮终,你知道吗?我曾经一度想在你身上靠岸。"

这句话落地,傅暮终的瞳孔骤然紧缩。随后女人转过头,在他面前挽着另一个男人毫不留恋地离开:"但我发现那也只是我的一厢情愿罢了。往事随风,既往不咎。多谢傅三少曾经的担待。"

她走的时候门口正好吹进来一阵风,傅暮终觉得这阵风像是穿透了他的胸膛。

都说有的人遇见了,就如同无意穿堂风,却引发一整片山洪。可傅暮终是不信的,他觉得那些不过就是诗人们臆想出来的美好相遇,这个世界上不会有那么多惊艳而又遗憾的瞬间。

他偏是不信,区区穿堂风,何以引山洪?

可是现如今,他确确实实被一阵巨大的浪潮吞没了。他这才知道,原来自己曾经和唐诗擦肩而过。

苏祁站在傅暮终的身后,眼神晦暗不明,他盯着唐诗的背影,直到她的身影消失不见。

姜戚给唐诗发消息说自己已经到公司了,让唐诗安心,随后就把手机收起来,盯着眼前的男人。

叶惊棠正坐在沙发上,意味不明地看着她笑。男人上身就穿了一件衬衫,袖口没有扣起来,就这么随意地散着,衬衫下摆扎进西装裤里。他手撑着下巴,一双琥珀色的眸子像是在发光一般。

姜戚觉得头皮有些发麻:"叶总,有事您吩咐。"

叶惊棠隔了好久才慢悠悠地说:"你给我买的什么咖啡?"

"雀巢。"

"倒了,重买。"

姜戚此时在叶惊棠的私人豪宅里,他一个电话叫她过来,就是为了让她重新给他泡一杯咖啡。

姜戚对上叶惊棠似笑非笑的眼睛:"叶总,目前我们只有这种。"

叶惊棠的眉头微微皱起来:"不是有咖啡机吗?"

"咖啡机前阵子坏了。"

"怎么坏的?"

"你忘了吗?前阵子有个网红上门,看见我在这里,以为我是你的情人,然后我们打起来了。"姜威一脸平静,"就把客厅的咖啡机砸了。"

"我忘了。"这种事情叶惊棠一般不会记,听姜威一说才隐隐有印象,"那你得负责新买一台咖啡机。"

"不是我砸的啊。"姜威觉得自己很委屈。

"人家不是冲你来的吗?"叶惊棠依旧是一脸平静。

"人家是冲你来的啊!"

"你这么说是要跟我算责任?"

"不敢。"姜威迅速变换表情,"叶总莫慌,我现在就去买。"

结果她一打开手机,搜了搜同款咖啡机,一看价格,五个八!

要死了!怎么这么贵!

姜威肉痛地点击确认购买,随后抬起头来看叶惊棠:"叶总,您还有事吗?"

"那我现在怎么办?"

"我选的同城商家,咖啡机明天应该会到?"

"可我现在想喝咖啡。"

喝……喝!姜威觉得叶惊棠真的是太难伺候了:"那你说怎么办?"

叶惊棠这会儿笑了:"家里有现成的咖啡豆,你去帮我磨成粉再泡。厨房里有杵。"

姜威心里飘过去一万句脏话,终究忍住了,只因为叶惊棠又附送了一句:"磨,现磨,磨好了月底给你奖金翻倍。"

姜威直接换了表情:"叶总我爱您。"

姜威磨了半小时,给叶惊棠泡了一杯纯美式咖啡,这厮总算慢吞吞地喝下去。他缩在沙发上,看了一眼站在面前的姜威,眉头皱起来:"让让,挡着我玩 PS5 了。"

姜威继续忍,嬉皮笑脸地说:"叶总,月底奖金的事情怎么说啊?"

叶惊棠连眼皮都没掀:"看我的心情。"

刀呢?她的刀呢?她要砍人!

姜威侧过身子,叶惊棠眼尖地瞟到了她脖子上的吻痕,目光一下子就变得意味深长了。

他要笑不笑地对姜威道:"你最近……生活很丰富啊?"

姜威没听懂叶惊棠在说什么。

男人放下手里的咖啡直接站起来,细长的手指按上了姜威的喉咙,像是情人一般旖旎暧昧，姜戚却觉得有一种不能呼吸的错觉。

叶惊棠一直喜怒无常，她无法招架。

他的手指重重地从她嘴唇上擦过，将她的口红抹掉一大片。

他说："让人碰了？"

姜戚笑了："我不敢。"

叶惊棠没说话，松开她，又坐回沙发上，隔了许久才幽幽地说："姜戚，别让我看见你那些劣习。"

姜戚笑容一僵，脸色有些白："我没有……"

"从你嘴里说出来的话，"叶惊棠含笑道，"你觉得可信度有多少？"

是啊，她忘了，在他眼里她本来就是那种人。

姜戚的身体颤抖了一下："是中午的时候，余萧过来找我。"

"嗯？所以呢？"叶惊棠好整以暇地看着她，"只能说明你的勾引很成功。"

被人这样讽刺，姜戚仍继续笑："叶总教得好。"

叶惊棠冷笑一声："少拿你对别的男人的那种态度对我，姜戚，我不吃你这一套。学乖了就改，改不了就滚。别解释，我不听。"

姜戚的手指攥成拳头，却没说话，许久才喃喃："叶总说得对。"

叶惊棠就是这样的人，哪怕他侮辱她到了极点，她也得毫无尊严地附和一句——叶总说得对。

大家都说叶惊棠身边有忠犬，就是那个工作起来可以不要命的姜秘书。她为了叶惊棠，为了公司生意，什么都豁得出去。

有人说姜戚无情，可姜戚觉得，真正无情的，是叶惊棠。

叶惊棠喝了咖啡就告诉姜戚可以走了，她神色恍惚地走出叶惊棠的家门。

她看见唐诗给她发了短信，便回复唐诗："晚上来我家睡吧。"

她想找个人陪陪。

唐诗这天夜里和克里斯一起去了姜戚家，三个人做了一顿烛光晚餐。她已经很久没这么开心过了，自从为了唐惟的事情和薄夜纠缠，她觉得自己每日每夜都像是在一场噩梦里。

如今，这场噩梦终于醒了。

唐诗在晚餐时间察觉出姜戚的心情不好，问了才知道，原来姜戚最近因为余萧的事情压力有点大。

"你是被退婚了,还是你主动要和余萧分开的?"

姜戚喝了不少红酒,唐诗见不得自己的好友也受感情上的苦,就将她搂过来:"别喝了,别再喝了。"

姜戚趴在唐诗的肩头:"我啊,我不爱余萧,是我主动说的分手,然后对外宣称是我被退婚。"

她保全了余萧的名声,这是她能对余萧做出的最大补偿。

"既然不喜欢,当初为什么要在一起呢?"唐诗摸了一把她发红的脸,想到自己也曾因为薄夜一遍遍忍受痛苦的模样。恋爱中,女人总是这样盲目而又自虐。

"因为,"姜戚笑了,"因为余家和叶氏有个生意要谈,叶惊棠叫我勾引他。"

唐诗哑然,她不知道姜戚和叶惊棠会是这种关系。姜戚爱叶惊棠吗?她也不爱他,那她为什么能为了叶惊棠做到这种地步呢?

姜戚喝多了,唐诗就和克里斯把她扶进房间睡下。随后两个人进了一间客房,坐下后唐诗才重重地叹了口气。

"你和你的朋友都不容易。"克里斯倒头摔进被子里,"爱这种东西,哪有那么简单呢?光靠一个人的努力,是怎么也……完不成两个人的事情的啊。"

她知道克里斯也不容易,他背负的压力应该也远比他阳光的那一面多。

深夜十二点,一个陌生来电将唐诗从睡梦中吵醒,她看也没看就接通了电话:"喂?"

清冷的女声传到薄夜耳朵里,他觉得自己病态地对他的前妻上瘾了。

"唐诗……"

男人的声音让唐诗一下子清醒,克里斯听见她说话,闷声问了一句:"谁啊?大半夜还让不让人睡觉啊?"

薄夜在家里喝酒,不知道为什么会拨通唐诗的号码,更不知道为什么……他会疯狂地想要听见她的声音,哪怕是一通怒骂也好。

他……害怕她的那种不屑一顾。

可唐诗那边传来一个男人的声音,,那一句带着些许烦躁的"谁啊"让薄夜的心一下子凉透了,像是整个人都掉进了冰窖里。

唐诗直接挂断电话,甚至都没给薄夜反应的时间。他听着那阵"嘟嘟嘟"的提示音发呆，好久才回过神来。酒意被冰冷的现实冲散，他不受控制地捏碎了手里的酒杯。

"薄少……"林辞在一旁陪着薄夜喝酒，看着他恍惚的模样，有些担忧，"薄少，别喝了。"

"林辞……"薄夜过了好久才喃喃，"人这辈子，是不是永远都会被曾经得不到的东西困扰？"

林辞没说话，许久才道："薄少，您从未失去过。"

薄夜低声笑了："你是在嘲讽我也从未得到过吗？"

林辞不说话了。

薄夜知道林辞敬畏唐诗，抬头看向林辞："唐诗被绑架的事情，你到底是怎么看的呢？"

"我不好断言。"林辞恭敬地与薄夜拉开距离，"薄少您自己认为怎样就是怎样。"

他不会帮唐诗去向薄夜解释，想必唐诗也是不屑于此。

看着自己的特助，薄夜笑了："所有参与这次事件的人我都问过了，他们统一的口径就是临时见色起意才想绑架唐诗。可唐诗口口声声说是安如在策划一切，我想知道，为什么她非得说是安如呢？"

林辞垂下眼帘："薄少若是疑惑，可以自己去问唐小姐。"

"我问？"薄夜像是听见了什么笑话一般，"唐诗也不屑吧？罢了，不就是一个女人，没了她我更自在。"

"我认识安如五年了，如果真有什么，我不会没有察觉。"薄夜低下头去，"安谧死后我就一直代替她照顾安如，唐诗大抵是恨安谧，所以才连带着针对安如。"

"既然您心里已经有了一番见解，就不必再问我了。"林辞在一旁沉默好久才出声道，"希望薄少您日后不会后悔。"

薄夜重新给自己拿了个杯子，又倒了杯酒。他轻声说着，不知道是在说给谁听："我不会后悔，也不可能后悔。"

可是……可是一想到刚刚唐诗身边有男人的声音，薄夜整个人就没来由地烦躁。

薄夜仰头将酒喝下，林辞在一旁默默帮他倒上酒。自从唐诗走了以后，薄夜现在夜里都要靠喝酒来入眠。

他害怕做梦梦见的是唐诗那张脸，就不停地把自己灌醉。

不是这样的，明明她现在已经彻底和自己划清了界限，可为什么他会有现在这样的感觉？

到底是哪里出了错？！

薄夜一脚踹翻酒瓶，酒洒了一地。

他红着眼眶将酒杯摔出去，酒杯砸到墙上四分五裂。

林辞在一旁沉默地守着，也没去帮他把酒杯碎片捡起来。

"一个女人……区区一个女人……"薄夜用力攥紧了手指，"她凭什么来操控我！"

男人脑子里闪过一些念头，他立刻看向林辞，连声音都在颤抖："给我查唐诗的父母现在躲在哪里！"

第二天是周一，姜戚去上班了。

唐诗醒过来的时候已是下午，昨天喝了红酒所以睡得有些晚。她起身看克里斯还在赖床，就过去踢了踢被子："起床了。"

克里斯揉了揉自己的头发，翻出手机，看见上面的日期时吓了一跳，嘴里喊着："哎呀，我得回美国了。"

"这么快就要回去了？"唐诗转过头看他，"你不是才回来吗？"

"我是因为你才回国的好吧。"克里斯翻了个白眼，"我跟我家里人请假出来的，公司那边也要回去运营，回去后估计得忙死。"

克里斯迅速翻身起床："我等会儿再订机票，我们去吃最后一顿下午茶吧。"

"OK。"唐诗整理了一下自己的发型。

两个人挑好了餐厅后便出门打车，到了酒店大堂，才知道这边的一楼被一家公司包下来做跨年聚会了。

唐诗裹了裹身上的大衣，和克里斯走到了一个包间里。

"这里会稍微安静点，气氛还是大厅好，如果你们不介意和那家公司的所有职员一起的话……"服务员小心翼翼地说了一句，"我们可以给你们俩安排两个座位。"

"没关系，就这里吧，谢谢。"唐诗示意不用再麻烦了，随后就和克里斯坐下开始看菜单。

下面一楼大厅人来人往，一张张圆桌边坐满了人，想来这个公司规模不小。

克里斯随意点了一些招牌菜，唐诗起身说想去上个厕所，就留了克里斯一个人在包间里。

可是她没想到，会在这里遇到叶惊棠。

她更没想到，叶惊棠身边还站着薄夜。

狭路相逢，她脸色都变了，反应过来后连招呼都不打一声就直接转身。

"站住！"

身后传来薄夜的声音，可是听见他的这句话后，唐诗的步子反而迈得更大，像是迫切想要逃离这个场所一般。可是她还没走几步，手就被人用力抓住了。

薄夜正冲她冷笑："怎么，一见我就跑？"

"我和你没什么可说的。"唐诗用力想抽出自己的手，可是薄夜攥得很紧，她无法脱身，"薄少，放手！"

她现在的语气和唐惟喊他的语气一模一样！

薄夜怒了，以前这个女人眼里心里都只有他，为了他什么都可以付出，可是为什么现在一见到他就要跑？

他在她眼里到底有多可怕？！

唐诗的挣扎无疑令薄夜更加愤怒，他丝毫不顾还有叶惊棠在场："唐诗，你躲什么？"

这话让唐诗的脸色变得惨白，她伸手想打薄夜，可是被男人看穿了，他挡住她的动作："你现在胆子大了、翅膀硬了，敢跟我正面冲突了是不是？这么快就勾搭上别的男人，我还真是小看了你的本事！"

这番话说得唐诗眼睛都红了："薄夜，你没资格指责我！"

"我没有，那谁有？昨晚睡在你身边的男人吗！"薄夜暴怒，一张脸越发俊美逼人。可是在唐诗眼里，这张脸无疑是恐怖的。

她不允许薄夜这么侮辱克里斯！

"你侮辱我可以，你不能侮辱克里斯！"唐诗用力甩开薄夜，"我都说了你别来纠缠我，我和谁怎样都不关你的事！"

她敢在他的面前维护另外一个男人！

薄夜愤怒道："怎么，你现在是替那个男人说话？"

"他不是什么坏人！"唐诗气急怒吼，"薄夜，克里斯是我的好朋友！我一句委屈，他就可以丢下一切从美国飞过来安慰我！你能吗？当初和你结婚五年，你从来没有拿正眼看过我一眼！我唐诗要是没有他，从五年前到现在，死了几次都不知道了！"

她的一番指责字字诛心，薄夜的脸色变得惨白，精致的脸上全是不敢相信。他整个人都恍惚了，被唐诗一番话逼问得哑口无言。

他竟然连一句反驳她的话都说不出来！

那他呢？他在她的眼里是不是就是一个魔鬼？

可是她有没有想过，他有的时候真的只是想为她好！

她被绑架的时候是他费尽力气找到她，是他送她去的医院，是他不睡不吃地守着她，是他替她出气！

她什么都不知道！她受了委屈，就认定坏事一定是他做的，然后她的冷言冷语让他更加口不择言。

唐诗看到了薄夜眼里惊心的怒意，她想逃，疯狂地想逃。

她那闪躲的表情看在薄夜眼里，无疑是火上浇油。他将唐诗摁在墙上，将她困在臂弯里。

唐诗忍无可忍地推他："走开！现在死缠烂打像什么样子！"

瞧瞧她这副不屑一顾的表情，衬得他薄夜就像个笑话！

"唐诗，老子的心也是肉做的，也会疼！你不知道我为你做过什么，就少用这种我对不起你的眼神看我！"

"这句话完完整整还给你！"唐诗终于推开他，"你也不知道我曾经为了你失去了多少！你现在跟我来谈付出，薄夜，我告诉你，你的付出根本比不上我当初失去的一分一毫！你连难过的资格都不配有！你活该！"

唐诗看到了因为担心她而找过来的克里斯，她一下子红了眼眶，整个人扑进克里斯怀里。

克里斯抬头，在薄夜的眼里看见了狼一般的杀气。

他用力搂紧了唐诗，迎着薄夜那带着杀意的眼神将她带走。

克里斯冷笑道："我想，你现在还是恨她。毕竟，你从来不会反省。"

这句话像是利刃刺进薄夜的胸口，他倒退几步，不敢相信地看着克里斯搂着唐诗远去。那一刻，他觉得身体深处传来剧烈的疼痛感。

叶惊棠看完了整场闹剧，非常不怕死地加以点评："真激烈。"

薄夜回头，看见叶惊棠那张要笑不笑的脸，仿佛无动于衷。

叶惊棠饶有兴味地勾起嘴角："撇开唐诗经历过的事情不谈，她本人倒是挺有本事的。"

起码那些设计作品令人敬佩，而且她是个有骨气的女人。

薄夜没说话，视线沉了下去，俊美的脸上闪过一丝阴霾。

唐诗……我这里从来不是你可以随意进出的地方！

唐诗在和克里斯吃完饭后送他去了机场，看着他走向安检通道，唐诗的眼睛有些红："你又要走了。"

"哎呀，别这么可怜巴巴地看着我。"克里斯捏了捏她的脸，"过年要到二月了吧？今年过年我回来陪你。"

"好啊！"唐诗笑了，"我和戚戚也约了一起。"

"我觉得不太行。"克里斯意有所指，"我觉得叶惊棠会让姜戚陪他过年。"

想到这里，唐诗的笑容一僵，随后又整理好了："那到时候再说吧，不急，你先去吧。"

"好，我走啦！到那边落地了再和你说！"克里斯冲唐诗挥挥手。

唐诗也和他告别："好的，注意钱包和贵重物品！"

唐诗送走了克里斯，从机场出来已是深夜。她抬头看了看天空，星星已经挂在了夜空。

她喘了口气，焐热了自己冰冰的掌心，随后给姜戚打了个电话："戚戚，是我，你下班了吗？"

"我今天……可能要加班。"姜戚的声音有点喘，"你先回我家吧，钥匙在花瓶下面。冰箱里有……有新鲜的牛排，你烧两份等我吧……"

听她这么说，唐诗微微安心，笑了笑："五分熟对不对？"

"是的。"姜戚说了一句，"等我半夜回来吃牛排！"

说完她就直接挂断了电话。

唐诗想到姜戚先前接电话时的声音，心里还是微微有些疑惑。她那个时候在干什么呢？

可是她刚到姜戚家，一个男人就冲上来一把捂住了她的嘴。唐诗奋力挣扎，迎着月光，他们看清了彼此。余萧愣住了，一下子松开她："怎么是你？"

唐诗对余萧自然没什么好脸色："你怎么进来的，你有钥匙？"

"这房子的钥匙她之前就给过我一把。"余萧的眉头皱起来，"怎么是你？姜戚呢？"

看见余萧,唐诗的第一反应就是赶他走:"你又想闹什么?从她家里出去!"

余萧上前狠狠地按住唐诗的肩膀:"告诉我,她在哪儿!"

唐诗冷笑:"我是不会告诉你的!"

余萧想动手打她,却又忍住:"你把姜戚的地址告诉我,不然我有一万种方式让你生不如死!"

唐诗大笑,她倒是想看看余萧能有多狠!

余萧当着唐诗的面打了个电话给姜戚:"我告诉你,十分钟内给老子滚回来,否则你的朋友就遭殃了!"

"浑蛋!"对面的姜戚破口大骂,"你算什么男人!不许动唐诗!"

余萧打了个指响,好几个黑衣人冲进来,将唐诗整个人按在毛毯上。唐诗挣扎,余萧伸手捏住她的下巴。

他冷笑道:"姜戚,你朋友长得挺顺眼的,不如,我试试?"

"你敢碰她,我不会放过你!"姜戚在另一头怒吼,"余萧,有什么事你冲我来!对唐诗动手,你还是个人吗!"

余萧对着手机冷笑:"现在,滚过来,否则你的好闺密就要替你承受一切,我说到做到!"

"你疯了吧!"姜戚直接摔了手机。

叶惊棠看着姜戚这样动气,倒是笑了:"怎么,余萧已经到了不顾一切把你要回去的地步了吗?"

姜戚的眼眶红了:"叶总,我今天真的不能留下来,唐诗现在在我家……"

"他不可能对唐诗做什么的。"叶惊棠手托着下巴,好整以暇地眯起眼睛,"余萧虽然是个渣男,但男人该有的底线还是有的。姜戚,他想得到的人是你,所以才用唐诗要挟你。"

姜戚拿起一旁的包要走,叶惊棠的声音一下子冷下来:"姜戚,你这是在违逆我?"

姜戚的声音都在颤抖:"就算余萧不可能真的对唐诗做什么,但唐诗就是我的软肋!他拿刀抵着我的软肋,我不可能无动于衷!"

"所以呢?"叶惊棠冷笑,"你明知道余萧要对你做什么,你还要回去?"

姜戚脸色一白:"我罪有应得,是我先因为你去招惹他……"

叶惊棠很迅速地接上话:"晚上有个局,你得跟我一起去。毕竟这生意挺重要。把包放下,你今天从这里出去了,以后就不用再回来。"

姜戚回头看着叶惊棠:"叶惊棠,你非要逼我吗?"

她效力的公司和她的好姐妹,到底孰轻孰重?

叶惊棠笑得残忍:"逼?姜戚,你也太高看自己了,我对你,不屑用逼。"

姜戚的身体都在颤抖,肩膀上的包带子已经被她攥得变形:"叶惊棠,我是个人,是个活生生的人,不是为你打工的机器!我也有我在意的东西!"

"你别逼我。"叶惊棠扬了扬下巴,"坐下,化妆,换衣服,十一点准时出发,我不想再说第二遍。"

回忆掠过她的脑海,压得她喘不过气。

她有无法违逆他的过往。

姜戚肩膀上的包终于落到地上,她脸色苍白,像是彻底崩溃了。

她说:"好,叶总。"

另一边,余萧和唐诗在姜戚的房子里等到了晚上十一点。

唐诗挣脱了黑衣人的压制站起来,退到墙角。她笑道:"姜戚不可能再回来了,余萧,你失败了。"

余萧的眼神很受伤,可语气极狠:"不可能!姜戚不可能不来!除非——"

除非……叶惊棠不让她来。

想到这里,余萧更加愤怒,上前掐住唐诗的下巴:"你的好朋友抛弃了你,你不难过吗?"

唐诗笑了:"难过什么?我替我的好朋友开心,她就该这么果决!倒是你才应该难过吧,我和你之间,被姜戚抛弃的从来都是你!"

余萧盯着唐诗脸上的笑容,恨不得把那张脸撕碎。

他叫人用力将唐诗按住,不顾她的剧烈挣扎,把她强行塞进车子里。

男人眉眼冷漠,一脸的山雨欲来:"叶惊棠今晚在 Mago 有个酒局,给我把这个女人带过去!"

唐诗是在二十分钟后被余萧按着进入 KTV 的,一群人直接就往 V2 走。

进去的时候,她和余萧就看到姜戚正巧笑嫣然地替叶惊棠和大家聊事情。那神色真是拿捏得恰到好处,想来这样圆滑的她早已经习惯性摆出这种姿态了。

大家都说叶惊棠身边有一个为了他可以连命都不要的姜威。不管摔得多惨,只要叶惊棠一句话,她就能顶着笑站起来,声音娇媚地喊一声:"老板好。"

她像是不会疼,或者说,她早已经抛弃了自己的感官知觉。

看见余萧带着唐诗进来的时候,姜威敬酒的手一顿,整张笑脸都僵住了。

叶惊棠看到这个意料之外的发展,倒是好整以暇地眯起眼睛,对着门口的余萧举起酒杯:"余少,是有朋友在这儿?不如坐下来喝一杯?"

姜威面色惨白:"叶总,不要……"

给她留点尊严吧,给她留点尊严吧!

可叶惊棠像是没听见她的乞求一般,仍要笑不笑地看着唐诗:"唐小姐也来了?"

唐诗两只手都被人按在身后,明显就不是自愿来的。

里面的人一看到这个场景,都觉得这是一出好戏。余家大公子找上门来,到底是为了什么呢?

"余萧,你把唐诗放开!"

余萧冷笑:"姜威,你这个坏女人也配命令我?"

姜威说话的声音都在颤抖:"谁允许你动她的!"

"我做事需要经过你的允许吗?"余萧将嘴里的烟拿下来丢在地上,用脚踩灭了。

男人衣冠楚楚,唯有一双眼睛里满是狠意,他意味深长地对叶惊棠道:"叶总,我需要借您的秘书一用。"

"你看上我秘书了?"叶惊棠无所谓地笑笑,"姜秘书确实能力强,你要我把她给你也行,合同上的违约金你出了就好。"

姜威的眼眶都红了,为了顾全大局和保护唐诗,她直接拿了一杯酒,站起来:"余少不要吓我,我不知道自己在哪里做了得罪你的事情,现在给你赔罪,请余少手下留情,放开我的好姐妹!"

余萧这辈子最恨的就是姜威这张嘴。她巧言令色,八面玲珑,随便谁去贬低她,她都能一一应下。

余萧笑了:"喝一整瓶,就放过你。"

姜威拿着酒杯的手在颤抖,叶惊棠明显发现她在害怕,可是他没有开口说话,全场寂静无声。

这个时候,一道清冷的声音插进来:"喝一瓶?余少没指定人吧?那我来!"

趁众人没注意,唐诗一把夺起旁边刚被开封的轩尼诗,然后将瓶口对准了嘴巴!

姜威没忍住,捂住嘴哭出来。

叶惊棠惊得瞳孔都收缩了,他一直以为,像姜威这种没有尊严的人,不会有真心朋友。可是他没有想到,在他们所有人都在刁难一个弱女子的时候,也只有唐诗这个瘦弱的女人站出来帮她!

那一刻,全场人都像是受了极大的刺激一般,居然没有人出来阻拦。

五分钟,唐诗将一瓶酒喝完只花了五分钟。所有人都张大了嘴巴,有的人甚至在隐隐颤抖。原本以为余萧只是吓吓她们,没想到真有人这么做,这样不要命的喝法⋯⋯会胃出血的!

胃部迅速升起带着痉挛的烧灼感,她觉得自己下一秒就要吐出来,却还是强行忍住。

唐诗来到姜威身边,抓住她的手,不管不顾地将手中的酒瓶往地上狠狠一砸!

一声清脆的巨响让所有人心头一震!

"我今天算是看清楚你们这群衣冠禽兽的真面目了⋯⋯"唐诗将姜威护在自己身后,"你们没看见她在颤抖吗?你们就这么喜欢逼一个女人吗!姜威是欠了你们的还是怎样?我把话放在这里,谁敢再让姜威受一丁点委屈,我这个酒瓶能摔地上,也能摔你们脸上!"

说完,唐诗红着眼睛抓起姜威的手,直接将她往外拽,从喉咙里溢出一个字:"走!"

全场竟然没有一个人敢上前阻拦。

他们⋯⋯竟然输给了一个女人。

姜威被唐诗拉到外面就开始哭,一边哭一边说:"诗诗,我对不起你,我们去洗胃,你这样会胃出血的⋯⋯"

可是唐诗没说什么,她整个人开始意识不清,扶着墙就吐出了一口血。

姜威抱着她的手在颤抖:"唐诗,你别吓我⋯⋯你别吓我,救命啊,这里有人酒精中毒吐血了,救命啊!"

苏祁搂着小姑娘往外走的时候，就听见一道救命声传来。他没当回事，身边的小姑娘还说："估计是为了钱喝到酒精中毒的，没有什么好可怜的。"

苏祁没肯定，却也没否认。

直到姜戚颤抖的声音再次扎入他的耳膜，他整个人都惊呆了："唐诗，你醒醒！我带你去医院！唐诗，你别昏过去！有没有人帮我抱她进出租车啊，救命啊！"

姜戚的声音一声比一声惨，苏祁脸色一变就折返回去。看见姜戚歪歪扭扭地扛着一个已经昏死过去的女人，他的步伐比任何时候都要迅猛。他冲上去抱住唐诗，大喊一声："唐诗？"

姜戚看见苏家大少，心神一震，眼泪又流出来了。她是大家眼里冷艳强势的女秘书，从来没有这么慌乱过："苏少，求求你帮帮我，她刚喝了一整瓶的轩尼诗，这样下去是会死的……"

苏祁没说话，直接一个横抱抱起了唐诗。

唐诗的眼睛紧紧地闭着，脸色灰败，隐隐发青。

姜戚路都要走不稳了，跌跌撞撞地跟上去："都怪我，都怪我……"

"别说那么多了，上车。"苏祁拉开车门，把唐诗放到后排座椅上，随后姜戚也钻了进去。

男人直接一踩油门往医院开去。

苏祁是在凌晨一点把唐诗送到医院的。

江凌还在睡觉，结果苏祁一个电话打过来把他从睡梦中吵醒，说是这里有个人需要洗胃。

江凌匆匆忙忙赶到医院，就看见唐诗躺在急诊室里。

他叹了口气："她是不是被谁欺负了？"

姜戚在一旁哭，苏祁听了一个头有两个大，烦躁地喊了一句："别哭了，哭丧吗？"

姜戚一听哭得更起劲，苏祁怒了："你闭嘴，再烦我我喊叶惊棠来了。"

果然用叶惊棠恐吓姜戚非常有效，她立马不哭了。

过了四十多分钟，江凌从急诊室出来了。

"你去帮她办一下住院手续吧，酒精中毒加胃出血，再晚点来就可以喊一堆人在外面哭丧了。"江凌摘下橡胶手套，看了姜戚一眼，"牛啊，她为什么能喝这么多？"

姜威含着眼泪把事情的经过说了一遍，苏祁听着，眼神渐渐沉了下去。

"她……难道外面没有男人帮她吗？"他一直以为唐诗身边从来不缺男人，可是没想到今天这种情况根本没有人站出来帮忙。

姜威的眼眶又红了："什么男人？以前顶多有个唐奕护着她，现在唐奕没了，唐诗就一个人了！"

连唐惟那个小男子汉都不在身边了！

苏祁沉默了一会儿，从钱包里抽出一沓钱："帮她去办理住院手续。"

姜威一顿："那……那你干啥啊？"

"我在这里等她醒来。"

姜威瞅了苏祁半晌："你是不是喜欢她？"

苏祁心一紧，迅速反击："我会喜欢一个离过婚生过小孩的？！"

嘴硬。

姜威踩着高跟鞋去给唐诗办住院手续。

这边唐诗提前住进了病房，苏祁也跟着进入病房。

唐诗没想到，醒来的时候会看见苏祁的脸。

她以为自己出现了幻觉，可是闭上眼睛再睁开，眼前还是苏祁那张要笑不笑的脸。

苏祁眉毛一挑，邪邪的，痞痞的。他穿着一身卫衣和破洞牛仔裤，大长腿伸在病床下面，正抱着一个抱枕对着她笑。

那笑容让唐诗感觉恶寒。

苏祁吹了声口哨："哟，醒啦？"

唐诗刚想说话，苏祁就站起来，凑近了看唐诗的脸，那双蓝绿色的眼睛里带着不善："你本事挺大啊，一瓶轩尼诗五分钟喝光？"

唐诗的脸上还带了些病态，说："跟你有关吗？"

"先前跟我无关，"苏祁耸耸肩，"不过现在有了。是我把你送来医院的，你需不需要感谢我一下？"

怎么每次遇到不堪的事情，都正好会撞上这个男人？唐诗"啧"了一声，眼里带着十足的抗拒。

苏祁轻轻捏着她的下巴，大抵是怕弄疼她。

他笑："我说唐诗，你这种不要命的劲头早点拿出来对薄夜，也不会落到现在这么惨的地步。"

唐诗笑了笑，带着嘲讽，不知道是在讽刺谁："那怎么办啊，我爱他，我舍不得。"

从唐诗嘴里听到她说她爱薄夜，苏祁的瞳孔缩了缩，脸上的邪笑顿时变成冷笑："真犯贱。"

他用简短的三个字评价她。

唐诗淡漠地说："多谢夸奖。"

她这副刀枪不入的样子让苏祁磨了磨牙，这个女人还真是心狠手辣，什么都能忍受，所以才显得可怕。

越能忍的人，藏得就越深，等到哪天彻底爆发的时候，就没有人可以阻止她。

苏祁收回自己的手，玩味地笑了笑，像是对唐诗从来都只是带着捕捉猎物的兴趣一般。想来也是，苏祁流连花丛，有得是女人投怀送抱，他不可能浪费精力在这样一个……这样一个残损不堪的女人身上。

唐诗深知他有一张惊为天人的皮囊，可是灵魂呢？或许与魔鬼无异。

她闭上眼睛，用行动表明不想看见他。

苏祁笑道："对救命恩人就这种态度？"

唐诗只能睁眼看他："多少钱？我还你。"

苏祁被她的态度气笑："那老子在你身上浪费的时间和精力呢？"

唐诗也笑了："那我要不这会儿再给你找个姑娘？"

苏祁怒了："唐诗，你别不识好歹！"

他送她来医院，这样照顾她，她说一句"谢谢"都不会吗！

唐诗不会对这样一个伤害过自己的男人说谢谢，无论他现在用何种方式补救，都已经没办法改变他在她心里那恶劣的形象。

唐诗轻笑出声："苏祁，我想到了之前那个雨夜你替我撑伞的样子，我觉得，你还是那个时候更惊艳我一些。"

她再也不能在苏祁脸上看见那种表情。那只是一场戏，一场为了刻意引起她共鸣而演的戏。

第十一章

苏祁愣住了，似乎也陷入了回忆里。回过神，他抬头看着唐诗的这副表情，忽然间觉得有些……慌乱。

可是他没表现出来，只是冷笑："唐诗，你这张嘴到底骗过多少男人？"

唐诗没说话，过了许久才淡淡地说："苏少，我一直不明白，你最开始为什么要纠缠我？"

他让她放下戒备，又把她狠狠地打回原形。

苏祁心想，最开始所有的好感都是因为那副好看的皮囊吧。

在唐诗眼里，苏祁是个危险又令人情不自禁着迷的男人。而在苏祁眼里，唐诗那张脸就可以令无数男人散尽家财只为博她一笑。

这种好感是病态的，一旦当初那种惊艳的感觉消失了，好感就会迅速冷却。

察觉到苏祁的沉默，唐诗缓缓笑了："抱歉，我只有好看的皮囊。"

——而没有有趣的灵魂。

这个世界是无趣的，包括我。

唐诗觉得自己的人生就像是陷入了一个死循环里，不断地痛苦。

她已经吃够了这人生的苦了。

苏祁沉默很久才站起来，死死地盯着唐诗那张脸，像是有话要说，可是话到嘴边又忍住了。

苏祁其实想说，如果她需要一个男人，她或许可以试着找他。可是到了现在，他竟然有点说不出口。

唐诗需要的，已经不是这个了。

他露出了玩世不恭的笑容。他头一次对唐诗有了浓烈的探究欲，只是他不说，唐诗便不知。

他走的时候轻轻关上了门。

唐诗住了一个星期就出院了，出院那天姜威又抱着她哭。

她的眼泪鼻涕全擦在唐诗的衣服上，哭得特别惨："诗诗，我对不起你……"

唐诗笑着推她一把："干什么干什么，你想以身相许吗？"

姜威的眼睛一亮："好啊！我们俩过日子行不行？"

唐诗全身起鸡皮疙瘩："那我还是需要男人的。"

"浑蛋。"姜威戳着唐诗的胸口，模样颇像个小娇妻，"我都因为你直接和叶惊棠翻脸了！"

唐诗有些惊讶，眼睛睁大："什么？你辞职了？"

"对的，我辞职了。"姜威双手叉腰，"你搬来我家住吧，就不用一个人租房子了。我家里的锁也换了，不会再有之前的事情发生。从此我们俩都是失业人口，要过上捡垃圾的日子了。"

唐诗开玩笑道："那我跟你不一样，我还有薄夜给我的五百万。"

姜威想了一会儿，认真地说："有道理，我觉得叶惊棠不给我个一千万我挺亏的，明天我就去他的公司闹。"

唐诗和姜威搬到了一起住，一边琢磨找工作，一边筹划下一步该怎么走。

她已经好久没和唐惟联系了，要说不想，那肯定是假的。

可是唐诗没想到自己会接到唐惟的电话。

"妈妈，是我。"唐惟在书房小声地打电话，"爸爸不让我去找你，所以我问老夫人要了手机打给你。"

"这个手机号是老夫人的吗？"接到唐惟的电话，唐诗特别惊喜。

"不是哦！是他们给我买的手机，我以后有手机号啦！妈妈你以后打这个号码就好了！"他的声音听起来有几分自豪。

唐诗红了眼眶："你要听话知道吗？妈妈这阵子不能和你见面，你不要闹，要乖。"

"我乖了妈妈就会回来看我吗？"唐惟的声音里带着一些期待，"妈妈，我真的不想待在薄家。"

可是怎么办呢……唐诗已经将他交给薄夜了。

想到这里，她的心就像被人揪着一般疼："唐惟，如果你要和妈妈分开很长时间，等到你长大了我们才能相见，你能等吗？"

"能啊。"唐惟的声音很坚定，"等我长成男子汉了，妈妈会认不出我吗？"

"不会的。"唐诗觉得自己的眼泪都要掉下来了，颤抖着声音道，"等你长成男子汉了，妈妈就接你回家。"

"那我就多吃饭，早点变成男子汉保护妈妈！"唐惟像个小大人一般对着手机道，"妈妈也要好好照顾自己，和舅舅一起等我。"

提到唐奕，唐诗终是没忍住眼泪。

她红着眼眶捂住嘴，将手机拿开好久才缓缓对电话那头的唐惟说："嗯，舅舅看见你长成大人了，也一定会开心的。"

哥哥，惟惟还在挂念你，你不寂寞，大家都没有忘记你……

挂断电话，唐诗抹了一把眼泪，收拾好自己的情绪，继续投简历。

姜威一边玩手机一边嘀咕："你儿子心智太成熟了啊。"

听姜威这么说，唐诗还是挺欣慰的，欣慰之余又有些心疼："是我没给他幸福的童年。"

"唉，别想了，小屁孩儿看得挺开的。"姜威过来安慰她，"你有这么个儿子真是三生有幸，还好唐惟的性格不像薄夜那个渣男。"

臭小子还会安慰大人，长大了估计是个大暖男。

而另一边，唐惟挂断电话，将唐诗的号码存进新手机后就跑了出去，对着岑慧秋甜甜地说："谢谢老夫人送我的手机。"

岑慧秋从国外旅游回来，给他带来了一部崭新的手机，说是送他的。唐惟很喜欢，这样他就有和自己妈妈联系的工具啦！

安如坐在客厅里，见岑慧秋只搭理唐惟不搭理她，脸色很难看。

唐惟经过安如的时候，抬头看了她一眼。

安如赶紧讨好地笑道："惟惟，你找阿姨有事吗？"

岑慧秋上楼去了，客厅里只剩下唐惟和安如。小孩子抬头看她，她竟然看见了他脸上和薄夜一样凶狠的表情。

安如的声音有些虚："惟惟，你怎么用这种眼神看着我？我知道你对我有意见，但不是我赶走你妈妈的……"

她又开始习惯性给自己加戏，把自己说得无比委屈，好让外人觉得是这个小孩子胡闹，而她是一个无辜的大人。

唐惟笑了笑，轻声说："安如阿姨，不要演戏了，现在没人看着。"

他声音里的冷漠让安如生生打了个寒战。

安如觉得脸上的笑容有些挂不住，只能另找话题："惟惟，你在说什么呀？哈哈……是不是最近动画片看多了？"

她不信一个五岁的小孩子能掀起什么风浪来！她不信唐诗的儿子能有这种本事！

唐惟无动于衷地看着安如，那冷笑的样子就跟薄夜冷漠的时候一模一样。

他把手伸进兜里，攥紧了手机："我知道是你做的。"

一句话，令安如脸色大变！

她甚至有些乱了阵脚："阿姨听不懂你在说什么。惟惟，你是不是对阿姨有什么误会？"

"我说我知道是你找人绑架的我妈妈和我。"

大概是觉得和安如废话是在浪费时间，于是唐惟直接挑明。

安如的脸霎时间变得惨白！她干笑几声："哈哈？为什么这么说，是你妈妈误导你的吧？你别乱说，阿姨不会做那种事……"

"你真的很啰唆。"唐惟"啧"了一声，那腔调也和薄夜十成十地像，"你不用再辩解什么了，我知道是你花钱请人绑架的我和我妈妈，你还威胁那群人。所以那群人都没有改口供，一口咬定只是临时作案。"

他的思维相当清晰。

安如的瞳孔骤然紧缩，一个五岁的小孩竟然有这种本事？！

"你……你一定是听你妈妈胡说的！"安如有些慌，想了一会儿她又冷静下来。她一个成年人还怕玩不过一个小孩子？不可能！

"你要是真有证据认定是我干的，怎么不去跟你爸爸说？"安如笑了，"因为你就是听你妈妈胡诌的。别以为这样就能打倒我，你爸爸是不会听信你的胡言乱语的。"

"我爸爸？我根本就没想过要去薄少那里告发你，因为我觉得，他这样的人，配你这样的人正好，不应该放他去糟蹋我妈。"

所以是他自己选择了不告诉薄夜，可他知道所有事情的真相！

这个小孩的心思到底有多可怕？

"可能你太小看小孩子，你知道吗？很多次你在薄家打电话叫人准备，我都听见了。"唐惟笑出声，"我懒得拆穿你，是因为我觉得这正

247

好就是一个机会。一个让我妈妈和薄少彻底决裂的机会。"

他一直装得很好,不过是想让自己的母亲少受点伤害。

她被利用了……被一个五岁的小孩子利用了!

安如想起先前唐惟刻意对她的诱导,想起他每次看着自己时眼里那种怪异的光泽,安如浑身颤抖:"不可能,你就是装神弄鬼!夜哥哥不会相信你的!"

唐惟轻笑一声,没说话,直接上了楼。他看起来还是那么稚嫩,可是他……

安如攥紧手指,看着唐惟上楼的身影。

察觉到身后凶狠的目光,唐惟关上门,然后缓缓咧嘴笑了。

小男孩手里抓着的手机,一直没松开。

他轻声说:"妈妈,等等我,再等等我,我就可以出来找你了。"

唐诗倒是没想到苏菲菲会过来找她。

这位刁蛮的大小姐肯定又是帮她哥来当说客的。

果然,一在咖啡馆坐下,她就盯着唐诗的脸说:"我哥叫你去他的公司上班,你最近不是在找工作吗?"

唐诗想也没想便道:"我记得这个请求我已经拒绝过一次了。"

苏菲菲怒了:"你别不知好歹,我哥是可怜你!"

"哦,我不需要他可怜。请他把自以为是的同情收回去,我并不是离了他就会死。"

"你这个……"苏菲菲的话在嘴里憋了很久,"软硬不吃的女人!"

唐诗没说话。

"我觉得你没必要这么抗拒我哥帮你,反正你现在也闲着,苏家又是大企业,你来公司上班怎么了,还能赚钱。你为什么和钱过不去?"苏菲菲想不明白了,她哥这么帅的一个人,一次次暗示唐诗,唐诗怎么就感觉不到呢?不对,应该说,她感觉到了也当不知道一样。

"我没有和钱过不去啊。"唐诗说话直白,"我只是讨厌你哥哥而已。"

苏菲菲卡壳了。

不行,她哥说了,如果把唐诗骗来苏氏上班,就给她买一辆新跑车!

苏菲菲强忍着想走的冲动,继续诱哄她:"反正我哥是上司,你平时看不见他,你过来上班又不会少一块肉。"

唐诗想也没想就拒绝了，大方爽快地结完账后，对苏菲菲道："真是遗憾，请你哥不要再白费力气了。还有，告诉他以后少来烦我。"

说完她就潇洒地走了。

苏菲菲回去时，苏祁正在打游戏，听说她失败了，他"啧"了一声："没用！骗个人都不会！"

"你要有本事自己追人家去啊，找我帮忙干什么！"苏菲菲冲苏祁的背影吐舌头，"坏蛋！"

"谁说我要追她了？"苏祁一听自己妹妹这个说法就翻身下了沙发，"你哪只眼睛看出来我对她有意思？"

苏菲菲觉得自己老哥真是不开窍，干脆不说了，上楼去："我睡觉了，晚安单身狗。"

苏祁差点把游戏手杆捏断。他坐在客厅里，对着电视屏幕沉默了一会儿，随后像是想到什么，慢慢勾起了嘴角。

姜威回了那个恋爱养成游戏的工作室，托关系帮唐诗也找了一个职位。

工作室的人非常欢迎她："听说是 Dawn，可以跟我们合作一下吗？到时候炒作也有话题。"

唐诗欣然前往，和对方签了保密协议，就和姜威一起加入工作室。

虽然这是叶惊棠投资的恋爱养成游戏，但是他只负责出钱和收钱，别的流程一概不管，姜威这是偷偷利用人脉躲开他的封杀。

两人上班第一天，工作室的负责人出来迎接她们，一看见唐诗立刻就想扑上去："女神！女神你终于来了！"

唐诗失笑："担当不起，多谢你特意出来接我们。"

"唉，咱工作室最近有些忙，所以里面比较乱，但是我们昨天给你们俩整理出了位子。姜威你去市场部吧，反正你人脉广。女神你就过来设计部跟我们一起，可以吗？"

"可以。"唐诗微笑着点头。她先跟着去了市场部，随后就被单独带去了设计部。

先前出来迎接她们的负责人是一个长头发的男人，大家都喊他老王。

"老王，你带了个美女来我们工作室吗？"

"老王，你简直是我们的救世主！"

游戏工作室里的装修相当有创意，好几个人围在大圆桌前坐着，每个人面前都有好多台液晶屏。

一个穿着绿色小恐龙睡衣的IT男过来,丢了一条速溶咖啡给唐诗:"欢迎你加入我们单身俱乐部。"

"咱前阵子不是改名了吗,叫'不谈恋爱就必死'俱乐部。"一个短头发女孩从电脑前抬起头来。

她的屏幕上有一张草图,旁边还写着一排排数据,有人物剧情、开发程度、IQ、EQ、身高、职业等各种数值。

"你这也太诅咒人了吧。"IT男说,"小月亮,你得悠着点儿,再这么彪悍,没准就一直单身了。"

唐诗的位子也在圆桌前,大家给她整理出了三台电脑、一块手绘板和一台打印机,旁边还放着一大堆设计草稿,凌乱程度堪比唐诗原本的工作室。

"不要介意啊女神,我们都是临时整理出来的。"

老王喊了一声:"芳芳,芳芳在不在?"

一个身材性感的姑娘飞过来一个烟灰缸:"喊什么喊!老娘在写剧情细纲!"

"芳姐饶命!"老王抱头鼠窜,"我给你介绍一下新人,叫唐诗,就是那个Dawn。"

"哦,我听说过。"

芳芳抬头看了唐诗一眼,冲她微笑:"你好,咱工作室挺自由的,你随便坐。"

绿色小恐龙挪着椅子过来对着唐诗道:"女神,你要加入我们了吗?"

唐诗笑笑说是。

大家倒是都挺随性的,气氛很温馨。

她刚坐下,一圈人就纷纷给她递速溶咖啡。

"江湖惯例,一起熬夜,老子这半条命全靠速溶咖啡吊着。"老王笑了笑,"你要是嫌不够就把椅子往后转,直接去箱子里拿。"

唐诗往后一看,就看到了整整一大箱子的……速溶咖啡。

唐诗咽了口口水:"有这么可怕吗?"

"可不是?"芳芳一边打字,一边头也不抬地道。

这群家伙都是非常好玩的设计师,唐诗很快就和他们没有了陌生感,上午报到下午工作就开始步入正轨。

绿恐龙做人物模型的时候嘴里念念有词:"女孩子喜欢啥呢?女孩子喜欢长得帅的。长得帅能干啥呢?长得帅上床看着至少不恶心……"

老王把芳芳砸他的烟灰缸冲绿恐龙砸过去:"你别吓着我们女神。"

唐诗笑了笑:"无碍,大家都能好好相处就好了。"

"我跟你说,我们大家都是很好说话的。"小月亮抬头看了唐诗一眼,"除了借钱。"

"哈哈哈——哈哈。"老王也笑了,"平时都是哥俩儿好,借钱的时候立马翻脸。你谁啊,不认识你。"

唐诗第一天来工作室就直接加班到晚上。她手边有一堆像小山一样高的稿子,将她的视线完全隔绝了。

晚上八点,老王泡了一壶咖啡,给大家挨个倒了一杯。到唐诗旁边的时候,那堆纸堆成的小山忽然动了一下。

唐诗吓了一跳,就看到一个戴着眼镜的男人从那纸堆小山里抬起头来。

"哦哟,三三睡醒了。"对面的芳芳"啧"了一声,"今天醒得比较早啊,以往都要晚上十点才醒。"

"可能是因为Dawn在旁边,他察觉到有生人的气息吧。"旁边的绿恐龙把三三形容得像是狗一样,"三三,你看看你的左手边是谁。"

被叫三三的男人一脸没睡醒的样子,细细的丹凤眼眯了起来:"啊?有新人?"

他的声音倒是挺好听的,磁性又低沉。

"小三三,你好冷漠哦。"小月亮像是受伤了一样捂着胸口,"快点,国际惯例。"

三三从抽屉里胡乱翻出一条速溶咖啡递过去:"你好你好……"

可是他的咖啡递过去好久,唐诗都没有伸手接。

怎么了,是不喜欢这种口味吗?三三又给她换了一种味道,可对面的女人还是一样的反应。

他感觉奇怪,抬头去看,就发现唐诗正盯着他的脸发呆。她眼眶红了,眼里满满的都是泪水。

三三完全没想到会发生这种事情,指了指自己:"我……之前认识你吗?"

不认识。

可是那张脸……唐诗的身体隐隐颤抖,像是不敢相信。从前她觉得老天过分残忍,可是唯有这一刻……这一刻,她觉得命运给了她一次重来的机会。

她擦了擦泪水,随后接过三三手里的咖啡:"你和我一个已经去世的亲人很像。"

三三沉默半晌,随后说了一句:"你的意思是我像一个已经死了的人?"

这话已经带着十足的火药味了,旁边的老王和绿恐龙都过来劝他:"哎呀,小三,你这么凶干什么?我们女神就是觉得你和她的亲人像嘛,又不是在侮辱你。"

三三看着绿恐龙,一字一字地说:"阿龙我警告你,别——叫——我——小——三!"

绿恐龙跟没感觉到他的威胁似的,一口一个"小三"叫得特别欢:"有什么好生气的嘛,你这个霸王龙,别吓着我们女神!女神来,你看看我,我长得也很帅的。"

阿龙倒是挺会调节气氛,丛杉这个闷骚男冷哼一声就开始整理桌面,开机工作。

唐诗又偏过头去看了一眼他的侧脸。太像了……简直就像是……她哥哥唐奕的翻版。

唐诗下意识地打听丛杉的年龄:"你今年多大啊?"

丛杉的手一僵,偏过头来看唐诗。

他有一张特别白的脸,搭配上那对丹凤眼,就跟国际超模似的。他的声音很冷:"这是你最新的搭讪方式吗?"

唐诗的笑容一僵:"抱歉……下意识拿你和我哥哥比较了。"

原来是她的哥哥。

丛杉继续冷笑:"不好意思,我从来没有什么妹妹。"

虽然知道眼前的人不是自己的哥哥,可唐诗的心还是痛了一下,随后她又冲他抱歉地笑了笑:"抱歉,给你造成困扰了。"

"丛小三就是不懂女孩的心思,唐诗你别往心里去,他其实很热心肠的。"

丛杉没说话,又冷哼了一声,直接点开画板。

唐诗在设计明年开春的新衣服,就把一些草稿素材打包一份发给他。

丛杉点开唐诗的草稿,眼里闪过一丝光芒,然而话到嘴边他还是忍不住冷言冷语地点评:"全是一些用过的元素,你当我们养成游戏的衣橱是高仿潮牌的山寨货吗?玩家不需要这些看起来抽象的东西,需要的是能抓住她们眼球的。这里不是你个人的走秀场。"

其实他是想表扬唐诗的设计太潮太新颖,可是他不会说好话。

不过唐诗没生气,而是很耐心地说:"那我重新构思一下。"

丛杉说:"先别急,你连我们工作室游戏的定位都还没找准,就急着发挥你的创意,你这是在炫技,而不是工作。我给你发个压缩包,你回去试玩一下我们的游戏,就知道该设计什么样的时装了。"

他说话虽然不好听,但到底是专业的,一下就抓住了重点。

两个人在工作室的群里发送文件,旁边的绿恐龙张大嘴巴打了一个哈欠:"今天估计又要很晚了。"

绿恐龙一边修改数据,一边说:"我们这个养成游戏也要有物理引擎吗?不需要吧?恋爱养成游戏要什么常规逻辑啊,你看狗血的总裁小说有逻辑吗?"

"那万一遇到较真的二货跟你杠上了呢?非在游戏里求真实,在小说里求逻辑。"对面的小月亮翻了个白眼,"有总比没有好,你随便校准一下就行了。"

"明天还会过来一个客户。"芳芳总算是码完了今天的字,检查了一遍错别字后打印了好几份,把A4纸拿出来发给各位,"你们看看剧情,要是可以的话就这么走,下个月上市启动。我写了好多分支剧情,还有两个是悲剧结局,一个结局男主角死了,一个结局玩家角色死了。"

"哎哎妈呀,这两个结局可能会被人骂死。"

老王把长头发扎起来:"唐诗,辛苦你了,上班第一天就忙到现在。"

"没有没有。"唐诗挺喜欢这里的气氛的,大家都没有外面公司里的钩心斗角,让她感觉很轻松。

"等会儿再开个会,三三你画完了吗?"

"没有。"丛杉的眼下有两个大大的黑眼圈,明显就是睡眠不足,唐诗觉得他可能画着画着都要一头撞上电脑屏幕睡过去,"刚刚芳芳说明天过来一个客户,我没心情接待,谁愿意去谁去。"

小月亮说:"我不去。"

芳芳说:"我也不去,唐诗去吧。"

这个客户到底是谁,让他们如此一致地推脱?

唐诗是新来的，不好意思拒绝，只能答应："那我去试试吧。"

丛杉一边修改原图细节，一边打量了唐诗一眼："用你的聪明才智说服我们的客户，让他给我们拨个几百万的启动资金。"

"有几百万老子就不做这个什么少女养成游戏了！"绿恐龙在一旁道，"老子要制作大型生态网游！"

"老王给阿龙发一个枕头。"丛杉淡淡地说。

老王和绿恐龙一脸蒙："什么意思？"

"他需要做梦。"

"……"

晚上十点，唐诗结束加班，走出设计部，路过市场部时，里面已经没有一个人了。

想来市场部肯定没有他们部门这么忙，姜威也肯定一早就下班了。

唐诗转了转自己的手腕，觉得这份工作挺适合她的，起码让她沉睡很久的兴奋感逐渐回升了。她走到外面，才发现在下小雨。

身后跟上来一个人，是丛杉，他手里拿着一把伞。因为最近经常下雨，所以这把伞他就一直放在工作室里。

他看了一眼在门口避雨的唐诗，过了许久才淡漠地说："过来。"

唐诗愣了一下，深夜的灯光并不明亮，她就着这点光看着丛杉的脸出神。

丛杉察觉到唐诗的呆愣，不耐烦地加重声音："过——来。"

唐诗这才呆呆地走到他身边去。丛杉一看，唐诗的眼眶又是红红的。她，一定很爱她的哥哥吧？

丛杉撑开伞，随后遮到唐诗的头顶。

他送她去外面打车，上车后唐诗刚想说"谢谢"，他已经撑着伞走了。

她还想捎他一程来感谢他呢……

不过看他是步行的样子，他家应该离公司不远。

唐诗收回心思，对司机报了一个地址，随后车子发动，迅速离开了。

雨一直下，许久后有人从黑暗处走出来。男人整个人都被淋湿了，手里拿着一柄细长的雨伞。

他看着唐诗离去的方向出神，忽然意识过来自己在做什么，低笑一声。

雨珠从他的脸上滑下来，他抿着唇，一张白皙的脸上是冷漠的表情，漆黑的瞳仁很冷，如同外面的天气。

周围早已被淋湿，唯有那一小片干燥的角落昭示着，曾经有人在这里停留了很久。

第二天，因为要接待客户，所以唐诗特意化了妆。

芳芳在一旁托着下巴看她："啧啧，我要是男人，肯定爱上你。"

唐诗笑了笑，随后问："客户几点来？"

"下午一点。"芳芳又按照江湖规矩给了唐诗一条咖啡，"每天一杯速溶咖啡，熬夜再也不怕猝死了。"

绿恐龙穿着睡衣在工作室晃来晃去，一会儿给这盆花喷喷水，一会儿清理一下那边的办公桌。

芳芳说阿龙经常因为加班赶不及回去，所以会睡在工作室里。因此，他干脆常年穿着睡衣晃来晃去。

唐诗看着他脑袋上那个张大嘴巴的恐龙头，以及他身后拖在地上的小尾巴，觉得十分好笑。

"别喷水了，哥。"小月亮进门就叫了一声，"你一个月喷死了我们四盆仙人掌，算我求你了，你考虑过仙人掌的感受吗？没有，你只考虑你自己。"

最后一个打卡上班的是丛杉，他几乎是一路飘着来的。他脸上戴着一副细框墨镜，整个人跟某个疯狂做研究导致走火入魔的教授似的，一到工作室直接就趴下了。

唐诗吓了一跳，看过去的时候丛杉已经很迅速地趴在办公桌上进入了睡眠模式。

"他这是怎么了？"

"习惯就好。"老王不以为意地摆摆手，"他每天上班都这样，现在在充电，晚上睡醒了就开始工作。"

"他的生物钟跟我们的不一样。"小月亮耸耸肩，指了指那个绿恐龙的背影，"你看看那个宅男，每天晚睡早起还那么精神，一有空就给花浇水。别人家的花是渴死的，我们家的植物都是被淹死的，他这是把仙人掌当水仙花养呢。"

绿恐龙还有空做早操，屁股一撅一撅地锻炼，睡衣上的尾巴也跟着甩动。他说："这是我的爱好，不这样我敲不出代码。"

这样一群奇葩的人能聚在一起也真是缘分。

下午一点,老王拍了拍唐诗的肩膀,语重心长地对她说:"工作室的养老费就靠你了。"

唐诗怀着紧张又期待的心情等到了下午一点二十分,客户终于来到他们工作室外的接待厅。

唐诗察觉到动静就抬起头来,刚想打招呼,话就卡在了嘴里。

薄夜站在她对面,一身裁剪得体的西装衬得他气质卓群。

他的身后跟着林辞,林辞用眼神跟唐诗打了招呼,可唐诗还是没回过神。

薄夜在她对面的沙发上坐下,冷笑道:"怎么?很意外?"

这熟悉的嘲讽口吻让唐诗不由自主地倒吸一口凉气,为什么……为什么薄夜如此阴魂不散,总是出现在她的周围?为什么她总是要一次次不得已地和他碰面?

薄夜感受到唐诗的反感和抗拒,第一次发现,原来有的人一皱眉头就可以如此伤人。

他就这样冷笑着看了唐诗好久,才幽幽地说:"怎么,你们公司接待客户就是这种态度?"

唐诗深觉被侮辱,却又不得不攥紧拳头走到薄夜面前给他倒了一杯咖啡。

薄夜盯着她雪白的脖颈,眼神深邃。

"速溶?"他冷笑道,"工作室穷到这种地步了?"

唐诗无法忍受薄夜这样的侮辱:"您不喜欢可以不喝!"

"有求于人是这种态度吗?"薄夜冷笑道,"如果连这种程度都忍不下去,唐诗,你比较适合自生自灭。"

他的言下之意是她不配这份工作。

唐诗捏着文件的手指在隐隐颤抖,她忍了好久才忍住掉头走人的冲动,随后将手里的文件直接递过去:"薄少,这是我们游戏上市前的计划,工作室近期可能需要一笔启动资金,所以想看看您有没有意向……"

薄夜没说话,倒是林辞将文件接过去,拿到他面前给他过目。

薄夜只看了一眼,随后抬头继续看向紧张的唐诗:"坐下,我没说拒绝,你又何必装出这副样子?"

唐诗忍着心头的刺痛，坐下来又给他讲述了一遍他们工作室的需求。

随后，她看着薄夜，说："不知道薄少意下如何……"

"一个星期后给你们答复吧，我需要看到你们的游戏定位，以及受众群体的统计。"薄夜一针见血地指出了报告里的缺点，"你们游戏现在的受众是十八岁到二十五岁的女性，如果可以，希望你们能改变一下计划，扩大受众群体。"

他这副严肃冷静的样子倒是让唐诗恍惚了一下，她想起曾在家中偷窥到的薄夜开视频会议的样子。

那时的他便是现在这样，理智且果断，谈事情的时候不会带着私人情感。

唐诗立刻收回情绪，将文件收起："我们会根据您的建议做出修改，希望薄少……"

"拨款？"薄夜睨着唐诗，意味深长地笑了，"你们这款恋爱游戏目前融资有多少了？"

唐诗抿唇。她是新来的，只知道叶惊棠出了钱，但除此之外的东西都还没调查清楚……

"看来你都还没搞清楚自己的工作，那么我们再谈吧。我也需要看看报告修改后的样子。"

薄夜迅速说完话就起身，他谈生意的时候就是这么冷漠又强势，根本不给人反驳的机会。

唐诗愣怔地看着薄夜离开，没想到自己不仅没有成功地把客户劝住，还反过来让他批评了一通。

她叫住他："薄夜！"

薄夜的脚步一顿，大抵是没想到唐诗会主动喊他。回过头后，他的神情有些错愕："还有事？"

他在努力保持声音的平静。

"如果你是因为我而刁难工作室的话，那么请你放下这种无聊的想法！"

唐诗的这句话直接把薄夜激怒了，他冷笑一声："既然你这么高看自己，那不如别求着我投资你们！"

这话无疑是在唐诗的脸上扇了一个耳光，她面色惨白地看着薄夜和林辞离开，在接待厅里坐了许久，才一脸恍惚地回到工作室。

同事们明显发现她的表情不对劲，都围上来关心地问："怎么了？

和客户吵架了？"

"我就说客户看着来头不小，肯定不好应付。早知道就派个男人过去了，都吓着我们家女神了！"

绿恐龙帮唐诗冲了一杯咖啡，唐诗说了声"谢谢"。一口温暖的咖啡喝下去，她才觉得自己平静下来。

丛杉忙着上色，看唐诗垂头丧气的样子，沉默许久后又把视线移回去，淡漠地问："你认识薄夜？"

唐诗的表情一僵，随即很快扭头道："不……不认识。"

"看你的表情好像是跟他有故事。"丛杉意味不明地笑了，"不会你们俩有过什么吧？"

唐诗迅速否认："没有，不可能。我要是跟他有过什么，现在就不会出来上班了。"

"也是。"丛杉这话说得意味深长，看了唐诗一眼，"看来他不喜欢你这款，我本来还以为美人计能行。"

唐诗自嘲地笑了笑。

喜欢？薄夜从来就没有施舍过一分喜欢给她。

而她的喜欢，也在经年累月的等待里，逐渐被消磨光了。

中午吃饭的时候，大家明显感觉到了唐诗的不开心，猜测大抵是因为她没能替工作室拉到投资。

老王怕她压力太大，端着一盆红烧肉坐到她旁边："别想了，大家没怪你。"

唐诗叹了口气，说："是不是我走了，他就能给你们投资了？"

是不是他就是故意要针对她？

"为什么突然这么说？"老王倒是愣住了，"你别辞职啊，多大点事啊，别想不开。"

"女神，你别太认真了。"对面的绿恐龙端着烤肠过来，"吃烤肠吗？可好吃了。"

唐诗看了一眼自己友好的同事，只能带着歉意地笑了笑。

如果今天去面对薄夜的人不是她，或许薄夜也不会这样迅速果决地拒绝。

唐诗晚上回去后想了很久，觉得自己不能再这样下去，或许去这个工作室工作本身就是一个错误的决定。于是她第二天没去上班，就这么坐在家中反省。

突然，门铃响了。她去开门，就看见丛杉站在门外。他戴着一副细边框眼镜，穿着一件厚厚的卫衣。他整个人看起来就像是从国外回来的很会玩的那种富二代一样，手腕上戴着一块运动表。看见唐诗开门，他一只大手就伸过来，将她整个人抓了出去。

唐诗一愣："你怎么知道我住这里？"

"你的个人信息上写了。"丛杉不耐烦地"啧"了一声，"怎么不去上班了？"

"我……"话到嘴边唐诗还是咽了下去，"我想了想，可能还是不符合……"

丛杉抓着她的肩膀走进她家，随后像这个家的主人一样直接挪开了放在餐桌边的椅子。

男人用一种锐利的目光注视着她："你这个小区一平方米五万块，能住这种地方的人，为什么要来我们公司上班？你跟我说你和薄夜一点关系没有，我也不信。"

他总是这样直白而又伤人地说话，丝毫不顾忌唐诗的心情。

这个男人，除了一张脸像唐奕，其他任何地方都没有唐奕来得温柔。唐诗觉得自己一定是病了，因为失去唐奕太过痛苦，才会把丛杉这个冷酷无情的人当成自己的哥哥。

她的脸色很差，可还是笑着说："那你想要从我嘴里问出一些什么呢？是不是我说一句，'对，我曾经是薄夜的情人'，你会舒服一点？"

她从来没对他用过这样冲的语气，最近的相处中，唐诗一直都是用那种依赖性的目光看着他。丛杉明白，她是在透过自己看另一个人，她的依赖也是因为他身上有她哥哥的影子罢了。

丛杉想了好久才道："回去上班。"

唐诗捂着脸笑了："我觉得挺对不起大家的，因为我，薄夜才拒绝了投资。"

她这是直白地承认了。

丛杉微微皱起眉头："你果然和薄夜有关系。"

唐诗走神地喃喃："是啊，我和他不仅有关系，而且我和他之间只有你死我亡。"

看来关系相当复杂。

丛杉盯着唐诗看了好久,才继续说:"但这并不是你不来上班的理由,我们公司不是离了薄夜就会死,大家还可以找下一位投资人,你无须自责。"

唐诗笑着说:"你以为薄夜若是知道我在这家公司,会这么轻易地放过我吗?"

丛杉听懂了唐诗的意思,目光沉下来。看着唐诗这副痛苦的模样,他放轻了声音:"你和他到底发生过什么?"

"我和他之间?"

那是丛杉第一次认真打量唐诗,从她眼里看见了浩浩荡荡如同暴风雪一般冰冷绝望的情绪。

头一次,他知道人类原来也可以露出这样壮烈的神情。

唐诗自嘲地笑了笑:"旧事重提没什么意思,他现在知道了我在你们工作室,就肯定会想方设法攻击我们,所以只有我离开,大家才能继续做事。"

"你没必要把我们想得那么脆弱。"丛杉在听完唐诗的话后,淡淡地说了一句,"大家没有你想的那么弱小。所以,回来吧,看得出来,他们都很喜欢你。"

绿恐龙、老王、芳芳、女汉子小月亮,以及面前这位面瘫的直男丛杉,这的确是一个令人感觉相当温暖的工作室,所以唐诗才不想拖累他们。

"你一个上午没来上班,他们都急了。"丛杉自顾自地给自己倒了一杯水,"阿龙都说要报警了,怕你想不开,所以就派我来找你。"

"大家不会怪我吗?"

"不可能。"丛杉淡淡地看她一眼,"我们工作室的人没那么容易被打败。"

唐诗的眼眶有些红,说不感动肯定是骗人的。

"收起你矫情的情绪,如果觉得愧对大家,不如多设计一些新款出来。我们下个月就要上市了,下个星期需要接受采访,并且和你进行一轮炒作,你可以接受吗?"丛杉用手指敲了敲桌面,他的这个细节和唐奕特别像,唐奕闲着没事也喜欢敲桌面。

她刚觉得他和唐奕根本不像,却又觉得他的一些细节和唐奕实在是太像了。老天就是这么爱开玩笑,眼前的男人和已经离开自己的哥哥,完完全全就是两个人。她明明已经一遍遍地提醒自己,可还是会觉得,没准这是命运让她重新遇见他。

她失去了唐奕,所以遇见了丛杉。哪怕他们毫无血缘关系。

唐诗吸了吸鼻子,将自己全部的想法重新压入心底,冲丛杉露出笑容:"荣幸之至!"

唐诗回到工作室后,大家又安慰了她一通,示意她千万不要放在心上。

随后丛杉又恢复了那副冷漠的样子,刚在办公桌前坐下,就再次"哐当"一声睡了过去。

"真是秒睡啊。"芳芳在一旁"啧啧"称奇,"能活到二十七岁也是不容易。"

"老了老了。"小月亮伸懒腰,"我觉得我们丛小三个子又高脸又白,怎么都算帅哥那一类的,但是好像看他从来都没有女朋友。他都快奔三的人了,为什么会找不到女朋友呢?"

"就他这个作息时间,别说女朋友了,能活下来就不错了。"绿恐龙撅着身后的尾巴颠颠地坐回位子上,"听说过一句话吗,设计行业没有女朋友!"

傍晚的时候来了一位令唐诗猝不及防的新客户。

小月亮说她求爷爷告奶奶问公司高管要来了一个大企业老板的微信号,然后缠了一下午让他有空过来看看。

唐诗想要将功补过,便自告奋勇再试一次。芳芳在背后给她加油鼓劲,她怀着雀跃的心情再一次进入接待厅。但是当她看见那个吊儿郎当地坐在沙发上的金发男子时,脸上的笑容又僵住了。

真是倒霉,怎么每次碰到的都是自己不想看见的人?

唐诗的笑容垮了一下:"苏少好。"

苏祁这厮跟个大爷似的坐在沙发上,两条大长腿直接架在了茶几上。他那姿态不像是来谈事情的,更像是过来玩的。

他冲唐诗咧嘴笑笑,还是那种不羁的腔调:"哟,真巧。"

唐诗做了十足的准备,深呼吸一口气后在他对面坐下。

苏祁见她一脸严肃的表情,有点想笑:"喂喂,见到我没别的话吗?"

"如果你是来玩的话,"唐诗指了指大门,"右拐不送。"

"你这个女人能不能别这么不识好歹。"他帮她也不是一次两次了,怎么每回都是这副脸色，他是欠她什么吗？

在唐诗心里，已经彻底给苏祁打了负分，所以一时半会儿不会对他有好的态度。

她将手里的资料递过去："我没想到会是你过来。"

"哟，这意思是之前也有谁来过了？"苏祁一听，俊脸拉得老长，明显不爽，"怎么，是不是薄夜啊？"

唐诗抓着A4纸的手一抖，对面的苏祁就收起了腿，整个人坐正，凑了上来。

他冲唐诗笑了笑："怎么，薄夜可以，我不行？"

唐诗觉得自己已经变得刀枪不入，从前听见这种话她会心痛，如今再听见这类嘲讽的话，她已经麻木了。

她笑了笑，像是没有心一般："只要给钱，谁都可以。"

苏祁笑得更冷，两个人像是比谁更狠似的，他直接伸手抓住唐诗纤细的手腕。

男人眯起那双好看的眼睛，握着她手腕的手指传来惊人的热度。她想抽开，他却不肯："唐诗，我是冲谁来的，你应该明白。"

他刻意压低的声线让唐诗一阵毛骨悚然，她挣扎："放手，公众场合，自重一点！"

苏祁这厮厚脸皮惯了，虽然松开了手，可打量唐诗的眼神还是那么滚烫又赤裸："我挺想知道你这个女人到底有多少张面具。"

他竟然迷恋上了这种一点一点逼迫她，一点一点强势挤入她的世界的感觉。

"我没空陪你玩这种无聊的游戏。"唐诗"噌"的一下直接站起来，"要是想找人打发时间，我劝你死了这条心！"

苏祁的笑容僵在脸上，下一秒他变了脸色："你说我这是在打发时间？我和薄夜有区别吗？"

唐诗笑了："没有。"

苏祁精致的脸一下子被唐诗气青了，他伸手抓住她的下巴。

唐诗奋力挣扎："这是在公司，你放开我！"

"唐大小姐到底是眼高于顶啊，你们工作室缺投资，我来帮忙，你却觉得我这是在打发时间陪你玩耍。"

"唐大小姐"四个字戳中她内心最痛的地方，她极力忍着他的侮辱，

262

道:"没必要和薄夜一样一次次出现在我眼前,我对你们这种货色一点兴趣都没有!"

她用力甩开他,不像以前只会用那种冷到让人发慌的眼神盯着他。

苏祁冷笑:"唐诗,你还真以为自己现在算个人物了是不是……没有老子,你……"

下一秒,耳边传来一道清冷的声音:"你们在做什么?"

丛杉手里端着一杯刚泡的咖啡路过接待厅,倒是没想到会看到这样的画面。

"长得挺帅的啊,你们工作室有这种人?"苏祁上上下下打量着丛杉,对唐诗道,"这是你的小白脸?"

唐诗气红了眼睛:"少侮辱人,这是我的同事!"

"哦。"

苏祁直接扭头对丛杉道:"那关你什么事?我和唐诗的事情轮得到你说话吗?"

苏祁这种语气让唐诗觉得被人羞辱了,她将资料扔到苏祁的脸上:"当初欺我骗我伤我的是你,现在纠缠不休的还是你!你觉得有意思吗?我觉得你挺无趣的。"

她说完这句话,也不收拾一下残局,直接就走,出去的时候连一旁的丛杉都没理。

苏祁觉得唐诗的胆子真的是变大了,自从被绑架到鬼门关走过一遭后,她整个人变得冷漠而又无所畏惧了。

这就是她所谓的新生活、新开始吗?

她就像是被人抽掉了所有软肋,所以她再也不怕,再也不会在意他们的所作所为。

他盯了唐诗的背影许久,竟然低声笑了。

令唐诗想不到的是,苏祁竟然同意投资他们,还加大了投资的力度。

第二天签合同的时候,所有人都夸她简直太能干了,给他们的游戏项目找到了一位幕后的大老板。

唯有唐诗觉得不敢相信,苏祁怎么会突然之间给他们这么多投资?

可是她根本来不及多想,钱就这么拨了下来。

绿恐龙都惊呆了:"这么多钱,都可以做3A大作了。"

唯有丛杉在知道这件事的时候，漫不经心地看了唐诗一眼。那一眼意味不明，他眼里的嘲讽却刺痛了唐诗的心。

她攥了攥手指，并没有开口解释。

当她觉得自己终于可以开始新的人生时，残忍的死神却跟上了她的脚后跟。

薄夜这几天察觉到唐惟不对劲。

他觉得这个小孩子越来越叛逆，不知道为什么，唐惟眼里的那种情绪竟然让薄夜没有与他正面对视的勇气。

近几天安如一直以各种要求住在薄家，唐惟和她频频发生冲突，全是以安如哭着鼻子找薄夜要个公道收场，可是小男孩似乎一点都不想为自己解释。

薄夜去上班的时候，安如会恶狠狠地盯着唐惟："你别得意得太早！"

唐惟冲她甚为讽刺地笑道："你的东西，我一点都不稀罕。"

他像是竖起了全身的刺来排斥安如和薄夜，每次对着薄夜都笑得虚伪，眼里带着痛恨和嘲讽。

安如再次派人动手是在一个周末。岑慧秋出门去拜访朋友，正好这天晚上薄夜也要带她出席一个晚宴，她就将家里的钥匙给了别人，将唐惟一个人丢在薄家。

晚上十点，薄夜到家，震惊地看着家里一片凌乱的样子，如遭雷击。

薄夜深呼吸一口气，完全没想到如此高档而守卫严密的地方竟然……会遭贼？！

脑海里闪过一个不好的念头，薄夜冲上楼去到唐惟的房间，大喊了一声："惟惟！"

可是……没有回音。

薄夜整颗心如同被人揪紧，他的脸色变得惨白，呼吸加速，心脏狂跳。

因为是周末，所以用人都放假回去了，他出门之前家里就唐惟一个人在。

他把家里上上下下都搜了一遍，红着眼睛，声音居然在颤抖："唐惟！你听见我的声音了吗！唐惟，你在哪儿？！"

唐惟失踪了……

薄夜的瞳孔骤然紧缩几分，若是让唐诗知道唐惟在他家遭受了这一切，大概拿着刀和他拼命的心都有！

而安如没想到薄夜平时对唐惟那么冷淡，心里却那么在意他。

她对着薄夜道："你别着急，我们再找找……"

"找什么找！"薄夜对着她怒吼，一双眼睛通红，模样太过可怕，安如从未见过如此慌张不安的薄夜，就像是最后一丝仅有的希望都失去了，"报警啊！报警啊！"

唐惟不见了，那也是他的亲儿子啊！他薄夜就算在别人眼里再不是东西，心也会痛啊！

警察一听说进了贼，对方还把小孩绑走了，意识到了严重性，赶紧就来薄夜家里查找线索。可是警察到了现场，发现家具和物品散落一地，原本该有的线索被破坏得一丝不剩，这给他们的搜索工作又上升了一个难度。

看到警察摇头的样子，薄夜上前一把抓住他的衣服："给我找到我的儿子！如果需要什么人力派遣，薄氏全力帮助，重点是要找到惟惟！"

被损坏的贵重物品不要紧，那些怎么有唐惟重要！

看着薄夜这样疯狂的样子，安如在一旁捂着胸口，觉得有些后怕。还好这次做的事情万无一失，不会露任何马脚，若是让薄夜知道事是她做的……她怕是这辈子都没有翻身的机会了……

唐惟在黑暗中睁开眼睛，发现自己的手脚都被绑着。

他挣扎了一下，发出些许声音，就有人从前面转过头来："哟，这臭小子倒是没哭。"

唐惟立刻装出一副被吓坏的表情，整个人颤巍巍地缩在那里："你们想做什么？"

这是在一个大卡车的集装箱内部。

有人拿手电筒照了照他的脸，他就适时地发出剧烈的哭声，随后便有人狠狠地踹了他一脚。

唐惟忍着痛，一脸惊恐。

"哈哈，有人跟我们说，绑走一个你，就能向薄夜要到天价的巨款，只要他不给，我们就撕票！"

唐惟瑟瑟发抖："你们要多少钱，我叫我爸爸给你们！"

"真是天真的小孩子，你知道吗，外面有人花钱买你这条命！"

唐惟浑身一抖:"是……是一个阿姨吗?"

"那我们就不知道了,我们只知道你这块肉很肥,哈哈哈!"

他的声音里带着害怕:"你们要带我去哪儿?"

"你会游泳吗?"绑匪答非所问,阴险地笑了笑,"是海边啊,哈哈哈。"

这座城市靠近海,郊区那边有个小港口,来往的都是货船。

接到绑匪电话的一瞬间,薄夜直接从椅子上站起来:"要多少钱你们直说,不许伤害小孩子!"

"哈哈哈——冷血的薄夜也会有今天?我倒是想听听你求我们的声音。来,臭小子,跟你爸爸说一声晚上好。"

唐惟流泪哽咽:"爸爸……救我……"

唐惟已经很久没喊过他"爸爸"了,这一刻,"爸爸"这两个字就像是一把刀刺进薄夜的胸腔,他觉得全身上下的血液都在逆流。七尺男儿红了眼眶:"你等着爸爸,爸爸一定来救你。"

歹徒把手机拿回来,向薄夜索要五千万,并且告诉了他交易地点,随后电话直接被挂断。

冰冷的提示音在薄夜的耳朵里回响,他拿着手机的手竟然在隐隐颤抖。

林辞半夜知道薄夜家出了事后就赶了过来,只见薄夜红着眼睛回头对他喊道:"准备五千万!两个小时后见!"

在即将失去重要的人时,所有的权力和地位都是笑话。

人要是死了,就什么都没有了。

刚才的通话被警察录了下来,一边有人分解声音,一边帮他开始准备捉拿计划。得知交易地点是那个港口以后,他们提前赶去港口进行了不动声色的埋伏,一帮便衣警察立刻开始监视周围的一举一动。

薄夜是在半小时后到达港口的,这个时候离歹徒原本约定的交易时间还有半个小时。可是他等不下去了,唐惟危在旦夕,他不能拿唐惟的命去赌!

薄夜站在寒风中,过了许久,终于有人带着唐惟现身了。

他们已经做好了计划,拿了钱之后就兵分三路,带着钱的那个从海上走,其他人分散警方的注意力。最后他们会在国外会合,再瓜分赃款。

唐惟看见薄夜,失声喊道:"爸爸!"

他的每一声"爸爸"都显得无比凄惨。

薄夜手里提着几个箱子，脚边还放着几个，里面装着无数现金。他盯着那群歹徒："把我儿子放过来！"

"我说了，把钱丢过来，儿子就给你！"

有人拿刀架在了唐惟的脖子上，很快就割出一道细细的血痕。

那血色刺痛了薄夜的眼，他不管不顾地将脚边装满了钱的箱子通通踢给了对面的歹徒。

对方人数不少，很快就有人上前几步把踢到他们那边的箱子捡起来。他们也没有现场点钞，因为一旦分散注意力，就很可能失败。

暗中埋伏的警察比了个手势，准备等他们一放松警惕就冲上前去抓人。可就在这个时候，原本应该把唐惟放回来的绑匪们一下子改变了主意！

"我可不知道你薄少有没有带警察过来，所以，你的儿子还不能给你！"

为首的歹徒抓着唐惟，笑了笑，那笑容令在场的每个人都感觉恶寒："所以，等我们走了，我们才会放你儿子回来。万一有警察埋伏，没了你儿子，我们手上可就什么筹码都没了！"

他们看来相当有反侦察意识！

薄夜咬牙切齿："钱我已经给你了，你应该按照约定……"

"哈哈，你和歹徒讲约定？"

绑匪抓着唐惟后退，警方暗中缩小了包围圈。可绑匪似乎察觉到周围有人在蠢蠢欲动，于是直接拎着唐惟就往船上跑！

一旦他们跑上了船，警方的抓捕行动就会更加困难！不能让他们上船！

警方直接下令："包围他们！"

"都别过来！"看到身边突然出现的警察，歹徒们大喝一声，"你儿子还在我们手里！"

那一刻，薄夜终于体会到什么叫生不如死。

他心想，从前他对着唐诗说这样的话时，用唐惟不断地威胁她时，她心里是不是也像自己现在一样无助不安？

薄夜红了眼眶："劝你们现在放弃挣扎！"

身后的特警过来和歹徒交流："你们已经被我们包围，不可能上船了，放弃抵抗，否则事态将无可挽回！"

他们都是一帮亡命之徒，又怎么可能这么听话？

"我们现在已经无法挽回事态了，再过来，我就真的撕票了！"

绑匪的首领加深了唐惟脖子上的伤口，小孩子剧烈挣扎起来："别碰我！别碰我！爸爸！"

谁喊出口的"爸爸"，都没有唐惟现在的呼救声来得撕心裂肺。

薄夜在风中颤抖。

这帮人已经毫无人性可言，要是真的对唐惟做了什么，唐诗这辈子都不可能再原谅他！

"给我们备船，否则就撕票了！"那帮人大喊一声，"怎么，难道不是人质的生命安全第一吗！"

这个时候，变故横生！

唐惟不知哪儿来的勇气，一口咬在了抓着自己的人的手臂上。

"啊！臭小子！"原本抓着他的人怒吼一声，因为痛意收了手。

唐惟便趁机跳下来，往码头的方向跑。

他不断地跌倒，又爬起来继续狂奔，瘦小的身影带着赴死一般的决绝。

"趁现在！上！"

等待了很久的热血警察们一拥而上，最后，唐惟精疲力竭地站在码头港口。那群人没了他当筹码，很快就被警察按住。

只有最后一个穷途末路的歹徒，用最后的力气冲上前，将唐惟抓住。

"跑？你还敢跑？王八蛋！"歹徒抓着他。

唐惟的心都凉了，小孩子哪里经历过这些惊心动魄的事，他彻底失去了反抗的力气。

不知什么时候，天边已经缓缓亮起一丝光，即将破晓。

"你还有什么遗言要对你爸爸说的？"

歹徒狰狞地笑着，感觉下一秒就要夺走唐惟的命："反正老子也走不掉了，不如一起死了！"

唐惟被抓着，双腿腾空，伸手在身上胡乱摸着，寻找着什么。

死亡既然已经注定，那么……

唐惟冲着薄夜虚弱地笑了笑。

"爸爸，最后再叫你一声爸爸。"他是这么说的。

随后，他挣扎着从兜里摸出一部很小巧的儿童手机，用自己所剩不多的力气丢给了薄夜。

歹徒也有些呆愣，这个小孩子要做什么？死到临头了，居然还……

"这里面有你想要的东西，以及一切真相。"

他知道，留给自己的时间不多了。

"薄少,其实我一直很恨你,恨你的无知,恨你的冷血。我妈妈因为你失去了所有的一切。所以我想,我应该是我妈妈最后剩下的在乎的东西了,我好想再陪妈妈久一点……"

他说的话,一字一字割开薄夜的胸口。

薄夜痛心疾首地说:"等我救了你,你可以向我肆意发泄情绪,但是现在惟惟,你听爸爸的,先配合爸爸好吗,我要把你救出来……"

歹徒闻言,大喊一声:"好了!真心话到此结束,我可没兴趣看你们父子情深!你们再敢过来一步,我直接带着孩子去死!薄夜你不怕断子绝孙吗!"

唐惟看见了薄夜背后的安如,她全程跟着,神色紧张,大概是怕事情败露吧?

唐惟冲她残忍地笑了笑,轻声道:"我没死,是不是没有如你所愿?不过你别难过,我很快就会如你所愿。"

这话让薄夜的脸色白了几分:"惟惟,你怎么了?突然说这么多爸爸听不懂的话……"

唐惟没有回答他,反而转头看向安如:"你绑架了我,以为自己天衣无缝吗?"

歹徒似乎是真要跳海逃跑,于是抓着唐惟后退。

"薄少,一场绑架,终于让我明白,原来我就是最有力的威胁你的工具。"唐惟被绑架犯抓着,有点坚持不住了。

薄夜的心猛地一惊,如同利刃刺进肺腑!

唐惟冲他笑了笑,知道自己即将被歹徒当作最后的筹码一并落入水中,可是他想到了自己的妈妈,忽然间就不再畏惧歹徒和死亡。

妈妈,反正我也逃不开了,不如,下辈子再做你的孩子吧。

他眼里噙满了眼泪:"妈妈,我爱你。"

最后的最后,下坠前,小孩子冲他无声地做了几个口型,他说——

再见,薄少。

是生是死,都永别。

大海很快吞没了那个瘦弱的身影,警察甚至都没来得及冲上前去。

唐惟下坠前,薄夜朝着他伸出手,却只抓住了一丝空气。

"唐惟!"薄夜发出怒吼,看着他没入汪洋大海,薄夜眼眶通红,无助地大喊,"别!唐惟!别!"

不……不要……

他堂堂薄夜……怎么会……连自己的孩子都……保护不了！

清晨的阳光穿透云层，落在这片港口，带着些凉意的风拂过每个人的脸庞。

薄夜愣怔地盯着一片平和的海面，像是一尊没有灵魂的雕像。

过了许久，他像是痉挛一般，整个人哆嗦起来。

他的手失了力气，那部儿童手机一下子摔在他脚边。

这个早晨的景色那么美，却那么残忍。

他红了眼眶，心一紧，抽痛感蔓延至全身。

他弯腰捡起儿童手机，颤抖着手打开，里面有几段录音。他盯着屏幕上的播放按钮，竟然不敢点下去。

他怕，若是听见什么颠覆自己认知的东西，那他该当如何？他要怎么去挽救？

千金散尽，他只想求一场重来！

警方察觉出了薄夜的慌张，帮忙按下了播放键，便有一段对话传出来。稚嫩的声音是唐惟的，而那个清亮的女声，则是……安如的。

"我知道是你做的。

"我说我知道是你找人绑架的我妈妈和我。"

"哈哈？为什么这么说，是你妈妈误导你的吧？你别乱说，阿姨不会做那种事……"

"你真的很啰唆。

"你不用再辩解什么了，我知道是你花钱请人绑架的我和我妈妈，你还威胁那群人。所以那群人都没有改口供，一口咬定只是临时作案。"

"你……你一定是听你妈妈胡说的！

"你要是真有证据认定是我干的，怎么不去跟你爸爸说？

"因为你就是听你妈妈胡诌的。别以为这样就能打倒我，你爸爸是不会听信你的胡言乱语的。"

"我爸爸？

"我根本就没想过要去薄少那里告发你，因为我觉得，他这样的人，配你这样的人正好，不应该放他去糟蹋我妈。

"可能你太小看小孩子，你知道吗，很多次你在薄家打电话叫人准备，我都听见了。"

唐惟的笑声也被录了进去，传到各位的耳朵里。

"不可能，你就是装神弄鬼！夜哥哥不会相信你的！"

最后，他听见唐惟踩着楼梯上楼的声音。

最后一声，是唐惟低低的笑声。那笑声带着穿透人心的力度，直直地扎进薄夜的胸膛。

他觉得胸口像是开了一个洞，鲜血汩汩而出，冷风从那里吹过，吹得他浑身上下刺骨地冷！

他一把从警方手里抢过那部手机，反反复复播放那段录音。

不可能……不可能……到底是哪里出了差错？这段录音又是在什么时候录的？唐惟……唐惟为什么要将这段录音放给他听？

薄夜红了眼眶，抬头看向安如，眼里带着触目惊心的恨意。

身边的警察也反应过来，一下子冲上前将安如控制住。

安如惊慌地大喊："夜哥哥，你要做什么！"

薄夜连一个眼神都没有施舍给她，他捏着手里的手机，整个人都在颤抖。

如果这段录音不是合成的，那么他对他们母子俩做了什么？老天啊，他对无辜的母子俩做了些什么！

他甚至在唐诗面前偏袒一个真正的幕后黑手！

她说过的，她当初声嘶力竭一遍遍地向他控诉，可是他没听，他当时一个字都不相信她！

薄夜捂着胸口，只觉得身体像是被人伤了一千次一万次，鲜血淋漓，抽筋扒骨。

他双腿一软，跪坐在地上。

他像是失去了所有的意识，呆愣地看着眼前蔚蓝的大海。他忽然觉得或许需要被救赎的人不是唐诗，而是他自己。

而唐诗，就是他此生唯一的救赎……

最后，连唐惟都弃他而去。他到底还剩下什么呢？他什么都不剩下了！

他真是可悲。

薄夜荒唐地笑了两声，林辞上前将他扶起。

可他跌跌撞撞又回到海边，看着那片海，声音依旧颤抖："去找！不见到尸体，我就绝对不会停手！"

林辞伸手捂住了薄夜的眼睛。

　　薄夜语无伦次地说着话："你干什么，我看不见了，林辞……"

　　太阳逐渐升起，薄夜脸上有什么晶莹的液体反射出光芒。

　　这一年隆冬，薄夜失去了唐诗，失去了唐惟，失去了一切曾和他有过密切关系的人。

　　他站在唐惟掉下去的海边，像是在进行一场沉默的祭奠。他知道，此生，不会再有人原谅他了。

　　所有的温情都已经被他亲手掐灭。

第十二章

苏祁觉得唐惟能找到自己是一件相当神奇的事情。

有人撞开他办公室的门,看到对方怀里满身是伤且湿透了的小孩,他都惊呆了。那不是薄夜家的小王八蛋吗!怎么变成这副鬼模样!

"我捕鱼路过,正好看见这个孩子被水流冲下来,他意识不清,喊我来苏氏集团找你……"好心的渔民对着苏祁喊道,"是你的孩子吗?"

苏祁站起来,一边报警一边点头,竟然直接承认了自己是孩子的父亲。他来不及多想,就叫人先把唐惟送去医院。

可一路上唐惟都抓着苏祁的衣角,眼睛都没睁开,轻声喃喃:"妈妈,我要找我妈妈……"

苏祁看着这个小孩在自己怀中的样子,感觉就跟自己儿子被人欺负了似的,赶紧把他送去了医院。

江凌对苏祁做了简短的点评:"你最近善心发得挺多的啊,今天一个唐诗明天一个唐惟,你怎么不干脆把母子俩接回家住?"

苏祁说:"那苏菲菲不得跟唐诗打起来?"

江凌说:"我觉得哪怕是打起来,你也还是偏袒唐诗的。"

哪能啊!苏祁翻了个白眼:"小屁孩怎么样?"

"伤口挺深的,不知道遭遇了什么,肺部也有水,差点淹死。他这是被绑架了吗?"江凌随意问了一句。

苏祁的眼神一深,忽然想到什么似的:"反正跟薄夜脱不了关系。我已经报警了,估计薄夜知道孩子在这儿,不过奇了怪了,他怎么不来?"

江凌乐了:"牛啊,连薄夜的墙脚都敢挖。他要是知道了,估计要提着菜刀和你拼命。"

苏祁跟个无赖似的坐在江凌的办公室里:"我觉得唐诗还不知道这件事呢。"

"你打算和她说吗?"江凌也知道唐诗和薄夜的事情复杂。

"唉,怪可怜的。"苏祁想了想,"先让他在医院里养着吧,钱我出。薄夜要是来领人了,记得跟我说。"

"啧啧啧。"江凌手上转着一支笔,"打算做人家的便宜老爹吗?"

苏祁一下把凳子踹过去:"闭上你的嘴,我反正不要离异带娃的女人和她的拖油瓶!"

嘴硬。

唐惟醒过来的时候看见了苏祁。这个男人有一双蓝绿色的眼睛,和自己的眼睛完全不一样,妈妈说过他是混血儿。唐惟轻轻喊了一声:"叔叔……"

苏祁在打游戏,头也没抬。

苏祁说:"等会儿,你爸爸我在推塔。"

苏祁这是习惯用"你爸爸我"来称呼了,可是唐惟没有出声,就躺在那里,乖乖地等他打完游戏。

他上一次醒过来也是看见这个混血叔叔坐在自己旁边,那一次也是自己被绑架。他没想过这个人会过来看自己,本能地有些感动。

他跳海后找到了一块枯木扒着,一路往下漂,遇到了好心的渔民,渔民把他救上来,他乞求渔民带他去苏祁。

他不知道自己为什么会想找这个叔叔帮忙,之前也是拜托这个叔叔去看看自己受伤住院的母亲,他总觉得这个叔叔比起薄夜来……更亲近一点。

苏祁一局游戏打赢,心情美美地扭头看了唐惟一眼:"哟,小王八羔子,你醒啦?"

江凌在过道里就听见苏祁喊了一声"小王八羔子",心说换别人家小孩老早就跟你打起来了,也就唐诗的儿子性子文静好欺负,不跟你一个幼稚的大人计较。

唐惟轻轻应了一声:"嗯,谢谢你。"

见他这副样子,苏祁说:"你跟薄夜吵架了?"

提起薄夜,唐惟身子一抖。

这副害怕的样子映入苏祁的眼底,他有些心疼眼前的孩子。妈妈被迫和自己分离,家里爹也不疼,还有一个天天算计他的安如,大豪门里的小孩果然都不容易。

"唉，你不想说就不说吧，回头你出院了打算怎么办？你这是一个人逃出来的？"

"我被绑架了……"唐惟隔了好久才缓缓将事情的经过说了一遍。

苏祁听完整个人往后缩了缩："再也不敢喊你'小王八羔子'了，你这是一头小狼崽子哟！听得你干爹我心肝儿直颤呢！"

"你这是在占人家便宜吗？"江凌进来就骂了一句，"怎么就自称是他干爹了？"

苏祁翻了个白眼："我要乐意还能当你干爹呢！"

"我不乐意！"江凌笑着骂他。

"臭小子过来，看看你干爹我给你新买的衣服！"苏祁帮唐惟买了几套新衣服，就放在一旁的沙发上。

高级病房空间很大，江凌手里拎着一堆外卖，进来后用脚钩出了门后的折叠桌子。

"阿江你够意思啊，点了些什么？"

"湘菜。"江凌笑了，"特别辣，你能吃吗？"

江凌的年纪要小些，气质更温和一些，唐惟觉得他就像是大哥哥一般。

"能！"唐惟的心情有些雀跃，喊了一声，"谢谢江哥哥！"

苏祁捂着胸口："不能啊，你喊我'叔叔'为什么喊他'哥哥'？我们俩就差两岁。"

唐惟脆生生地说："江哥哥年轻！"

苏祁看了江凌几眼："也没看出比我年轻多少啊，我很老吗？"

江凌和唐惟默契地点点头。

"二十七岁都算老吗？"苏祁哀号一声，"完了，阿江，你们医院有整容科吗？给我打几针水光针吧。"

江凌和唐惟都笑了，他们把桌子放在唐惟的病床上，随后把外卖打开。

江凌说："你伤口还在修复，所以不能吃太辣的，我给你点了粥。"

"谢谢江哥哥！"

"'江哥哥'喊上瘾了啊。"苏祁在一旁不甘心地喊道，"那你也喊我'苏哥哥'呗。"

"苏叔叔。"

苏祁气得吐血："你怎么跟你妈一样气人？"

"我妈妈气人吗？"唐惟眨眨眼睛，"我妈妈长得漂亮，气质又好，不可能气人的！"

瞧瞧这臭小子维护妈妈的样子，苏祁琢磨他以后要是对唐诗做点什么，唐惟会上他们家房顶揭瓦。

"正好，等你的伤养好了，我就送你去你妈那儿，你妈妈还不知道你在生死关头走了一遭吧？"苏祁又看了唐惟几眼，"啧啧"感慨，"小小年纪心眼就这么多，你这长大了可不得了啊。"

"薄少肯定不会把这种事情告诉我妈。"小唐惟挺了挺胸脯，"薄夜估计也没脸来见我。我命大没死，死里逃生后就可以跟我妈过二人日子去啦！再也没有坏人可以欺负我们了。"

"二人日子多没意思啊，加我一个呗。"苏祁一个顺嘴就说了一句。

坐在对面吃饭的江凌手一抖，夹住的一块毛血旺就掉了回去。

苏祁话说出去也发现自己这话说得太暧昧了，赶紧转移话题："反正你要是记得我，过年可以来看看我，再送点礼物孝敬我。"

唐惟笑得特别机灵："我知道了，你是不是喜欢我妈妈啊？"

苏祁跟吃了炸弹似的直接跳起来，精致的脸上满是被拆穿的慌乱："怎么可能！我有钱，长得又帅，还怕没有女人喜欢？我才不喜欢你妈妈，你别多想！"

"哦，是吗？"唐惟舀了一勺粥放进嘴里，"我妈妈也不喜欢你，你放心吧。"

苏祁觉得自己的胸口中了几箭。

江凌在旁边笑得喘不过气来："我跟你说，苏叔叔也是个大渣男，和你爸爸薄夜不分上下，你可别被他好说话的样子骗了。"

苏祁一根筷子扔过去："有你这么给我拆台的吗？"

岂料唐惟又点点头："我知道！我妈妈说过你也经常欺负她。"

那……那不是他那会儿觉得她手无缚鸡之力，就想欺负欺负她嘛……再说了，看她在自己怀里那慌乱的样子，还挺好玩的呢！

苏祁厚脸皮地说："我只是试探一下你妈妈的性格。"

"你把她弄哭过。"

别说了，越说他越觉得羞耻……

"我妈妈现在对你没啥好印象，所以你要是想追我妈，估计很难。"唐惟咬着筷子，脸上的表情还挺像那么回事，"谁叫你一开始对她那么差劲。"

那叫差劲吗？那他无情的时候更恶劣呢！这么一对比，他对唐诗简直就是仁慈的，他都还没对她做什么呢！

苏祁给自己找借口，不知道是在安慰谁："女人都是口是心非的。"

唐惟很直接地打他的脸："不，我妈妈是真的很讨厌你。"

苏祁觉得自己迟早要被这个小浑蛋气死。

江凌在一旁不停地笑，笑完伸手摸了摸唐惟的脸："你怎么这么可爱啊，我第一次见到能有人把苏祁撑成这样。"

唐惟仰着头，一脸骄傲："那是我妈妈教得好！"

教得好！苏祁想给唐诗鼓个掌，看看她教出来的好儿子！

苏祁说："你吃不吃？不吃就快点睡觉，你这伤得养半个月，回去后要跟你妈妈坦白吗？"

唐惟一脸无畏："必须坦白啊，怎么惨怎么来。"

"啧啧。"江凌摇摇头，点评道，"我觉得薄夜现在挺可怜的，唐诗要是真知道了这件事，估计这辈子都不会再想见他。"

"可怜之人必有可恨之处。"唐惟很迅速地接话，"这一切都是他自己造成的，他不配说可怜。"

看着唐惟眼中坚定的光，苏祁愣怔好久才回过神来："你这性格太极端了，以后做事容易偏激。"

唐惟笑了："可我的极端也是他一手造成的。我是他亲儿子。"

苏祁和江凌两个大男人沉默了。

这一场罪孽由薄夜承担，他死有余辜。

唐诗还真不知道唐惟经历了一场如此可怕的劫难，周末的时候她还在睡觉，家门就被人敲响了。

唐诗穿着睡衣去开门，没想到会对上一双蓝绿色的眼睛。

苏祁站在门外，一头金发，白皙的俊脸上挂着不羁的笑意，臂弯里夹着一个小孩儿。

他说："喏，我把你儿子送回来了。"

唐惟从他的身上跳下来，扑到唐诗怀里："妈妈！我好想你啊！"

唯有在唐诗面前，他还是那个天真无知的孩子。

唐诗的心一紧，下意识地反问道："你怎么回来了？"

"我以后可以跟你一起生活了!"唐惟笑着伸出手抓住唐诗的手指,"我们再也不会因为薄少分开了!"

唐诗像是不敢相信一般,伸手摸了摸唐惟的脸:"是真的吗?天哪……你又回到我身边了……"

老天爷,你终于舍得让我们团聚了……

苏祁还站在门外,看着母子团聚的场面还挺感动的:"哎,我把你的儿子送回来,你就没有什么要对我说的吗?"

唐诗很迅速地抬头看他一眼,随后假装惊讶地看着他身后:"苏菲菲?你怎么来了?"

那个小祖宗也跟过来了?

苏祁身子一抖,转过头去看。唐诗趁着这时直接将大门关上,大门发出"砰"的一声响。

苏祁发现自己身后空无一人,明显是被骗了,转过头来对着那扇大门发呆。

"行,算你狠!"苏祁咬牙切齿地往回走,一边走一边骂,"狼心狗肺,好歹养了你儿子半个月!不就是刚认识那会儿被我占了一下便宜嘛,女人心海底针。"

唐诗将唐惟放在沙发上,爱怜地看着自己的儿子,笑着问:"你是怎么回来的?"

唐惟盯着自己母亲的眼睛,深呼吸一口气,才开始讲述整件事情的经过。

听到最后,唐诗红了眼眶,颤抖着手按住唐惟的肩膀:"惟惟……你……"

她泣不成声。

原来自己的儿子那么努力想要回到她身边,而她,却选择了抛弃他。

唐诗一把将唐惟搂到自己怀中:"没事了,以后再也不会有人分开我们了。薄夜若是再敢上门,妈妈哪怕和他拼命,也不会让他带走你!"

唐惟笑了笑,安慰自己的妈妈:"妈妈,我要永远和你在一起。"

这个孩子是老天送给她的礼物,是她的救赎。

唐诗摸着唐惟的脸,故意转移话题打趣道:"看来那个苏祁叔叔在医院里对你还是很好的,我们家唐惟壮了。"

"你的意思是我胖了?!"唐惟一脸惊恐,"不,我不要变胖,明天开始妈妈早上陪我跑步吧！"

"臭美，小孩子胖一点没关系，明天妈妈和戚戚姐姐带你出去买新衣服怎么样？"

唐惟一口应下，随后唐诗牵着他的手经过姜戚的房间。

姜戚明显是早上才睡，现在睡眠还不足。她揉着眼睛，一睁眼看见眼前站着一个缩小版的薄夜，愣是被吓醒，反应过来才说："小唐惟！你怎么回来了？！"

唐惟握紧唐诗的手："是啊，我回来和妈妈一起生活了！"

姜戚对唐惟简直爱不释手，蹲下来捏他鼓鼓的脸蛋："哎哟，你怎么这么可爱啊，真是太贴心了。走，今晚去吃大餐，我请客！"

"好！"唐惟拔高音量应了一声，随后又道，"谢谢戚戚姐姐。"

姜戚捂着胸口重复了好几遍"这小子怎么这么萌这么乖巧"，一脸中枪的表情："我受不了了，唐诗你是怎么生出来的，我要和你抢儿子！"

唐诗抿唇一笑，就带着唐惟去了自己房间。

唐惟跳上床："妈妈，你还要睡觉吗？"

"你睡吧，妈妈差不多该起来工作了。"唐诗看着唐惟的脸，"过几天我去给你报学前班。"

"那些我都已经在薄家学会了，我到了年纪就能直接上小学了。"

"……"

今天虽然是周末，但是距离唐诗他们工作室的游戏上市只剩下一个星期，他们都在加班加点地准备各种东西。

老王跑好几个地方去办手续，又花钱买了好多APP商店里的热门推荐位。

唐诗这边也需要敲定几个设计方案，约了丛杉中午过来一起探讨。

果然，中午十一点，丛杉很准时地敲响了唐诗家的门。然而令他没想到的是，这回给自己开门的，居然是个小孩子，还是一个长得特别漂亮的小孩子。

唐惟看了门外的丛杉半晌，试探着喊了一句："舅……舅舅？"

舅舅？

丛杉愣住了。

唐诗倒是还没反应过来，只顾着让丛杉快快进屋。

唐惟关了门，又问了一句："你是舅舅吗？感觉和以前不一样了，我舅舅不戴眼镜……"

唐诗的表情一下子僵住，她慌张地看看丛杉，又慌张地看看唐惟，不知道怎么跟他解释唐奕已经不在这个世界上了。

可是，小孩子终究会知道的。

这个伤人的故事到底要如何才能说出口？

唐诗的眼里逐渐浮起泪光，声音都有些颤抖："惟惟，你去睡一会儿觉，妈妈要谈事情……"

"舅舅呢！"唐惟像是察觉到唐诗有事瞒着他，上前一脸担忧地看着她，伸手直指丛杉，"他不是我的舅舅！我舅舅呢？妈妈，我舅舅为什么不来看我？"

孩童天真却又迫切的逼问如同无数锋利的针刺进身体里，唐诗不知道该怎么去掩饰这一切："惟惟，你舅舅……"

她说不出口，她光是忍住哭泣，就要耗尽全部力气。

丛杉看出了唐诗的无助，忽然淡淡地说了一句："他出国了。"

唐惟和唐诗同时转头看着丛杉。

丛杉又闭上眼睛，深呼吸一口气，这才缓缓把眼睛睁开。他淡漠地看着唐惟，那种冷漠的神色从未在唐奕脸上出现过。所以，他假装不了他们深爱的那个男人。

"我是他的亲戚，他最近有事出国了。怎么了，你很想他吗？"

这口吻虽然冷酷，却让人听不出真假来。

唐惟红了眼眶，没想到这次回来见不到自己的舅舅，有些委屈："舅舅突然出国了啊，要待多久？我还想和他再去游乐园玩呢……"

"等他下次回国吧。"丛杉还是一脸淡定，在桌子旁边坐下，"他很好，不用担心。"

唐诗努力望着天花板，把眼泪憋回去。

唐惟缠着丛杉讲了一大堆他想念唐奕的话，最后才依依不舍地看着他说："那我喊你小舅舅吧，我舅舅要是回来了，你一定要告诉我。"

丛杉看着他那张稚嫩的脸，轻轻应了一声。

唐惟终于回了房间，唐诗才哽咽着说了一句："谢谢你。"

她是真的无法开口告诉唐惟——你的舅舅已经不在人世了。

丛杉的表情还是一如既往地冷漠："没什么，直接开始吧，你现在手头有几个设计方案？"

一听到丛杉要讨论工作上的事情，唐诗很快收拾好情绪，将自己的电脑打开，两个人凑在餐桌前开始严肃地讨论设计方案。

丛杉也把自己的U盘拿出来，两个人将设计方案统一了一下，随后和几个同事发起了视频会议。

丛杉在唐诗家待到了晚上，快到吃晚饭的时间，姜威从房间里走出来，看见丛杉的时候被吓了一跳："小三三，你怎么会在这里！"

丛杉挑了挑眉："我说了别喊我小三……"

"哎呀！"姜威直接掠过丛杉，对着唐诗道，"喏，这就是我上次说的那个长得很帅的设计师，没想到你们这么快就熟了。"

丛杉简短地补充："一般般，没那么熟。"

"既然来了，那晚上一起吃饭呗。"

姜威去洗手间敷了一张面膜出来："晚上正好要带她儿子去吃大餐……"

丛杉没有拒绝，倒是大方地应了下来。

他的视线在唐诗纤细的脖颈上停留了半秒又迅速移开。

真是出人意料，她儿子竟然都这么大了。

薄夜没有想到会在商场里遇到唐诗，虽然人家压根儿就没注意到他。

他更没有想到，唐诗身边竟然有一个……和唐奕这么像的男人！要不是目睹了唐奕的死亡，他真的会以为唐奕只是假死！

可那个男人的气质和唐奕完全不像，唐奕儒雅，那个男子十分冷漠，唯有在面对唐惟的时候，才会露出些许耐心。

薄夜觉得自己的脚像是生了根一般，在看见唐诗的那一刻，根本走不动道。

他就这么看着唐诗的背影，看着她身边微笑的姜威、一脸幸福的唐惟，以及虽然冷漠却样貌精致的丛杉。

这个男人到底是从哪儿来的？他……如果和唐奕没有血缘关系，那他为什么会出现在唐诗身边？

是不是唐诗没有办法接受唐奕的离世，所以找了一个和自己哥哥十分相似的人相伴？

薄夜心中掠过无数个念头，可最终一一被他压了下去。

他看见唐诗笑得很开心，大概是姜戚讲了什么好笑的笑话，连冷淡的丛杉都少见地笑了笑。

"你有酒窝你知道吗！"姜戚像是发现新大陆一样指着丛杉道，"不得了，不得了，万年冰山居然笑了！"

丛杉很快又恢复了平时的样子，倒是唐惟还在"咯咯"笑："小舅舅笑起来比我舅舅帅。"

"哎哟，你这个没有良心的兔崽子。"姜戚说，"被你舅舅听见，他估计要从国外飞回来揍你！"

唐惟撒开脚丫子跑，姜戚在后面追，两个人在商场里你追我赶的，真不知道是谁更幼稚一点。

唐诗笑得头疼："他们俩精力太旺盛了。"

丛杉淡淡地答道："姜戚不是从来都这样吗？"

"听这语气，你和戚戚认识也很久了？"唐诗偏头看他。

丛杉依旧一副冷淡的表情："认识两三年了。"

"她看起来很阳光，其实也受过不少伤害吧。"

还能保持一颗赤子之心，真是难得。

女人时不时和身边的男人交谈几句，虽然男人表情冷漠，但到底是有教养的。他一米八几的个子站在唐诗旁边，看上去就跟一对似的。

薄夜嫉妒了，疯狂地嫉妒了。

原来唐诗也可以这样温柔美好地站在另一个男人旁边，原来她也可以放下所有戒备和针对。可是这样的一面，她从来都不肯对他展露。

薄夜像是一个小偷一般，就这样偷偷盯着她，像是想把她的背影就此刻入眼中。

换了以前，他一定会大步上前，就算拆不散唐诗和她身边的男人，也要冷言冷语地嘲讽几句，让彼此都不好过。

可现在他怕了。

在得知唐惟给他的真相后，他怕了。

曾经他无视她的痛苦，一味地维护安如，现实却狠狠打了他一个耳光，告诉他，他错得有多离谱。

所以他这么久没出现在母子二人的视野里，因为他……问心有愧。

薄夜只觉得自己的心脏疼得厉害，一抽一抽地痛。

林辞站在一旁，发现了薄夜的反常，出声道："薄少？"

他猛地回神，神色恍惚，像是刚从噩梦中清醒过来。

他喃喃道："林辞，唐诗身边的人是谁？"

林辞没说话。

他又说："查！给我去查！哪怕她已经是我的前妻了，也轮不到别人觊觎！"

这个时候，他的助理说话了。

"薄夜，唐小姐是爱过您的，是您亲手不要她的。"

这句话，如同一道惊雷。薄夜浑身冰冷地立在原地，手指隐隐颤抖。

听听，连他的好助理都在暗暗讽刺他活该！

林辞老早就对他说过：薄少，希望您日后不会后悔！

那个时候他是如何回答林辞的？他毫不犹豫地反击了，他说他不会后悔，他薄夜这辈子都不可能后悔！

可现如今他要怎么说，他后悔了。他要怎么去承认，他其实后悔得不得了。如果能重来，哪怕赌上一切，他也要挽回。他要怎么去开口讲？他痛！他痛得快死掉了！

薄夜红着眼眶，终是缓缓闭上眼睛。

他想转身走开，因为看着远处那温情的一幕，看着那不再属于他的女人和儿子，他的心脏像是撕裂了一样。

林辞抬手看了一眼手表："薄少，和叶总约好的吃饭时间快到了，我们该上去了。"

男人像没有听见一般，自顾自地发愣。

林辞重复了一遍，薄夜才像是猛地回过神来。他一言不发地迈开步子转身，每一步都像是踩在刀刃上一样。

为什么，唐诗，为什么这么快你身边就有了新的男人？而我，却被残忍地丢在回忆里，记不清，忘不净！

他输了，输得一败涂地！

唐诗并不知道薄夜其实默默地看了她很久，她看着姜威和唐惟在商场里跑来跑去，不由得出声道："你们慢点……别影响到别人。别玩了，回来！"

唐惟笑着躲到唐诗身后："不和你玩了，吃大餐去！"

姜戚一边喊着臭小子，一边带着唐诗等人往餐厅走。

因为这家算得上是网红餐厅，所以他们到的时候外面已经排起了长队。

丛杉"啧"了一声，明显不想排队。

姜戚得意地说："莫慌，有姐姐在。我认识这家店的经理，他已经帮我们留位子了。"

说完她就带着几个人直接进入店里，走到一个小包间的门口。

"哟，姜戚你总算来了？"

一回头，一个穿着执事制服的帅哥对着她笑了笑："冷落我这么久，总算想起我了？"

"少来恶心我。"姜戚大手一挥，"对了，这是我的好朋友唐诗，这是她儿子。"

"你好。"执事冲唐惟眨眨眼睛，"你妈妈很漂亮。"

话音刚落，唐惟就一副如临大敌的样子，直接挡在了唐诗面前："不许打我妈妈的主意！"

这臭小子还是一如既往地不让任何男人接近他的妈妈。

姜戚笑了笑，又对着唐诗他们说："这是我的一个好朋友，是这家店的经理，也是主厨，店里的几款招牌菜都是他研究出来的。"

"你难得这么夸我一次。"执事又看了一眼丛杉，"这位帅哥是？"

"是我小舅舅！"

唐惟很快速地替丛杉回答，丛杉也没否认，就这么淡漠地应下了。

"行，你们看看菜单吧，一会儿点了菜我帮你们置顶。唐小姐，你儿子有什么不能吃的吗？"

"我都能吃！"唐惟挺起胸膛表明自己是个小大人，"没什么不能吃的！"

姜戚"扑哧"一声笑了："那就先来八只生蚝吧，一个人两只。对了，这边的奶油生蚝和松露生蚝也很好吃，各种做法都很棒，不过我个人还是喜欢直接吃生的。小唐惟要是不习惯，可以试试芝士奶油味的。"

"那就这个吧，还有那个龙虾，我也想做成奶油蘑菇味的。"唐诗帮唐惟点了菜，又将菜单递给了丛杉。

丛杉点了一份烤鹅肝和一杯热红酒，又要了一份牛排："五分熟，果酱，谢谢。"

"可以。"穿着制服的帅执事冲他们笑笑,将菜单收回来。

门口有人喊了他一声,说是另一个包间里也有两位身份重要的客人需要他露面去招待一下,他只好说:"一会儿我再来陪你们闲聊。"

"去吧,生意这么好。"姜威朝他挥挥手,帅执事便走了出去。

四个人又随便聊了一会儿天,直到外面传来一声怒骂。

"你知道我是叶总的谁吗!你们就拿这种东西来招待我们,餐厅还想不想开下去了?"

刁蛮任性的女生在外面大喊:"别以为自己餐厅厉害就了不起,小心我去投诉你们!"

姜威直接拍着桌子站起来,唐诗也跟出去看了一眼,发现先前那个帅执事被一个女人扇了一耳光。他还在一旁道歉,说不好意思,菜不合口味请不要介意。

姜威的火气"噌噌"地往上冒,将自己朋友往身后一拦,直接出声嘲讽:"这家店开业以来,所有的食材都是从国外进口的,主厨是有米其林三星资格证的,顾客甚至直接可以通过那个窗口观看料理的全过程!你怎么不反省反省自己?没见识还要出来丢人现眼,也不知道谁才是小丑!"

对方似乎没想到会冲出来一个替店家说话的人,朝姜威看去。看见是姜威后,她直接笑了。

"哟!这不是咱们姜秘书嘛!"那女人神色嚣张地又换了种语气,"哦,不对,姜秘书现在可是被公司赶出去了呢,不过是一只丧家之犬……"

姜威的脸色白了又青,唐诗在她身边问那个女人是谁,姜威说她叫瑞茜,是个小网红。

——就是上次在叶惊棠家砸了咖啡机的那个女的。

瑞茜没想到会在这里看见姜威,她仗着自己现在背后有叶惊棠撑腰,整个人嚣张得不得了,说话丝毫不留余地:"怎么,我瞧着这个店家还是挺帅的,姜威你是不是想故意引起他的注意啊?哈哈哈——真是可怜,现在没有叶总帮着你了,你以为自己算老几?"

姜威没说话,忍着她的羞辱,将自己的好友扶住:"韩让,你没事吧?"

"哟哟,你听听这语气,"瑞茜夸张地做了一个动作,"姜威,你没必要饥不择食到这种地步吧?"

韩让恶狠狠地说了一句:"这位小姐,你侮辱我可以,对我的厨艺指指点点也可以,但请你不要侮辱我的朋友!"

"朋友？男女之间会有单纯的友谊？"

瑞茜身后走来两个男人，姜威和唐诗纷纷僵在那里。

是叶惊棠和……薄夜。

该死的，怎么渣男都聚到一块去了！

唐诗轻声说了一句："威威，先扶你的朋友回去吧。脸还疼吗？"

"没事。"韩让笑了笑，清俊的脸有半边已经高高地肿起。

他明显是在强撑。开店这么久，他就没遇见过这样无理的顾客。

"啧啧，真是什么人都凑一块了，一个个看见男人都巴不得倒贴。"瑞茜笑了笑，看了一眼自己做得精致的指甲，像是压根儿没把唐诗他们放在眼里。

薄夜先出口问了一句："发生什么事了？"

"我觉得他们的小青龙虾不新鲜。"瑞茜姿态高傲地走到叶惊棠旁边，伸手挽住他的胳膊，"正想教训一下这边的厨师呢，这两位不知道从哪儿来的小姐就上来帮腔了。"

唐诗脸色一白，随后冷笑："张嘴就骂姜威丧家之犬，自己不也是围着叶惊棠转吗？居然还有脸说别人！"

这犀利的嘲讽让瑞茜一下子僵住，反应过来后她直接朝唐诗扑过去："你说我什么？！"

唐诗轻巧地躲开，一把将瑞茜摁在墙上。她的气势比瑞茜不知道高出多少倍，用那种冰冷的眼神看向瑞茜时，竟然让瑞茜有一种仿佛看见了暴怒的薄夜的错觉。

瑞茜吓了一跳，心虚地说："你……你想干什么！大家都看着呢，你还想当众打架吗！"

"如果你再继续口不择言，我不介意撕烂你这张嘴！"

唐诗猛地松开她，走到面色惨白的姜威身边："走，何必跟这种人一般见识？没吃过龙虾，以为靠着一张嘴就可以随便败坏这家店的名声。听说你最近新开了一家西餐厅，是不是故意来这边砸场子，好让顾客都跑去你的店啊？"

唐诗这话一出口，周围看戏的人就全明白了，纷纷用嘲讽的眼神看着瑞茜，嘴里议论着——

"啧啧，没想到啊。"

"这女人真是不要脸哦，现在什么人都能做网红了吗？"

这话传到叶惊棠和薄夜耳朵里，他们纷纷变了脸色。

瑞茜还在那里强撑，原先脸上不屑的表情早已不见，她颤抖着声音道："少在那里含血喷人！"

"到底是谁故意挑刺，明眼人一眼就看得出来！"

唐诗发觉姜威身体僵硬，想来是害怕叶惊棠。她将姜威和韩让护在身后，转头对他们说："快回去后厨用冰敷一下脸。"

姜威应了一声，扶着韩让走了。

唐诗一个人留在那里，转过头对着瑞茜冷笑："怎么，你还有事？是不是接下来要帮你新开的西餐厅打个广告啊？"

瑞茜一脸楚楚可怜的样子看向叶惊棠，想让叶惊棠帮她出口气，可是她发现叶惊棠竟然在走神。

叶惊棠盯着姜威和韩让离去的背影，瞳孔收缩。

她走了！她就这么在他面前扶着另一个男人走了！她居然连看都不看他一眼！

很好，姜威，你到底是翅膀硬了！

坐在包间里的唐惟没有忍住，出来喊了一声："妈妈……"

这一声让薄夜身子一抖，他竟然不受控制地喊道："惟惟！"

唐惟转过身来，用那种看路人的目光淡漠地看了薄夜一眼，随后把头转回去，对着自己的母亲露出笑容："妈妈，回来吧，不要去管那些无关的外人。"

听听他的亲儿子把话说得多么狠！

薄夜下意识地继续道："惟惟，爸爸知道那件事情不是你们故意泼脏水……"

"闭嘴。"唐诗将唐惟护住，随后抬头看向薄夜，"我们，错过了就错过了，一点也不值得可惜。"

薄夜的心狠狠一缩。他太想和她坐下来好好谈谈，告诉她，他真的错怪了他们，可是……可是他竟然没有勇气。

他刚想说点什么，就看见丛杉走了出来。高大的男子出现在他视野里，他只觉整颗心都凉了。

唐惟毫无顾忌地扑到丛杉的怀里，那副听话乖巧的样子从来没有在薄夜面前展露过……

"别闹了，进去等菜吧。"丛杉虽然性格冷漠，但对着唐惟时还是温和的。

他单手插兜,另一只手按在唐惟柔软的头发上,看着唐诗说了一句话。

唐诗应了一声,随后三个人一起回了包间,那模样就像是一家三口似的。

薄夜盯着唐诗离去的背影,感觉整颗心像是被人挖了出来。

明明五年前他一次次对她视而不见,他以为自己压根儿不会在意和她有关的一切。为什么到了五年后的今天,光是看着她和别人一起走,他的心都会……这么疼?

唐诗,我们到底是错过了。

可是……他不想错过,他不甘心!她曾经为他付出了那么多,却在这种时候说不要就不要了!

薄夜的眼眶红了,喊了一声:"唐诗!"

那声音里竟然带着哭腔。

可是唐诗走了,连脚步都没有停顿,甚至都没有回头看他一眼,就像五年前他对她一样。

薄夜觉得一颗心颤抖得厉害,从来没有人能这样伤他,光是一个冷漠的无视,就可以把他伤得鲜血淋漓。

他知道那场绑架真的是安如主导的,他也想好好和唐诗说一说话,可是她为什么连一个回眸都吝啬给他?她是不是恨极了他?

你回头看我一眼好不好?就……一眼。

唐诗走得极快,她真怕自己会在薄夜面前掉下眼泪来。

她不想让薄夜看见自己脆弱无助的样子,更不想让那个冷血无情的男人知道自己的痛苦。

丛杉给她倒了杯热水,他们点的菜很快就上来了。

唐惟在一旁小心翼翼地安慰她:"妈妈,别想啦,我们吃生蚝好不好?"

唐诗笑着摸了摸唐惟的脸:"好,你要吃芝士口味的吗?妈妈帮你拿一个。"

随后姜戚走了进来,身后跟着韩让,他说:"不好意思,让你们见笑了,我给你们送一份刺身拼盘吧。"

"哇,这是给我们的福利吗?"姜戚大叫起来,"好啊好啊!别客气,尽管来吧!"

韩让笑了笑，和他们聊了一会儿才走了出去。

唐诗看着韩让的背影对姜威说："我觉得他比余萧和叶惊棠靠谱，你可以试试啊！"

姜威翻了个白眼："我还觉得丛杉比薄夜和苏祁靠谱呢！你怎么不试试！"

丛杉眼神微动，倒是没说别的。

唐诗被她逗笑："不了不了，我还是安心把我们家惟惟养大吧。"

姜威眼睛一亮："说得有道理，你儿子这么好看，长大了肯定是个帅哥。我觉得你儿子长大了可以当我的小情人！"

唐惟说："我不要，那个时候你都是奶奶辈的人了。"

姜威手捂着胸口："臭小子，有你这么说美女姐姐的吗！"

唐惟"咯咯"地笑，又和姜威闹成一团。

看着他们没心没肺打闹的样子，唐诗也在旁边淡笑，将之前的纷争抛到脑后。

一顿饭吃得十分尽兴，姜威打了个饱嗝去结账，刚付完钱，身后就跟上来一群穿着黑衣的保镖。

姜威抓着钱包，手心渗出冷汗："你们想干什么？"

"姜小姐和我们走一趟便是。"为首的黑衣人恭敬地说，"老板在等你。"

一定是叶惊棠。

姜威后退几步，给前台收费的小姑娘使了个眼色，随后直接撒开脚丫子跑起来。她不能拖累唐诗，可是她也不想回到叶惊棠身边！

姜威没逃多远就被人抓住了，她挣扎道："放开我！我叫你放开我！"

可是她终究抵不过那些专业保镖的力气，整个人被塞进车子里："我不要！放开我！"

唐诗……唐诗一定会担心她的,姜威哭着喊着："把我的手机还给我！"

可是车厢里没有一个人理她，姜威打不过他们，又被压制住，连说话都断断续续的："浑蛋……把我的手机还给我……我要给诗诗打电话……"

她的求救声微乎其微，车子很快开到叶惊棠的别墅门口。

姜威一脸惨白，浑身都在哆嗦："我不进去！放开我！"

她被他们押到了叶惊棠的房间里。

曾经她也可以自由出入叶惊棠的别墅,所有人都以为她和叶惊棠之间有那种说不清道不明的关系。可是唯有姜戚知道,叶惊棠救自己,不过是看中了自己这张脸。

两年前那个下着大雨的夜晚,他用鞋尖挑着姜戚的脸笑道:"你的身体一点也不值钱,不过你这张脸……很值钱。"

他救她出深渊,带她离开那个让女人陷入噩梦的会所,挽救她的清白,只是为了让姜戚对他忠诚。

后来,她无所不用其极,身边男人那么多,却都只是为了替叶惊棠办事。再后来,她甚至对叶惊棠的冷血都麻木了。

可是现如今,再一次看见叶惊棠那张精致的脸,姜戚只觉得自己心都寒了。

她觉得自己仿佛看不清叶惊棠的表情了。

在他这副冠冕堂皇的皮囊下面,到底……有着多肮脏不堪的灵魂?

叶惊棠捏着她的下巴笑道:"知道我为什么一直不碰你吗?"

因为他只是将她当工具。她只是一个工具,得到那些他想要的合作的工具,所以他根本不会碰她。

姜戚的眼泪无声地滑落:"因为我曾经在那种地方……陪过酒。"

"有点自知之明,不错。"叶惊棠笑得愉悦,拍了拍姜戚的脸,"姜戚,我不喜欢穿破鞋。"

听听,他都不用下手,光是说几句话就可以将她千刀万剐!

姜戚泪流满面:"可是……让我和那些合作伙伴暧昧的人也是你。"

他将她的美色作为利器,让她出面,让她承受。他一直认为,姜戚为了他,不管是谁都可以接近。

可是他不知道,姜戚为了生意一次次喝酒喝到吐血,只为了对方能在合同上签字。

她小心翼翼地守着自己破碎不堪的名声,等来的却是叶惊棠一通毫无人性的侮辱。

他眼里没有一丝感情,姜戚哭得嗓音嘶哑:"嫌我脏就别碰我!"

"我觉得你最近胆子大了。"叶惊棠玩味地说,"和余萧暧昧,又和那个穿制服的扯不清关系。姜戚,你是不是忘了谁救你出苦海的?"

"我已经辞职了……"姜戚哭得浑身颤抖,"我不是你的玩具,我是活生生的人。叶惊棠,你哪怕可怜可怜我,我不想再毫无尊严地在你身边待下去了!"

她眼眶通红:"你要是觉得救过我一命很了不起,那我这条命还给你怎么样!"

叶惊棠的瞳孔狠狠一缩,然后他笑了,笑得和善,可说话极狠:"姜戚,你没有和我讲条件的资格。"

她如遭雷劈,脸色苍白,就像是陷入一场不会醒来的噩梦。

另一边,唐诗发现姜戚失踪了,整个人都慌了,甚至着急到去报警。深夜,她接到姜戚的一通来电。

唐诗紧张地问:"你付完钱去哪儿了?吓死我了你知道吗!我还以为你被别人带走了!"

"我在楼下,等会儿帮我开门。"

姜戚的嗓音是哑的,这不像她平时充满活力的样子。

过了几分钟,唐诗去开门,就看见姜戚脸色惨白地站在门外。

她眼角还挂着泪:"诗诗,我……"

她脖子上那些紫红色的痕迹让唐诗心疼,唐诗没说话,只是上前抱住了她,许久才轻声道:"没事了……没事了,没关系,回来就好。"

姜戚趴在唐诗的肩头大哭了一场。

这个时间点唐惟已经在自己房间里睡下了。

姜戚回来得实在太晚,唐诗也有些累,就陪着姜戚去了她的房间。两个人在被窝里缩着,姜戚还在不停地抽泣。

"好了。"唐诗看着姜戚这样子,只觉得实在心疼,"忘了吧,戚戚,你要不要跟我一起去新城市?"

姜戚抬头,一脸茫然:"不可能的,叶惊棠不会放过我的……"

"我已经熬过来了。"唐诗看着自己好友的脸,"你也一定能熬过来的。"

姜戚愣怔地看了唐诗好久:"我们等工作室的事情忙完了,一起辞职去外地吧。"

逃吧,逃离这座城市,逃离有着令她们害怕的男人存在的城市。

唐诗点点头,道:"好!你行政能力强,我会设计,我们到哪里都不怕没饭吃,你不要再为叶惊棠痛苦了。"

姜戚的眼泪又落下来:"诗诗,这个世界上,有感情就能一生一世吗?"

唐诗盯着她的眼睛,轻声道:"这个世界上,最变幻莫测的就是感情,只要你把心管住了,就不会痛。"

姜戚像是发了狠:"可是我不甘心……我要让叶惊棠痛苦……就像我希望你驯服薄夜一样。虽然他是个渣男,可是我希望你可以驯服他这匹野马。"

唐诗轻轻笑了:"好了,以后的事情以后再说,叶惊棠他迟早会后悔的,就像薄夜会后悔一样。"

姜戚握住唐诗的手,两个互相安慰取暖的女人靠在一起。

姜戚说:"我要他们失去一切,要他们身处火海,要他们过得卑微渺小、一无所有,要他们穷困潦倒,要他们午夜梦回时想起的全是我们的好!"

那一刻,姜戚的眼里出现一种触目惊心的恨意。她说:"唐诗,你帮帮我,你帮帮我!"

唐诗目光坚定地看着她:"如果哪一天你走到了穷途末路,需要一个人来对你伸出手,那么姜戚,那个人不可能是叶惊棠,只可能是我。"

工作室的恋爱养成游戏上市一个星期,就获得了万千少女的好评,微博上甚至出现了一个关于这个游戏的话题。

无数人都在那里说自己玩游戏的经历,那些少女心的情节完美地满足了她们的恋爱需求。

"这个总裁好帅!"

"我要攻略医生!"

"完了,我觉得那个警察叔叔好帅啊!"

游戏好评如潮,唐诗深感欣慰。

然而这时,姜戚死了。

没有人知道这件事,唯有唐诗是知情者。

姜戚离开的那一天乖乖上了班,下班的时候她趁着大家不注意递交了辞职信。解决完自己所有的后事,她便走了,义无反顾。

叶惊棠是在一个星期后发现联系不上姜戚的。

那天之后,他没去想姜戚是怎么忍着痛苦走出去的,更没有想过她的内心有多绝望。

他只是觉得，一个玩具罢了，有什么值得去关心的。

可是他沉默了一个星期，姜戚也没有主动联系过他。

曾经的姜戚时不时给叶惊棠发微信，会谄媚地喊"叶总"，有时候过来给他做饭、洗衣、拖地，就为了叶惊棠能给她多发点工资。

她就像是一只打不死的小强，永远围在他的耳边叽叽喳喳。而面对外人的时候，她又是一副冷艳性感的样子。

叶惊棠知道这个圈子里有许多男人惦记着他身边这个秘书，当他每次使唤她、指挥她，发现她只会并且只能听命于自己的时候，就会获得十足的优越感。

所有男人都想要她，而她却只听命于他。

可是叶惊棠没有想过，如果哪一天，这个看起来永远都不会喊疼的女人，突然之间开口说疼了，那疼痛该是有多⋯⋯摧心剖肝。

叶惊棠烦躁地掐灭了手里的烟，看了一眼微信上的聊天记录，发现姜戚整整一个星期没有找他，并且连朋友圈都没有更新了。

他冷笑，她到底是胆子大了，敢跟他玩冷战！

可他是不可能主动去找她的，于是他干脆地删掉了姜戚的微信，等着哪天姜戚再苦苦哀求他加回来。

想到未来可能出现的这个场景，叶惊棠的冷笑更甚。不过是一个无聊的女人，丢了就丢了，有什么好可惜的。

唐诗越来越习惯在工作室的工作，虽然大家性格各异，但是十分容易相处。

游戏也很成功，现在注册的玩家正在疯狂增加。于是他们再接再厉，一边研究新剧情，一边推出新的时装，一时之间工作室的身价都翻了一番。

她偶尔会回想起姜戚，只觉得岁月弄人，原来大家都躲不过命运的加害。

游戏上市一个月时，已经占据着各大下载榜的第一位，唐诗觉得十分荣幸。只是她一想到即将要和工作室的各位分别，就觉得有些寂寞。没想到只在这里待了一两个月，却和大家处出了感情。若是这会儿辞职，她一定会很舍不得。

自从姜戚走后，整个房子便空了下来，只有她和唐惟在。

当唐惟问起戚戚姐姐去了哪里时，唐诗对上他充满童真的眼睛，又说不出那些伤人的话来。

她只能说:"再过一阵子就好了。"

唐惟点头,像是知道她们在准备什么大事一样,耐心地等待。

而这天晚上,一位不速之客敲开了房子的大门。

唐诗看着出现在眼前的薄夜,整个人恍惚了一下。

"你……"她一时之间竟说不出任何话来,反应过来后直接把门摔上。

可是已经来不及了,薄夜伸进来一只手,被唐诗夹在了门缝中间!

唐诗倒吸一口凉气,她知道薄夜这一下肯定被夹疼了。但她已经顾不上了,她现在一点也不想看见薄夜,只想将他关在外面。

薄夜用力将手伸进来,将整扇门直接扳开。他蜷起那只被夹痛的手,精致的脸上找不出一点与痛有关的表情。

他的声音很冷,冷到唐诗整颗心都凉了:"我要是想进来,你这破门再加无数道锁都拦不住我。"

"别进来!"唐诗怒吼,"滚出去!"

薄夜对上她愤怒的表情,只觉得心寒,她已经排斥他到了什么地步?

薄夜压低声音:"唐诗,我们谈谈。"

"有什么好谈的?有什么好谈的!"唐诗不禁后退,"你是来要回唐惟的吗?我告诉你,我不会再把他让给你了!你让他遭遇绑架,还逼得他跳海,你根本不配做一个父亲。"

薄夜觉得胸腔像是被人用锋利的手术刀直接割开,血肉模糊。

"我……关于上次的事情,想找你们谈谈……"他想说自己错怪了她,想说原来幕后黑手真的是安如,而他之前却一次又一次忽视她。

他很想开口告诉唐诗:我……真的只是想上门来道个歉。

他已经没有勇气再逼迫唐惟回到自己身边了,他竟然害怕一个孩子,害怕孩子的恨意和排斥。

可是看着眼前这如同惊弓之鸟一般的唐诗,薄夜哽咽了,他居然不知道要用什么方式来表达自己现在的心情。他只是想上门……好好和她说一会儿话,告诉她,警察已经将安如抓了起来。

唐诗红着眼睛:"我和你没什么话可说了,薄夜,大家都不小了,没必要这样纠缠不休,多难看啊。"

她在讽刺他现在的难堪样子。

薄夜心想,她还是恨极了他,所以连一句解释都不想听。

他犹豫好久才开口，那种表情从来没在冷血果断的薄夜脸上出现过。唯有这个时候，他的脸上竟然流露出一丝惊慌："那个……唐诗，上次绑架的事情，我想说……"

他还没来得及说下去，就被唐诗直接打断——

"我不想听，请你滚吧。"

这短短的八个字，轻轻松松将他打入地狱！

薄夜屏住呼吸："唐诗，你能不能听我解释？"

"听你解释？"唐诗像是听了什么笑话一样大笑，"五年前我解释的时候，你听过吗！薄夜，你不配说无辜！"

这番话简直能把薄夜的心挖出来，他的声音都在颤抖："唐诗，你有必要这样吗？"

她连一个道歉的机会都不给他！

唐诗笑了，她轻轻一句反问就将薄夜的心脏扎出血来："薄夜，你觉得我还稀罕你的解释吗？"

薄夜整个人僵在那里，灵魂像是遭受了一记重锤，不停地震荡。

"别再想着道歉了，薄夜，你对我所做的一切，早已经超出了光是道歉就可以原谅的范畴！"

她几乎是用吼的，整个人剧烈颤抖。

眼泪从眼眶流出来的时候，唐诗发现，原来自己的心真的已经彻底死了。

唐诗抹了一把眼泪："走吧，惟惟还在睡觉，我不想吵醒他。"

"唐诗……"薄夜慌了。她连道歉都不想听，她这辈子都不想再原谅他！

原来恨到极点，对"对不起"这三个字都会无所谓了。

这个世界上，到底是三个字的组合最伤人。"我爱你"是，"对不起"，也是。

唐诗指着门，声音轻下去："薄夜，走吧。我和你从此再无瓜葛。"

薄夜看着眼前的女人，她分明脆弱无力，却带着一股歇斯底里的抗拒。她不止一次让他滚，让他不要出现在她面前。

可是薄夜怎么会如她的意？曾经深爱自己的女人，现在说断就断，问过他没有！对于这段感情，她唐诗没有资格说断！

于是他反而上前一把抓住唐诗的手。

唐诗的身体狠狠地颤抖了一下，然后她将他的手甩开："你又想强迫我吗！"

　　薄夜冷笑："我还不屑强迫你。"

　　唐诗红了眼眶："你死缠烂打的样子真是丢人现眼。"

　　薄夜像是被她这句话激怒了，用力将她顶在墙上："唐诗，我的耐心有限，少在这里和我玩欲擒故纵的把戏！"

　　唐诗笑得荒唐："欲擒故纵？对你？你也配？"

　　从来都是他用这种字眼羞辱她，可如今这些话从她嘴里冒出来，薄夜怒了。他全身上下积累的情绪在这一刻膨胀到了极点，随后彻底爆发！

　　他的眼神极为凶狠："别不识好歹！"

　　"来啊，你到底还有什么事情做不出来呢？"唐诗已经不再害怕，"薄夜，我倒是想看看你的心有多硬，能把我逼到什么地步！"

　　他在她眼里就是个魔鬼是不是？她以为他就不会想着补偿她是不是！他试了，可是她的态度呢！她用这种冷漠的眼神看着他，她以为他就不痛吗！

　　他也想好好和他们母子俩谈谈，也想好好弥补，可她用那种表情面对他，凭什么！他薄夜这辈子还没有这么想开口让一个女人原谅过，她凭什么用这种态度对待他！

　　薄夜是气狠了，口不择言："你是不是真以为自己很了不起？我发善心可怜你，你有这个资本拒绝吗？你以为你是谁！"

　　唐诗笑了："可怜我？我不稀罕你的可怜，你不如滚远点，不要来打扰我的生活！"

　　薄夜按住她："你别敬酒不吃吃罚酒。"

　　唐诗无畏地对上他的眼睛，一字一字，干脆利落："薄夜，我倒要看看，你这次还能拿什么来威胁我。

　　"你拿什么威胁我，我就舍弃什么！"

　　薄夜不知道自己那天是如何离开唐诗家的，他被唐诗的最后那句话伤得丢盔弃甲，他几乎是逃离了她家。

　　薄夜开着跑车在高速上狂奔，窗户被降下，外面的风直直地灌进来，他觉得浑身都在颤抖。

　　他回了家，走路跌跌撞撞，像是受了重伤。他推开家门，整个人摔到沙发上，然后他将身子缓缓蜷起来，用力抓住自己胸口的衣服。

薄夜闭上眼睛，眼角似乎有冰冷的眼泪。他在沉默许久后发出一声低吼，随后声音哽咽。

他以为自己不会在意，他以为自己可以轻松面对，可是唐诗的眼神那么痛又那么狠，说出来的每一个字都像是凌迟他的利刃。他就像是被分解了一般，全身上下剧烈疼痛。

明明他还恨着她，可为什么，当他发现她不在意自己的时候，会这么难过？

男人卑劣的占有欲会让他痛苦到这种地步吗？

薄夜的手指死死地攥在一起，可这也止不住他手指的颤抖。

他觉得自己就像是大病了一场，他说出口的那些侮辱她的话，现在反噬到了自己身上。

他该怎么说他后悔了呢？

他不爱她，他不爱她，可是他为什么会这么难过？

这一夜太过漫长，每一分每一秒都在折磨着薄夜。

他觉得失去唐诗的痛苦，甚至可能超过了……当初他失去安谧的痛苦。

因为薄夜的纠缠，唐诗第二天上班迟到了，她来到座位上打了个哈欠。

"真少见，你居然会迟到。"芳芳在一旁转着笔，"我还以为迟到是小三三的专属权利。"

话音刚落，另一个迟到的男人拖着缓慢的步伐、顶着一脸没睡醒的模样走进办公室："早啊……"

"恭喜你，丛小三，你又迟到了。"

丛杉只是懒懒地掀了掀眼皮，随后走到办公桌前，迅速趴下进入睡眠模式。

小月亮在一旁把键盘敲得"啪啪"响："厉害，这已经是破罐子破摔了。"

"反正他每个月奖金都超过底薪。"

绿恐龙撅着身后的尾巴踱步过来："女神困吗？来一杯速溶咖啡吧！"

唐诗失笑，接过他分给大家的咖啡，随后打开电脑，开始新一天的工作。

只是她没想到，叶惊棠会找到他们工作室来。

她在接待厅看见这个男人的时候转身就想走，但叶惊棠出声叫住了她,她只好停下来。

"小月亮说有人找我,我没想到会是你。"她也没坐下,就站在那里,开门见山道,"叶总您找我有什么事吗?"

叶惊棠睨了唐诗一会儿,似乎想要从她脸上看出些许漏洞来。可是唐诗的表情那么自然,他找不出一丝异样。

男人只能沉声问:"姜戚去哪儿了?"

唐诗的回答是死一般的沉默。

他"啧"了一声,不耐烦地又问了一遍:"姜戚去哪儿了?我耐心有限……"

"她死了。"唐诗抬头,正对上叶惊棠的眼睛,"你想给她送花圈?还是烧纸钱?"

叶惊棠本能地反驳:"不可能!"

唐诗冷笑:"姜戚没亲人,后事是我一个人料理的,她的牌位现在还供在我家里。怎么,你良心发现要来上炷香?"

叶惊棠只觉一股冷意沿着脊背慢慢地、慢慢地爬了上来。

(未完待续)